满眼星河

桑玠\著

北京燕山出版社
BEIJING YANSHAN PRESS

图书在版编目（ＣＩＰ）数据

满眼星河/桑玠著.—北京：北京燕山出版社，2022.12
ISBN 978-7-5402-6756-8

Ⅰ.①满… Ⅱ.①桑… Ⅲ.①长篇小说－中国－当代
Ⅳ.①I247.5

中国版本图书馆CIP数据核字(2022)第221977号

满眼星河

作　　者：	桑　玠
责任编辑：	王月佳
出版发行：	北京燕山出版社有限公司
社　　址：	北京市丰台区东铁匠营苇子坑138号
电　　话：	86-10-65240430（总编室）
印　　刷：	北京盛通印刷股份有限公司
成品尺寸：	710mm×1000mm　1/16
字　　数：	446千字
印　　张：	20
版　　次：	2022年12月第1版
印　　次：	2022年12月第1次印刷
定　　价：	42.80元

无论过去多久，无论你在哪里，
我都会记得第一眼看到你的时候心动的声音。

从此以后我的世界里只有你。

目录

c o n t e n t s

第三卷 Nothing to Lose 178

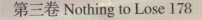

番外卷 Can You Feel My World 261

她的前半生，在遇到他之前，从没有欢说过温暖和梦想这两个词。她也从未奢望过爱情这样的东西会降临到她的身上。

可是命运终究还是善待了她，原来她也可以教人捧在手心里深爱，获得这场故事里的结局。

我们绕过的路，从今天开始清零，从此以后的每一步我都会陪你一起走。对我来说，你就是我这一生唯一的归宿。换句话之，我这一辈子只爱过你，又爱你也只会爱你一个人。

这是她平生第一次喜欢上的人，他是她见过最亲密而灿烂，他没变了她，成就了她。让她变得更好。让她的好心被妥帖安放。也让她懂得感激这个世界上的每一份美好。

他是她的初恋，是她的爱情，也是她的宿命。

我会永远比你想象的、比你看到的、比你听到的、比你感觉到的还要爱你。

星河璀璨如你，我满目壮丽星河 :)

2022.9.9.

第一卷
I Adore You

第一章◎回归

北方的冬天是干冷，南方的冬天却是湿冷，十二月末，S市的风透过厚重的衣服也能直接渗透进人的骨子里。

在这样的天气情况下，F大的大礼堂里却人潮攒动、热闹非凡，室内热火朝天的气氛和外面的北风呼啸简直形成了鲜明对比。

经济学院、新闻学院和数学科学学院这次联合搞了一个圣诞晚会，以前学校里从没举办过这种西方节日主题的活动，这次几个学生会干部联合起来对着校领导游说了三天，最后再由陈涵心这个经济学院主席出面再三担保活动一定积极正面向上，才最终彻底落实了这个破天荒的壮举。

每个女孩子今天都穿着漂亮的小礼服裙子，男孩子则为了自己的女朋友，或者即将拥有的女朋友把自己捯饬得干净帅气，只差在自己身上贴个"我很帅快看看我"的标签。

没错，这个表面宣称是"旨在促进我校学生精神文明建设、了解西方文化、取其精华去其糟粕"的圣诞晚会，真正的目的则是"F大大型柠檬精脱单相亲交友会"。

此刻，该晚会的最大功臣陈涵心正站在一张高脚桌后，手里晃着一杯酒，百无聊赖地托着腮帮看着身边来往往谈天嬉笑的男男女女们。

哎，真年轻，真自由，真美好。

"公主大人。"

这时，一个眉角眼梢哪里都写着"花蝴蝶"的男孩子手里拿着酒杯朝她走过来，用自己的杯子和她碰了碰杯，"您辛苦了，小的来给您请安。"

"免礼。"她懒洋洋地摆了摆手，"请完就滚吧，我刚刚已经看到你搂着三个不同的女孩子说悄悄话了，你悠着点儿，记得等会别叫错人家名字。"

俞奕伦笑了笑，这时眯了眯那双招人的桃花眼："您今天为我校广大男女创造了如此盛大的情感交流活动，自己却一个人坐在这借酒消愁，我真有点儿看不过去。"

陈涵心说："不劳你费心。"

"心心，我们学校长得像我这样风姿绰约的男生虽然不多，但总还是有那么一两个的，您就一个都看不上？"俞奕伦又问。

一听这话，她条件反射就翻了个白眼顺便做了个呕吐的表情。

她倒是也想啊！但是她要是真敢和哪个男的看对眼，她和那个男的怕是都不想活了。

陈涵心刚想说话，就听到前面的人群忽然传来了一阵骚动。

"我的天啊我柯神！我今晚可以不脱单了！！能看到穿西装的柯神我就已经满足了！"

"柯神穿成这样，还想不想给别人留点儿活路了？"

……

一听这些尖叫和惊叹，她就觉得来的人八九不离十是他，她放下酒杯，一抬头，就看到柯印戚穿着件白衬衫和黑西裤，手里挽着件黑西装外套正朝她走过来。

而且这人也不好好走路，估计是觉得场馆里热，偏偏要一边走，一边蹙着眉松自己的领口。

然后惹得旁边的尖叫声更响了。

在F大，无论是刚进校的学生，还是在校生，几乎没有人不知道柯印戚这个名字。

他以当年全市第一的成绩考取了F大金融管理系，前一阵又以高分破格被宾大的沃顿商学院这个每年只招收几位中国学生的全球顶尖商学院录取，可这位学霸同学也不知道是抽的什么风，拿到Offer（录取通知）后没过多久就拒绝了宾大，选择继续留在F大就读。

学霸、跳级、天才、男神……他的背后打着无数闪闪发光的标签。

以前他们高中的一位老师曾经说过，千年才出一个柯印戚。

而且他们都还不知道，这位才二十刚出头的柯同学，还在闲暇时间帮着他父母管理着柯氏在整个亚太的庞大业务。

身边的俞奕伦对着柯印戚看了一会，也忍不住惊叹道："陈涵心，我不怪你了，你天天看柯神看了二十多年，你对哪个男的确实都提不起兴趣了。"

陈涵心觉得自己的头皮有点发麻。

"你就从来没想过和柯神发展发展男女之情？"俞奕伦忍不住，第二百次提出了这个问题。

"我们是发小。"她闭着眼睛揉了揉自己的太阳穴，"而且他年纪比我小。"

这句话说完好一会，都没听到俞奕伦的回答，她放下手，就看到原本俞奕伦站着的位置已经换了个人，而俞奕伦正在五米开外朝她做了个抹脖子的动作。

陈涵心僵住了。

柯印戚一张冷峻的脸上此刻没有半点温度，他将手里的西装外套递给她，冷冰冰地说："披上。"

她张了张嘴："我不冷。"

"到外面去，我有话要和你说，"他话音未落，已经不由分说地展开了自己的西服外套、披到她的身上，"就现在。"

她撇了撇嘴，只能不情不愿地跟着他往外走。

场馆外近乎寂静无声，他走到场馆西面一条无人的小路上，站定脚步，转过头看着她："刚刚有人来找你说话吗？除了俞奕伦。"

她翻了个白眼："我穿成这样，谁会来找我说话。"

不同于其他女孩子身上露胸、露背或者露腿的小裙子，她此刻身上的这条裙子几乎把她从上到下都牢牢地裹在了里面儿，连一条缝都不透。

这条裙子还是黑色的，她觉得自己简直就像个老巫婆。

而她会穿成这样，完全是拜这位仁兄所赐。

昨天晚上他当着她的面，打开了她的衣柜，对所有漂亮的裙子都视若无睹，最后从里面找了条最严实也是最丑的裙子对她说——明天就穿这条。

她试图反抗过，但是下一秒就被镇压了。

柯印戚不动声色地抿了下唇："你刚刚跟俞奕伦说，谁是你发小？"

……

他果然听到了。

她毕竟也是以机敏著称的，这时立刻道："豆丁！夏夏！反正不是你！"

"哦。"他点了下头，"那谁比你小？"

陈涵心在心里把他骂了个狗血淋头，脸上还是笑容生花："我是说隔壁院那个院花看着年纪比我小。"

他这时眯了眯眼，慢慢地朝她走近。

"柯印戚，这里可是学校……"她一边忙不迭地往后退，一边警告他，"你，你可别乱来。"

她这身手怎么能和他比，下一秒，她就已经被他瞬间扣住了手臂，一把拖到了自己身前。

他那张禁欲冷峻的脸八风不动，这时竟然一手拉着她的手，放在他的腹肌上，然后慢慢往下移动。

她涨红了脸，一边拼命要挣脱他，一边压低声音道："柯印戚你做个人啊！"

他动作一点儿都不停，眼看着她差点要从地上跳起来，还死死地抓着她的手。

陈涵心都快疯了。

这可是学校啊！

"心心宝贝儿。"

—

S市的冬天，好像比她走的时候更冷了一些，才刚刚走出机舱的时候，就能感觉到一股冷风从下而上地灌进她的身体。

郑韵之将围巾系得更紧了一些，蹙了蹙眉，快步朝前走去。

一路出关、拿了行李，她直接打的到了陈涵心早就发给她的地址。

下车后，她抬头望了一眼五光十色的名片牌。

Babyface，S市最负盛名的夜店。

门口的服务生见到她后，出于惯例上前询问："请问有订位吗？"

她眼睛一眯，将围巾往下拨了拨露出整张脸颊，扬唇一笑："没有。"

服务生原本想说什么，但看到她的脸后，眼睛一亮，又有些犹豫："店内已经满了，如果是平时，我可以让你进去……但是今天，被Live公司的穆少董包场了。"

Live公司是目前全亚洲最大的娱乐公司，而管理这家公司的少董穆熙，也不算是个完全只知道吃喝玩乐的二世祖，雷霆手段让Live的名声近几年更是变得如雷贯耳。

"是吗？"她露出了更迷人的笑容，"那恰好，Live公司的少董穆熙，是我的朋友。"

她出众的气质和淡然的神情着实不像是在说假，服务生看着她几秒，动作流畅地侧过身。

"谢谢。"她抿了抿唇，"能不能先麻烦你带我去一下洗手间？"

店里的气氛昏暗而迷乱，DJ将音量调到了几乎震破耳膜的强度，服务生带着她走到洗手间后想要离开，却被她拍了拍肩膀。

"稍等。"她说，"亲爱的，我需要你帮我一个忙。"

男孩子已经被她一波比一波更妩媚的笑容迷得七荤八素，机器人似的木木点了点头。

等了好一会，洗手间的门才被重新打开，服务生抬头看到她的时候，瞬间张大了嘴巴。

刚刚还穿着大衣和长裤、围着围巾的女人已经自上而下换了一套装束。

堪堪遮住雪白和翘臀的贴身闪金裙子，高跟鞋、长波浪鬈发，烟熏妆、漂亮的红唇……确实是符合夜店的装束，却比他今晚看到的任何一个女人都惊艳。

那种娇媚和艳丽是来自骨子里的，却又一点儿都不落俗。

"可以暂时帮我保管一下我的行李箱吗？等我离开的时候来找你拿。"

郑韵之这时将行李箱推到服务生面前，轻轻打了个响指："顺便，我需要一杯酒。"

男孩子听话地将她的行李箱拿去储物室，然后屁颠屁颠地拿着一杯鸡尾酒回到她面前。

"抱歉，没来得及去换钱，只能委屈你了。"她接过酒杯，将几张大额欧元放在神情呆滞的服务生手心，莞尔一笑，优雅地转身朝店中央走去。

行走之间，形形色色的视线已经全部落到她身上。

她几乎很快就能感觉到，一道锐利而灼热的目光，穿透人群直直朝她而来。

凭着感觉朝那道视线的方向看去，便看到一个穿着黑色衬衣的男人坐在最大的卡座中央，身边围坐着好几个打扮艳丽的美人。

"好久不见。"

她握着酒杯，慢慢走到那个容貌英俊的男人面前，笑着朝他举了举杯，"穆董。"

这六个字里蕴含着的意味，恐怕只有两位当事人才能明白。

他看着她，目光却从最开始的锐利和灼热，渐渐转变为了疏离和无谓。

然后，他也朝她举了举杯。

"穆董，这是哪位？"一旁的一个模样像是穆熙合作对象的中年男人笑眯眯地问道。

他没有回答，没什么表情地垂眸拿起酒杯喝了一口酒。

"我顶多，只能算是穆董的一位故人罢了，"郑韵之也喝了一口，笑看向那个中年男人，"穆董身边多年美女如云，我只能算是个小得不能再小的角色啊。"

她话音刚落，店内的音乐忽然就停了下来。

"今天呢，是穆董的专场，我们店特意为穆董准备了神秘礼物！"舞台中央，DJ高高地站在椅子上，握着耳麦大声道，"有请'礼物'登场！"

比刚刚更劲爆的音乐声里，一个十分美丽妖艳的女人慢慢走到了舞台正前方。她的贴身裙摆上，还绑着几个盛着烈酒的试管，红唇里还衔着一根试管。

"来，让我们掌声有请穆董上台收礼！"DJ率先鼓起掌来，全场气氛热烈，所有的人都看向了穆熙，吹着口哨大声起哄他上台。

群情激动中，穆熙终于动作淡淡地放下酒杯，起身朝舞台的方向走去。

郑韵之看着他经过自己的身边，然后他忽然停住了脚步，转头看向她。

"这么一份大礼，我恐怕一个人收不过来。"他这时竟然朝她伸出了手，似笑非笑的："要不，你上去和我一起收？"

郑韵之愣了一下。

他俊逸的脸庞上虽然带着笑，但那双眼睛看上去却没有一点高兴的意思。

不仅是不高兴，甚至感觉还有点儿生气。

为什么生气？是因为她吗？

是因为她和他春风好几度后突然有一天就拍拍屁股走人，一走就走了三年，今天说回来就回来吗？

她思虑两秒，反倒笑了，走上前大大方方地挽住了他的胳膊："谢谢穆董如此慷慨，那我就不客气了。"

两人走到舞台上方，所有人都目露诧异和惊艳地看着他身边的她，倒是DJ最为镇定，笑道："穆董竟然要和这位美女一起分享礼物吗？不过这份礼物，美女是不是不知道该怎么收啊？"

她听罢，松开了环住穆熙的手，步伐婀娜地走到了坐在高脚凳上的试管艳女面前。

在全场所有人的注视下，她朝那位艳女一笑，俯身低头、准确地咬住了她身上的一根试管，头往后一仰，将试管里的烈酒尽数喝了下去。

试管中空空如也，她抬起身，迎着DJ和穆熙的目光，慢条斯理地笑道："礼物，是这么收的吗？"

全场立时响起了热烈的欢呼声与口哨声，很多男人看着她的眼睛都已经发绿了。

"穆董，这个礼物啊，其实还挺不错的。"她重新走回到他面前，在他沉冷而又尖锐的目光下，伸出舌头，绕着嘴唇慢慢舔了一圈，"你要不要……也尝尝看啊？"

他的目光落在她诱人的嘴唇和舌头上，深邃的眼底隐忍着灼热的力度。

然后，他几步上前，在全场的起哄声和叫好声中，将绑在艳女身上其他的几根试管中的酒尽数喝完。

随后，他直起身，咬住了艳女嘴唇里衔着的那根试管的另一端。

她就站在离他近在咫尺的地方，一边听着耳边震耳欲聋的尖叫声，一边看着他喝下那根试管酒时英俊的侧脸，心底如同被针扎般轻轻一痛。

你明明知道比这更过火的场景也必定存在过无数次。

她对自己说。

等他喝完朝她看过来时，她的脚忽然微微一崴，又努力站稳。

其实她已经很久都没有喝过酒了，刚刚喝下去的烈酒的浓度让她整个人都有点儿发晕。

郑韵之的视线这时渐渐变得模糊起来，恍惚之中只能看见他把试管扔给了DJ，大步朝自己走来，而下一秒，自己的手臂便被他陡然用力扣住。

然后他一把将她拉进了自己怀里，他人高，这么笼着她，仿佛就能把她从别人的视线里抹去似的。

"走，给你接风去。"

然后他低下头，咬着她的耳垂说了这么一句，大步将她带离了舞台。

一

男洗手间的隔间还算宽敞，冷气也打得很足。

郑韵之被他重重地按在门板上亲吻，刚刚有些迷离的神智此时终于渐渐恢复过来，她觉得很冷、又很热，眼前明晃晃的，是他冷俊又充满着渴望的脸庞。

"好久不见。"

他像是要将她整个人生吞下去一样地吮吸她的嘴唇，一边冷声靠在她的唇边道："郑韵之，你看起来，可过得真好啊！"

她咬了咬牙，试图把他从自己身上推开，下一秒，却听到了他更为尖锐的嘲讽："听说那边的圈子和这儿也差不多混乱，在那儿和人玩得很欢吧？"

郑韵之刚刚还在头顶的醉意随着这段话彻底消失殆尽，她忍了下心中的刺痛，冲他笑道："你有资格说我吗？"

他听到她的话，抬手扣着她的下巴，看着她的眼睛，语速极慢地道："既然都玩得差不多，那你应该也不介意跟我玩一回。"

灯光明亮，她看清了他眼睛里灼灼的怒气，半晌，忽而笑了。

她这时不再推拒他，而是不发一言地将他的衬衣纽扣一颗一颗解开，从他身上脱下后扔在了一旁。

他全身神经高度紧绷着，不动声色地看着她想要耍什么花样。

郑韵之这时微微一笑，眼底飞快地闪过了一丝精光。

"熙哥哥……"

下一秒，她忽然伏起身，在他的耳边娇柔地唤他。

这个称呼，瞬间让穆熙整个人晃了一下神。

一瞬间，他仿佛回到了三年前，每一个夜晚的半梦半醒之间，她总是会这么抱着他，在他耳边述说那似真似假的爱语。

只有她这么叫过他，只有她才会这么叫他。

缠绵的、入骨的、灼热的。

他听得浑身一颤，原本高度紧绷的神经却不由自主地就渐渐松弛麻痹了下来。

她双手抱住他的脖颈，更深地去吻他的薄唇。

穆熙原本以为，如果这是一场梦，他便纵容它继续下去，却没有料到现实却是自己的两只手已经在不知不觉之中被她用他自己的皮带，在他身后与冲水的按钮器绑成了一个结。

还是个死结。

等他发现的时候，她已经从他的身上爬了下来。

"穆董，谢谢您的接风宴。"

她从地上轻巧地捡起了他宽大的衬衣披到了自己的身上，慢条斯理地系上纽扣，朝他眨了眨眼睛，"你的衣服我就拿走啦，你刚刚撕坏了我一条裙子，咱们俩扯平，谁都不欠谁的。"

原本旖旎无比的气氛瞬间瓦解，他感觉此刻仿佛有一桶冰水把他从头到脚都浇了个遍。

他锐利如箭的目光像是要在她的身上硬生生地烧出一个洞，沉默两秒，他从牙缝里挤出了几个字："郑韵之，你给我解开。"

而好死不死的，她那两条雪白笔直的大长腿明晃晃地从衬衣下摆露出来，惹得他身体内的怒火更旺。

郑韵之微微一笑，走到他面前，竟伸出手拍了拍他的西裤。

"Good night."

随后，她抬起两指，放在嘴唇上，给了他一个甜蜜的飞吻，转身打开门走了出去。

"郑韵之！"

身后被合上门的隔间里传来了穆熙怒不可遏的低吼，郑韵之在镜子前姿态优雅地拨了拨自己的头发，笑吟吟地道："宝贝儿，别喊了。"

隔着门，她都能感觉到里面传来的粗重的呼吸声和滔天的怒意，顿时心情更加舒爽地整理起自己被扯乱的衣物。

"再说一次，晚安，好梦噢。"

风情万种地对他再次道完晚安，她穿着男式衬衣一路坦坦荡荡地走出男洗手间。

在要走进洗手间的陌生男人震惊又惊恐的眼神中，她反手将洗手间的门合上，笑吟吟地对男人说："不好意思，这个洗手间坏了，麻烦您请服务生过来修一下吧。"

在店里更激烈的音响声中，她收起笑容，目不斜视地直直走出了夜店。

—

F大。

陈涵心被柯印戚紧紧地捏着手，手心里还能感受到那股灼热的温度，她整个人都快要害羞得不行了，偏偏他抓着自己的手跟铁似的，她根本就没法儿挣脱开。

光天化日，朗朗乾坤，请问这是人能干出来的事吗？

僵持几秒，她忍不住赤红着脸瞪他："柯印戚，这可是在学校里头，你还要不要脸了？"

他这时轻轻地将自己的衬衣袖管挽了上去，蹙着眉道："你是不是又欠收拾了？"

"我不和你说了。"她转身要跑，"我得去找之之了。"

"郑韵之？"他眯了下眼。

"对啊，她今天刚从法国回来，我和她约好的要去找她，我才不想放她鸽子。"她看了下手表，现在从学校赶过去找郑韵之估计差不多。

他听罢，冷笑了一声："你怎么又和这个女人混一块儿？她连自己的事情都搞得一团乱。"

她一听这话，心里一下子就有点儿冒火："我很早以前就说过，请你不要随便评判我的朋友，我想和谁玩在一块儿那是我的事，我不需要你喜欢他们，但他们至少应该得到你的尊重吧？再说了，之之没什么不好的，我就喜欢和她玩在一起。"

"你们去哪儿见面？夜店？"他的语气还是冷冷的。

陈涵心看了下手机："她已经去小飞侠家里了。"

"我有这么好骗？"

"我现在真的一点都不想和你吵架……"她揉了揉眉心，"我很累，你能不能别再像审问犯人一样的审我？我得走了，司机在等着我了。"

柯印戚一动不动地注视着她好一会，最终臭着脸对她说："让司机回去，我送你过去。"

她虽然一百个不情愿，但最终还是跟着他去了车库。

等他开车离开F大校园，她靠着车窗静静看着外头的夜色和车流发呆，忽然听到他在她身边冷不丁来了一句："我对你来说就是个发小？"

还有完没完了？

她公主脾气也上来了，眼也不抬："你难道不是？一个问题问几遍你怎么那么啰唆？"

"吱"的一声——

原本稳稳行驶着的车，突然猛地在路边拐角处停了下来。

她被吓了一跳，抓着安全带转过头瞪着他："柯印戚你疯了？"

柯印戚一手拉上了刹车，一手解开了自己的安全带。

陈涵心心里猛地一跳，他就已经俯身靠过来。

铺天盖地都是他的气息，她还来不及说什么，就被他用两手牢牢扣住肩膀摁在了座椅靠背上。

"哟。"她心里是虚的，但面上还是眯眼看着他，大着胆子说："生气了？印戚弟弟？"

她格外咬重了弟弟的发音，眼底满是促狭。

柯印戚望着她的眼里，渐渐有一簇簇火苗燃起，那张向来冷漠冰冰的脸颊上，升腾起了星星点点的不悦。

她的心里这时也惴惴不安着，她知道刚才的那句话瞬间就能激怒他，却又不知道自己会接受怎么样的凌迟。

半晌，他轻轻一挑眉。

她知道，这是一个代表她很危险的信号，果然，他接下去没有再给她任何时间去思考，近在咫尺的距离，他就这么低头吻住了她的嘴唇，长驱直入、重重地开始吮她的唇舌。

她的脸颊越来越红，呼吸也有些急促，两手扣在他的肩膀上，想要推开他、却又像是在拉着他朝自己靠近。

难舍难分。

过了一会，他才终于稍稍退开了一些，手从她细嫩的脖颈游弋到了她小小的耳垂，呼吸灼烫地靠在她唇间低语："喜欢吗？心心姐姐？"

从陈涵心有记忆的时候，她的身边就已经有了柯印戚的存在。

他们的父母是至交好友，除却一些生意上的往来，两家的私交也相当亲密，起先柯印戚一直跟着他父母在美国生活，可后来在他的强烈要求下，他父母只能在陈涵心家隔壁买了一栋房子，让他在上小学前回到了S市。

接着，他顺利地和她进入了同一所小学，然后再是初中、高中……最后考取了同一所大学。

形影不离的发小，是可以用来诠释他们之间关系最好的词汇。

他虽然比她小两岁不到，却是远近闻名的天才儿童，原本完全可以跳好几级念书，可却特意放慢脚步、始终以和她相同的步伐，陪着她一起慢慢成长。

有一次，她实在忍不住问了他一句你这样不累吗？明明他上课很多时候都在做高年级的题目，有些早就已经弄懂的东西还得硬着头皮再听好几遍。

他却回答她："不累，我就想在你身边陪着你。"

她记得他们刚念小学的时候，几乎整个学校的小女孩都想和聪明又生得俊俏的他玩，可他却没有搭理过任何人，整天只会跟在她一个人的屁股后面转。

后来有个小女孩不乐意了，指着陈涵心、哭着对他说："印戚，你为什么总是喜欢和你的姐姐玩，不愿意和我们玩呢？"

她的人生里几乎所有有记忆的时光，全部都是有他的存在的，她甚至根本找不出哪怕一小部分缺失了他。

如果一个人的生命线，几乎被另一个人贯穿，那会是多么震撼的情形？

安静的车内空间里，此时只回荡着他们彼此急促的呼吸声，她被他压制在这个小小的天地里，只能看着他的眼睛，感受着他清冽好闻的味道。

"心心姐姐，再来一次？"他哑着嗓子，用挺拔的鼻子轻轻蹭了蹭她挺翘的鼻尖，"嗯？"

他故意用这种声音叫她姐姐，惹得她浑身都发麻，她深深呼吸一口气，才勉强别过泛红的脸，"你别这样……"

他听了她的回答，没吭声，只是一只手已经趁她没有察觉的时候悄悄拉开了她的外衣拉链，隔着裙子轻轻在她的腰间摩挲。

"是谁允许你对你姐姐要流氓的？"她费了老大的劲，才终于抓住了他作怪的手，微喘着气看向他。

他一眨不眨地看着她的眼睛："我爸妈就我一个儿子。"

她说不过他，干脆用力地将他推回自己的座位上。

"我再给你一次机会，建议你看着我的眼睛，把你刚刚对俞奕伦说的话重复一遍。"他倒也不着急，就这么好整以暇地靠在驾驶座上，抱着胸注视着她，"我是你的什么人？"

陈涵心被他直勾勾的眼神盯得浑身毛骨悚然，纸老虎的本性让她憋了半天都没底气正面回怼，只想要赶紧逃离这个修罗场："我要下车了，我自己去，你快给我开门……"

他早就已经把车门锁上，任由她这么火急火燎地掰着，声音凉凉地在一旁道："把话重复完。"

她一听到他这样命令式的语气，咬了下牙，侧头就瞪着他："怎么？你难道不是我发小？你年纪没比我小？这年头连实话都不能让人说了？"

柯印戚一挑眉，眉宇间的阴霾越来越重，她一看他沉了脸色就有点心虚，可面上还是毫不示弱地与他对视着。

"实话？"半晌，他冷笑了一声，"你会和发小接吻？"

她的脸一下子就在夜色中涨得通红。

"你对发小的定义也未免有些太宽泛了吧？"

他用冰凉的目光扫着她的脸颊，没有错过她脸上任何一分的表情，"需要我去告诉大家我们……"

她心中一颤，嗓音也拔高了："不行，谁都不能知道我们俩的真实关系！"

"柯印戚，你绝对、绝对、不可以去告诉任何人我们俩的关系，不然我一定会……"

"陈涵心。"

他陡然打断了她的话，声音低了一个八度喊她的全名。

就这么三个字，让她突然就没了声音，下意识地缩了缩脖子。

她从小就是爸爸妈妈手里的掌上明珠，所以被他们的爱浇灌得不怕他们，甚至还比普通的女孩子更有魄力和胆量，总敢做一些连男孩都不敢做的事情。

但唯独只有这么一个人，却让她颇有些忌讳。

哪怕是他们都还是小孩子的时候，有一次她玩得实在太疯了，没头没脑跑太快直接摔褪了一层皮，连爸爸妈妈都不忍心说她、只顾着给她清理伤口，可他却冷着一张脸，面无表情地看着她的伤口道："陈涵心，再有下次，你就永远别想我带着你去玩。"

那时候，她真是被他一训就听话了，连爸爸妈妈都笑说，全世界也就只有他才降得住她。

"我真的不明白，对所有人承认我们俩的关系不仅止于是发小有这么困难吗？"他面无表情地看着她，"我就这么见不得人？这么见不得光？我是配不上你陈涵心是吗？"

"……不是，"她目光空空落落的，咬着唇道，"只是……"

她是真的不知道该怎么对他解释她的想法。

她一直活得这么骄傲又肆意，她没法儿把什么话都铺开来给他说得明明白白的。

如果她知道怎么说，他们俩也就不至于在高二捅破窗户纸之后，一直因为这件事屡次爆发争吵。

柯印威原本一肚子的火，真恨不得拿起手机就直接发条大字报通告全世界，可现在看她气势弱了，眼圈也有点发红了，心又一下子就软了下来。

他是真的拿她没有办法。

有好几次，他都已经下定决心逼着她去昭告天下，但看她委屈得在那儿偷偷抹眼泪，他又想算了，如果她真的那么不愿意让别人知道，那就顺着她吧，也不是非得现在让所有人都知道。

良久，他在心底叹息了一声，俯身过去帮她系好安全带，绷着脸发动了车。

一

郑韵之拿着自己的行李箱出了Babyface，在路边打车。

厚衣服都在行李箱里，她也懒得再拿，就这样穿着单薄的衬衣光着腿站在室外。

等她冻得连嘴唇都发白了的时候才好不容易打到车，她报了翁雨家的地址，神色疲惫地靠在后座靠背上。

凭着之前的记忆一路上了公寓楼，她站在翁雨家门前，连按了好几下门铃。

过了好一会，门才被打开，一个长发松松蓬蓬像个小兔子似的女孩子穿着睡衣、揉着眼睛看着门口的她。

"小飞侠同学。"她一手撑在门框上。

"嗯？"女孩子迟钝地打了个哈欠。

"你之姐姐回来了，而且快冻成冰雕了，你还不赶快请我进去？"她蹙起眉。

"啊？"女孩子看着她，神情还是很迷茫，"冰雕？"

"翁雨！"郑韵之快被这只迟钝的兔子逼疯了，漂亮的眼睛里冷光四射，"给、我、让、开！"

门内的翁雨被吓了一跳，连忙后退一大步。

郑韵之将行李箱提进来往门边一扔，关上门，直接大摇大摆地走进浴室。

关上花洒、舒舒服服地洗完澡，她刚刚跨出浴缸，浴室门才被打开。

一只手慢悠悠地伸进来放了浴巾和干净的换洗衣服在架子上，连带着响起无比郁闷的声音："强盗，我刚从英国的航线飞回来，还想好好补个觉的……"

"你难道不知道你姐们儿今天荣归故里？睡什么觉，给我起来嗨！"她怼完翁雨拿过毛巾擦身子，"等着，姐姐等会给你做好吃的夜宵。"

"喔。"门外顿时就没有了抗议声。

她向来说话算话，吹干头发，立刻就用冰箱里仅剩的食材做了两碗香喷喷的蛋炒饭，走到在沙发上等她的翁雨面前。

翁雨现在整个人还处于半梦游状态，接过碗，睁着半只眼睛慢吞吞地往嘴里塞饭。

"你能不能吃快点？"她很快解决了饭，仰躺在沙发上拿脚轻轻踢翁雨的小腿。

"姐姐。"翁雨叹了一口气，放下碗，"我都二十几个小时没合过眼了，我现在还能坐着跟你说话已经是人间奇迹了……"

"陪我去唱歌吧，就你家附近的那家KTV。"她置若罔闻地打断。

棉花糖一样好脾气的翁雨终于怒了："你三年没回来，一回来就死命折腾我，到底还有完没完了？你怎么不去折腾陈涵心？"

"你怎么知道我不折腾她？她刚说她已经在过来的路上了，"她还是不死不活地回应，"……哎话说，上次你在微信里跟我提到的你家那个帝国理工高才生数学老师呢？叫什么，傅郁？"

"什，什么我家的？"翁雨立刻像被踩了尾巴的猫一样，涨红着脸拼命摇头，"你可别瞎说啊！"

"你不是人称空中小飞侠，天不怕地不怕吗？"她懒洋洋地笑，"喜欢他，就追啊！"

翁雨咬住唇，神色里有一丝浅浅的惆怅："他不会喜欢我的，他喜欢的……我觉得男人喜欢的应该都是像你或者像心心这样的。"

她听罢，垂了垂眸，凉薄地笑："小飞侠，你错了，这世界上没有男人会真心爱一个我这样的女人。"

她的声音里隐隐透着股决绝的冷意，翁雨看着她半晌，轻声问道："你今天是不是去找他了？你们……"

她抬抬眼皮，笑了："我先当着整个夜店的人的面和他调完情，然后他被我反锁在夜店的男厕所里了。"

翁雨目瞪口呆，还没来得及说话，就听到家里的门铃响了。

"好了，我们三巨头马上要聚首了。"

郑韵之这时一咕噜地从沙发上跳了起来，走到玄关"唰"地拉开了大门，满面春风地道，"欢迎心公主大驾光……"

然后下一秒，她就看到门口站着陈涵心以及……一个脸色比锅底还要黑的英俊男人。

她忍不住别过去头，低低骂了声："我在看鬼片吗？柯印戚不是去美国了吗？"

门外本来脸色不太好看的陈涵心差点笑出声，她看了一眼身边面无表情的柯印戚，给好闺密解释道："是活的，他没去。"

郑韵之对着柯印戚露出了一个虚伪的假笑："我还以为我活见鬼了。"

柯印戚的眼睛里瞬间寒光四射。

"心心，我们闺密私房聚会一般不带家属玩的。"郑韵之这时又冲着陈涵心笑眯眯地说，"家属再有钱，能包场的那种也不给听。"

"我也没想让他听。"陈涵心一步跨进屋来，对身后的男人毫无半分留恋，"他只是送我过来而已。"

门口的柯印戚这时动了动唇，终于冷冰冰地开口道："陈涵心，你今晚打算住这了？"

郑韵之原本想开口帮忙怼回去，就看到陈涵心朝她抬了抬手，然后在合上门前轻描淡写地说："是啊！我想住哪就住哪。"

"印戚弟弟，你管得着吗？"

门应声合上，将柯印戚冻人的俊脸一并阻隔在外，陈涵心回过头，就看到翁雨一脸呆滞地朝她竖起了大拇指。

"出息了，居然敢作死了！"一旁的郑韵之这时笑着为她送上了掌声，"真是今非昔比，夫管严，三年不见，你的胆子已经开始往天上长了。"

"过奖过奖。"她朝郑韵之抱了抱拳。

"你确定门外那位会自己乖乖走人？"

"不走就在外面站着喝西北风呗，今天是女士之夜。"

郑韵之最没有坐相，整个人都像没骨头似的软绵绵地躺倒、一个人就占了一整张沙发，搞得陈涵心只能去坐旁边的小沙发，翁雨则直接坐在了地板上。

"来，干一杯。"

郑韵之这时率先拿起了桌子上的保温杯："小飞侠这个勤劳质朴的女孩家里竟然连瓶果酒都没有，翻箱倒柜我只找到了这玩意儿，总之，让我们以茶代酒——敬我们三巨头聚首，姐妹肩并肩，男人滚远点！"

说完，她就仰头把保温杯里的普洱茶都喝光了。

"滚远点！"陈涵心也把手里的水杯一饮而尽。

"滚……"

翁雨"滚"了老半天，还是没能把后面的字给接下去，到最后还是郑韵之接了她手里的茶杯，摸了摸她的脑袋："小飞侠，你的心意我领了，你就旁听吧！你这是马上要开启春天的节奏，别和我俩混为一谈行吗？"

"就是！傅老师这种完美情人上哪儿去找啊？打着灯笼也找不着！"陈涵心在旁边补

充，"我劝你现在立刻就去把他给拿下！让他为你疯狂！明白吗！"

翁雨面红耳赤地被剥夺了发言权，自己乖乖地缝上了嘴。郑韵之这时伸出了纤细的手指，点了点陈涵心挺翘的鼻子："其实你也不应该和我混一块儿，我就问你一句，门外那位煞神哪里不好？"

陈涵心的面色僵了僵："哪里都不好。"

"你确定？"郑韵之眯起了眼，"你如果不要他，全世界除了我和小飞侠之外的女的都得给你打钱感谢你。煞神人长得超帅、钱多得花不完、是门萨俱乐部公认的天才，最重要的是爱你爱得要死，当然还有最重要的……他超行？"

"郑韵之我揍你了啊！"她一边捂住翁雨的耳朵，一边冲郑韵之吐口水。

郑韵之在沙发上笑得前仰后合。

"心心，你为什么老不愿意给少爷名分啊？"翁雨这时在旁边小声发问。

她一僵，叹了口气："我现在没给，他都已经把我管成这样了，要真给了，那我还不如自己把自己用铁链子铐起来天天在家关禁闭得了。"

柯印戚对她的占有欲和控制欲实在都太强了，她有时候真的会觉得喘不过气来。

"而且，他之前不是要去宾大吗？为什么突然又不去了？"翁雨又问。

"小飞侠，你瞧你这个问题问的！"郑韵之在旁边摇头晃脑，"还能为什么？因为她呗！"

"因为咱心心公主作呗，自己去不了美国，又不肯和他分开，那不就得了，人柯少爷哪经得住她那点小性子，她哭着撒个娇，柯印戚就算要上天都不上了。"

"……我再和你说话我就要进医院了。"陈涵心冲着她龇牙咧嘴地骂她，"郑韵之，你简直比柯印戚还讨人厌。"

"承让承让。"

说到这，陈涵心本来想问她去没去Babyface，但转念一想又怕哪句话触到了这位姐姐的逆鳞，毕竟穆熙这个名字每次只要一提，感觉下一秒就要第三次世界大战了。

思虑两秒，没等她开口，郑韵之就已经看出来了她的小心思，直接把自己夜店厕所反锁穆熙的独门绝技一五一十给交代了。

陈涵心听完，立刻竖起了大拇指："郑韵之你是真牛……"

话音刚落，就听到翁雨家的门铃又响了。

"三更半夜的。"郑韵之问翁雨，"不会是你家傅老师偷偷跑回来给你的惊喜吧？"

"不可能，他刚刚还在上课呢！"翁雨红着脸连连摆手。

"我去开门吧。"陈涵心坐的位置离大门最近，她起身走过去，看了一下门上的猫眼，整个人都斯巴达了。

"谁啊？"

她咬了咬牙，还没来得及说话，就听到门外响起了一把毫无波澜的冰冷嗓音："陈涵心，现在立刻马上跟我回去，不然我就把我们俩接吻的照片发到网上去。"

屋子里一片死寂。

陈涵心僵在原地，用指甲拼命掐了掐自己的手心，她以为早就已经离开的人居然还等在门外。

翁雨吓得连大气也不敢出，郑韵之见状从沙发上跳了下来，走到陈涵心身边："我来。"

"不用。"陈涵心这时抬手拦住了郑韵之，她揉着太阳穴，叹了口气，"他从来不开玩笑……算了，改日再聚吧，我先走一步，对不住了。"

郑韵之面无表情地看了她两秒："我收回你有出息了的那句话，夫管严，走好。"

—

郑韵之这几年在法国的时尚圈已经玩得风生水起，做秀场模特的同时也会偶尔在幕后做秀导，玩到顶端的时候突然抛下一切回国，震惊了圈子里一票人。

这次回国她对外虽然宣称是休养生息，实际上就没打算再回法国去了。

得知她回来的消息，第二天一早，S市时尚圈的几个大人物都来邀请她聚餐，行内人说话并不拐弯抹角，立刻拍板下个月在S市举办的国际名模秀全权交由她来负责。

接下去的一整个星期，她都忙得脚踩风火轮、一天只吃一顿饭，有时候连站着几乎都要睡着。

而出乎她意料的是，那个在见她突然归来，而且被她反锁在洗手间里的男人，竟然一直都没有来找过她算账。

原来就算她这样上赶着去撩拨他作弄他，他都已经没有兴趣来找她"报仇"了吗？

三年过去，她或许就像其他任何女人一样，如过眼云烟，让他已经对自己这个人所作出的一切举动都无所谓了。

周日的晚上，几个S市时尚圈有名的大佬搞了个为模特秀造势的派对。

明星、名流、商人纷纭……她其实压根对这些没兴趣、是想回家补觉的，却被几个新认识的时尚圈朋友硬拖着要出席。

派对开始，原本她正无聊地边喝酒边听其他人聊天，却忽然感到大门口附近传来了一阵骚动。

"谁来了？"她随意地问身边的人。

"你不知道吗？Live的少董穆熙为了他最近新养的一个小模特，竟然奇迹般地肯赏脸来参加派对。"她的朋友耸了耸肩，"据说这小模特最近因为他啊，身价翻了最起码有十倍都不止噢！"

她握着杯子的手一顿，半晌，抬了抬唇："噢？他为什么会对这个小模特那么青睐有加？"

"不清楚。"朋友挑着眉，"穆熙这个人一向性子阴晴不定的，不过呢，你知道的，这种二世祖就是这么一回事儿……"

她侧过头，目光锐利地捕捉到了远远朝这里走来的人。

穆熙今天身穿休闲西装，气质出众，英俊的眉目里则是掩盖不住的锋芒，而在他身旁挽着他的小模特，年纪看着就很小，长着一张紧致漂亮的脸蛋，脸上还挂着掩不住的得意之色。

两人进来后便去了相对僻静的露台门口、倚靠在一起说话，穆熙虽然话不多，但每每说话总是能把小模特逗得笑起来。

郑韵之看了一会，走到吧台旁去换了一杯酒，径直朝两人走去。

那小模特原本笑得花枝招展，一看到她出现，整个人都仿佛如临大敌，分外警觉地望着她。她却完全没把小模特放在眼里，目光只落在那个静静看着她走近的人身上。

"宝贝儿。"她浅笑嫣嫣，凑过去直接和穆熙来了一个贴面吻，"晚上好。"

穆熙没说话，墨色的眸子里波光流转。

"来，敬我们曾经共度的岁月。"她这时举起酒杯，自顾自地碰了一下他手里的酒杯，"如今想来，真是难以忘怀呢！"

她言辞热烈，原本在她对穆熙贴面吻的时候就已经脸色发绿的小模特终于忍不住了，赤红着脸冲她尖声叫道："你到底要不要脸？大庭广众之下就这样勾引男人！"

"我勾引他，和你有什么关系？"

她做了一个疑惑的表情，"他是你的男人吗？你在他身上贴标签了吗？在哪儿？我怎么没看到呢？"

小模特毕竟还年轻，哪里碰到过像她这样尖酸刻薄的女人，气到说不出话来，连握着酒杯的手都在发抖。

"凡事都有先来后到，你还年轻，估计跟头还没摔够，瞧你那么细皮嫩肉的，跟小唐僧似的不谙世事。"郑韵之继续轻飘飘地对小模特说。

"差不多行了。"

始终不发一言地穆熙这时终于开了尊口，他仰头喝光了自己酒杯里的酒，没有再看郑韵之一眼，轻轻揽过了小模特的肩："走吧。"

小模特虽然快要被气哭了，但好歹有穆熙撑腰，这时狠狠瞪了她一眼，娇滴滴地靠在他身上走了。

她站在原地看着他环着小模特的手臂，觉得心里一阵一阵地刺痛。

一

穆熙走后，她独自在吧台喝白开水似的连喝了四杯酒，突然被人从身后拍了拍肩膀。

回过头，便见一个长相妖冶的年轻男人正看着她笑："Tiffany，久仰大名。"

她见过这个男人几次，印象里是个最近正当红的男模特。

"这里散了之后，有兴趣去喝一杯吗？"男人眯了眯漂亮的眼睛，微微凑近她。

她似笑非笑地说："抱大腿？"

男人伸出手轻轻搭上她纤细柔软的腰肢，凑近她的耳朵："抱你这样顶级女神的大腿，我会好好卖力的……让你觉得让我抱得不亏。"

她心中厌烦，刚想使个小手段把这男人给支走，就感觉到身前突然一轻。

回过神来，才发现那男人一屁股摔在了地上，身上的衣服也全被酒给弄湿了。

她诧异地一抬眼，却看到穆熙竟然正站在她面前，他的手里握着一支空酒杯，低头看着地上的男人，冷声说了三个字："太挤了。"

能站十个人的地方你说太挤了，可真有你的。

那男人一见是他，一时觉得也惹不起，自认倒霉地灰溜溜地走了。

"你家小模特呢？"

他去而复返，她按压下心中突然涌上来的说不清是什么的情绪，这时撩了撩长鬈发，笑看着他："被我气进医院了吗？"

他没有回答，只是戏谑地勾了勾嘴角："已经连这种娘炮你都能接受了？"

第二章◎招惹

郑韵之无视他的戏谑，反而调笑道："对了，看我这记性，都忘记问穆董了，上次在洗手间自己玩儿开心不开心？后来是谁来救你出去的？"

他一时没有说话，她刚想继续出言挑衅，却忽然感觉到他的手已经轻轻地搭上了她的纤腰。

他们所在的位置恰好是一个灯光昏暗的暗角，其他人基本都在舞池或者其他地方沉浸在各自的世界里，并没有人注意到他们。

他手一用力，突然将她推及至吧台边上，手掌顺着她腰间的曲线慢慢移动。

"想不想知道，我那天玩得有多开心？"

郑韵之看着他近在咫尺的英俊脸庞，身体却已经先理智一步做出了反应，情不自禁地迎合着他手掌的动作。

因为这是她最熟悉的、也是唯一熟悉的男人的怀抱。

即便三年未见，她依然没有忘记过他的身体和温度。

许多次在巴黎的夜里忽然惊醒，她总会习惯性地去摸一摸自己的床边，似乎还以为会触碰到那具温热坚硬的身体。

以前只要她一碰到他，他就会在睡梦中反手握住她的手，放在唇边亲一亲，然后搂过她继续睡，在他的怀抱里，她就会睡得格外安稳。

离开他之后，她再也没有过一夜好眠。

穆熙紧紧地盯着她的眼睛，慢慢靠近她的脸庞，然后伸出舌头，轻轻地舔了一下她的嘴唇。

她的呼吸愈来愈急促。

然而下一秒，他忽然笑了一下，然后一下子松开了她，往后退了一步，整理了下自己的衣服。

她眯了眯眼。

接着，她就看到他不冷不热地对自己说："郑韵之，我劝你别再费劲了，我不喜欢你这样。"

他说完这句话，就想要转身离开，却被她从身后叫住了。

"不喜欢我这样？"

郑韵之这时调整了一下呼吸，理了理自己裙子的下摆，"穆熙，三年不见，你怎么学会说谎了？"

他回过头，一动不动地看着她。

"不喜欢，你上次会带我进洗手间？不喜欢，你今天来这里干什么？别和我说你是来参加派对的，你从来都不喜欢派对……不喜欢，你刚刚为什么把那个要动我的男人吓跑了？不喜欢，你找个和我长得有九分相似的小模特放在身边？难道她是根据我的脸去整的？"

她越说越起劲，仿佛像是发现了什么惊天大秘密："难怪她刚刚看到我的时候立刻就浑身参毛，她知道我吧？难道你在你家里摆满了我的照片……"

"郑韵之。"

穆熙目光毫无波澜地听她说完这些，冷声道："你知道你自己现在这样很可笑吗？"

这句话，就像是一根针一样，直直地穿透了她原以为把自己包装得无坚不摧的盔甲，狠狠地刺进了她的心脏里。

哪怕她独自去异国他乡打拼了三年，什么都经历过，觉得自己再也不会被这世间任何利器所伤，可是她错了——原来只要他一开口，她便会在他的面前瞬间寸寸瓦解。

可不是吗？

她像个跳梁小丑一样，在他的面前闹出一场又一场戏，结果他作为观众，压根一点儿都不为所动，连眼睛都不眨一下。

郑韵之站在这满是喧闹迷离之地，无比庆幸灯光昏暗，他应该看不清她此刻已然发红的眼眶。

"是，我真可笑。"

她以最快的速度捡起一地支离破碎的盔甲，抱在怀里，冲着他抬了抬自己的下巴，"把这么美好的夜晚都浪费在你身上了。"

说完，她转身头也不回地离开了。

穆熙望着她纤细的背影，垂在身边的手慢慢地握成了拳。

—

陈涵心跟着柯印戚一前一后地离开了翁雨的家。

上了他的车后，她终于忍不住开口道："柯印戚，你什么时候拍了我们俩……的照片？"

刚刚要不是他以此威胁，她情急之下才不会跟着他走呢。

可是据她所知，这位少爷平时从不自拍，他们俩所有的照片都是别人拍的，别人也不会看到他们俩亲密时的模样。

难不成他是在诳她？

柯印戚发动了车，回过头瞥了她一眼，似笑非笑的："之前没拍过，要不现在拍一张？"

果然。

陈涵心气得咬牙切齿："骗子！"

他淡定地开着车，薄唇轻启："再多说一句，咱们就拍点别的。"

她都被他的无耻给惊到了，一下子涨红了脸："我……呸！"

S市的路况即便是夜晚也依旧拥堵，之前在车上的那段对话再加上现在这一卦，让陈涵心完全都不想搭理他了，可下一秒，车内安静又僵持的气氛就被一阵电话铃声打破了。

是柯印戚的手机。

他取出手机，看了一眼后接起，低低"喂"了一声。

她虽然佯装在看路况，心思却全在他的电话上，可谁知他从头到尾只对着电话说了一句"估计还有二十分钟"，就将电话挂断了。

"他们已经等得有些不耐烦了。"他这时驾驶着车改从一个高架口下去，"改走地面会快一点。"

她听了他的话，过了一会才反应过来："他们？谁？"

"你爸妈和我爸妈。"

陈涵心目瞪口呆地转头看向他。

"我爸妈今天刚从美国回来，他们都在你家。"他的嘴角忽而很慢地勾起了一个弧度，"等我们。"

一

回到陈家的时候，陈涵心走路的步子有点儿飘。

她没想到柯父柯母会突然回来，他们俩一直待在美国，已经有将近两年都没回来了，一直是柯印戚自己一个人在这生活的，所以对她父母来说，等于还多养了一个儿子，柯印戚基本除了睡觉，一直都待在他们家，待在她的身边。

柯印戚倒是莫名看上去心情比之前好了点，他此时抬手按了下门铃，很快就有人来开门，只见陈母严沁萱围着条围裙，手里端着一只刚烘焙出来的蛋糕，笑眯眯地在门里看着他们："啊呀！你们俩可终于回来了。"

"萱萱阿姨。"柯印戚每天都来，此时打了声招呼，随手就从鞋柜里拿了自己和陈涵心的拖鞋出来。

"印戚。"严沁萱看着柯印戚，眼角的笑意更深，"快进来，阿姨今天又做了好几道你最喜欢吃的菜。"

"妈……"她像是要努力和某人撇清关系，换了鞋紧跟着严沁萱走进玄关旁的厨房，反手关上厨房门，有气无力地说，"你怎么都不提前跟我说一声啊？"

"说什么？"严沁萱疑惑地问。

她撇了撇嘴："碧玠阿姨和轻滕叔叔刚从美国回来，还要来我们家一起聚餐吃晚饭。"

"你又不是不知道你碧玠阿姨。"

严沁萱淡定地拿铲子从锅里盛菜到盘子里，"她一直都是搞突击战的，以前半夜三点突然端我们家大门也是常有的事情，刚刚接近傍晚的时候她一个电话打过来，我就赶紧先做菜了。"

"怎么？"把手里的盘子稳稳地放在料理台上，严沁萱笑得有些揶揄地看着自己的女儿，"看到他们俩不好意思？"

她听得耳根一下子有点发热，都不敢对上严沁萱的眼睛，只能边解开自己的外套边往厨房外走："怎么可能……我去换衣服。"

满满一桌子的菜，色香味俱全，她上菜前和尹碧玢、柯轻滕打了声招呼，便坐在严沁萱身边，眼观鼻鼻观心地往自己碗里夹菜，一声不吭。

"蘑菇、胡萝卜。"

就在她企图极力降低自己存在感的时候，坐在她另一边的某人却十分从容地往她的碗里夹了两筷子她最讨厌的菜，淡淡地说，"别光吃肉，最近身上的肉都比以前多了。"

……

她整个脑袋当场就炸开了。

这下，从落座后一直在持隔岸观火态度的四个长辈，也终于有了突破口。

只见尹碧玢轻轻巧巧地放下了筷子，看向自己的儿子，轻描淡写地开口问："你不是之前说要去宾大念书的吗，怎么突然就不去了？宾大的校长前两天还来问我们。"

陈涵心心里一抽，就看到柯印戚这时轻轻挽起袖管，露出白皙又精壮的手臂，他盛了一碗汤，放到她的面前："我觉得在F大继续念着也不错，去宾大要再多读一整年，时间太久了。"

尹碧玢的目光轻闪了下："但是你如果去宾大的话，也能借着课余时间开始接手北美那边的生意，学更多的东西。"

他八风不动："妈，你说得太好听了，其实就是想让我去帮你和老爸擦屁股。"

眼见两位叱咤全球的大佬被自己儿子怼得一时语塞，连神经紧绷的她都忍不住在心里默默地笑了一声。

尹碧玢和柯轻滕对视了一眼，轻咳一声："那你有什么事儿那么着急？去宾大多读一年都等不了？"

柯印戚此时整个人稍稍向后靠在了椅背上，身上的气场浑然天成，他抬起一只手轻轻放在她的座椅椅背上，薄唇轻启："有。"

"说说看。"柯轻滕惜字如金。

他放在她座椅椅背上修长的手指有节奏地轻轻敲着椅背，一下、一下就像敲在她的心头似的，让她整个人都有点忍不住地惴惴不安。

她总觉得他好像要说出点什么惊天动地的话语来。

果然，女人的第六感就是福尔摩斯附体。

下一秒，他的目光里蕴含着从容不迫，薄唇轻吐了两个字："结婚。"

听完这两个字，陈涵心手里摇摇欲坠的筷子终于"啪嗒"一声掉落在了地上。

她感觉自己的心脏都已经快要提到喉咙口了。

"哟，和谁结啊？"尹碧玢的眼睛里隐藏着笑，"我这个当妈的怎么从来都没听说过你还有个结婚对象呢？"

说完，尹碧玢还没有错过机会，再转向已经恨不得把自己缩到桌子底下的陈涵心："心心，你和印戚从小一起长大，关系一直最亲密，你知道那姑娘是谁吗？"

陈涵心觉得自己都快窒息了……这张饭桌上的人有谁不知道他说的人是她？

严沁萱实在看不过去好朋友这么调侃自己的女儿，忍住笑，转而对柯印戚柔声提醒道："印戚，你的背景可能不一定能在这里领证，而且，你是不是还差一年多才到这边的法定结婚年龄？"

"那些都不是问题。"

他漫不经心地点了下头，目光始终落在身边的人身上，眼角微微上扬，"等明年吧，明年毕业之后我们就去领证，在哪里领都可以。"

"你真的已经想好了吗？"陈父陈渊衫虽然脸上微微笑着，可目光却渐渐凝聚起来，"印戚，哪怕你的思维、想法和经历都远远领先于同龄人，但是做一个家庭的支柱远比你想象中的更困难，会遇到很多你未曾想象过的困难。"

严沁萱看了一眼丈夫，也温和地说："印戚，你们都还年轻，结合成一个家庭的生活方式与你们现在又有着天差地别，两个人哪怕再熟悉彼此，每天在一起必然也会产生摩擦，如果处理不当，这些摩擦会在不知不觉中腐蚀这段婚姻的美好。如果真的认定了这个人，给彼此再多一些独立的时间也是可以的，你认为呢？"

陈涵心的脑子已经乱成了一锅粥，平日里的机敏全都用不上了，她其实有一肚子的话想要说，但实在没有找到一个好的契机来打断他们的话。

柯印戚静静地听完这些，略一点头，嗓音依旧低冷而沉着："萱萱阿姨，渊衫叔叔，你们说的这些道理我全部都明白。"

"我对其他的事都可以有耐心，但是唯独就这一件事，我的确已经没有耐心了。"

他低咳了一声，似笑非笑地瞥了一眼身边的人："我现在迫切需要一个合法的身份，每天能够看着我的太太，吃她不爱吃的蔬菜。"

陈涵心整个人都僵住了。

餐桌上的话说到这个份上，几乎已经是完全公开透明化了，尹碧玠一手轻轻搭在丈夫的肩膀上，脸上难得有一丝明显的笑意："我和柯轻滕当然是没有任何意见的，我们是儿子娶漂亮媳妇，家里要多一个人……哦不对，以后还会多好几个人，自然是欢迎来不及。"

柯轻滕也放缓了语气，沉声说："聘礼和婚礼，我们都会做到滴水不漏。"

"真是不可置信。"严沁萱唏嘘不已地摇了摇头，"我那时候刚怀上心心，还和你们开玩笑说得定个娃娃亲，没想到居然会变成真的。"

"柯轻滕。"陈渊衫摸了摸下巴，看向好友，"你记不记得我以前说过，哪怕我脾气再好，可是女婿进门，也绝对少不了一顿揍，我会把年轻时所有的本事都对他用上，不会留任何情面。"

柯轻滕搂着尹碧玠，毫不在意地垂了垂眸，淡淡道："请便。"

要被未来岳父揍的人此刻看上去心情却是极好，一向冷然的脸庞上也流露出了一丝淡淡的愉悦。

可另一位当事人，此刻却看上去完全不像是处在愉悦的状态。

柯印戚这时微微凑近了陈涵心，低声叫这位神游天外的人："心心。"

低沉而又亲昵的两个字，从耳朵直透进她的五脏六腑，让她根本无力招架。

她脑子里紧绷了许久的这根弦，终于在这一刻彻底断了。

"腾"的一声，她突然从座位上站了起来。

在所有人错愕的目光中，她低下头看向了身边的柯印戚，轻轻地勾了下嘴角。

"印戚弟弟。"

她再次用他最讨厌的称呼唤了他一声，歪了歪头，"年纪轻轻的，干吗非要想不开去结婚啊？"

此话一出，柯印戚原本还算带了点温度的脸色彻底凝住了。

屋子里刚刚还其乐融融的气氛瞬间消失殆尽，几个大人一对眼色，全都不说话了。

陈涵心被逼急了什么刀都敢往外飞，她也有些被自己惊讶到——此刻她居然完全没有半点预想的慌乱和心虚，只知道冲着他最痛的地方下手："你想和人姑娘结婚，有没有想过是你自己一厢情愿，人姑娘根本就不想嫁给你呢？"

他听完这话，面无表情地说："你怎么知道她不想嫁给我？"

她都给气笑了："你这个人永远都是这样，你一直认为你做的所有决定、说的所有话都是正确的，你把一切都安排得在你自己心中称心如意、花好道好，却从来没有问过别人觉得好不好、对不对。"

"你的意思是觉得我不尊重她？"柯印戚抬了抬眸，"我不尊重她，我等她二十多年？"

陈涵心涨红了脸："你那能叫等吗？"

"这么多年了，我可从没在她身上看到一点不情愿。"他的脸庞在灯光下显得既白皙又清冷，"也正是因为如此，我从来都觉得她只是在跟我闹别扭，并不是真的不想和我走下去。"

"那你可真是太自作多情了，"她冷笑道，"连结婚前每天相处都已经充满着摩擦和争执，结了婚那还得了？"

柯印戚冷冰冰地说："每次的摩擦都是因谁而起，心里没点数？"

两人这么打着官腔一来一回，谁都没有要先让步休战的意思，严沁萱见气氛实在是太糟糕，终于忍不住出来打圆场："好了好了，别说了，先吃饭吧，这汤都快冷了。"

"妈，我实在是没有胃口，"她连假笑都懒得往脸上挂，"碧玠阿姨、轻腾叔叔，我知道我这样很失礼，但抱歉，我真的吃不下去这顿饭了。"

她说着，拿上挂在一旁的大衣披上就想出门，可却看到有一个人比她的动作更快。

柯印戚转瞬间已经将他的外套拿在了手里，此刻他的脸色比外面的天寒地冻看着都吓人，她在原地愣怔了一下，就见他一言不发地穿上鞋打开了她家的大门。

他的意思是——你不用走，我走。

大门"砰"的一声应声合上，就像一记重重的耳光打在了她的脸上。

陈涵心站在原地，觉得自己的指尖都泛着冰凉。

为什么看到平时面对多少风浪都岿然不动的人被她气成这样，她心里居然没有一点预想中的舒畅？这难道不是她最希望看到的吗？相反，她却觉得自己的心口此时难受得像要被撕裂一样。

她揉了揉有些发红的眼眶，回过头看了一眼眼带心疼地望着她的父母和长辈，再也没有勇气看下去，转身就上了楼。

走到转角的地方，她听到了陈渊衫淡淡的一声叹息："年轻人的事，就让他们自己去解决吧，我们谁都帮不了。"

—

那一晚之后，柯印戚再也没有在她的面前出现过。

以往每次他们俩吵架，无论她把他惹得有多么生气，第二天他总是会冷着张脸等在她家门口和她掰扯个明白，说不清楚就把她摁在墙上亲得服帖了，两个人也就自然而然地和好了。

她原本以为，这次也会和以前一样，毕竟他就住在和她仅仅隔着一条小道的房子里，走到阳台上都能和对方聊天。

可是，一个星期过去了，她每天去学校听课、准备毕业论文的开题，生活平静如水，他连影子都没出现过，回到家他那栋屋子里的灯也是暗着的，就像根本没人住在里面一样。

陈涵心，他不每天盯着你，你难道不应该感到轻松吗？

俞奕伦作为她在F大关系最要好的朋友，也作为扬名海内外的妇女之友，实在是受不了她这样如游魂般的状态，周五下课后直接把她堵在了导师办公室门口："陈涵心，你需要心理疏导。"

"我不需要。"她扭头就想走。

"从那天派对之后你就一直是这个鬼样子，就算是大姨妈也该结束了吧？"

"滚。"

"不是，你到底犯什么毛病？被男人睡完踹了？哪个男人居然敢动咱们的公主大人啊？"

陈涵心忍了忍，转过头劈头盖脸地对着他放炮："我问你，你真觉得我是个每天需要人保护关心捧在手心里、自己就成不了任何事、吃喝拉撒都得人兜着的公主病患者？"

俞奕伦摸了摸脑袋："你难道不是？"

她抬手就想揍他，却被他灵活地躲了过去。

"虽然没那么夸张，但你想想，你有爸妈疼朋友关心老师喜爱同学追捧，从出生起就含着金汤匙，从来没吃过一点点苦头，想要什么都能得到，最关键的是你身边还有柯神，天天把你捧在手心里都怕你碎了，你这个人设不是公主谁还能是公主？"

俞奕伦说完之后，忽然想到了什么，嘴巴慢慢张大："这两天柯神去哪儿了？你别和我说让你每天一脸便秘的男的就是……"

她什么话都没再说，捧着笔记本电脑转身就走了。

周日快凌晨的时候，陈涵心在家里忽然接到了郑韵之的电话，从电话里听上去郑韵之的心情已经差到不行，只说要她现在马上去一趟Babyface喝酒。

按照她平时的性子，这么晚了她其实是不会出门的，一是柯印戚根本不可能会同意，二是她本身也比较怕麻烦，可连日来心里堵的气越积越多，急需一个出口发泄，她二话没说就答应了。

从衣柜里翻了条柯印戚以前从不允许她穿出去的性感小裙子套上，她化了个浓妆，飞车离家。

到了Babyface，远远就看到郑韵之在舞池的正中央，扯着四肢严重不协调的翁雨贴身热舞，她看了一会觉得好笑，走过去和她们打了个招呼，先去郑韵之提前预留的卡座喝酒。

刚喝上没一会，就有两个男人走过来在她身边的沙发上坐下来。

那两个男的长相和气质倒是都还行，就是看着就不是什么善茬，估计是家里有点小钱的公子哥，天天只会来夜店找女孩子睡觉。

"小姐姐，一个人？"公子哥A先笑眯眯地问。

她不动声色地往后坐了点："有朋友一起。"

"男朋友女朋友？"公子哥B更凑近了一点，"女朋友的话，大家一起玩啊！"

她本能地对这种接近感到抗拒，刚想说话，就看到郑韵之出现在了卡座边，立刻松了口气："之之。"

两个男的转头一看到面容娇媚又拥有魔鬼身材的郑韵之，眼睛都瞪直了，而且这大美人还冲着他们直笑，俩男的口水都快掉下来了。

"有事儿吗？没事别坐在这骚扰我朋友。"笑完，美人毫不留情地就开始吐蛇信子。

两人被问得蒙了，立刻坏笑道："有事儿，想和你们玩。"

郑韵之点了下头："我们不想和你们玩。"

"别这样嘛，大美人。"公子哥A说着就要上手，"有缘相会……"

"滚，给我有多远滚多远。"郑韵之伸手将那男的往旁边一推，脸上彻底没了一丝笑，"老娘今天心情不好，不想再说第二遍。"

俩男的被这么一弄，也有点上火了："小娘们看着骚得不行，脾气那么臭？"

"怎么说话的？"陈涵心这时也"噌"地站了起来，"让你们滚，还得让我们用轿子抬你们啊？"

"哟，都这么来劲儿啊！"公子哥A这时阴恻恻地说道，"今天你们谁都别想走。"

站在最旁边的翁雨见状不妙，立刻白着脸转过身打开手机求救，几乎是电光石火之间，她立刻就翻到了一个名字拨出了电话。

穆熙从名模秀预热派对回来后，一直在家里和美国那边的高层开会，他一边听着对面说话，一边漫不经心地摩挲着放在他书桌上的一个相框。

相框上的人穿着运动装，笑得眉眼弯弯，露出一口白牙，他忽而想到她现在的笑容里，根本就没有一点儿真心的笑意。

他看着看着，眼里的情绪复杂了起来。

就在这时，他放在一边的手机忽然振动了起来，他垂眸看了一眼来电人，有一瞬间的愣怔，然后对电话会议的参会者说了声稍等，按了静音，接起电话贴在耳边。

"滚来Babyface。"电话那头的男人声音冷得不像话。

他捏着手机，挑了挑眉："半夜约我去夜店？姓柯的你有病？"

对方似乎情绪已经差到极点，从牙缝里挤出来了一句话："郑韵之在那儿惹事了，心心也在。"

穆熙一听这话，脸色瞬间大变，一下子就站了起来："怎么回事？"

谁料柯印戚已然没有半点耐心，直接就掐了电话。

他这时放下手机，二话不说就摁断了电话会议，撇下了对岸一脸蒙的美国佬，拿上车钥匙夺门而出。

一

陈涵心其实这辈子从来都没遇到过这种阵仗，她的确是养尊处优，再加上身边无时无刻都有柯印戚的存在，如果不是同学要开派对或者郑韵之要来，她自己一般绝不会来夜店，也不会有机会遇上这样的人。

可惜她最近真的是时运不济，本来只是想来和姐妹聚会跳跳舞喝点小酒放松宣泄下心中的郁闷，做一晚叛逆的小少女，这下可好，直接给惹上了麻烦。

这俩男的虽然不敢真碰她们，但也死活不让她们离开，非得让她们道歉。郑韵之今天心情是真不好，酒也喝多了，嘴里的话一句比一句尖酸刻薄，还直接把酒瓶给砸了，捏着瓶口用碎玻璃瓶指着对方骂，对方也撩起袖子准备动手，搞得整个夜店的人都吓坏了。

她哪会应付这种场面，其实也被吓蒙了，完全不知道该怎么办。

所以，当看到柯印戚朝她这边快步走过来的时候，陈涵心还觉得自己是不是在做梦。

结果，当他一脚踹开那两个男的来到她面前，将自己手上抓着的大衣往她身上裹紧，语气又冷又急地问她"有哪儿伤着没"的时候，她忽然就觉得之前憋了一个星期的气全都不见了。

刚刚她那么害怕的时候，心里其实就只有一个念头——要是他在就好了。

她明明在很早之前就已经下定决心要做一个"没有柯印戚"的陈涵心，可是当她遇到了任何问题，她第一时间还是只会想到他。

只要有他在，她就什么都不会怕。

他一直都把她保护得么那么好。

"我没事。"她看着他漆黑的眼睛，还有额头上因为赶过来着急而冒出来的些许薄汗，咬了咬牙，"我一点都没事，你快去帮之之。"

柯印戚此刻脸上的表情只能用可怖来形容，他又上下仔细地扫了她儿圈，确定她真的无碍后，转过头去看向了那两个从地上挣扎着爬起来要朝他扑过来的男人。

"他们有哪只手碰到过你吗？"

他垂着眸面无表情地看了那两个男人一眼，回过头问她。

陈涵心被他眼睛里蕴藏着的锋利给吓到了，这么多年来，她极少见到他这副模样，又或者说，他尽量在避免让她看到他这一面，因为她明白他露出这样的表情后随之而来的会是什么。

他毕竟是柯轻滕和尹碧玠的儿子。

那两个男的充其量就是绣花拳腿的小流氓，可这个男人，是会专业格斗术和射击的。

"你知道我们是什么人吗？你要是敢动我们，你……"

那俩男的一开始被踢到地上还在破口大骂，可一对上柯印戚的眼神，浑身下意识地就一哆嗦。

"没有。"陈涵心也不顾他们俩还在冷战，赶紧伸出手抓住他的手臂，"他们没碰我。"

他听完她的话，轻轻眯了眯眼，这时几步上前，一把扯着其中一个男人的领口将他提小鸡似的拎了起来。

那男人瞪大着眼睛，吓得脸都绿了，被他提在半空中两腿拼命扑腾，陈涵心感觉那个男人好像还在用微弱的声音喊"救命"。

柯印戚冷漠地看了那个男人几秒，提起了另一只手。

眼看那一拳就要朝男人的脑门上砸过去，有一个人快步走了过来，轻轻用一只手臂挡住了他的手。

是穆熙。

他来得有些急，身上竟然还穿着家居服，原本在后面抱着手臂准备看柯印戚手撕小流氓好戏的郑韵之脸色立刻就变了，绷紧了身体，紧蹙着眉头看着他。

穆熙这时将脸靠近了他的耳朵，略微压低了声音："柯印戚，这里不是你的地盘，万一真弄出了点什么事，可没人给你担着。"

柯印戚一动不动地看了他几秒，终于放下了手，将那个男人重重地甩在了吧台旁，砸碎了一堆酒。两个原本一心要来泡姐的公子哥觉得自己今晚简直是从死神的手里逃过一劫，吓得都差点尿裤子，互相挣扎着抱成一团，连滚带爬地离开了现场。

"抱歉，刚刚打扰到各位的雅兴了。"穆熙这时转过身，拿起了旁边的一杯酒，冲着围观的工作人员和其他客人举了举杯，"小小插曲，不必介怀，今夜我请大家一人一杯。"

其他人一看到他，又瞬间欢呼了起来，再次投入到各自的夜生活中，他转头又叫来了夜店的领班，给了对方一点小费，示意对方这些砸坏的酒和器具都直接记到他的账上就好。

几乎是顷刻之间，刚刚还乱糟糟一片的地儿立刻又变得井然有序起来。

穆熙这时回到了柯印戚面前，对着他戏谑道："柯大少爷，你是中学生吗？"

柯印戚懒得和他周旋，冷笑了一声，转过身轻轻搂过披着他衣服的陈涵心，面无表情地对着穆熙说："我警告你最后一次，管好你的女人，别再让她发疯的时候牵扯到别人。"

穆熙没说话，脸色也很冷。

陈涵心白着脸咬着唇，回过头看了郑韵之一眼，郑韵之皱着眉朝她摆了摆手，示意她快走。

下一秒，柯印戚就带着她大步离开了夜店。

一

郑韵之刚刚喝酒喝得急，还在舞池里拼命蹦，一下子就有点上头了，后来还挡在陈涵心她们面前对着那两个男的，用尽了浑身的劲儿，现在整个人又累又晕。

而且该死的，这个男人居然来了。

她这时朝后稍稍倒退了几步，一屁股在乱糟糟的卡座上坐下来，整个人往后一仰，眼神放空。

翁雨向柯印戚发出紧急救援的时候根本就没想到过柯印戚会把穆熙也给叫来，而且看这样子，今晚这两对儿之间估计都得闹得天翻地覆。

她原本还在犹豫要不要带郑韵之回家去，可穆熙这时朝她走了过来，淡淡地对她说："我让人先送你回去，你不用担心她。"

翁雨看了一眼穆熙脸上的表情，再看了一眼一旁躺在卡座上的郑韵之，咬了下牙，点点头走了。

穆熙这时走到卡座边，居高临下地看着郑韵之。

她一开始就当没看到他，后来实在是被盯得有点烦了，侧着头看向他漆黑的眼珠："你最好离我远点儿，我一看到你就有点想吐，我是说真的，想吐。"

他没吭声，这时微微弯下了腰，用手臂撑在卡座的靠背上看着她："你有本事就吐我身上。"

郑韵之双眼空洞地看了他两秒，然后从卡座上半直起身，撩起了自己的头发，低下头二话不说对着他的裤子就呕了出来。

穆熙眼皮一跳，以最快的速度避了一下，但自己居家服的裤子上还是遭了殃，一堆不明液体此时粘在他的裤子上，无比醒目并散发着恶臭。

他磨了一下后槽牙，有些不可置信地看着她。

"是你自己要让我吐你身上的。"

她理直气壮地白了他一眼，一张小脸吐完之后煞白煞白的，此时整个人作势又要往回躺。

穆熙觉得自己但凡只要和这个女人待在一起超过五分钟就一定会被气得原地飞升，他又再次扫了一眼自己裤子上的呕吐物，没好气地冲她说："走到洗手间还走得动吗？"

人压根没回音。

他咬着牙，从桌子上抓了瓶矿泉水和一个空酒桶过来。

然后他把软绵绵的人捞起来，让她靠在自己的肩头，把空酒桶塞到她手里："还想吐就接着吐。"

郑韵之侧头没表情地看了他一眼，抱着手里的空酒桶，低下了头。

穆熙就这么搂着她，看她在自己怀里吐得一塌糊涂，并被她吐出来的东西的臭味熏得脸色发青。

等到他觉得自己都快要被熏吐了的时候，她才终于把酒桶还给了他。

他把盛满她呕吐物的酒桶放在她面前的地上，拧开矿泉水瓶的盖子，凑到她嘴边。

"漱口。"他从牙缝里蹦出了两个字。

她机械地在他的逼迫下漱了几次口，然后喝完了半瓶水，眼一闭又想躺下去："……我好困。"

穆熙的耐心已经彻底丧失殆尽，此时直接将她从沙发上横抱了起来，大步往外面走去。

郑韵之被他抱在怀里，整个人还有点没回过神，等他们俩一起出了Babyface，凛冽的寒风对着她的脑门一吹，终于是把她原本悬在头顶上的醉意吹灭了一半。

她轻甩了一下自己的脑袋，刚想说话，就被他扔进了副驾驶座。

穆熙把她那边的门一关，转身上了驾驶座，然后他发动了车，并低头看向了自己的裤子。

她也看着他的裤子……还有他额头上渐渐暴起的青筋。

郑韵之知道这个男人有着严重的洁癖，是严重到令人发指的那种程度。举个例子，就连拿钥匙开门他都得用湿巾纸包着钥匙开，家里所有的东西都必须保持一尘不染，有一粒灰尘都不行，不然他就会浑身焦躁。

可刚刚，她不仅吐在了他的裤子上，他还搂着她让她在他怀里接着吐。

这让她想起以前，她住在他家的时候，经常会因为生活习惯邋遢被他骂，可她左耳朵进右耳朵出，继续把吃一半的零食和换下来的衣服随便乱丢，走哪丢哪，然后这位尊贵的穆少董就整天跟在她的屁股后面，一边吼她一边帮她收拾干净。

她那个时候得意得不得了，双手叉腰看着低头在帮自己收拾的男人，歪着头说："穆熙，我觉得你被我奴役得好高兴啊！"

握着吸尘器的他抬头扫了她一眼，对她说："郑韵之你皮又痒了？"

然后她就笑得东倒西歪，走到他的面前对着他吧唧一大口，把他撩得浑身起火之后，跑到卧室去把门反锁了。

原来他们之间，也是存在着快乐的回忆的，不是只有伤害和痛苦。

她闭了闭眼，低低开口道："穆……"

话还没说完，她就看到他三下五除二把自己身上被污染的裤子扒了下来，卷成一团，扔在了后座的地上。

她动了动唇，情不自禁地朝他看去。

穆熙感受到了她的眼光，眉头一挑，转过头来："你在看什么？"

她嫣然一笑："你说呢？"

他顿了一下，咬牙切齿地说："郑韵之，我再警告你最后一次，别招惹我。"

"招惹你怎么了？"她舒舒服服地伸展了身体，修长白皙的两条腿妖娆地勾在一起，"招惹你会没命吗？"

穆熙看着她，忽然勾了一下嘴角。

然后他半个身子直接越过座位之间的扶手，伸出手将她整个人重重摁在了座位靠背上。

他漆黑的眼睛一眨不眨地盯着她，然后贴着她的嘴唇说："是。"

郑韵之听完穆熙的话，浑身颤了一下，然后哆哆地道："……我好怕啊！"

他冷笑了一声，轻轻地抬起了她的下巴。

这么近在咫尺的距离，她能看到他微垂的眼眸里泛着淡淡的波光，这个男人实在是生了一副好皮相，无论是笑还是生气的时候，都有一股在无形中招人的感觉。

在她感觉他下一秒就要动手的时候，他却猛地退了开来，面无表情地帮她系好了安全带，坐回驾驶座。

郑韵之眯了眯眼："怎么？"

他脚一踩油门，车直接往前蹿了出去，语带嫌弃："你自己闻闻你身上和嘴里那股味儿。"

她愣了一下，翻了个白眼。

这会嫌弃起来了？刚刚在夜店里不还搂着她陪她吐呢？

"穆董，我知道你开车技术很好。"

眼看他把车当飞机开，她一手抓着把手，一边说，"但现在咱们得开慢点儿，我又有点儿想吐了。"

一听这话，他条件反射就脸一绿，然后瞬间就把车速降慢了下来，还顺手给她开了车窗。

看来刚刚她那一吐，是把他给吐出心理阴影来了。

她勾着嘴角靠在车窗边，深深呼吸了一口窗外夜间的空气，忽而轻声说："你为什么要来？"

他没回答。

"是你的小模特不够香，还是你实在太闲？"她转过脸，"而且还穿着居家服就蹦出来了，咱们穆董的人设什么时候竟然变成热心市民了，那么爱凑热闹？"

穆熙抿着唇开车，完全把她的所有话都当耳边风。

郑韵之看着这个男人英俊的侧脸，忽然就觉得浑身哪儿都烦躁。

明明晚上在派对的时候，他还亲口对她说他不喜欢她这样折腾，当着她的面维护那个小模特，而且最后还狠狠地奚落了她，说她可笑。

可没过几个小时，他又在她遇到危险的时候，连衣服都忘了换就匆匆忙忙地赶过来了，这男人是一个多么注重个人形象多么有包袱的人啊，穿着深色带斑点的睡衣私服就满大街跑这种事不是跟要他的命一样？

而且她可没有错过他刚刚冲进来的时候脸上的表情，那个表情的可怕程度，可根本不亚于煞神似的柯印戚。

更重要的是，他的表情里，还有忘记掩饰的担心。

他担心谁啊？

担心她吗？她有什么好担心的？她是死是活，和他又有什么关系？

"你现在要带我去哪儿？"她这时关上了车窗。

他惜字如金："我家。"

她愣了一下，冷笑道："你的主意打得可真好啊，想和我还有你那小模特一起玩儿？滚吧你！"

穆熙握着方向盘的手此刻青筋暴起，他似乎是在极力忍耐着什么，最终从牙缝里挤出了几个字："她不在我家，我从不带女人回家……除了你。"

此话一出，郑韵之觉得自己心里好像有哪一块突然凹陷了下去，又疼又酸，她忍了忍，说道："穆熙，你停车。"

他却置若罔闻，她急了，拔高了嗓子："我叫你停车。"

"吱——"的一声，黑色的豪华SUV在马路牙子边儿停了下来，半个车身都横在了台阶上。

得亏是半夜，路上已经没什么人了，不然得被这车的走位给吓坏了，郑韵之这时"啪嗒"一声解开了自己身上的安全带，红着眼睛指着他的鼻子说："我告诉你，你别同情我。"

穆熙望着她，眉头紧蹙。

"我知道你有修养，不太爱拂女孩子的面子，做什么事情都会很周到，所以你哪怕再没兴趣，也不想眼睁睁地看着我把自己作死，毕竟再怎么说，我们俩曾经也有过一段儿。"

她颤着收回手，声音又轻又飘："我出身不好，我不像心心那样从小是个小公主，身边总有王子骑士护着她，我没爹疼没娘爱，我是个野孩子，但我野惯了，怎么野我都死不了，你明白吗？"

她的手指此时重重地掐进了自己的掌心里："所以我不需要你同情我，不需要因为你觉得我把自己的生活过得一团糟，就跟三年前那样像捡一个流浪儿一样把我捡回家，我已经不是那个时候的郑韵之了，我不需要。"

他一开始浑身就憋着火，应该说，从她回来的第一天起，他的这股邪火就压在心里头没消失过，等听到最后一句，他都给直接气笑了。

"你觉得我是在同情你？"

半晌，他冷笑了一声，咬牙切齿地说："你错了，郑韵之，我一看到你就想掐死你，一听到你说话就想说更难听的话堵死你。"

"我希望你再也不要出现在我面前，"他这时"啪"的一声按了车门开锁键，冷漠地指了指车门，"你现在就给我滚。"

她张了张嘴。

他的脸庞上只有厌恶和不耐，连半点温度和感情都没有。

郑韵之的心痛得无以复加，她咬了下牙，红着眼圈打开了车门下车。

她反手刚推上门，他的车就像离弦之箭一样飞驰而去。

郑韵之一个人站在这个冰天雪地的夜晚，望着他的车子渐渐消失在道路的尽头，觉得自己已经快要变成此刻寒风中的碎片。

她在原地慢慢蹲了下来，蕴在眼眶里的眼泪终于忍不住，不要命一样地往下掉。

一

一直到车已经开出去了一大段，陈涵心还是不太敢看身边正在开车的男人。

她的身上披着他的大衣，鼻息之间都是他身上熟悉清冽的味道，刚刚在夜店里紧绷着的神经好不容易松弛下来，可又因为身边这个煞神般的男人，再次绷得她脑袋疼。

车就这么一直开到了小区门口，他在路灯旁停了车，把车子熄了火。

她条件反射抖了一下。

柯印戚这时转过头看着她，语气像在冰窖里冻过似的："还在害怕？"

她摇了下头。

"那你抖什么？"

陈涵心咬了下唇："我怕你。"

柯印戚："……"

过了一会，他勾了勾嘴角，给了她一个冷笑："你怕我吗？我怎么觉得你一点儿都不怕？"

她动了动唇："我不是有意……"

"你化这样浓的妆。"

他这时直接打断了她的话，抬手提起了他自己的外套，看着她，"穿这么短的裙子，凌晨两点跑到夜店里去，你和我说你不是有意的？"

"陈涵心，你真当我是傻子？"

她说不出话来。

谁敢把他当傻子？可能三个她加起来智商都没他一半高。

"如果我今天不来，你是想怎么样收场？"

他越生气，声音就越冷，这会直接冷得跟冰似的，不带半点感情，"陈涵心你是真的牛，我发现我以前真是小瞧你了。"

"你以为我想这样吗？"

他一句比一句更尖锐的话让她终于也忍不了了，这时一把将身上的大衣扯下来，用力扔到了他身上，"如果不是前几天你非要在家里逼着我和你结婚，然后又二话不说就玩失踪，我至于心里不爽跑去夜店发泄吗？你以为我想去吗？"

他任由衣服砸在自己的下巴上，听到这话，一时没吭声。

"柯印戚，从小到大，我自己能做的决定你都替我做了，我做不了的你也替我做了，我觉着这样不对，我不想让你这么辛苦，我想独立一点，自己去思考问题，你却怎么也不同意。"

她眼圈渐渐泛红，头一次这样对着他毫无顾忌地宣泄着自己心里的想法："你非得让我依赖你，非得事事都帮我计划好，你从来都没有想过问我的想法，包括结婚这件事也是，这不是你一个人的事，你有没有问过我是不是准备好了，问过我觉得是不是时候？"

他一动不动地望着她。

"柯印戚，我知道你疼我，可是你让我透不过气你明白吗？"

她忍了忍，可眼泪还是没忍住、慢慢地从她的眼角滑落："但是最让我自己觉得可怕的是，即便是这样，我还是在习惯性地依赖着你，我觉得你永远会护着我，哪怕我把你气得半死、赶得再远，你都会回来，就像今天这样，我还是在想着你会不会出现。"

"我该怎么办，我觉得我有病……"

她说完这句话，就再也没开过口了，只是不断地在小声抽泣着。

柯印戚的目光始终轻轻地闪烁着。

过了一会，他重重地叹息了一声，解开安全带，伸出手，将她用力地拉进自己的怀里。

"我不辛苦。"

他靠在她耳边，嗓音已经哑得不像话，"陈涵心，我一点都不辛苦，我上辈子欠你的，所以我这辈子心甘情愿、我就该这样伺候你。"

他到底太心疼她，刚刚在夜店里看到她小小一只缩在那、他紧张都快失去理智了。

可现在一看到她哭，他自己被气得头昏脑涨的事情也已经全都被抛在了脑后，他轻轻地拍着她的背，哄小孩似的："而且你这一身的毛病都是我给惯出来的，没我你治不了。"

陈涵心抬起手就朝他拍过去。

小小一巴掌清脆地打在了他的脖颈边上，往常秉承谁要是敢碰自己一下谁就得凉的柯大少爷仿佛无知无觉，毫无原则地说："宝贝儿，给我挠痒痒呢？"

她揉了揉眼睛，凶巴巴地瞪着他，声音里还带着点哭腔："你这一个星期都去哪了？你根本没在家里。"

他亲了亲她的眼角，用手指给她抹眼泪："我跟我爸妈回了次美国。"

"原本去宾大，他们要把那边的一部分事情交给我，现在我不去了，他们还是要交给我，我去见了下几个业务模块的负责人，以后就在这远程管理就行。"

他说得风轻云淡，"我原本不太想去，但之前实在是太生气了，想做点别的事分分心，翁雨给我打电话的时候我其实人才刚下飞机……幸好赶上了，不然我真的不敢想象会发生什么事。"

难怪他这个星期一直都不见人影，原来是去了趟美国。

陈涵心咬了咬牙，忽而说："你不去宾大真的不后悔吗？"

这个问题她当时就问过他不止三遍，但她还是想再问一遍。

原本其实他们俩是打算一块儿去的，可她在最后一轮面试的时候没有发挥好，被宾大拒了。可他不一样，他这种人就该在全球最高等的学府接受最好的教育，不然上哪儿都是屈才。

可另一方面，她又打心眼里舍不得他和自己分开。

隔着半个地球，隔着时差，再也不是天天能见到他，嘴上说着以后她就能彻底放飞自己拥抱自由，可他真拿到Offer的那一阵，她又每天情绪都很低落，连小区里遛狗的大妈都看出来了。

那他又怎么可能会看不出来呢？然后他二话不说就把Offer给拒了。

郑韵之一点儿都没说错，她是真的作。

不仅作，还老是喜欢拖他后腿，没完没了地在拖。

柯印戚把她脸上所有的泪渍都抹干净了，亲了一下她红红的鼻尖："不后悔。"

"我那天说的都是真话，想和你结婚的愿望，确实多一年我也等不及。"他垂眸看着她，声音渐渐温和下来，"但是我再也不逼你了。"

"心心，我给你时间。"

柯印戚这句话一出，陈涵心完全愣住了。

他们俩在一起这么多年，她从来都没有听过他说这种话。

柯印戚的字典里从来就没有等，也从来没有商量的余地。

他总是会将一切都轻描淡写地安排得妥妥当当，按照他自己的计划进行得游刃有余。

学习是这样，经商是这样，和她相处也是这样。

他习惯于凌驾于所有人和事之上，让一切都顺应他自己的想法走。

可是今天，他竟然会说即便他不想等，他也愿意给她时间考虑。

她张了张嘴，连带着哭腔的声音都变了："柯少爷，您是不是发烧了？您要不要先去医院检查一下？"

柯印戚的脸僵了僵，末了，他捏住了她小小的下巴，眯起了眼睛。

"等会告诉你哥哥到底哪里烧了。"

第三章 ◎ 在乎

翁雨接了电话打车一路赶到福明路那个十字路口的时候，人都是傻的。

她原本以为穆熙今天一定会把郑韵之给带回去，吵也好闹也好，至少也都会是在他家里折腾，就是因为他之前在Babyface这么承诺过了她，她才会放下心来先独自回家去的。

可当她下了车，看到双手抱着自己光裸的肩膀瑟缩在马路牙子边儿上的郑韵之，她忽然就开始讨厌起穆熙来。

他怎么能这样？

哪怕他和郑韵之吵得再凶，郑韵之说的话再难听，他再生气发怒，他也不该把她一个女孩子就这么甩在大冬天凌晨的马路上。

万一她遇到了危险该怎么办，万一她冻坏了该怎么办。

他就一点都没有想过吗？他就一点都不心疼吗？

翁雨因为出门急身上还穿着睡衣，只是在外边随便套了件羽绒服，她这时跑到郑韵之面前，蹲下来，一把抓住了她的手："之之。"

郑韵之原本低着头，这个时候慢慢抬起脸，看到她，弯着嘴角笑了一下："翁雨，你好像只企鹅。"

她的嗓子已经完全哑了，因为长时间的挨冻，她的脸颊被风吹得通红，嘴唇也已经发白了，身体则是不断地在颤抖。

翁雨看得眼一热，蹲下来扶着她将她从地上拉起来，把她裹在自己的羽绒服下面，拖着她往车的方向走："走，我们先上车。"

郑韵之闭了闭眼，靠在她脖颈边，声音沙沙地说："小飞侠，对不起啊，我自己一个人实在站不起来……"

"你说的什么胡话，"翁雨把她人推进车里，把自己的羽绒服脱下来盖在她身上，才跟着坐进来，"你跟我道什么歉。"

司机按照翁雨的指示把车往她家的方向开回去，郑韵之裹着翁雨的羽绒服，觉得自己浑身一阵冷一阵热，非常非常难受。

翁雨见状把手放在她的额头上探了探，皱着眉头说："你发烧了，温度应该还挺高的，回家给你吃退烧药，然后得赶紧睡觉。"

"小飞侠。"她闭着眼睛靠在座位靠背上，慢慢吞吞地说，"等我找好了房子，我就搬出去，再也不这样麻烦你了，自从我回来，你应该一个好觉都没有睡过吧。"

"你别找房子了。"翁雨看着她，"也别搬出去，就和我住在一块儿，我家有房间，我可以照顾你。"

听到这话，她慢慢睁开了眼睛，侧过头看向了翁雨："咱们的小棉花糖，什么时候变得这么有女友力了？说得我都想嫁给你了。"

没等翁雨说话，她又说："哎，不行，你和傅老师两情相悦，身心契合，我可不能破坏你们俩的感情，那我就只能祝你们幸福了。"

"说真的，做我的闺密一点好处都没有，还会被我拖累死。"她抬起手揉了揉眼睛，"也难怪柯印戚每次一看到我就喊打喊杀的，恨不得我离心心越远越好。"

"你对我和心心都很好。"翁雨抓着她冰凉的手，"特别特别好，这么多年，一直都是你在保护我们两个。"

她低低地笑了一声。

"你知道吗？"

由于在发高烧的缘故，她觉得自己烧得有点儿透不过气来，一直大口大口地呼吸着，说话也断断续续的："我其实，特别羡慕你们两个，所以我得拼命保护你们。"

"心心有这世界上最疼爱她的父母，还有把她惯得一身公主病的柯印戚，所以她总是能那么骄傲又自信，你也有父母的关心照顾，为人温柔正直，现在还遇到了这么温柔、这么疼你的傅老师。"

她又闭上了眼睛，呼吸有些急促："你们两个都是我最想成为的那种女孩子，所以我想保护你们，让你们一直活得这么美好。"

翁雨咬了下牙，眼眶还是禁不住湿润了。

出租车在空空荡荡的道路上飞速行驶着，没有人注意到有一辆SUV始终不远不近地在后面跟着。

长久的安静之中，郑韵之垂着头，眼角有点儿泛红，她像是在梦呓："女孩子呢，就该被人捧在手心里疼爱，做公主有什么不好的？"

"如果有人疼我，我也想做公主。"

说完这句话，她就觉得自己的意识开始慢慢地淡去了。

不知道过了多久，她在恍惚之中听见身边有模糊又熟悉的声音在说话，像是翁雨的声音。

"你来干什么？她不需要你，你不用这样假惺惺的……你快走吧……"

她在对谁说话，这么温柔的翁雨说话的语气竟然会这么凶？

郑韵之很想睁开眼看看现在身边的情况，可是她又冷又困，还很累，眼皮子仿佛有千斤重，她怎么也没办法睁开眼睛。

眼前是一片黑暗，她只能感觉到自己好像落入了一个温热的怀抱里，那个人把她打横抱了起来，让她的脑袋靠在自己的胸膛上。

是翁雨在抱她吗？可是翁雨的胸膛怎么会这么宽厚又坚硬呢？再说翁雨也不可能抱得动她吧？

那是谁？

她想不明白，蹙着眉头，因为冷，又蜷缩了一下自己的身体，往那个人的怀里凑了凑。

而下一秒，那个人就更用力地将她往自己的身上贴，还将一件外套一样的东西盖在了她的身上，把她整个人都裹在了里头，抱得更紧了些。

被抱着走了一会，很快，她就被放到了一张床上，有一只温热的手这时轻轻地落在了她的脸颊上，揉了揉她紧蹙着的眉头，让她的眉心舒展开来。

"对不起。"

她听到了一道熟悉又沉冷的声音这么说。

—

陈涵心依然还沉浸在柯印戚那句"我给你时间"的话里。

柯印戚见她一直不吭声，这时捏着她下巴的手又游弋上去捏了捏她的脸："傻了？"

她简直有点儿难以置信，一把抓住了他的手，双眼亮晶晶地盯着他："那也就是说，你不逼着我非要明年马上和你结婚了？"

他的眉头跳了一下，但还是轻轻点了下头。

"你也不会再逼着我对所有人公开我们俩的关系了？"她再次试图在危险的边缘疯狂试探。

柯印戚没点头也没否认，只是警告性地扫了她一眼："陈涵心，别顺着杆子往上爬。"

"你刚刚自己说的再也不逼我的。"她整个人都开心了起来，冲他扬了扬眉，"柯大少爷，您得说话算话。"

他无奈地低叹了口气，把她刚扔在自己身上的大衣给她轻轻盖了回去。

不会有人知道他有多想押着她马上去领证完婚、让她在自己的手心里一辈子都逃不开，可这一次彻底爆发的争吵却让他意识到，也许他一再这样强势地要求她，真的会让她离自己越来越远。

哪怕被保护得再好，她也是个有自己思想的成年人，他总是在让她按照自己的步伐走，总觉得自己是为她好、是在保护她，可是却从来没有真正问过她是不是也愿意这么走。

在美国的这几天，他想了很多，这么多年来他总是习惯于去做那个为她安排好一切的人，他试图从她的角度去思考了一下这个问题，才觉得自己可能真的有点推她推过头了。

比起完成自己心愿的迫切，他当然更害怕会失去她。

陈涵心这辈子都觉得自己没有那么扬眉吐气过，她简直想要高唱一句农奴翻身把歌唱、心心翻身把爹当。

等车停在了他家门口的车库里，她下了车，刚刚高高兴兴地往家的方向走了两步，就被人从身后扣住了手腕。

"嗯？"她回过头。

柯印戚背靠在车边，两条长腿交叠着，将她往回轻轻扯了一下。

"你这么急着走做什么？"趁她愣神的时候，他轻巧地将她拉到自己身前，一手搂着她的腰，冲她抬了抬下巴，"咱们俩的账还没算完。"

"账？什么账？"

他没什么表情地望着她："你凌晨两点去夜店寻欢作乐。"

她张了张嘴："我不是和你说了我是被你气的……"

"还穿成这样。"他这时将披在她身上的自己的大衣轻轻拉开一条缝，露出了她穿着小裙子的身体。

冬日的夜里仿佛像个冰窟，她身穿这么点布料暴露在空气里，冻得她下意识地就瑟缩了一下。

"你还知道冷？"他的目光从她的脸颊一路往下滑。

陈涵心眼看着他的目光慢慢变得愈加幽深，那双深邃的眼睛里仿佛有一簇簇的火苗在烧，还有愈烧愈烈的趋势，她下意识地就想逃，可她这点力气哪里抵得过他，他一只手就能把她控得动都动不了。

他这时将她拉近，紧紧地贴到自己的身上，低下头，轻轻地咬了下她红红的小耳垂。

他靠在她的耳朵边上，声音又冷又沉，"我一想到有别的男人看过你穿成这样，我就浑身冒火，想把他们的眼珠子都给挖出来。"

她听了这话，不由得轻轻哆嗦了一下。

然后她咬着唇，声音细弱蚊呐地说："没什么人看我的。"

"你这么可口，怎么可能没什么人看你？"他哑着嗓子说，"这样的裙子，你只能穿给我一个人看。"

陈涵心整张脸都红了，她忍不住用膝盖轻轻地撞了他一下。

这点动静简直就像是在给他挠痒痒，他这时低低笑了一声，冷峻的脸庞上带着平日里谁都见不着的亲昵："不过我更喜欢看你什么都不穿。"

她小声地咒骂了一句"不要脸"，就被他翻了个身反手摁在了车门上，低下头狠狠地亲。

背后的车是冰冷的，身前的他却是滚烫的，她两手紧紧地抓着他的肩膀，被迫承受着他深入又炙热的吻。

一个多星期没见，某人一肚子的憋屈、生气和思念，全都化成了此刻愈加热烈的动作，眼看着他就要在这儿把她生吞活剥了，她有点遭不住，软着腿求他："柯印戚，我冷……"

他眉头一挑，这时将她整个人都抱了起来，扛在肩上大步往屋里走："等会你就热了。"

她搂着他的脖颈，红着脸拍他的背："我要回家……"

"我已经和萱萱阿姨他们打过招呼了。"他握着门把手刷了指纹，直接开了家门，"今天你住在我家，我代替他们收拾你。"

陈涵心趴在他的背上，悲愤交加地说："柯印戚，我今天那个在，你明白吗！我不能行的！"

进了屋，他连灯也没开，抱着她就往楼上的卧室走："没关系，哥哥教你玩点儿别的。"

她惊得连嗓子都发颤了："别的？"

进了卧室，柯印戚大步走到床边，开了个床头灯，把她轻轻地放到了床上。

然后他曲起一条腿半跪在床上，随手解开了自己的衣领。

陈涵心蜷缩在床上，看着面前的人在自己面前利落地脱下黑色毛衣，继而再是衬衣。

她咽了口口水，张了张嘴："你……"

略带昏暗的灯光下，是他线条分明的身体，他长期健身，身材好得不像话，是光看一眼就能让女生心动的那种精壮。

他将衣服随手扔在了头的沙发上，居高临下地冲着她勾了下嘴角："宝贝儿，你之前叫过我几声印戚弟弟，等会就得叫几声哥哥。"

她张了张嘴，脸涨得通红："柯印戚，你……"

他似乎是怕她冷，这时先下床去开了空调，然后顺手就把卧室门给带上了。

他房间的装修风格和他这个人一样，冰冷锐利又不带一丝色彩，整体色调就黑白灰三种元素，家具也是少得可怜，房间又大，更显得空荡荡的。

不过由于她时不时会过来玩的缘故，这里渐渐地也开始多出来一些属于她的物品，就比如他那张黑色的沙发上，此时正静静地躺着她上次从家里带过来的粉色达菲熊玩偶；再比如那个灰色的矮柜上，放着一条她之前过来时披在身上忘记拿回去的珊瑚绒浅紫色毛毯。

这么看上去，这光景着实有点儿违和。

但是他却没有收走其中的任何一样，甚至连位置都没有移动过，任凭她的痕迹遍布在自己生活的每一个角落。

细节真的可以杀人。

他再次回到床边上，将盖在她身上的大衣轻轻地脱去，然后把她整个人都搂在了自己的怀里，低下头，去吻她的嘴唇。

陈涵心仰着头，微微睁开眼睛。

她看到他额前的碎发微垂下来，似乎可以触到长长的睫毛，半闭着的眼睛里波光流转，还有挺拔的鼻子……他每次和她接吻的时候都很专注，而且在这专注里，还透着一股子虔诚。

这么英俊夺目的男人，接个吻还那么用心，这得有多大的杀伤力。

俞奕伦说得并没有错，当她看到过他之后，就再也不可能对其他任何男人提得起兴趣。

这个男人，可以满足一个女孩子所有的幻想和虚荣。

过了一会，他退来一些，指腹轻轻地滑过她小小的耳垂，哑声在她唇边道："你刚刚想说什么？"

陈涵心已经放弃了："没什么。"

真是美色误人。

"让我想想。"他的手轻轻地从她的耳垂，滑落到了她细嫩的脖颈处，"你前两天叫过我几声印戚弟弟？"

她面无表情地看着他。

"去小飞侠家的路上闹脾气的时候，叫了一次。"

他说着，一只手已经轻轻地放在了她裙子的拉链上。

她因为他的动作，呼吸渐渐地急促了起来。

"然后在小飞侠家门口赶我走的时候，叫了第二次。"

她早就已经忘光了的事情，他却仿佛如数家珍，还把每一个地点甚至是情景，都给交代得明明白白的。

"在跟我爸妈一起吃饭的饭桌上，叫了第三次。"

他低冷的声音带着丝只有在这种时候才特有的喑哑，使得她的身体不由自主地轻轻战栗着。

她太清楚不过了。

这个男人对她的渴望，能有多可怕。

作为敌方的她损失惨重，根本是节节败退。

陈涵心感觉到他手心灼热的温度，抓着他的手，再次声泪俱下地重复了一遍："我今天是真的不行。"

"我知道。"

他的视线此时不动声色地落到了她白皙的手臂和腿上，意味深长地说："但宝贝儿，你可以灵活运用……"

陈涵心感觉自己的脸都要红炸了。

他一边亲她的眼睛，一边低笑："你叫三声哥哥，我什么都会教你。"

……

一晚上的惊吓、情绪崩溃、最后又是刺激紧张的柯老师课堂，洗完澡后，她一沾上他的枕头，立马就睡着了。

他给她小心地盖好被子，在她的额头上亲了一下，放轻脚步去卧室外头给柯父回电。

刚刚在路上的时候柯轻滕打来过电话，他没心思接。

美国那边现在是上午，那头很快接了电话，一把毫无感情的嗓音立刻从电话里冒了出来。

"爸。"他站在落地窗边，低声说。

"刚刚在哄心心？"

他没吱声。

"你后面几个合作伙伴一个都没见着，这么着急回去，除了是哄心心还能是干什么？柯印戚，原来你是恋爱脑。"

柯印戚被噎了一下："爸，你倒也不必五十步笑百步。"

您老对着我妈摇尾巴的时候能比我差到哪里去？父子之间，何必为难彼此！

柯轻滕沉默了两秒，直接扯开了话题："有件事，你留心一下，原本在北美这边一个时常和柯氏作对的企业Pansen，最近有大批不明资金流入到S市，他们之后可能会在那边有什么动作，而且这家企业的经营者很喜欢用脏手段，你自己小心些。"

"嗯，我明白了。"

柯轻滕知道他办事的能耐，不再多说，只是挂电话前，难得好心地施舍给了儿子一个建议："有时候，你一味地追着哄着，对方反而会往后退，还不如反其道而行，把对方引过来，从而主动达成自己的目的。"

他捏着电话，起先愣了一下，然后慢慢地眯起了眼睛："谢了老爸。"

—

昏睡的期间，郑韵之感觉自己做了很多很多的梦。

这些梦一个接着一个，中间的大段过程都是模糊的，但是每一个梦到最后，都是穆熙在车上绝情地说让她滚的那个情景。

她觉得自己好像流了很多眼泪，然后有人还帮她小心把眼泪全部抹去，一直悉心地在照顾她。

等她再次醒转过来的时候，她觉得自己的头很痛。

虽然她人已经不再觉得忽冷忽热，而且原本浑身那种滚烫的感觉也跟着消退了，可是或许是因为这段时间的身心俱疲，她觉得自己现在全身虚得都快散架了。

她努力睁开眼睛，刚刚适应了室内的光线，就看到面前陈涵心和翁雨两张凑近放大的脸。

郑韵之张了张嘴，忍不住笑了："你们俩这个表情，让我觉得我快死了。"

"呸！"

陈涵心抬手就拍她的头："你这张嘴怎么就能那么欠！"

"你还是别说话了。"翁雨也跟着在旁边说她，"你看看你的嗓子都哑成什么样了，跟把破琴似的。"

她看着这两个姑娘脸上苦大仇深的表情就想笑，刚刚弯着嘴角笑了一下，就开始咳嗽。

翁雨赶紧拿了水杯过来，陈涵心把她人扶起来，让她靠在床头，然后把水杯塞在她手里。

她喝了几口水，又说："我睡了多久？"

"一整天了。"陈涵心没好气地，"隔壁老王家的孩子都能打酱油了。"

"还好热度退下去了，"翁雨后怕地抚了抚心口，"刚到家的时候你都快烧到40度了。"

"你们俩都一宿没睡在这守着我吗？"她握着水杯，低声问。

陈涵心和翁雨对视了一眼。

"柯少爷是不可能会允许你在外头过夜的。"她注意到了她们两个交换的眼神，抬眼看向陈涵心，"你应该是刚来没多久。"

陈涵心咬了咬唇，没吭声。

"小飞侠，我知道你乐意守着我，但是我也知道你这瞌睡虫撑不住这么熬夜的。"她叹了口气，"昨天晚上有别的人在守着我吧，而且还是他把我抱上来的，对吗？"

见她们俩都不说话，她又笑了笑："你们俩都是撒谎界的菜鸡，我建议你们俩坦白从宽。"

翁雨张了张嘴刚想说什么，就被陈涵心拦住了："就算知道了又怎么样，能改变他就是把你变成这样的罪魁祸首吗？"

她愣了愣，苦笑了一下："所以果然是他。"

那个昨天晚上把她从楼下抱上来，一晚上都在她床边守着，给她盖被子喝热水敷冰袋擦眼泪的人，就是穆熙。

原来那些似真似假的梦，都是因为有他在自己身边。

"我来的时候他人还在，是我把他赶走的。"陈涵心又说，"我还和他说，如果他是为了你好，就再也别出现在你面前了。"

郑韵之闭了闭眼，莞尔一笑："心心，你真的长大了。"

"你不要以为只有你才能保护我和小飞侠。"陈涵心看着她，"郑韵之，你总觉得自己是最厉害最聪明的那个，总觉得自己什么都能干，什么都能撑得下来，可是事实并不是这样，你以为我看不到你的脆弱吗？你以为我不知道这三年你在法国过得一点儿都不好吗？"

"啧。"

她鼻尖一酸，但还是咬着牙在开玩笑，"刚夸你一句你就要上天了？"

"之之。"翁雨这时在旁边柔声补充，"你对着我和心心不需要口是心非，天塌下来了我们都会帮你顶着，我们舍不得你被人欺负。"

她抬手揉了揉自己泛红的眼睛，朝她们俩摆摆手："得了，都是从哪儿学来的一套一套的，拍电视剧呢？"

"你们俩的心声我都听明白了。"她苍白的脸上慢慢地浮现起了一抹淡淡的笑，"你们的之之姐姐我，从今天开始决定改头换面，重新做人，再也不作践自己了。"

"我再也不昏天暗地地喝酒了，再也不去夜店蹦迪寻欢作乐了，再也不日夜不分地熬夜了，再也不犯贱得被人扔在大马路上挨冻了。"她一字一句地说，"我再也不千方百计地想着怎么折腾自己引起他的注意了。"

"我真知错了。"她刚刚努力忍在眼眶里的泪，这时从眼角飞快地滑落下来，掉落进了她的衣服里，一闪即逝，"我不该总是去奢求我其实永远都无法得到的东西。"

无论是三年前，还是三年后，她总是控制不住地想要去招惹他。

她总是喜欢看着这个外表斯文沉冷的男人被她逗弄得着急发怒，每当那个时候，她就会有一种恶作剧得逞的快感。

因为她觉得自己被他在乎了。

她费尽心思，其实只是想要他在乎她而已。

在一门之隔的地方。

柯印戚坐在客卧外的沙发上，看着站在卧室虚掩着的门边的男人。

穆熙的上身还穿着昨晚那件居家服，下面就随便套了条运动裤，脚上穿的两只鞋还是不一样的。

他整个人看上去模样极其可笑，说出去别人根本不可能会相信这是那个永远穿着得体优雅、气质出众、天塌下来眉头都不会皱一下的少董穆熙。

他的鼻子上此时架了一副金边框架眼镜，侧脸上一点表情都没有。

他在原地站了很久，直到卧室里面都不再传来说话声，他依然还一动不动地站在那里。

"你不进去？"

柯印戚这时终于放下了交叠着的双腿，手肘撑在自己的膝盖上，冷淡地冲他抬了抬下巴。

他像是如梦初醒，整个人才刚刚回过神，垂在身体边的手握紧又松开。

"不了。"

良久，他摇了摇头，转过身。

柯印戚的眼睛微微一眯。

穆熙金边眼镜后的眼睛，泛着淡淡的红。

然后他拿上了衣架上挂着的大衣，头也不回地离开了翁雨家。

轻而快，仿佛他从未来过这里。

—

那天之后，郑韵之就像完全变了个人似的。

即便翁雨极力阻拦，她还是自己坚持在附近另外租了一套房子独自生活，每天生活作息极其健康规律，早上起来晨跑，完了去工作，晚上能不加班加点就准时回家，敷面膜做瑜伽洗澡睡觉。

期间她没有碰过一点酒精，没有去过一次酒吧夜店。

就这么过了两周下来，翁雨和她吃饭的时候看着她白里透红的脸色，忍不住说了一句，"之之，你最近是吃了唐僧肉吗？"

此时餐厅里以他们为中心画一个圆圈，圆圈里所有的男人都在盯着郑韵之猛瞧。

她一边喝着果汁，一手撑着下巴，朝翁雨妩媚地笑了笑，"嗯，他被我吃之前还夸我这个妖精长得真好看。"

翁雨忍了忍，最终还是给了她一个"呸"。

眼看她的生活状态变得这么积极阳光，翁雨其实打心眼里是为她高兴的，但看着她在自己面前浅笑嫣嫣，又觉得她的笑容里好像少了点什么。

就感觉，好像她也并没有真的很开心。

眼看国际名模秀很快就要到来，郑韵之开始忙得愈加风生水起，但是在法国的时候她一直都是这么过来的，其实倒也觉得没什么。

而且，也正好可以让她的脑子被工作塞满，不会有闲心去想些别的什么东西。

模特邀请名单在投资方和主办方三审过后是要经过她的手的，这天她拿到名单的时候，同事过来给她逐一介绍上面的模特，说着说着，就指了指其中一个名字："话说这个Ivy是新加进来的，本来以她的咖位是根本上不了这个秀的，据说是因为在投资方里有后台，最后怼着主办方的脸硬给塞进来的。"

她心中已然有了一些自己的猜测，这时不动声色地笑了笑："谁家的姑娘这么厉害，有照片吗？"

同事说着就拿起另外一份文件翻开给她看："诺，而且据说她的后台好像是……"

一看到那张照片，她的心就控制不住地钝痛了一下。

果然。

她的猜测被完美印证了。

这张和她长得有七八分相似的脸，可不就是那天预热派对时穆熙带过来的那个小模特？

"好像是Live的少董穆熙。"同事接着感慨道，"这年头，只要有后台，麻雀都能变成凤凰。"

她的目光在那张照片上一动不动地停留了几秒，终于别开眼，脸上的表情也彻底冷了下来："可不是吗？"

—

模特秀的当天。

郑韵之起了个大早，在后台一扎堆的人里忙进忙出，虽然她是所有负责人里最年轻的那个，但因为极高的天赋和能力早已在圈内具有一定的威望，这些走出去个个都是大咖、平常鼻孔朝天的名模，看到她态度都还算挺尊敬的，也都对她给出的建议很买单。

唯独Ivy是个例外。

这个小模特一进来看到负责人是她，浑身的毛都岑了，眼睛里都冒着凶光，感觉下一秒就会挥起爪子往她的脸上拍过去。

郑韵之对她的敌意完全视若无睹，反而还分外热情地拍拍她的肩膀："Ivy，第一次上大舞台不要太紧张，相信你自己，年轻就是积累经验的最佳时机。"

碍于旁边还有其他工作人员在，Ivy也不能对她这个总负责人怎么样，只能僵硬着脸，轻点了下头。

"你可真是太幸运了，有贵人相助可以给你这么好的机遇来参加国际名模秀，我像你这个年纪的时候啊，能在普通商演上混个出场就已经很开心了呢。"她冲着Ivy笑得娇柔妩媚，"祝你登台表演一切顺利噢！"

她这话明摆着就是在讽刺Ivy并不是靠自己的实力进行参加评比筛选，而是靠抱穆熙大腿才得到今天这个名不正言不顺的出场表演机会，Ivy听得一张脸完全都皱了起来，终于不顾形象地狠狠跺了一下脚。

旁边的工作人员看戏看得起劲，没人敢吭声，郑韵之这时转过头冲他们抬了抬下巴："带她去换衣服化妆。"

女王一声令下，哪有人敢抗命，眼看着Ivy咬牙切齿地被推进了更衣室，她终于收起了脸上的笑容，面无表情地从后台往舞台的方向走。

到了舞台帘幕旁，她一眼就看到了台下坐在VVIP席位第一排靠左边的男人。

穆熙今天穿着深蓝色的衬衫和黑色金边休闲西装，随随便便往那一坐就又成了人群的焦点，他这时正在和身边两个时尚界的大佬低声说话，俊逸的侧脸上带着他惯常客套又疏离的笑容。

呵。

她在心里冷笑了一声。

特意来捧自家公司的小模特的场，自己还穿得像只孔雀似的，请问还有谁能比您更骚啊？

从看到Ivy的名字被列在名单上的那一刻起就开始的窝火，直到现在看到他出现的这一刻被彻底点燃，她再也看不下去，扭头就回去换衣服去了。

临近中午，名模秀正式开场。

主持人做了暖场开场白后，郑韵之作为这次秀的总负责人兼嘉宾名模，带着几位大咖模特上台走开场秀。

她身高一米七二，今天又穿了一条墨绿色和黄色相间的裙子，配上相应的妆容和头上繁复的配饰，走在最中间，直接艳压全场。

走到舞台最前方的时候，她妩媚一笑，自然地冲台下抛了一个Wink（媚眼），全场观众的热情瞬间被点燃，掌声雷动之中，她收回手，微微垂了垂眸，装作不经意地扫了一眼台下的穆熙。

只见他微微仰着头，目光正沉沉地落在自己的身上，在灯光的照射下，根本看不出深浅。

四目相对。

她忍下了嘴角嘲弄的冷笑，转身就带着其他模特退场。

—

和柯印戚重归于好后，陈涵心又恢复了往日神气活现的模样。

早上到了学校，柯少爷一下车，就立刻掐着点去学校食堂排队帮她买她最爱吃的糯米糕，让她先去教室等自己，她哼着小曲拎着包进了阶梯教室，迎面看到正在和一个女孩子搂在一块儿卿卿我我的俞奕伦。

俞奕伦见到她，脸上的笑容忽然就凝固了，然后他猛地松开了那个女孩子，拔腿就跑。

陈涵心和那个女孩子都一脸蒙。

"俞奕伦。"眼看俞奕伦就要从后门跑出阶梯教室，她直接跑到后门把他给堵了，"我身上有病毒？"

俞奕伦被她堵得一脸尴尬："哈哈哈……"

她直接抬手抓住俞奕伦的领子把他扯到了拐角："你看到我跑什么？不知道的人还以为我和你有事儿。"

"不不不！"一听到她说"有事儿"，他立刻就把头摇成了拨浪鼓，"我和你一清二白，比白板还白。"

她眯了眯眼，松开了手："那你到底抽的什么风？"

他挠了挠头，压低声音道："我不是知道了我不该知道的事儿了吗？"

她完全没听懂。

"我怕我再像以前那样没轻没重地和你走很近，会被柯神找麻烦的。"他一脸心有余悸，"我以前老觉得柯神有时候看我的眼神充满着杀气，但我一直都没弄明白是为什么……"

陈涵心这下听明白了，微微红了脸，有些不自然地撇了撇嘴："你不用想太多。"

"我怎么能不想太多！"俞奕伦抚着自己的心口，"你那天说漏嘴之后，我花了整整三天的时间来消化这个惊天大秘密，我也不能去和别人探讨这件事，我只能自己憋着，你能明白吗？你得赔我心理和身体双重损失费……"

她"噗嗤"笑出了声。

"我以前真是有眼无珠，总觉得不能玷污发小这样纯洁的感情，可想想人柯神都那样对你了，那不是真爱还能是什么？"他叹了口气，"你倒好，这么多年不给人家名分……"

话还没说完，就被陈涵心一巴掌拍在头上，打得他嗷嗷直叫唤。

"俞奕伦，这件事你要是敢说出去，我一定当场崩了你的脑袋。"她用纤细的手指指着他的鼻子，"听明白了吗？"

他朝她鞠了个躬："小的明白。"

"行了，退下吧。"她朝他摆了摆手，刚转过身，脸色忽然一僵。

只见柯印戚手里拎着给她买的点心，被一个女孩子堵在了阶梯教室的门口。

这种情况其实以前也不是没有发生过，应该说发生过非常多次，就算他平时完全不跟除了她之外的任何人多说话，还是会有女孩子跑上来递纸条送情书和奶茶，甚至还有附近其他学校慕名而来的女孩子，争相围在教学楼楼下等他。

虽然几乎每一次她人都在现场，总能目睹他冲人家面无表情地摇摇头，然后什么东西都不收扭头就走，还是会有层出不穷的人上赶着来挑战这朵F大的高岭之花。

当然，碍于柯印戚在场，那些对她这个发小充满憧憬和些许嫉妒的女孩子，往往也不敢从她这儿下手，最后全都不了了之、打了退堂鼓。

她以为这次的剧情展开也会和之前那么多次一样。

即便这个女孩子身材特别好，而且侧脸看着也相当精致，是个很有气质的漂亮女孩子。

不过那又怎么样呢？他根本不会给那个女生接近他的机会。

她站在原地，看着柯印戚听那个女孩子说了几句话，然后抬起头朝她的方向看了一眼。

末了，他竟然垂下眸，对那个女孩子勾了下嘴角，点了点头，回了一句话。

陈涵心惊了。

原本要准备开溜的俞奕伦也惊了，刚刚迈开的腿又给收回来，张大着嘴巴道："刚刚柯神是对那个女孩子笑了？"

她心里一下子就升腾起了一股不太舒服的情绪，咬了下牙，没好气地对俞奕伦说："不需要你替我翻译他的行为。"

俞奕伦看她脸色不怎么好，想试图帮柯印戚圆一下："没事，柯神只是应付应付她而已……"

话音刚落，就看到那边的柯印戚竟然拿出了自己的手机，打开微信二维码，给那个女孩子扫了自己的微信。

俞奕伦看身向边陈涵心一下子变得天寒地冻的脸，吓得浑身一激灵，直接从后门溜回教室了。

她站在原地，努力地深呼吸了一口气，终于还是没忍住，抬步走了过去。

那个女孩子看到她走过来，冲她笑了笑，脸上还有两个漂亮的小酒窝："涵心学姐。"

她牵着嘴角冲那个女孩子点了下头，转头就对柯印戚说："马上就要上课了。"

和她亲近的人都能品得出来她这句话的语气已经不太好了，柯印戚怎么会听不明白，只见他眼底精光一闪，淡声道："嗯，我马上来，你先进去吧。"

陈涵心整个人都不好了，轻轻皱了皱眉头："你说什么？"

他还是那副不慌不忙的模样，俊逸的脸庞上带着股平时对着她不太会有的漫不经心："你先进去，我还有几句话要和学妹说。"

她听完这句话，心里的火"噌"地一下子就蹿到了头顶。

好一个学妹。

好一个你先进去。

柯印戚，你可以啊！

陈涵心咬了咬牙，笑得露出了一口白牙，从牙缝里蹦出来了几个字："好，那你们慢慢说。"

—

名模秀。

郑韵之回到后台之后，心情变得更糟糕了。

她努力把刚刚台下穆熙的那张脸挥去脑后，绷着脸戴上耳麦，全神贯注地开始把控整场秀的节奏。

眼看着模特们一个接一个地上台，她一边盯着每个模特的装束和顺序，一边仔细地掐着时间点。

好在每位名模都很专业，没有人出现过一次纰漏，时间一分一秒过去，眼看着整场秀马上就要临近尾声。

工作人员这时跑过来，小声对她耳语了几句，按照之前彩排过的，她和另外两位名模将会身穿由几个顶级大牌联名的、最新一季还未公布的服装一起献上整场秀的压轴演出，现在差不多得回去换衣服了。

郑韵之点了下头，将耳麦交给工作人员，回到了自己的更衣室里。

打开衣柜后，她愣住了。

只见她下午才刚刚检查过的，由专人熨烫得平整无痕、光彩夺目，并用专门的保护袋套好的新款服装，此时竟然皱巴巴地暴露在空气中。

套衣服的袋子被揉乱扔在了衣柜的角落里，她眯了眯眼，把这条裙子拿下来仔细一看，发现裙子还被人用剪刀给剪坏了。

她对着这条已经完全没法看的裙子看了几分钟，大步走过去打开门。

门口有两个安保人员，她深呼吸了一口气，冷着脸道："不好意思，两位先生，我想问问我离开之后有其他人进过我的房间吗？"

两个安保人员面面相觑，其中一个想了想，说："啊，好像半个小时之前，有一个小姑娘急匆匆地跑过来说你要她帮忙给你取东西，我们看她有工作证就让她进了。"

她沉默了一秒："这姑娘是不是长得和我有点像？"

安保大叔愣了一下，盯着她看了几秒："啊你这么一说，还真是。"

郑韵之闭了闭眼，差点都给气笑了。

她在心里努力地对自己说，她绝对不能在这个时候暴走，她马上就要上台表演压轴秀，时间根本耽误不起，而且现在她面临的情况也不是光靠发火暴走就能够解决的。

无论她要怎么找对方算账，都得等到整场秀结束之后。

"好，谢谢。"她咬了咬牙，没再多说什么，转身关门回了房间。

等她换好衣服和配饰去后台候场的时候，两位名模和其他工作人员看到她身上的这条裙子都惊呆了："Tiffany，你这条裙子是怎么回事啊？"

她勾了勾嘴角："有人想让我上台更惊艳一点呗！"

"你这个样子上去，品牌方会不高兴的吧，"另外两位模特和她的关系都不错，此时面露担忧地道，"你要不赶紧找他们再去拿一件？"

"压轴秀的样衣就只有我们身上这三件，因为本来就是还没有公布的款，也没有别的衣服可以替代。"她揉了揉太阳穴，"我稍微修补一下应该能撑得住，走吧，没时间了。"

随着上一批模特返回后台，她们三个也掀开帘幕走了出去，聚光灯立刻就追在了她的身上，将全场的目光都集中了过来。

她是非常资深专业的模特，即便现在身上的裙子实在有点儿不太体面，但她的动作和步伐还是非常到位，下面的人也都跟着以为这个衣服的褶皱是故意而为之，还是给予了她热烈的欢呼声。

走到一半的时候，她忽然觉得有点儿不太对劲。

刚刚破损的那道口子她在更衣室其实已经用针线紧急缝补了一下，照理来说应该撑得住这个走秀的时间，但是不知道为什么，裙子下摆地方的开口突然就崩了，而且开始越拉越大。

下面有些观众也发现了异样，开始小声地讨论了起来，她一边尽量控制着自己的步伐和动作，一边在心里拼命地想着办法。

因为这条裙子很紧，紧到她根本就穿不了打底裤，所以要是再这么崩下去，她的底裤就会直接暴露出来。

郑韵之的脸上虽然维持着笑容，但后背上已经开始冒冷汗。

等走到最前方的时候，裙子终于"嘶拉"一声崩到了她的大腿处。

台下的议论声渐渐大了起来，她觉得自己的手和脚都是泛着冰凉的。

怎么办？

即便在时尚圈摸爬滚打了这么多年，这也是她头一次碰到这样的紧急情况。

在舞台前方停顿的那前几秒钟的时间里，她觉得自己的大脑一片空白，可是下一秒，她就看到VVIP席位第一排里有一个人站了起来。

那个熟悉的身影直接在众目睽睽之下，旁若无人地穿过了前场，他无视了安保、栏杆、音响、电线……一路走到了舞台的最前方。

然后他优雅地脱下了自己身上的那件黑色金边休闲西装外套，轻轻地放到了她的脚尖前。

她的整颗心都抖了一下。

穆熙从下仰头望着她。

他的目光平静而又炙热。

—

F大。

柯印戚踩着上课铃声进了教室。

陈涵心坐在他们俩一直坐着的那个位置，一张脸臭得根本没眼看，俞奕伦出于人道主义冲柯印戚挤了两下眼睛示意他小心点，他尽收眼底，脸上还是八风不动地走到她身边坐下来。

他把给她买的点心和水轻轻地放到了她的桌角，然后在她的身边坐了下来。

"说完了？"

她微微转过头看向他，生硬地扯着嘴角道："和小学妹。"

她每一个字都带着点咬牙切齿的意味，柯印戚却听得眉头一动不动，低低地"嗯"了一声："喝点水，课间把点心吃了。"

然后他就不说话了，目视前方专心听老师讲课。

一副完全没有要和她解释一下自己刚刚的行为和自己谈话内容的样子。

陈涵心觉得自己原本在头顶上的火已经直接蹿到了天花板。

但是碍于现在是在一百多个人的大教室里，还有老师在上课，她不可能在这种公众场合做出什么失态的举动，她回过头，用指甲拼命地掐着自己的手心，努力地让自己先专注于老师的讲课。

可是她发现自己竟然一个字都听不进去，脑子里不断地在回放着刚刚他在教室外头和学妹说话的模样，还有他让自己先进教室的那句话。

这在他们这么多年的相处历史中从未发生过。

有她在的场合，他的眼睛根本就不可能看向第二个人。

结果整节课她一个字都没听进去，就这么硬生生地挨到了下课。

下课铃声打响，老师一走，同学们也立刻都作鸟兽散，教室在短短几分钟之内就变得空荡荡的，只留下了零星的几个同学在边说话边整理笔记，还有个俞奕伦在椅子上正襟危坐，眼睛却不断地在往后排他们俩的方向瞥。

柯印戚从椅子上站起来，在走道边等她。

陈涵心收拾完自己的东西，把他给自己买的那袋点心留在桌上，拿起包从椅子上起身，像没看见他似的，直接就越过他往下面走。

步子快得跟飞一样。

柯印戚眼睛一眯，伸手拿过那袋点心紧跟着她大步往下走，在她身后淡声道："你点心没拿。"

她人都快走出教室了，这时一下子顿住了步子。

然后，她猛地转过了身，面无表情地注视着他。

一旁的俞奕伦看得浑身汗毛都竖起来了，立刻抱紧了自己的胳膊。

"我可受不起你的点心。"她轻飘飘地冷笑了一声，"你要不拿去送给你的小学妹吃吧？"

柯印戚再次没接她的话茬，只是轻轻地勾了一下嘴角，低声说道："吃醋了？"

她看着他这副轻描淡写的模样，一下子变得怒不可遏："我为什么要吃醋？你算我什么人我要吃你的醋？你可别太把自己当回事儿了，以为哪个女孩子都得追在你屁股后面跑。"

"确实。"

他沉默了两秒，冷静地抬了抬眼皮："毕竟像你一直说的那样，我只是你的发小而已。"

她不可置信地看着他。

下一秒，她上前几步，一把拽过了他手里的那袋点心，二话不说直接就往他身上掼了过去。

一个个精致的糕点都从袋子里飞了出来，大部分都粘在了他的衣服和鞋子上，还有一些分别掉落在地上、黑板上和椅子上……现场简直是一片狼藉，惨不忍睹。

身后包括俞奕伦在内剩下的那几个同学都在座位上蒙了，俞奕伦实在是不敢去看柯印戚此时此刻脸上的表情，干脆用手捂住了自己的眼睛。

其中一个胆子大一点的男同学过了几秒，竟然哆哆嗦嗦地掏出了自己的手机，悄悄地拍下了这一幕。

陈涵心此刻根本没心思再去关心这个教室里现在还有其他观众，她眼眶通红地看着对面柯印戚那张表情变幻莫测的俊脸，指着他的鼻子，一字一句地对他说："柯印戚，从今天开始，你不要再给我买一样东西，再跟我说一句话，你爱跟谁说就跟谁说，爱跟谁走在一起就跟谁走在一起，我不需要你。"

说完，她头也不回地就出了教室。

教室里依旧还处于静止的状态，柯印戚在原地静静地目送着她的背影消失在走廊转角，他看上去好像也没有很生气，只是低下头去看了一眼自己身上乱七八糟的点心残渣。

然后他轻蹙了一下眉头，去一旁拿了纸巾，把自己身上和散落一地的点心都收拾干净，也大步离开了教室。

等他离开后，那个拍了照的男同学二话不说，转头就把刚刚拍的照片上传到了F大的贴吧。

……

陈涵心一路跑到学校的人工湖边。

这个点大家都在上课，人工湖旁边没什么人，她憋了一节课的眼泪终于再也忍不住地夺眶而出，拿出手机就要打电话。

想了想翁雨在飞国际航班，郑韵之最近又因为名模秀忙得四脚朝天，她一划通讯录，转头就把电话拨给了单叶。

电话的嘟声响了几秒，接起来她还没来得及说话，就听到对面传来一句响亮又中气十足的女声："戴宗儒你别给我动手动脚！"

她愣了一下，差点都要破涕为笑。

然后过了几秒，那头的单叶才对着电话道："心心？"

"嗯。"她的声音里还带着哭腔，听着还挺明显的，"豆丁，你方便说话吗？"

单叶愣住了："你怎么哭了？谁欺负你了？不对，谁敢欺负你啊？柯印戚那个罗刹鬼呢？"

她咬了咬牙："他喜欢别的姑娘了。"

陈涵心说完这句话，就在那儿捏着手机默默地抹眼泪。

电话那头的单叶足足沉默了十秒钟。

然后，单叶深吸了一口气："我不信。"

"是真的。"她吸了吸鼻子。

"你亲眼看见了？"

"那倒也不是。"她咬了咬唇，"反正，他肯定背着我有别人了。"

"心心，我觉得就算戴宗儒出轨，柯印戚都不可能背着你找别人。"单叶紧接着说，"他对你的那种爱基本等同于被人下了降头，这辈子都解不开的那种，你能明白吗？"

还没等陈涵心说话，就听到电话那头传来了一个低沉又有磁性的男声："你说谁会出轨？"

"戴宗儒你给我闭嘴！"下一秒，单叶又暴起了。

眼看这对白衣天使夫妇三句不和又要掐起来了，陈涵心头痛地揉了揉太阳穴："你们几点离开医院？我来你们家详谈吧。"

"行。"单叶在那头气喘吁吁地说，"我先去处理一下家庭内部矛盾，六点我家见。"

第四章◎报恩

陈涵心觉得自己就算去听课也根本听不进去，索性把下午的课全都翘了，找了一家学校附近比较安静人少的咖啡店练习呆坐。

令她愈加感到难受和不可思议的是，柯印戚竟然一直都没有来找她，他甚至连一个电话、一条信息都没有来过。

在她对他说了那种话，还当着其他同学的面用点心砸了他的前提下。

如果他不是铁了心要在外面找别人，那他这种对自己的行为毫无解释、对她也完全不闻不问、甚至连生气都没有的反应到底算是什么？

她越想越难受，屡次想哭又拼命忍住，眼圈始终是红的，为了分散自己的注意力，她随手点进了F大的贴吧。

一进去，她就蒙了。

只见有一个最新的帖子回复量爆炸，直接被顶到了页面的最上头。

这个帖子的标题是：今日头条——震惊！刚刚发生在2楼A阶梯教室的修罗场！柯神和心心公主当众撕破脸！昔日神仙发小为何反目成仇？！

她盯着那个标题看了足足有一分钟，然后颤着手点进了帖子。

居然还有配套图片。

照片上一眼就能看到她极度愤怒的侧脸，然后这人抓拍得还特别精准，不仅拍到了她朝柯印戚的身上砸糕点的情景，还拍到了她指着柯印戚的鼻子骂他的动作。

而柯印戚那张冷峻的侧脸在照片上没有变过，始终默默地承受着她的狂风暴雨，连眉头都没有动过一下。

她觉得光看这组照片，只能得出一个结论——

陈涵心是个泼妇。

果然，她手指往下一滑，跟帖一连串都是——

"我的天啊心心学姐这么彪的吗？！" "她真的好凶啊，竟然还敢对着柯神砸东西！"

"是真的超恐怖，我们几个眼睁睁地看着她对着柯神又砸东西又骂的，柯神全程一句话都没说，也没有反抗过……"

"心心学姐以前一直是我女神，我觉得她是那种超级文雅有素养的类型，今天我彻底幻灭了……"

她又看了一会，觉得天都塌了。

在F大的这三年多，她在大家面前的形象一直都是完美又无懈可击的女神，她平时那点公主脾气都只会在没人的时候对着柯印戚发作，还有跟她最熟的俞奕伦会知道点儿，在其他同学面前她一般连眉头都不会皱一下的。

她是个非常有偶像包袱的人，说难听点儿，就是在外人面前挺端着的。

可是刚刚在教室里的时候，她其实明明知道有其他同学在，但她根本就控制不了自己。

只要一想到他和那个学妹耐心说话的样子，她就浑身冒火。

这下可好。

就因为柯印戚，她苦心维持了三年多的人设，一秒就崩了。

以后她还怎么在同学面前抬头做人？她明天开始可以不用来学校了吧？

她内心崩溃着，手指一路往下滑的时候突然看到了俞奕伦的ID。

小鱼儿：【我觉得可能是事出有因，大家也别一味地说心心不好，这到底是人俩发小之间的事儿，和咱们谁都没关系。】

陈涵心看完之后，在心里默念从明天开始一定要给这臭小子加鸡腿。

爸爸没有白养你！

谁知道他的这条回帖之后，大家就开始转而讨论她和柯印戚翻脸的原因，其中有一条"是不是陈涵心突破发小情爱上柯神被拒绝了以后恼羞成怒"的猜测竟然还得到了很多"+1"的回复。

她实在是不想再继续看下去了，转而关掉了手机，抓起包就往单叶家赶。

司机把她送到了单叶家楼下，她风风火火地上楼敲门，很快就有人来开门了。

开门的是一个长着娃娃脸的少妇，手里还抱着一个胖乎乎的小男孩，小男孩手里正捧着一只蛋挞，吧唧吧唧吃得可香了。

"心心。"单叶看到她立刻笑了起来，怀里的小胖子抬头望见她，奶声奶气地跟着开口："心心姨妈！"

"豆丁。"她也努力挤出了笑，走进屋抱过单叶手里的小男孩亲了一口："二胖。"

单叶是她父母和柯印戚父母多年好友的女儿，比他们年长几岁，也是和他们从小一起玩到大的发小，人虽然长得可爱俏丽，但脾气却相当暴躁，一言不合就要打起来的那种，也不知道是从哪儿修来的福气找到了一个十分爱她又无比温柔的帅老公，英年早婚生了两个儿子。

"心心。"客厅里正在看电视的戴宗儒看到她也温雅一笑，立即拍拍身边看动画片看得入神的大儿子戴泽："小胖，叫人。"

"心心姨妈！"戴泽笑眯眯地把头抬起来："你来啦，刚刚印……"

—

T台很高，穆熙几乎是从下面伸长了手才能把外套放在她的脚尖前头。

在他做完这个动作之后，有一个瞬间整个场馆的人都好像安静了一下。

只有背景音乐声持续不断地在播放着，连台上站在郑韵之身边的其他两位名模表情看上去也都很惊讶。

她垂眸看着他的脸颊，目光微微地颤了颤。

四目相对，所有的暗流碰撞只是在几秒之间。

她立刻从他的眼睛里明白了他在想什么。

他知道她不想让人觉得她是纯粹依靠他才能解决这个危机，所以他只是给了她一件外套而已，接下来的所有，她都需要依靠自己去逆转和完成。

他知道她想在T台上当绝对的女王。

郑韵之暂时按捺下了心中涌起的所有情感，轻轻地呼吸了一口气。

然后，她弯下腰，拿起了他放在她脚跟前的这件西装外套。

身上的裙子因为她弯腰的动作，一寸一寸地在撕裂着，她却完全没有了刚刚的惊慌。

下一秒，当她拿到西装站直身体后，竟然当着整个场馆的人的面，自己垂下手，直接将那裙子的裂口一下子扯到了她的腿根。

所有人都震惊了。

这还没有结束。

她冲台下的人笑了笑，再抬手轻轻一拉，将自己上身的衣服也扯开了一道口子。

光裸的肩膀到手臂全部都暴露在了空气里，然后她在台下一片哗然声中，将穆熙的那件西装轻轻地往自己的腰间一扎。

西装外套垂下来的部分堪堪遮住了一半裙子被拉开的破损处，再加上她刚刚自己扯坏的上衣部分，整套衣服的损坏和褶皱，倒让她整个人都呈现出了一种凌乱又破碎的美感。

激烈动感的背景音乐声中，她浅笑嫣嫣地伸出两根手指，冲台下的所有人比了个心。

台下的穆熙看完她的表现，不动声色地轻轻勾了勾嘴角。

然后他淡然地转过身，信步往自己座位的方向走去。

台上，郑韵之示意自己身边这两位已经惊呆了的名模可以准备退场了。

在她们三个转过身的那一刻，穆熙第一个在自己的座位上鼓起了掌。

他的掌声在这样的情况下显得有些突兀，配上他带着淡淡笑意的脸庞，更有点儿说不出的嚣张。

顷刻间，刚刚还处在哗然和惊讶中的嘉宾观众们也都不自觉地跟着他的掌声鼓起了掌，还有人兴奋地吹起了口哨，夹杂着尖叫她的名字。

短短的走秀时间，却仿佛经历了一场惊心动魄的过山车，转角下台时，郑韵之实在是忍不住狠狠地吐出了一口气。

走到后台的帘幕后，身边的两位名模不约而同地一把拉住她的手，冲她竖起了大拇指。

等候着的工作人员也都一股脑地围了过来，其中一个兴奋地对她说："你知道吗？刚刚品牌方的代表过来说你这波极限操作简直是牛爆了，他们的设计师都打算根据你刚刚的操作重新设计这款服装了！”

“是吗？”

这波在别人看来风骚至极的极限操作，说到底还不是因为被Ivy陷害才不得已而为之的，她笑了笑：“听过一句话吗？人的潜能总是无限的，不逼自己一把都不知道自己究竟能行到什么程度。”

工作人员都听出来了她的话里有话，而且回想了一下下午发生的事情，大家都已经心知肚明陷害她的人是谁了。

“不过我真没想到穆董居然会出手相助……”

她身边一个名模忽然说，“他刚刚真的好敢啊！所有人都看着他，他就这么旁若无人地走到舞台前来，连安保也不敢拦他。”

“他真的好酷，但是那个Ivy不是他力捧的人吗？”

“对，所以T姐出丑他反而应该高兴不是吗？为什么还要来帮T姐？”

……

其他人这时都忍不住小声讨论了起来。

郑韵之听得心一动，手指不自觉地掐了掐自己的手掌心，刚刚在台上被她努力压下去的情绪又慢慢地回升了起来。

“T姐，那个，你和穆董……认识吗？”终于，有个工作人员大胆地对她提问道。

眼看主持人这时上台宣布了今天的秀圆满结束，她定了定心神，没有回答这个问题，只是冲大家摆了摆手：“接下来的收尾就交给你们了，我去好好谢谢这位给我机会秀操作的功臣。”

—

郑韵之一路走到Ivy的休息室，推开门，却发现里面并没有人。

这个时候大家应该都在前场寒暄加收拾东西，工作人员也都聚集在后台前方，这边相对来说反而很安静，她还想四处去找找，刚转过身，就听到贵宾通道那边传来了细微的抽泣声。

那个声音，听起来有点像是Ivy的声音。

她站在原地听了几秒，发现自己并没有听错，然后她放轻了脚步，朝通道的方向走去。

长长的通道里，此刻只有两个人。

是穆熙和Ivy。

她目光一闪，在他们发现自己之前，敏捷地在转角的墙壁后停下了步子。

“穆董，明明离合同的到期时间还有两年，是我做错了什么吗？是我哪里没有表现好吗？我明明已经在你的帮助下有了那么多机会，也展现了自己的价值……”

Ivy一边抽泣着一边说。

很快，穆熙淡淡的声音响了起来：“正如你所说，我已经给过了你那么多机会，让你有了知名度，今后你可以在其他地方继续展现你的价值，和Live解约不代表你的职业生涯就结束了。"

"可是你难道不想让我一直待在你的身边陪着你吗？我不想去其他公司，穆董，我不想离开你……"Ivy越说越哭得梨花带雨，"成名对我来说根本没有在你身边重要……"

他原本就不是个很有耐心的人，此时终于忍不住打断了她的话："Ivy，有一件事我想你似乎一直都没有搞清楚。"

"我最近把你带在身边提高你的曝光率，并不是因为我需要你，我不需要你的陪伴，只是想让你为Live创造价值，但是如今在我看来，你的价值已经没有了。"他的语气绝情又冷漠，"你自己刚刚也已经听到了业内嘉宾们对你的点评，以你的天赋到此已经是极致，没有办法再继续向上突破了。"

郑韵之靠在墙上，听着他的话，紧紧地咬住了嘴唇。

这就是穆熙。

前一秒他还能让你觉得自己被捧到了天上，下一秒就能让你品尝到被打入地狱的滋味。

每个人在他的眼睛里，似乎都只能用其创造的价值来衡量。

他是她见过最冷血又无情的男人。

偏偏最开始他优雅又周到的行为总会让女孩子产生错觉沦陷，近而不顾一切地飞蛾扑火。

"况且。"这时，他顿了顿，"你还把心思放在了阻碍和伤害别人上，这是我的大忌。"

她的心因为他这句话，猛地漏跳了一拍。

说完这句话，穆熙转身就想离开，可他的脚步声刚刚响起，身后忽然传来了Ivy绝望的冷笑。

"其实，你今天铁了心要和我解约，只是因为我用小手段陷害了郑韵之吧？"

她的声音从轻柔的泣音渐渐变得尖利起来："你把我带在身边捧我，根本就不是因为你想利用我的商业价值，你以为我不知道吗？！"

他没有说话。

"你但凡带我出席的场合，就一定会有她的存在，你把我硬塞进名模秀，也只是为了制造你遇见她的机会罢了……你当初看了我的照片就决定跟我签约，不是因为我的能力，只是因为我和她长得像，只是因为你想利用我气她而已！"

"无论有多么冠冕堂皇的理由，都没有办法掩盖这个事实——你做的所有一切都是为了要引起郑韵之的注意……穆熙，其实这些我从最开始就已经知道了，只是因为我爱你，我才甘愿做你手上的这颗棋子，因为爱你，所以我才心甘情愿当一个替代品……"

女孩子悲伤的叫喊声回荡在通道里，散发着阵阵回音，她靠在冰冷的墙壁上，轻轻地闭上了眼睛。

良久，在她以为穆熙不会说话的时候，他低声开口了。

"你没有办法代替她。"

"她是独一无二的，谁都不可能代替她。"

—

"小胖！"

单叶这时像一只兔子一样敏捷地蹦了过来，一把就捂住了大儿子的嘴，做作地大笑起来："哈哈哈快让你心心姨妈看看，你最近是不是又长胖了？"

陈涵心没察觉到单叶诡异的行为，她一向很喜爱这两个小活宝，手里抱着小的，瞅着戴泽说："小胖，姨妈觉得你确实长胖了点儿。"

戴泽被妈妈捂了老半天，并接收到了妈妈的眼神威胁，估计也意识到了什么，这时一把甩开单叶的手，顺着陈涵心的话题走："不，姨妈，二胖才胖，他贪吃得不行！你仔细看看我，我真的瘦了！"

"哥哥胖！"二胖吃完了手里的蛋挞，满嘴蛋挞屑也不忘反击，"哥哥胖得像气球！"

她被童言童语逗得忍俊不禁，可笑完后又觉得心里空荡荡的，原本她身边总有柯印戚在倒不觉得，现在自己孤家寡人一个，人单叶一家人其乐融融的，她看着心里更难受了。

单叶看她脸色实在是不好，走过来接过她手里的小儿子，让大儿子戴泽带着弟弟去卧室玩，完了回过头问她："吃饭了吗？"

她摇摇头，在沙发上坐下来："没什么胃口。"

单叶和戴宗儒对视了一眼："你先说说事情经过。"

她叹了口气，把早上发生的事情简单地说了一遍。

"你就凭他和小学妹说几句话就给他直接判死罪了？"单叶听完，挑了挑眉，目露谴责，"陈涵心不是我说你，你这样未免也太过草率了吧？"

"你还好意思说心心？"戴宗儒靠在沙发边，支着头淡声说，"上次我就和其他院一个女医生多讨论了几句病人的情况，你回来就拿花瓶把我的头给砸了。"

单叶："……"

陈涵心实在忍不住笑出了声。

单叶脸红脖子粗："戴宗儒你给我闭嘴！"

"那你听印戚解释了吗？"戴宗儒拍拍单叶的头，转而问她。

她摇了摇头："他什么都没解释，我问他和那个女孩子说什么他也不肯告诉我，后来我对他做了很过分的事，说了很过分的话，他也没来找过我。"

打不还手，骂不还口，这不是破罐子破摔能是什么？

单叶二话不说，直接话锋一转："你让他来我的泌尿科，姐姐一定立刻让他体会到什么叫作生不如死。"

戴宗儒："单叶你要记住你是个白衣天使，不是黑衣魔鬼。"

虽然单叶一如既往地武断又冲动，但她丈夫戴医生却不是这样的人。

陈涵心说是来找单叶商量，其实是更想听听戴宗儒的建议，毕竟就单叶这样不听别人说话直接抄起花瓶就砸人头的前科实在是让人有点叹为观止。

"豆丁，你的好意我心领了，"陈涵心抚了抚额头，"戴哥，你觉得呢？"

戴宗儒望着她，忽然温柔地开口道："心心，你喜欢柯印戚吗？"

她的脸一下子就红了。

索性两位小朋友这个时候都在卧室里，柯印戚本人也不在，面对着两位亲人般的朋友，她也没有太过不好意思，沉默了两秒，轻轻地点了下头。

"哪种喜欢？"

她愣了愣。

"是对发小的那种喜欢吗？"

她垂着眸，摇了摇头。

戴宗儒漂亮的眸子里闪烁着光："那你有没有害怕过？"

"害怕过什么？"

"印戚会离开你。"

此话一出，她听到自己的整颗心都颤抖了一下。

离开。

柯印戚会离开自己。

"好像……"她张了张嘴，"我从来就没有想过这个问题。"

从她有记忆的时候开始，她的身边就一直有他的存在，无论她在人生的哪个阶段，无论翻开她哪个时期的相册，他们两个一定都是肩并着肩站在一起拍照的。

时光悄然而逝，他也渐渐地从那个清冷秀气的少年，慢慢成长为现在这样冷俊夺目的男人。

但是唯一不变的是，他始终在她的身边陪伴着她。

起初她把他小时候那些话都当玩笑话来听，他们俩毕竟是发小，而且他年纪还比她小，她从来没想过这种感情有一天真的会在她的心中发芽变质，可是后来等她上了高中，她才忽然意识到，她确实对这个人有了不一样的感觉。

只要他靠近她、她就会心跳加速，只要他低声和她说话、她就会脸红，看到他偶尔的笑容，她更是会觉得自己的胸膛都被填得满满的。

她发现自己喜欢柯印戚，而且不是对发小的那种喜欢。

是一个女孩子对男孩子的那种特有的喜欢。

想要独占他，想要他只为自己笑，想要他只看着自己的那种喜欢。

所以大二下半学期的那天，代，她在楼上看到有一个女生在操场边和柯印戚说话，他大概那天心情还不错，听完那个女生说话后，竟然淡淡地笑了一下。

然后她二话不说，扔下了一众在班级里等她布置校庆工作的同学，飞奔下楼。

她直接冲到了他面前，枉顾那个女生的眼神，一把拽着他的手臂把他拉到了操场后面没有人的单杠区。

"那个女生，刚刚和你说了什么？"

她跑得气喘吁吁的，站定后回过头，蹙着眉头问他。

柯印戚看了一眼她拽着自己的手，淡淡地说："他们和老师开的玩笑。"

她撇了撇嘴，语气凶巴巴的："有那么好笑吗？你冲她笑得那么开心做什么？"

他似乎是感觉到了什么，沉默了几秒："你很不高兴我对她笑？"

她张了张嘴，刚刚因为跑得急而泛红的脸颊变得更红了。

"为什么？"他这时朝她走近了一步，声音又低又好听，"为什么不高兴？"

她刚刚满脑子的冲动，可真到了这个份上，她又有点想退缩了。

总觉得只要再说一句话，他们之间所有的一切都会变得不一样了。

"嗯？"

可他才不会允许她过了这么多年好不容易跨出来的这一步，又硬生生地给缩回去，少年的个头此时已经拔得很高，整个人的阴影完全将她笼罩在了里头，她闻到了他身上清洌的香味，觉得自己的心脏都快跳出喉咙口了。

"告诉我你为什么不高兴。"

他这时将自己的手臂一点一点从她的手掌中抽离，最后反手牵住了她的手。

"告诉我，我就只对你一个人笑。"

—

秀场。

穆熙说完最后两句话，就头也不回地离开了VVIP通道。

Ivy在他走后哭声愈加收不住，回响在了半个休息区，郑韵之默默地听了一会，终于从墙壁后走了出来。

她一步一步走到了Ivy的面前。

Ivy一看到是她，脸颊瞬间涨得通红，指着她尖声哭喊道："郑韵之，看我笑话看得开心吗？你赢了！他不仅救你帮你，还眼也不眨地就把我扔了，你开心了是不是！你痛快了是不是！"

郑韵之望着Ivy歇斯底里的模样，忽然就没了想要找她好好算账的心思。

她觉得很没意思。

的确，她郑韵之从来就不是什么善茬，她一直秉承着别人只要伤她一分，她必将原数奉还的人生理念。

原本她还想好好地收拾一番这个刚刚让她在秀场上这么难堪的人，毕竟当时如果不是穆熙突然出手相救和她自己的迅速反应，今晚她就会是整个时尚圈的笑话。

可是当对方真的落得了这么糟糕的下场，她心里竟然没有预想中的半点畅意。

因为她，这个女孩子一度被穆熙捧上天，现在又狠狠地摔下地，不仅甘心情愿地成为她的替代品，还像一只没有灵魂的木偶人，自己命运的线被牵连在她和穆熙的纠葛之间，轻而易举地就因为他们的爱情战争而变得粉身碎骨。

过了半晌，她闭了闭眼："你其实没有做错什么。"

Ivy怔住了，大颗的眼泪还挂在眼角。

"讨厌我，陷害我，想取代我……为了自己的利益不择手段，从你想要生存、想要他眷顾你的角度来看，这些事情你做得并没有错，你唯一做错的事就是相信了他。"

她的目光里透露着怜悯和寂寥："女孩子，得活得骄傲点，凡事得靠自己，别把自己活得像个可悲的影子，也别再相信男人了，尤其是像他这样的男人。"

"他没有心，也不值得。"

一

郑韵之在更衣室里换好了自己的便服，手里拿着那件西装外套，悄悄地从没什么人知道的后门离开。

工作人员都已经按照她的吩咐开始做秀场的撤场和收尾工作，她人不需要待在里面监工。助理刚刚给她发来微信说几个大品牌方和时尚圈大佬都想找她聊聊，她却让助理传达自己有点身体不适要早点回去休息，说改日会再去对方的府上专门登门拜访。

虽然她是今晚这座场馆里最夺目也最具有话题性的人，理应享受彻夜的赞美与狂欢。

走出场馆，她抬头望了一眼S市的夜空，今夜万里无云，唯有星星点点璀璨地闪烁着。

她其实没有生病。

她只是累了。

垂下头再往前走了几步，她看到不远处僻静的花坛边停了一辆有点眼熟的豪华座驾。

郑韵之的步子顿了下来。

然后，她的目光轻闪了一下，直直地朝那辆豪华座驾走了过去。

驾驶座的车窗此时摇了一半下来，穆熙若隐若现的脸庞就在车玻璃后面。

他本以为她要上副驾驶座，在车里按了开锁的按钮，却没有料到她走过来，抬手就直接拉开了他座位这边的车门。

在他还没有反应过来的时候，她整个人竟然灵活得像一条蛇一样钻进了他的驾驶座，她人本来就特别瘦，纤细的美腿一跨轻轻巧巧地就坐到了他的大腿上，然后反手关上了车门。

他诧异地看着她，愣住了。

郑韵之冲他笑了笑，动作快得惊人，此时一手将他的西装外套扔在了副驾驶座上，一手摸到了他座位下方的调整按钮，将他的位置直接推到了最后面。

驾驶座的空间一下子变得更宽裕了，她从他的腿上滑坐下来，整个人半跪在地上，柔软地趴在了他的膝盖上。

穆熙见状终于有了反应，他轻蹙了一下眉头，一把抓住了她的手："你想干什么？"

她舔了舔自己的嘴唇，妩媚地看着他笑："穆董怎么反应那么迟钝？当然是报恩。"

"虽然之前您让我滚，咱俩应该老死不相往来的，但您今晚又当着这么多人的面救了我，避免我出丑——虽然始作俑者是您的人，不过好歹也是您的功劳，我这人一向不喜欢欠别人的，我喜欢知恩图报。"

他明白了她的目的，眉头簇得更深了一些，此时再度扣住了她的手，厉声叫她的名字："郑韵之。"

她却置若罔闻，干脆也不试图挣脱被他抓住的那只手了，直接用另外一只手三两下解开了他皮带的搭扣。

穆熙的脸色不太好看，他的脑海中此刻正在进行着进退两难的天人交战。

他真想立刻就把这个疯女人给扔出车去，可身体在面对她的时候瞬间卸下防备的本能和对她的渴求，又让他显得没有那么坚决。

这个该死的女人，只要一看到她明艳动人的脸和红唇，就是一剂对他比什么都有效的药。

她看着他眼睛里那一簇簇燃烧着的火苗，笑容更盛："您就别挣扎了，这又是何苦呢？"

他咬着牙，俊逸的脸庞上因为努力的隐忍已经冒出了薄汗。

安静的车里，此刻只回荡着穆熙粗重的呼吸声。

他垂着眸子，看着她柔软的长发、微颤的睫毛和小小的脸颊……目光越来越暗，放在膝盖上的手紧紧地握成了拳。

下一秒，他终于忍无可忍，一把将她用力地从自己身上扯开。

她有些诧异，此时被他两手抓着肩膀："您不喜欢这样的吗？"

他的喉结上下翻滚了一下，脸庞上甚至还沾染着没有完全褪去的黯色。

"噢，也对，可能你的记忆现在还停留在三年前。"她甜甜地笑，"现在的我，早就已经不是以前的我了。毕竟实践多了，总能出真知呢！"

这句话，彻彻底底地将他原本在极力压制着的怒火瞬间推上最高峰。

"郑韵之。"

他的眼睛一片猩红，平时斯文冷静的模样此刻消失得一干二净："你在法国的时候，也是像现在这样，只要有一个男人出手帮了你，你就这么对他知恩图报？"

她的心颤了一下，过了几秒，她绽开了一个无所谓的笑："我的人设不就是个只要给我好处就跟人走的坏女人吗？"

下一秒，"砰"的一声，他一拳重重地砸在了她脑袋后面的方向盘上。

她完全没料到他会这样做，被吓了一跳，肩膀不由自主地缩了缩。

他的脸庞此刻黑得吓人，比她之前见过的任何一次都要可怖。

这个一向沉稳冷静，习惯于隐藏自己的情绪，并把人心和权势玩弄在鼓掌之间的男人，此刻因为她，好像生气到都快要失去理智了。

有一瞬间，她觉得自己还挺厉害的。

"难道这样做不对吗？"

郑韵之此时深深地呼吸了一口气，扯了扯嘴角，继续轻飘飘地往他的痛处上踩："你帮了我，我还给你，成年人都是各取所需罢了，大家都心知肚明，结束之后两不相欠……"

"闭嘴。"

他收回拳头，缓了两下粗重的呼吸，死死地盯着她的眼睛："郑韵之，你再说一句话，我怕我真的会失手掐死你。"

她仿若未闻，笑得愈加风情绰绰："像穆董您这样绝顶聪慧的商人，不是应该最深谙此道吗？况且，当年我们两个人不就是这样开始的吗？"

听到"当年"二字，穆熙紧绷着的脸庞，突然有一瞬间的松懈。

当年。

恍惚之中，他仿佛回到了那一天。

当时的他还没有完全接替父亲成为Live的真正掌权者，还只是在初步摸索自己地位的少董事长。那天他正好应邀去出席一个商业活动，目的是和几位业界大佬建立联系，形成自己的人脉网。

等到了那里，和人寒暄过后，他无意之中看到了活动开场模特秀的表演者，也就是作为新人模特第一次登台走秀的郑韵之。

那个时候的她还很青涩，长长的头发既没烫也没染，黑发如瀑，整个人纤细高挑，脸上的妆容也很淡，走秀的时候甚至还出了一次错，在其他几位资深模特之中显得特别格格不入。

虽然他见过的漂亮女人数不胜数，清纯的、风情的……但是他却觉得自己怎么也移不开眼睛。

这个女孩子一笑起来，他会觉得自己一向坚硬冰冷的心脏有一瞬间好像凹陷下去一块。

这种感觉他之前从来都没有体会过，甚至觉得自己是不是搞错了，所以活动结束后，他特意找借口悄悄地去了一次后台，没想到正好撞见其他几个资深模特围着她在奚落她。

"郑韵之，我劝你以后还是别出来丢人现眼了，你看看你刚刚都走成什么样了？"

"野猫呢，就该回野猫堆里去，难道还想野猫变老虎，在模特界称大王吗？"

"老板真是太仁慈了，听了你的恳求还真给了你机会让你出来试走一次，我等会就跟老板说去，以后有你的秀，我们都不跟你搭档！"

"就是，跟乡下来的孤儿丫头搭档，实在是太掉价啦！"

……

他看见，那个名叫郑韵之的纤细的女孩子就背靠在墙壁上，沉默地听着她们一句比一句更难听的羞辱，她没有哭，脸上也没有表情，似乎像是已经习惯麻木了。

那些女孩子说完就散了，他缓步走到了靠在墙上发呆的她面前。

她抬起头，看到他这个陌生人突然出现也没有一点儿惊慌失措，还对他笑了笑："您好。"

他一看到她的笑，刚刚那种心口软下去的感觉立刻又起来了。

这个发现让他既诧异又触动，所以他缓了几秒，才低声开口道："你叫郑韵之？"

她点了点头。

"你知道我是谁吗？"他淡淡地问。

她摇摇头。

"我可以让你一个人在比这里大十倍的舞台上走秀，也可以让你再也不用被别人撑着鼻子讥笑。"

此话一出，她愣了一下，然后语气甜甜地问："请问您叫什么名字？"

他眸色微闪："穆熙。"

"好，那么为了可以实现这个对我来说那么奢侈的梦，您想让我用什么作为回报呢，熙哥哥？"

最后那个称呼，让他的手指尖都麻了一下。

穆熙定了定心神，眸色越来越暗："你。"

听到这个字，郑韵之的脸上也没有出现恐惧或者疑惑的表情。她看了他几秒，淡定地点了点头，转身要走："好，那您等我去收拾一下我的东西，很快的。"

他反倒愣住了："等一下。"

"嗯？"她回过头。

"你以前做过这种事？"他咬了咬牙，"有别的男人也开过诱人的条件这么邀请你，你答应下来扭头就跟着对方走了？"

"没有。"她说，"也没人邀请过我。"

"那你知道我说的是什么意思吗？"

"知道。"夜色中，她耸了耸肩，"不就是让我成为你的人吗？"

—

年少时的记忆在陈涵心的脑海中剧烈地翻涌着，这么多年过去，她只有一天比一天更明白，柯印戚有多么地喜欢她。

所以她一直都觉得，哪怕这个世界上所有人都变了，他对她的喜欢也是永远不会变的。

她早就已经把他的存在，把他的喜欢当成了一件理所当然的事。

"心心。"

戴宗儒的声音这时将她从回忆里抽出来，他低声说："我觉得，你应该去好好想一想这个问题。"

她有些茫然："想什么？"

"如果有一天，柯印戚选择停止喜欢你了。"

戴宗儒平静地看着她，"即便他已经陪伴在你身边二十多年，即便他一直都这么喜欢你，即便你已经把他的喜欢当作了一件和吃饭睡觉那样自然的事情。

"可是他是个自由的成年人，他可以在任何时候，做出任何他想做出的选择。

"当你不愿意将他和你的关系告诉别人的时候，当你总是耍小性子突破他忍耐的底线的时候，当你根本就一点都不害怕他会离开你的时候，当他开始怀疑你是不是并没有那么在乎他的时候，当他觉得他付出的和你给予的是不对等的时候……为什么他就非你不可呢？"

陈涵心一动不动地坐在沙发上。

过了半晌，她的眼眶红了。

单叶从戴宗儒开始说话的时候，整个人就有点不同寻常地沉默和焦虑，她没有像平时那样插嘴，只是咬着自己的大拇指，左看看戴宗儒，右看看陈涵心，当看到陈涵心无知无觉地开始掉眼泪的时候，她终于忍不住了，慌得一把握住了陈涵心的手："啊呀，心心，你别哭啊！"

戴宗儒说完这番话后，似乎也是受够了煎熬，他长吁了一口气，揉着自己的眉心，示意单叶赶紧把纸巾递给她。

单叶抓着纸巾急吼吼地给她抹眼泪："你别听戴宗儒瞎说，他就是在恐吓你……"

"戴哥没说错。"任凭单叶一边擦，她的眼泪一边往下掉，"柯印戚确实不是非我不可的。"

他原本就是人群中最光彩夺目的人，他值得最好的。

比她漂亮聪明有趣的女孩子大有人在，他凭什么非得死死吊在她这一棵树上。

就因为她是他的发小？就因为他们俩天天在一起二十多年？

她或许是真的太高估自己了。

因为他的宠爱，让她待在一个充满安逸的环境里太久，她只顾着看着自己的欢愉，只顾着享受着他的疼惜，却从没有想过回过头去看看他最真实的心情。

"谢谢你们。"

过了一会，她用手背抹干了自己脸上的眼泪，从沙发上起身："我明白了，让我自己回去好好想一想吧。"

单叶原本还想挽留，但她二话不说，拿起包就走了。

等她走后过了没几分钟，书房的门被打开了。

柯印戚从里面不慌不忙地走出来，淡定地在戴宗儒旁边坐下。

刚刚戴泽小朋友差点把他给供出来——这位柯少爷其实比陈涵心还早了半个小时就到他们家了，他镇定自若地逗弄了会两个孩子，顺便对戴宗儒布置了工作，然后等陈涵心一来，人就躲进书房去全程玩监听。

戴宗儒侧过头看了他一眼："柯印戚，你可真的害惨我了。"

他两条大长腿闲适地交叠在了一起，弯了下嘴角。

"你为什么非得选择我来当这个恶人，对心心去说那些重话？"戴宗儒觉得自己的脑壳都要被这对作死情侣给弄疼了，"她以后看到我不得有心理阴影了？"

他听罢，扫了一眼一旁的单叶："你觉得这位能说吗？"

让单叶去说，可能下一秒陈涵心可能会发飙。

戴宗儒瞥了一眼头顶上还翘着两根傻毛的自家太太，闭了下眼："算了，天将降大任于斯人也。"

被全员嫌弃的单叶一把暴起，拿起沙发上的靠枕就往戴宗儒头上抽："我去你的！"

戴宗儒三两下挡住了夯毛小兔的攻击，把她夹在自己的怀里让她动弹不得，一边问柯印戚："你觉得这个激将法真的能成？我看刚刚心心真的是受到了重创，万一她一个人在那胡思乱想想出了一个事与愿违的结果怎么办？"

他靠在沙发上，胸有成竹地淡声道："不成也得成。"

"也是。"戴宗儒点了点头，"不仅假装外面有人，还被暴揍一顿，最后差点要进我老婆的泌尿科，尊敬的柯大少爷就为了要区区一个名分，真是什么事情都做得出来，心心再不给名分就真说不过去了。"

柯印戚黑着脸抽了抽嘴角。

一

后台的冷光下。

看似清纯可人的小姑娘甩手就扔了一个直球过来，历经千帆的穆少董反倒被哽住了，他闭了下眼，所有的台词都被不按常理出牌的她给打乱了："那你还跟着我走？"

郑韵之的目光里倒映着月色，她再次对着他露出了笑容："因为你是我见过最好看的小哥哥呀，所以我愿意跟你走。"

穆熙站在原地看着郑韵之那副理所当然的表情，过了几秒，哑然失笑。

他偏过头，用手背抵着自己的鼻子笑了几声，嗓音里还带着丝慵懒的笑意："所以在你眼里，长得帅就能为所欲为，是吗？"

"身边多个帅哥一块儿睡，有什么不好？"

他不再多说什么，静静地在外头等她。

很快，她换了身便服，拿上了自己的背包，三两步轻快地走到了他的身边。

因为他喝了点酒，所以今天没有自己开车，而是让司机过来接他们，等上了车，司机恭恭敬敬地问他去哪里。

身边的小姑娘也眨巴着眼睛看着他。

"回家。"他淡淡地说。

连司机都愣了一下。

他察觉到了司机的那丝诧异，没再说什么，摇上了前后座之间的挡板。

郑韵之望着他，冷不丁地道："我以为你会带我去酒店。"

他没接口，只说："明天我会派人跟你去你住的地方拿你别的东西。"

她张了张嘴："你要我和你一直住在一起吗？"

他不答反问："不行？"

她的大眼睛咕噜噜地转了个圈："也不是……你对每个女孩子都是这样的吗？"

他看着她，没说话。

"熙哥哥。"她想要知道答案，又低低地叫了他一声。

穆熙看着她樱桃般红润的嘴唇，努力地抑制着自己想要低头吻过去的冲动，隔了好几秒，才哑声道："我没有带任何姑娘回家过，也没有邀请她们同住过。"

她挑了挑眉，一副不信他话的样子。

他觉得自己今天的耐心真是出奇地好，竟然愿意耐下性子陪着这个小姑娘继续聊家常："你知道其他姑娘和你的区别吗？"

他这样的身份，这么多年来，就算自己不主动去寻求，都有前仆后继的女孩子自己送上门来：商业伙伴的盛情难却、社交派对的名流宾客、想借他上位的明星模特……

即便他推拒谢绝了绝大部分，也偶尔出于商业利益的考虑，会接纳一次。

但是众所周知，绝对不可能会超过一次，甚至他从不在外逗留过夜。

"我知道。"她摊了摊手，"就是一次和很多次的区别。"

穆熙再次被她逗笑了，他都已经记不得自己已经有多久没有这样放松愉悦过了。

"还有一个区别。"笑完，他抬起手揉了一下她的头发，"前者没有任何感情基点，后者时间长了可能会有假戏真做的风险。"

说完这句话，他抚在她头发上的手也顿住了。

因为到了这一刻，他才突然发现，他对她提出的这个协议，可能会对自己造成什么样的影响。

郑韵之听罢，歪了歪头，小狐狸似的冲他笑："那么熙哥哥，咱俩以后睡得多了，你会对我产生感情吗？"

……

他已经忘了那天后来自己是怎么回答她的了。

他只知道，从那一天起，郑韵之这三个字，随着她登堂入室到他的家中，也一并嵌入进了他的生命里。

她在他的身边，慢慢地开始从那个初出茅庐的青涩女孩，渐渐变得成熟可人，散发着浓郁的女人味。

更或许是，他最开始就没有看清楚她的本性，是一只喜欢捉弄人又精明老练的小狐狸。

在他的帮助和她自己的天赋双重作用下，她仅仅用了一年不到的时间就在S市的时尚圈内站稳了脚跟，让之前笑话她的那些资深模特终日惶恐不安。而私底下，她却在他最大的容忍度范围内，各种兴风作浪，把他给气得够呛。

可是气归气，他却依旧允许她在自己身边这么折腾。

他其实心里很清楚，他对她的这种纵容，早就已经超过了自己一贯对于女人的界限。

但精明一世的穆少董，当时却硬要把自己当作是一个瞎子。

郑韵之并不知道眼前的人此时思绪已经飘到了那么久远的过去，她见他一直目光沉沉地喘着气没说话，权当他大概已经是被自己气糊涂了。

"穆董，我有点儿困了，请问您还要继续吗？"

她两手抱着自己的膝盖，瞥了他一眼。

穆熙被她这一声唤得终于回过了神。

然后，他刚刚浑身还在往外冒的火"咻"地一下就收得无影无踪了，他没接她的口，只是低下头迅速收拾整理好了自己的衣物。

她静静地看着他，猜不透他此时刻脑子里究竟在想什么。

然后，他垂下眸看着她，没什么表情地说："你觉得我出手帮你，就是为了要你这么还我？"

"您记性是真的不好，老年痴呆吗？"

她耸了耸肩："我刚刚才说过，三年前咱们俩就是这样开始的，现在你虽然拒绝了我的服务，但我至少有心提供，所以现在咱俩算是两清了。"

他忽然淡淡地笑了一声："两清？"

她怔了一下，原本虚虚握着的掌心，在听到他这声低哑的笑声后，不由自主地紧了紧。

"你想得太美了。"

他紧紧地盯着她的眼睛，一字一句地对她说："郑韵之，你欠我的，这一辈子你都还不清。"

一

陈涵心从单叶家回来之后，在家里窝了整整两天没去学校。

而且她跟修仙似的，每一天都几乎只喝几口水，吃点小饼干果腹。

第三天早上，进去给她送早餐的严沁萱快被她吓坏了，一直以来无论在家里还是外头都尊崇时时刻刻得保持精致貌美、无法忍受一根头发丝褶皱的完美小公主穿着颜色不一样的睡衣睡裤把自己卷在被子里，头发乱糟糟的，整张脸看上去也是灰头土脸的。

严沁萱向来宠她，在旁边看了老半天也不敢开口和她搭话，怕触到她不高兴的地方，离开她房间后赶紧去楼下找正在看报纸的陈渊衫："心心一直这样怎么办啊？我怕她身体吃不住，你怎么一点儿都不关心她？"

陈渊衫这时老神在在地放下报纸，搂过太太的肩膀，四平八稳地说："她这样还能有什么原因？一定又是和印戚吵架了。"

"可是吵架吵成这样不吃不喝也是第一次啊！都两天了，她再这样下去真的会生病的。"

"那就是吵得特别厉害而已，你看这次印戚都没担心，要是放在以前他早就过来抓人了，放心吧，时候到了他们俩自然就会和好的。"

"印戚这两天完全对心心不闻不问我觉得也挺奇怪的，你说他会不会……"

严沁萱话说到一半，忽然看到陈涵心从楼梯上下来了。

她揉了揉自己的眼睛，没什么表情地对严沁萱说："妈，我现在去洗澡，等会我想吃点你做的蛋糕。"

严沁萱看了陈渊衫一眼，立刻把后面半句话憋了回去："好，妈去给你拿。"

洗完澡后，陈涵心一边吹头发，一边把俞奕伦这两天发来的无数条微信语音消息点开来播放。

"公主大人，您怎么还没起驾回宫啊？小的等得花儿都谢了。"

"您不怼我两句，我身边的万紫千红都没心情看了。"

"话说今天下课的时候，那个小学妹又来找柯神了，两个人在走廊上说了好一会话呢……哎，对不起，我掌嘴，呸呸呸，你就当你什么都没听到啊！"

她吹完头发，把吹风机放进柜子里，看了一会镜子中苍白又没精神的自己。然后，她眯了眯眼，终于拿起手机回了一条语音过去。

"回宫了，准备接驾。"

一

陈涵心人踏进大教室的时候，老师刚刚上完上半节课，正好在课间休息。

她今天穿着以前买来后柯印戚从没让她穿出门过的连衣裙，这条裙子其实并不算是性感的那种，但是设计和撞色很别致，让她整个人看上去又仙又美，也因此被某人判定为"过于招摇"而锁进了衣柜深处。

整个教室里原本在熙熙攘攘聊天的同学们一看到她出现，全都下意识地噤了声。

毕竟这位人设全崩的公主大人这两天依旧蝉联着F大贴吧热度榜第一，而且整整两天没来上过课，这会突然出现，还如此光彩夺目，想让人不注意她也难。

陈涵心仿佛对所有落在她身上的这些目光全都无知无觉，她只管大步往前走，她也能感觉到这些目光里，有一道她熟悉又锐利的目光仿佛要在她的身上盯出一个洞来。

走上第一级台阶时，她偏过头，望向呆若木鸡地在座位上看着她的俞奕伦，然后勾起嘴角，曲起自己的食指，冲着他的脑门猛弹了一下。

俞奕伦抬手捂住了自己的额头："公主大人，您……您来了！"

她用鼻孔"哼"了一声，继续往台阶上走。

柯印戚就坐在他们俩一直坐的那个位置，即便她没来，也没人敢坐到他身边去。

他眼看着她朝自己越走越近，面无表情的俊脸上有一股山雨欲来的感觉。

她走到他面前站定，疏离又客套地冲他笑了笑："柯同学，麻烦你让一让。"

有一瞬间他差点都没有反应过来。

以前在学校里，她就算是装装样子，也会叫他一声"柯印戚"，更别提私下无人时偶尔会叫他"印戚"了。

那么，问题来了，现在这个"柯同学"是什么意思？

但是现在全体同学都在对他们俩行注目礼，他忍了忍，还是从座位上站了起来。

下一秒，陈涵心立刻收起了笑，干脆利落地擦过了他的身体，坐到了座位里边儿。

他站在走道边看着她云淡风轻地从自己的包里拿出笔记本和笔准备听课，眉头慢慢地蹙了起来。

这个情况，和他预想中的发展好像不太一样。

上课铃这时正好打响了，也打断了所有同学好奇和八卦的目光，他再看了她一眼，把已经到了嘴边的话给硬生生地吞了下去，在她的身边缓缓坐了下来。

两个人全程没有说过一句话。

等后半节课结束，陈涵心合上笔盖，收拾东西准备换教室。

同学们都陆陆续续地离开了，她理完包起身，发现柯印戚还一动不动地坐着，根本没有想要让她离开的意思。

她咬了咬牙："柯同学。"

他听到这第二声刺耳的"柯同学"，脸上的表情终于变得危险了起来。

然后他也从座位上站了起来，转过身看向她。

两人相对而立，他居高临下地注视着她，声音冷得像冰："你今天穿得可真好看。"

她深呼吸了一口气，冲他扯了扯嘴角，竟然说了句："谢谢，再不穿这条裙子，它就要被灰埋没了。"

他的脸色更冷了几分，此时极力忍耐了片刻，眯了眯眼："你就没什么想对我说的？"

陈涵心用力地抓了一把自己的手心，几秒后，她僵硬地吐出了一个字："有。"

他静静地等待着她的后文。

过了半晌，她抬起头，直视着他的眼睛，一字一句地说："我们分手吧。"

第五章 ◎ 雨声

在陈涵心说这句话的时候，俞奕伦人刚好走到他们座位旁边的那级台阶上。

他远观感觉情况不太妙，本意是想上来帮一把、和稀泥一下，以免这两位校霸再次在教室里上演血雨腥风，毕竟教室里此刻还有一些同学没有离开。

可是当他听到陈涵心嘴里那五个字的时候，他整个人都僵住了。

然后，他下意识一脚踩空，下一秒就直接从楼梯上滚了下去。

背景音传来了俞奕伦抱着头躺在楼梯上哇哇大叫的声音，这边厢陈涵心和柯印戚却仿佛处在了一个只有他们两个人的世界里。

柯印戚蹙了蹙眉，有一瞬间都怀疑自己是不是听错了。

他向前了一步，垂眸望着她，声音又冷又沉："你说什么？"

她整个人都有点儿发颤，几乎是竭尽全力地深深地呼吸了一口气，才拼命将胸腔里那股挤压着的酸胀全都给一股脑地塞了回去。

哪怕她感觉自己下一秒就要哭出来，哪怕她此刻心痛得无以复加，哪怕她觉得自己有记忆以来从来没有一刻像现在这样难受过，难受得都快要窒息了。

但她还是抬起头，仰着下巴，像平日里一贯骄傲又自信的自己那样，直视着他的眼睛，再次重复了一遍。

"柯印戚，我们分手。"

柯印戚一动不动地看着她。

他感觉自己被门萨俱乐部各种鼓吹的智商在这一刻简直受到了侮辱。

明明他在柯轻滕的提点下已经精心做好了每一步的算计，甚至还拉上了单叶和戴宗儒，以确保她最后得到的结论会是——她陈涵心喜欢的人，谁都不能碰，然后下定决心对所有人宣告他们俩的关系早就已经超越了发小的实质。

因为自信最后会得到这个结果，所以他就算明知道她会大发脾气，还是没有回应她对自己和学妹关系的任何质问；甚至这两天明明知道她在家里不吃不喝，还是狠下了心没有去找她。

哪怕他心疼得不行，因为分神，甚至破天荒地在处理北美那边的业务时都弄出了差错。

可谁知道现在，她想了两天，竟然得出来了一个要和他分手的结论。

她这个小脑袋，到底是怎么想出来的？

他的表情一分一分变得可怖起来。

"不可能。"

过了一会，他铁青着脸注视着她，几乎是一个字一个字从牙缝里蹦出来："陈涵心，你连想都不要想。"

陈涵心站在原地，紧紧地攥着自己手里的包，感觉自己的手在发抖。

她不想再像上次那样当众不管不顾地和他撕破脸皮，她努力克制着自己，尽量显得平静地对他说："没有什么不可能的。"

"柯印戚，我觉得我们两个可能真的不太合适做恋人。"

她微微仰着头，拼了命地把眼眶里那股酸涩的感觉给逼退回去："你适合比我更好、比我更懂事的女生，那样你就不用再每天都低声下气地哄着她、伺候着她，你可是柯家的大少爷，本来就不需要把自己放得这么低。"

"像我这样整天只会对你要性子发脾气，整天就只知道作你拖你后腿的女生，你就算已经忍耐了那么多年，可是到了今后的某一天，你一定会再也忍不住，突然就想离开了。所以我不想等到那一天的到来，如果非要到那一天让我眼睁睁地看着你突然离开，还不如我自己现在先大度一点，早些放你走。"

"你知道吗？"

她叹了一口气，面色苍白地扯了扯嘴角，"我突然觉得，如果当时的那天我不冲动地跑过来找你、捅破那层窗户纸，我们俩一辈子都只会是发小了，那样该多好。"

那样就不会再有这些数不清的争执和磨合，也不会再有痛苦和分离。

发小可以维持一辈子，但恋人走着走着，或许总会走散的。

如果早知道他终有一天会离开，那她宁愿选择根本不去开始和拥有。

柯印戚紧绷的脸庞上，最开始还夹杂着不可置信和无法理解。

可是当他听到她最后那一段话的时候，他本来明亮的眸子忽然就暗了下来。

像被呼啸着的风吹灭了的蜡烛，再也无法燃起半点光亮。

在他们说话的时候，教室里的同学们都陆陆续续地走光了，偌大的教室里，此刻显得有点儿空荡荡的，只有俞奕伦一边揉着自己摔疼了的头和屁股，靠在讲台边惊恐又担心地看着他们。

不知道过了多久。

他看着她，一字一句地问："你想清楚了吗？"

她的眼睫颤了颤，微微点了下头。

她想了整整两天。

就算她把自己这一辈子的眼泪都在这两天里流光了，她还是决定要这样做。

"所以。"

他的声音已经完全哑了，还有些干涩，"你觉得我们的开始，我们的感情，我们这么多年一起走过的路，这所有的一切都是错误的，是吗？"

她说不出话来，只能咬着牙偏过了头去。

她不想再让他看到自己的懦弱和胆小，不想再让他看到自己的眼泪和不舍。

她所有的负面情绪，都曾在这个男人面前一览无遗。

他接受了她所有的不好，接受了她所有光芒下的瑕疵，她都曾觉得那是理所当然的。

可那怎么可能是理所当然的？

他一定包容、承受得很辛苦吧。

所以她不想再让他那么辛苦了。

所以现在，她要执拗地、自欺欺人地守住自己最后的那丝骄傲，主动地放开手。

教室外开始传来了雨滴砸落在窗玻璃上的声响，下一节课的铃声也在这个时候打响了。

她侧着头，低声道："我要去上课了。"

"陈涵心。"

她听到他一向波澜不惊的声音里，有一丝微微的发颤，"你知道吗？你否定了我们的二十年，也否定了我。"

—

郑韵之原本觉得自己在面对这个在别人看来极其难相处也难对付的男人的时候，仅靠三言两语就可以把他气到爆炸跳脚。

三年前是这样，三年后这几次交锋下来，效果依然拔群。

可是她却没有料到，他这一句话，突然就把她所有想要说的毒舌和讥讽全都给堵上了。

她这个时候其实应该轻飘飘地回他一句"我欠你什么了"，可是不知道为什么，她却不敢对他说这句话。

她怕她开了口，会听到一些她意料之外的答案。

而那个答案，她甚至连想都不敢想。

这个时候，外面突然开始下雨了。

整片天空像倾倒下了一股洪流，雨水从最开始的点滴零落变得愈来愈大。

雨水不断地砸落在车子上，发出了淅淅沥沥的细微声响。

又像砸在她的心口，让她感觉到那数不清的、密密麻麻细小的疼痛开始逐渐蔓延到了全身。

"怎么？"穆熙感觉到了她那一瞬间身体的紧绷，勾了勾嘴角，"不敢说话了？"

"郑韵之，你引诱我，戏弄我，惹怒我……你样样都敢做，怎么偏偏连这句话却不敢接下去了？"

她咬了咬牙。

然后下一秒，她伸手就打开了车门，从地上三两下爬起来，一步从车里跨了出去。

倾盆的雨水瞬间淋到了她的身上，从她的头发、脸颊和手指上滚落下去。

"呵。"

雨声中，她听到他在自己身后冷笑了一声："原来你这么胆小。"

郑韵之只当没听到，她理了一下自己的衣服，冷着脸大步在雨中往前走去。

可是刚走了没几步，她忽然觉得整个人有点儿发晕。

她一开始还以为只是因为雨太大，模糊了自己的视线，可后来却发现，是自己的眼前在一阵一阵地发黑，渐渐连场馆朦胧的轮廓都要看不清了。

穆熙原本在车上看着她纤细的背影，目光里透着森森的冷意，他没有关上被她打开的车门，正准备去后备厢拿伞追上去。

可当他刚跨出一步，就看到走在雨中的人，步伐忽然慢了下来，而且人还有点儿摇晃。

他眼一眯，也顾不上拿伞了，直接快步朝她走了过去。

他一到她身边，她整个人陡然就软了下来、要往地上倒，他眼疾手快，一把就接住了她。

雨水将他们彼此都淋得湿漉漉的，她浑身一点力气也使不上，但还是半眯着眼想要挣脱出他的怀抱。

"郑韵之。"他一边抓着她不让她动，一边咬牙切齿地叫她的名字，"你就不能老实点？"

"你别碰我……"她无力地推着他的手臂，忽然急声道，"你去碰你的Ivy，去碰你那些小明星小模特去，这三年你碰过多少女人了？我嫌你脏！"

他都快被她气笑了："你嫌我脏刚刚还要往我身上钻？"

她被他扣在怀里动弹不得，瞪着他道："穆熙，你离我远一点，越远越好，有多远就给我滚多远。"

穆熙这下是真的笑了，他抹了一把自己全是雨水的脸："你就非得把我对你说的每一句话都还回来？你这个女人真是不愿意吃亏。"

"郑韵之你给我听好了。"

他这时紧紧地盯着她的眼睛，"你这三年在法国碰过多少男人，我就碰过多少女人，所以你自己心里最清楚，别给我瞎扯。"

她听得浑身一震。

穆熙终于消耗尽了自己所有的耐心，他全身从头到脚都已经完全湿透了，整个人看上去都狼狈不堪。他发现，每一次只要和她待在一块儿，他总会落得自己人生中最落魄的形象。

被她脱光衣服反锁在洗手间，穿着睡衣跑去夜店救她，穿着不一样的两只鞋照顾她，浑身湿透地陪她在雨中发疯。

他的冷静自持，他的沉稳算计，他的斯文矜傲，在她的面前，瞬间全部失效。

这个女人，真的是他命里的一道劫数。

还是怎么都过不去的那种。

下一秒，他二话不说就将她整个人打横抱了起来，一步一步往车的方向走回去。

郑韵之在他的臂弯里，仰头看着他坚毅的下巴和狼狈汗湿的脸庞，心脏像是被人用力捏住、连呼吸一下都觉得疼。

雨声里，她张了张嘴声音却像是一把散沙："我已经滚得远远的了，你为什么还要出现在我面前？"

"我都已经放过你了，你为什么还不能放过我……"

他始终没有开口。

他是想要放过她的。

在翁雨家听完她说的那些话的时候，他就是这么想的，所以他离开了。

因为他们两个人实在是太过相似了——

他们都是那种长着满身刺的人，只是她的刺在外头，他的刺在里头，所以他们一贯的生存方式都是和其他人保持距离……直到他们遇见彼此。

他们都敢于迎着那些尖锐的刺去拥抱对方。

可拥抱的那一瞬间，就注定会碰撞出巨大的火花，最后变成用尽力气去伤害彼此，弄得两败俱伤。

有多尽力，就有多痛。

三年前是这样，三年后还是这样。

所以，如果想要让自己和她都不受伤害，最好的办法就是离对方越远越好。

"穆熙。"她这时抬手揉了揉自己已然微微泛红的眼眶，"你知不知道，我真的好恨你。"

他已经抱着她走到了车旁，这时单手开了车门，拎起自己的外套，将她轻轻地放在了副驾驶座上。

然后他将那件她刚还给自己的外套，裹在了她湿淋淋的身上。

下一秒，郑韵之忽然扬起手，猛地甩向了他近在咫尺的脸庞。

他眼疾手快，抬手便紧紧地扣住了她的手腕。

雨声磅礴，他们就这样僵持着，一动不动地注视着彼此。

不知道过了多久。

"恨总比忘记好。"

他抓着她的手，慢慢地放下来，放回到外套里，然后俯低身子去亲吻她的眼睛："忘记，就找不回原来的路了，可是恨，总能让你再次回到我的身边。"

雨水顺着他轮廓俊逸的脸颊，一滴一滴，轻轻地滴到了她的脸庞上。

她闭上眼睛，喉头终于渐渐哽咽。

眼泪慢慢晕开在了眼角，和雨水化作一体。

穆熙开着车一路出了场馆，驶上高架桥。

外面的暴雨有愈演愈烈的趋势，雨水打在车前玻璃上不断地发出细密的声响。

他这一辈子都没有这样淋过雨，甚至还能够感觉到自己坐着的驾驶座、自己的鞋子下边全是从身上淌下来的雨水。

说真的，到了这一刻，他都有点儿气不动了。

穆熙忍不住在内心自嘲了一把自己破罐子破摔的精神，他抬手扒了一下滴着水的头发，把车内的暖气调得更高了一点，侧头看了一眼副驾驶座上的人。

郑韵之正面无表情地抱着膝盖蜷缩在他的那件外套里头，头发上还在不断地滴着水，巴掌大小的脸跟吸血鬼似的苍白，连嘴唇都冻得有些发紫。

他看得手指紧了紧，回过头，淡声开了口："后座上有毯子。"

她却完全不理会他，像根本没听到他说的话一样。

很快，下了高架，他往路边能停车的地方先停了车。

然后他再往旁边一看，她闭着眼睛，好像是睡着了。

他低低地叹了一口气，松开安全带，自己伸手去够到了后座上的毯子。

她身上盖着的那件衣服已经完全被水弄湿了，这么披着反而会更冷，他便轻轻地先将自己的外套从她的身上拿了下来。

然后，他的动作在不经意间顿了一下。

她穿得不多，一件短大衣里只穿了件低领毛衣，从他这个角度，可以清清楚楚地看到那雪白一片儿，她人虽然瘦高，可是身上该有的地方都分毫不少。

这三年，他一个人躺在床上的时候，时不时地总会回想起她身体的每一寸……就这么控制不住地看了几秒，他才闭了闭眼，把那股子一看到她就自动燃起来的热强压下去，将手上的那条毯子里三层外三层地把她包裹了起来。

等他给她掖好毯子，才发现她已经睁开了眼睛在看着他。

也不知道是醒了多久还是根本就没睡着。

"穆少董。"郑韵之这时冲他勾了勾嘴角，嗓音沙哑地开了口："您的眼睛真的是用来开车的吗？"

被当场抓包的穆熙表情依旧镇定自若，他没吭声，扬手把湿衣服扔到了后面，坐回来系安全带。

她看到他黑漆漆的俊脸，嘴角偷偷地往上翘了起来。

一

等车开进他家小区的时候，暴雨总算是暂时变小了一些。

穆熙熄了火，打开车门下车来到她那一边。

她这段时间连日劳累，根本就没有休息好，再加上刚刚才在雨里大闹过一场，这会工夫倒是真的已经累得抱着膝盖睡着了。

他看了一会她眼睛下面淡青色的眼袋、伸手要将她抱起来，她闭着眼睛动了一动，在睡梦中反手就拍上了他的下巴，困倦地嘟囔道："别烦我，我要睡觉。"

下巴上硬生生挨了一巴掌的人却破天荒地完全没有一点脾气，他深深地呼吸了一口气，低声道："回家洗完澡再睡。"

要是郑韵之现在清醒着，一定会惊讶于他的语气里此时此刻竟然含着一丝哄人和低声下气的意味，可惜她现在半梦半醒，只知道蹙着眉头和他打拉锯战："不洗不洗，先睡。"

"湿淋淋的怎么睡？"他额头上的青筋忍不住跳了跳，"床会弄脏的。"

"再啰唆打死你。"她闭着眼睛随口就威胁道。

他绿着脸重重地吸了口气，再也没有耐心和她瞎掰扯，直接弯下腰把她打横抱了起来。

她困得云里雾里的，闭着眼睛一声不响地乖乖靠在了他的胸膛前。

进了他的公寓，他暂时把自己的洁癖全部都抛在了脑后，先把湿淋淋的她抱到了沙发上，去开暖气和地暖，然后再脱下自己湿透的衬衫随手扔在脏衣篓里，直接裸着上身去浴室帮她热水。

等浴缸里的水热得差不多了，他才走回到客厅。

她的睡相和睡品是真的一如既往地不堪入目，他进浴室前她还好好地平躺在那儿的，结果现在她整个人却是头和上半身在沙发上，从腰到腿以下已经全部都在沙发外面了。

他看得又好气又好笑，走到沙发边，弯腰捞了人就往浴室里走。

—

教室。

陈涵心听完那句话，觉得自己的心跳有一瞬间都好像要停止了。

她依然偏着头，完全不敢看柯印戚的眼睛。

一片寂静之中，她只听到他低冷的声音再次响起在耳边："现在，我希望你能看着我的眼睛告诉我，你真的能接受我们分开吗？"

她的手略微颤了颤。

过了半晌，她终于转过了脸，看着他的眼睛："我接受。"

柯印戚笑了。

但她从来都没有见过这样的笑。

没有一丝温度，没有一丝感情。

冰冷而绝望。

"好。"他说着，面无表情地侧过了身，又重复了一次，"好。"

陈涵心实在没有办法再和他对视一眼，她低下头，飞也般地从他的身边离开了。

简直比落荒而逃还要难看。

在讲台边的俞奕伦看着她朝自己走近，平时总是嬉皮笑脸的脸庞上此刻表情也有点儿凝重。

她走到俞奕伦面前，故作轻巧地扯了扯嘴角："走，上课去了。"

"心心。"俞奕伦望着她，有点欲言又止。

"怎么了？"

他没说话，轻轻地指了指她的眼角。

她茫然地抬起手，触到了一手的泪渍。

而且这些眼泪还在持续不断地往下掉，她自己根本无知无觉。

陈涵心垂眸看了一眼手上的泪渍，从包里快速地翻出一张纸巾，胡乱地往脸上擦去。

她知道他还在自己身后看着她，所以她不想再继续逗留在这间教室里，也不想让他再看到自己的失态，转身攥起俞奕伦的袖口就往外走。

俞奕伦被她一扯差点摔到地上，走出教室前还是忍不住回头去看柯印戚。

天。

他看了一眼，就立刻回过了头。

他这辈子都没有见过一个人的脸色可以这么可怕。

两人走出教室，陈涵心松了手，木木地问："下节课的教室在哪里？"

俞奕伦愣了一下："B楼17A。"

她扭头就往左边走，走了两步，又被俞奕伦一把拍上肩膀。

"你走错了……"俞奕伦揉了揉太阳穴，"那边是C楼的方向。"

她顿了顿脚步，默不作声地转身往回走。

谁知刚转过拐角，她人就猛地停住了。

俞奕伦被她这么一惊一乍都要弄出心脏病了，刚想问这位姑奶奶又怎么了，就看到迎面走来了一个高挑纤细的身影。

是那个这几天一直来找柯印戚的小学妹。

小学妹看到她，还走上前笑吟吟地和她打招呼："涵心学姐。"

她没说话。

头一次，人设大过天的心心公主在面对学校的同学时，脸上是面无表情的。

俞奕伦是真怕她下一秒直接一巴掌朝人家的脸上呼过去，立刻半个身子都挡在了她的面前，抢先一步和小学妹打招呼："你好你好。"

幸好小学妹并没有在意她没给自己打招呼，只问："请问印戚学长在哪儿？我找他有点事。"

陈涵心眼一眯，俞奕伦浑身汗毛都竖起来了，立刻又抢答："他应该还在阶梯教室里。"

"好的，谢谢。"小学妹说完，转过身神情轻松愉悦地就往阶梯教室走去。

"等一下。"

下一秒，在俞奕伦惊恐的目光中，陈涵心忽然出声了。

小学妹疑惑地回过头。

"你一直来找他。"她向前一步，一向甜美的声音此刻听上去竟然透着一股子尖锐的味道，"是有什么重要的事情吗？"

走廊里的气氛凝固了一瞬。

俞奕伦张了张嘴，正在想着该怎么救场的时候，小学妹忽然弯着嘴角笑了笑："涵心学姐，抱歉，我不能告诉你，这是我和印戚学长之间的秘密。"

……

俞奕伦吓得腿都软了。

陈涵心觉得自己的大脑都已经快要停止思考了，她的身体不由自主地晃了晃，想要再说句什么，小学妹已经转身走远了。

她知道自己其实不应该问的，现在她和柯印戚算作是彻底没有了关系，可是她忍了又忍，还是没能忍住。

却没想到问出来的竟然会是这样的结果。

秘密。

原来他已经和别的女孩子都有了秘密。

"心心。"俞奕伦看着她苍白得没有一丝血色的脸色，连声音都是抖的，"我觉得这个秘密吧……"

她垂着眸子，失魂落魄地冲他摆了摆手："走，上课去吧。"

—

大四的课业不算繁忙，她上完上午的最后一节课，谢绝了俞奕伦要陪同自己的要求，独自一个人在学校体育馆后面的那块儿大花园里坐了很久。

雨已经停了，雨后的空气里散发着一股潮湿又清新的味道。

陈涵心抬起头，深深地呼吸了一口气。

她没有打电话给郑韵之和翁雨，也没有去找单叶、戴宗儒或者封夏。

她的大脑完全是一片空白的，她多么希望这段时间里发生的所有一切，全部都是一场梦。

但是这不是梦，她必须要接受这个现实。

一直到天色已经完全暗了，她才让司机把她送回家里。

一进家门，就看到陈渊衫和严沁萱两个人在沙发上坐着，默默地转头看着她。

她没发现有什么异常，轻声对他们说："爸妈，我回来了。"

严沁萱微微蹙着眉头，有点欲言又止："心心，吃饭了吗？"

"没有。"她摇了摇头，"虽然不是很饿，但是我想吃一点妈你做的东西。"

严沁萱原本是担心她又像前两天那样不吃不喝，听到这话，心下一喜，先把所有话都堵在了喉咙口，赶忙去厨房准备吃的去了。

她放下包，洗了手，在餐桌边坐下来，喝了口水，然后就握着水杯这么直愣愣地看着前方的虚空发呆，连陈渊衫什么时候坐到她对面她也没有发现。

"心心。"

当陈渊衫叫到她第三声的时候，她才回过神来："爸，怎么了？"

陈渊衫神色淡淡的："你还好吗？"

她勉强地勾了勾嘴角："爸，我就算现在说我很好，我觉得你也不会相信的吧。"

陈渊衫笑了一下，依然不减当年英俊温雅的风采，这时微微颔首："想要和爸爸说说吗？"

她沉默了两秒，摇了摇头："爸爸，我现在什么都不想说，我也希望你什么都不要问我。"

"好。"

陈渊衫看了一眼还在厨房热菜的严沁萱，转而道："有件事情，你妈妈让我不要告诉你，但是我觉得你对这件事应该具有知情权，你和印戚就算做不成恋人，也是从小一起长大的发小和朋友。"

她一听到那个名字，麻木的心脏就瞬间像被人握在手里用力捏住了似的，疼得她话都说不出来。

过了老半天，她才咬了咬牙，声音轻飘飘的："什么事？"

"你还没有回来的时候，印戚过来了一趟。"

陈渊衫望着她，四平八稳地说："他说他考虑过后，还是准备去宾大，明天就走。"

陈涵心听完这句话后，无意识地松开了原本手里紧紧攥着的水杯。

玻璃水杯应声掉落在餐桌上，"咔嚓"一声，立时碎成了几片。

水瞬间洒满了餐桌，飞快地顺着餐桌边缘流下来，淋湿了她的衣服。

她却仿佛无知无觉，只知道愣愣地看着陈渊衫。

原本在厨房里的严沁萱听到外面的动静，吓得立刻跑了出来，紧张兮兮地问道："怎么了？心心？怎么把杯子给打碎了？划到手没有？"

陈渊衫从餐桌边起身，安抚性地拍了拍妻子的肩膀，说着"她没弄伤"，然后去一旁拿了抹布过来。

陈涵心还是一动不动地坐在椅子上，脸色白得吓人。

"你和她说什么了？"严沁萱见状不妙，转过头紧紧盯着自己的丈夫。

陈渊衫淡定地收拾着玻璃碎片和桌子："实话实说罢了。"

"我不是让你先别告诉她的吗？"严沁萱一听，顿时急了，"她最近的精神状态已经这么差了……"

"就算你为了给她缓冲再拖几天，等印戚真的走了她不是还是会知道吗？"

陈渊衫这时将碎玻璃片扔进了一旁的垃圾桶里，目光却是看着陈涵心的，"我陈渊衫的女儿有那么脆弱和不堪一击吗？都不敢直面面对自己的感情？也不敢正视事实？"

这几句话接连敲打在她的身上，让她一下子从刚刚如落冰窟的感觉里被拖了出来。

"心心。"

陈渊衫望着她，语气温和而平静："爸妈确实从小一直都很宠你，总是给你最好的，你已经习惯了一个人跑在前头，习惯了所有人都围着你转，习惯了做一个只吃糖不吃苦的小公主。"

"尤其印戚，更是把你保护得比我们都更小心周全，但是这就造成了你有些事情只看到了片面的一部分，而不会去站在别人的角度考虑，你总是下意识地先去保护自己，而在那一刻，你的举动就伤害到了爱着你的人。"

"你想喜欢谁，你想选谁，这都是你的自由，爸妈不会干涉你。但我不希望你只是因为害怕自己受伤，而去做出一些会让自己后悔的决定。"

陈渊衫一字一句地说："心心，当你真的爱一个人的时候，你不应该只顾着自己的感受，无论结果，爱这件事，本身就值得你全心全意的付出。"

爱可以柔软，也可以坚硬。

可以是保护柔软的剑鞘，也可以是刺穿坚硬的利剑。

"况且。"陈渊衫顿了顿，"这么多年一路走到今天，你们两个都一直站在彼此的身边，你就对你自己那么没有信心吗？"

客厅里一片寂静无声。

严沁萱原本心疼女儿，想要帮着陈涵心说两句，但听完丈夫的这番话后，也沉默了。

不知道过了多久，陈涵心揉了揉眼睛，从椅子上站了起来。

她脑袋里的那根自从对柯印戚说完分手后就一直紧紧绷着的弦，因为陈渊衫的这一番话，终于彻底崩断了。

"心心。"陈渊衫最后把语气稍微放缓了一些，"爸妈虽然宠爱你，但是也从来都没有忘记教过你要知错就改，我相信你一定是个勇敢的小公主，王冠拿得起也放得下，会比谁都成长得好。"

过了好一会，她红着眼眶，点了点头："爸，我知道了，谢谢你。"

—

柯印戚从陈家离开，开车到那家鲜少有人问津的日料餐厅的时候，已经差不多要八点多了。

这家日料餐厅倒也不是生意不好，只是老板一晚上只接待一桌客人，一般人根本预约不上，也吃不起。

但是他的朋友司空景却预约上了。

司空景是目前娱乐圈号称"百年才出一人"的顶流天王，也是他和陈涵心的发小封夏的男朋友，他恰巧和这家店的老板熟识，于是今晚就把聚会的地点约在了这儿。

进了餐厅，就看到司空景、封夏还有戴宗儒夫妇都已经坐着了，单叶清酒喝得都有点儿上头了，此刻正在试图从戴宗儒手里把剩下的那瓶清酒给抢走。

"来了。"司空景看到他，冲他抬了下手。

他对他们几个点了点头，拉开一张椅子坐了下来。

旁边的服务生姑娘原本对着司空景和戴宗儒这两位超级大帅哥已经有点刚不住了，当看到柯印戚走进来的时候，差点儿把自己手里端着的茶壶给摔了。

今天是什么日子，全S市的帅哥都来他们店里了是吗？

单叶看到柯印戚来了，倒暂时放过了那瓶清酒，醉醺醺地转过脸问他："罗刹鬼，你怎么一个人啊？"

戴宗儒对这位没有任何眼力见可言的太太实属无语，一边捂住她的嘴巴，一边对柯印戚说："你要喝点什么？"

柯印戚那张冰削般的脸纹丝不动："什么都不想喝。"

封夏此时关切地问："印戚，心心还来吗？要我给她打电话吗？"

这两位虽然平时就一直小吵小闹不断，聚会的时候陈涵心在闹脾气也实属常事，但今天她竟然连人都没出现。

他惜字如金："不用，她不会来的，我们分手了。"

此话一出，整张桌子都安静了。

单叶瞪大了眼睛，瞬间连酒都醒了，她刚想说话，却依旧被丈夫紧紧地捂着嘴巴。

戴宗儒是他的队友，大概已经能够猜到发生了什么，这时叹了口气："你看，玩脱玩翻车了吧？我就和你说了这个激将法很悬，你还不听我的，女孩子大脑的构造能和你一样吗？况且，就心心那个脾气和性子……"

"你没挽回？"司空景这时掀了掀眼帘，淡声问。

"对啊，印戚，你难道没拦着她吗？"封夏也有点不可置信，就柯印戚的性子，陈涵心平时怎么想揭竿起义都能给瞬间镇压没了，更何况是分手这种事了。

"怎么挽回？"他的声音里没有半点温度，"她都说了她觉得我和她的感情从根本上就是错误的。"

她否定了他们的开始，更否定了他这么多年来对她所有的爱，他对她这样好，她却说他总有一天会离开她。

他把自己的心都掏出来放在她的手心里了，她还是打心底里不相信他。

这真的让他感到非常难过和无力。

"所以我觉得，我可能还是离她远一点会比较好。"

他抬手轻轻地揉了揉自己的太阳穴，整个人看上去没有半点儿生气。

封夏这时转过头去看司空景，期望他能劝劝，司空景抬手摸了摸她的头发，沉吟片刻："柯少爷，以我对你的了解，我觉得你遇到这种事，不应该会是这样的反应吧？"

"她觉得你们俩的感情是错误的，你就真的任由她这么觉得了？"

司空景冲他抬了抬下巴："就这种时候，按照你的风格，你难道不应该把她彻彻底底弄服帖了吗？弄到她觉得是正确的为止。"

封夏和单叶张了张嘴，被此刻展露出腹黑一面的司空景给震慑住了。

戴宗儒都忍不住轻轻地鼓起了掌。

柯印戚原本一直低垂着头，这时终于慢慢地抬起了脸。

餐厅的暖灯下，他冷峻的脸庞上，此刻竟然荡起了一抹淡笑。

然后，他示意服务生过来给自己倒了点清茶，拿起杯子，冲司空景举了举。

"Cheers."

一

穆熙家。

浴室里的浴霸开着，整间浴室都暖融融的，穆熙将郑韵之抱到浴室的凳子上，见她似乎已经醒转过来了的样子，便沉声对她说："自己把衣服脱了进去洗，架子上有干净的毛巾。"

她刚醒过来还有点儿呆呆的，垂着眸，也不说话，倒是真的低下头乖乖地脱下了身上湿淋淋的大衣外套。

他看她似乎能料理自己，便想去卧室给她拿件他的睡衣当换洗衣服。

谁料到，他刚拉开门，就被她从身后抓住了手臂。

郑韵之也不知道是不是睡傻了，这时竟然柔声叫他："熙哥哥。"

穆熙的脚步猛地顿住了。

她歪着头望着他："你要去哪儿？"

他感觉到了自己那一瞬间的不对劲，没有回头，嗓子却已经哑了："去给你拿替换的衣服。"

"噢。"她眨巴了一下眼睛，"睡觉还需要穿衣服吗？"

她此刻说话的语气和口吻，实在是和从前太过相似。那个时候的她，并不像现在这样只要一遇上就和自己针锋相对，嘴里没一句好话，她虽然也会惹他生气，但也特别会撒娇，高兴的时候，总是三言两语就能把他撩拨得晕头转向，自己被她卖了还给她数钱数得可高兴。

所以他恍惚之间，还以为现在是三年前。

但是，他不是没有领教过她的厉害，她刚回来的那天，他就因为这么一恍惚，被她反锁在了夜店厕所，最后还是他的助理见状不妙，过来解救他的。

他怕她这次又是在耍他。

所以，他在原地静静地站了几秒，一直没说话。

"熙哥哥？"

见他没吭声，她更是得寸进尺，整个人软若无骨地往他的手臂上贴："你帮我洗澡，好不好？我没力气，自己一个人实在是洗不动……"

穆熙深深地呼吸了一口气，终于转过了头来。

只见穿着贴身低领毛衣的人儿仰头看着他，一双总是噙着笑的眼睛在灯光下更显得勾魂摄魄。

他拿这个女人真的一点儿办法都没有。

她什么都不用做，只要这么看着他，就能一秒钟点燃他所有的热。

只要她不像刺猬那样竖起刺，把他气得头皮发麻、失去理智，他就什么条件都能答应她。

哪怕他自己憋得再难受。

过了半晌，他微微俯低身子，伸手轻轻地捏住了她的下巴，哑声道："你乖一点，我就帮你洗。"

她怔了一下，笑了："我很乖的。"

说完，她还特意冲他摊开了两只手掌："我今天什么都没拿噢，不会再像上次那样把你绑住了。"

穆熙的脸忍不住抽搐了一下。

没等她继续说话，他终于忍不住，低下头堵住了那张樱唇。

她的唇舌和她这个人一样，灵活又狡猾，他在唇舌间和她追逐，被她引得发了狠，更重地吻了回去。

郑韵之也没料到他这回亲得这么凶，呼吸急促得想要推开他，却被他从凳子上一下子抱了起来。

"之之乖。"他长腿一迈走到浴缸边，靠在她的唇边低语，"熙哥哥给你洗澡。"

她心一颤，挣扎的动作却慢慢地软了下来。

浴室里都是升腾氤氲的热气，郑韵之被他裹好了浴巾，站在洗手台前，默默地看着镜子里正在身后给自己吹头发的男人。

他自己的头发还是湿的，此时滴着水，水珠慢慢地落到他性感的肩胛和锁骨上，再一路往下淌。

而他却根本就没在意这些，只是举着吹风机对着她，手掌间的动作温和而舒缓，神情也很专注。

她看得心尖有点儿发酸，又有点发酸。

等给她吹完了头发，他再给自己稍微吹了一下，收起吹风机，准备出浴室，却被身后的人突然拉住了。

郑韵之裹着浴巾，一脸严肃地看着他。

"怎么了？"他眯了眯眼。

"穆熙。"她正儿八经地叫了他的全名，语气里竟然有点悲伤，"你是不是不行了？"

—

和陈渊衫谈完话后，陈涵心去浴室洗了把脸，然后推开自己家的大门，往旁边走了几步，来到了旁边那栋别墅的门口。

此刻，别墅里漆黑一片，似乎并没有人在。

也有可能是有人在里头，但没开灯。

她吸了吸鼻子，咬着牙，伸手去按大门边上的门铃。

一次又一次，按得她手都发酸了，还是没有人来应门。

她原本还抱着最后一丝希望的心，随着这没有回应的门铃声，一点一点跌入到了谷底。

陈涵心在门口站了一会，摸出手机，给柯印戚打电话。

没接。

她垂着眸，连续打了三个电话，他都没有接。

他去哪儿了？不是说明天走的吗？不会今晚提前走了吧？

还是说，他已经完全不想理会她了？

晚风凉，她出来的时候也没披外套，如今就这么站在风里头，冷得她在原地直打哆嗦。

恍惚之中，她好像看到了往常，她和柯印戚夜里吃完晚饭出门散步，她嫌麻烦不想穿外套，他执意要回去给她拿，然后从身后追上来给她披上，末了，还会趁机在她的脖颈后细密地亲上几口。

她很怕痒，被他灼灼的呼吸这么一弄，忍不住就会缩脖子，然后耳垂也会因为害羞而变红，他看到后总会低低地笑，再去亲她的耳朵，亲完后还坏心眼地在她耳边说："你又变成粉红色了。"

她转过头，就能看到他漂亮的眸子里，深沉又发亮的温柔。

这座城市的每一个角落，甚至是白天和黑夜的某一个时间点，都可以让她瞬间回想起任何一件诸如此类的、细小的事情。

她想，如果他真的离开了她，从今以后无论她做什么，无论她走到哪里，她都还是会控制不住地去想起他，想起他们二十年来在一起的每一天，想起他对自己每一分的好。

有他在身边原来早就已经成为深入骨髓的习惯，她就算想改，也忘记不了烙印上骨骼的印迹。

陈涵心的眼睛红得像兔子一样，她的身体终于一寸一寸塌陷下来，最后整个人都蹲在了地上。

她的眼眶一片模糊，双手紧紧地抱住了自己的膝盖。

她后悔了。

她真的好后悔。

陈渊衫说得没有错，从小他们对她确实很宠爱，总让她勇敢地往前跑，可也一直都在教导她要做个知错就改的人。

所以她现在愿意停下脚步，承认自己的错误，只希望时光倒流，让她能够收回早上自己对他说的那番话。

他们的开始怎么可能会是错误的呢？

如果没有这个开始，她就根本不会知道自己这辈子会这么爱一个人。

她爱得甚至都愿意为了他，走出自己一直以来待着的那个舒适圈，从心底里做出改变。

她不想放他走，无论有几个学妹来追他，无论今后有谁说她配不上他，她也一定要去把他给追回来，她要让他知道，只有她陈涵心可以名正言顺地站在他身边。

她真的一点都不想和他分手。

一

几个人从日料餐厅出来的时候，夜已经深了。

上菜后单叶又喝了很多酒，戴宗儒根本拦都拦不住，这会醉得已经完全不省人事，整个人都靠在戴宗儒的身上、跟摊烂泥似的，弄得戴宗儒都没有心思跟他们好好告别，只冲他们摆了下手作数，赶紧抬着已经在划醉拳的老婆先上车了。

柯印戚心情不好，吃得不多，全程更是连一滴酒都没有碰过，这时摸出车钥匙，准备上车，却被人从身后拍了拍肩膀。

他转过头，就看到司空景冲自己淡淡地笑了笑，意有所指："希望能早日听到你追妻成功的好消息。"

他看了一眼司空景身后怕被狗仔偷拍、已经在车上等着的封夏，然后沉声道："你也是，保护好夏夏，但是不要过度保护，以免适得其反。"

司空景愣了一秒，摇了摇头："这话你还是对着自己说去吧，我可没见过哪个男人比你更过度保护了，不知道的人还以为你领养了一只大熊猫呢。"

柯印戚完全没想搭理他。

"走了。"司空景朝他摆了摆手，"少爷，加油啊。"

他冷笑了一声，拉开车门上了车。

手机一直被他扔在车上没有带下来，他这时拿起来看了一眼，目光一下子滞住了。

然后他暗沉的眸子陡然亮了起来，手指在那个显眼的红色未接来电上完全没有停顿，立刻给回拨了过去。

电话没响几声就被人接了起来，他咳嗽了一声刚想说话，电话那头传来的声音却让他愣了一下："印戚。"

"渊衫叔叔。"

"心心刚刚蹲在你家门口哭呢，被我们劝回来了，这会哭累了，已经躺在床上睡着了。"陈渊衫顿了顿，"她这几天一直都没怎么好好睡觉休息，整个人都快垮了。"

他握着手机，沉默了几秒："对不起，渊衫叔叔，这全部都是我的责任，我会把这件事好好收场的，让你和萱萱阿姨担心了。"

陈渊衫却在那头笑了一下："我给你这一顿揍怕是要提前了——不过，心心这一课早晚都得上，哪怕再心疼、想去替她上，也得让她自己去上完。"

"我知道你也不好过。"陈渊衫又说，"我听你爸说，他和你妈这两天都在给你擦屁股，你一个决策失误，导致北美一家厂差点就破产了。"

柯印戚没否认："这么多年我也就让他们擦了这一次。"

况且，会闹成今天这样的局面，搞得他头痛欲裂心神不宁，还不都得怪他老爸柯轻滕出的那个馊主意？陈涵心的性子哪能和他妈妈比，那根本就不是在同一条水平线上的——一个是钢板，另一个就是棉花，他真的是失了智才会用他爸以前对付他妈的那套去对付陈涵心！简直是赔了夫人又折兵！

"渊衫叔叔，那我现在就过来找心……"

"不用。"

谁知道陈渊衫这时竟然冷不丁地打断了他，来了一句："你既然都说了要去美国，明天就还是得走。"

柯印戚一开始还愣了一下，继而慢慢地眯起了眼睛。

"都走到这一步了，就不能半途而废，你得狠下心走完最后一步。"陈渊衫压低了声音，"可千万别让你萱萱阿姨知道我是你的队友，不然我接下来一个月都没好果子吃了。"

过了半晌，他勾起了嘴角："我知道了，谢谢渊衫叔叔。"

—

浴室。

穆熙面无表情地看着郑韵之。

如果她仔细看的话，可以发现此刻他的额头上隐约有青筋暴起，垂在身体两旁的手也紧紧地捏成了拳。

浴室的气氛凝固了几秒，他才从牙缝中扔出了几个字："你说什么？"

穆熙用力地闭了闭眼，才忍住了想要动手掐死她的冲动。

这个女人是真的不要命地在他的底线上疯狂试探。

"要是真的不能行了，得早点去看医生，别逞强啊。"她见他不说话，还伸出手，安慰似的拍了拍他的肩膀。

他这时终于一把扣住了她的手，他盯着她的眼睛，一字一句地说："郑韵之，你再多说一句，我马上就让你知道花儿为什么那样红。"

他说完还觉得不够解气似的，咬牙切齿地补充道："前一阵刚发完高烧这会就忘了？今天走着路都差点晕地上，身体底子虚成什么样了心里没点数？给我老实点。"

她张了张嘴，还没来得及回，就被他拽着手，点鼠标似的点出了浴室。

所以，他刚刚的意思是——他是疼惜她的身体，不想让她太累，才强忍着自己对她的渴求，就算忍疯了都不碰她？

他将她拉进了主卧，也就是他的房间，开了夜灯，把她往床上一推，没好气地说："睡觉。"

虽然被她气得头晕，但他还是给她从抽屉里头拿了一件自己的T恤当睡衣，扔到了床上："把衣服换上。"

然后他就出去了。

等郑韵之摘下浴巾穿上了他的衣服，他手里也拿着一个水杯进来了。

穆熙把水杯放在床头柜上，从另一边翻身上了床。

她盘腿坐着，侧头望着他，眯了眯眼："你是准备睡这儿？"

他挑了挑眉，扬手拉起了被子："这是我的房间，我的床，我不睡这睡哪？"

郑韵之吸了一口气，作势要下床："那我去睡客卧。"

他二话不说就抓住了她纤细的胳膊，戏谑道："刚刚还想试试我行不行，现在就要和我分床睡，郑韵之，我这辈子都没见过比你翻脸更快的人。"

她笑了笑："那你现在见到了，松手。"

穆熙是真的有点儿被她惹毛了，这时猛地一拽让她躺倒在床上，翻了个身，低头阴恻恻地看着她："再闹今晚就真别想睡了。"

她平静地和他对视了两秒，突然冷不丁地开口道："你这张床上，在我之后到底睡过几个女人？二十个？还是给你估少了？"

他眯了眯眼，没吭声，动作有些粗暴地帮她盖好被子，躺回到了她的身边。

她反手一巴掌打上他的胸膛："到底几个？"

"你就这么在乎？"他抬手抓住了她的手。

"鬼才在乎。"她撇着嘴，想要挣脱开，"只要一想到，就单纯地生理性不适。"

"那你干吗一直要想这件事？"他的声音里带着一丝浅浅的笑意。

郑韵之自然也听出来了他语气里那股上扬的意味，这时没好气地挣脱了他的手，翻了个身背对他："闭嘴。"

穆熙微微转过脸，看着她的背，目光一寸一寸地柔软了下来。

"我刚刚就说过了，你在法国和几个男人睡过，我这张床上就有几个女人睡过，你想硌硬我，自己就得先被硌硬死。"

这个人真的好欠！

她在心里翻来覆去地问候了他最起码十来遍，却发现自己习惯性紧绷的身体竟然在这张床上不由自主地放松了下来。

毕竟，她曾经在这张床上睡了有将近一年半的时间。

黑暗里，只有窗外透进来的一点月光，床单估计前几天才刚刚换过，上面还残留着一点儿淡淡的清香，闻着让人觉得很舒服。

她闭上眼睛，静静地听着身后他均匀的呼吸声。

她记得，他们以前在一起那会，他无论应酬到多晚，都一定会回来陪她一起睡觉，因为他知道她怕黑，不仅晚上要开夜灯，而且只要一个人睡，睡眠质量就会很糟糕。

所以很长一段时间里，他几乎不出差，就算出差，也都一定会赶在她睡前回到家里。

她虽然嘴硬说最好他别回来，可是只要他一到家，她整个人又会不由自主地开心起来。

想着想着，她就这么睡着了。

睡到半夜的时候，郑韵之觉得喉咙有些发干。

她掀开被子，习惯性地想要起身去厨房倒水，下一秒，穆熙的手却已经触到了她的手臂："床头柜上有水。"

她一怔。

侧头看去，她才想起来他在睡前确实拿了一个杯子进来。

"刚倒好的，应该还热着。"他的声音因为半梦半醒，还有些沙哑。

她沉默两秒，伸手拿起了水杯，眼睫却微微濡湿了。

她从小到大一直都是一个人，吃东西从来都不注意，也没人管，后来得了慢性咽喉炎，很容易就会感到口渴。

最初她搬进他家里的时候，他好几次都因为她半夜要喝水的习惯上火。

起先她总是自己爬起来去厨房倒水，可老是会毛手毛脚地把杯子砸碎，惹得有一次大半夜的，他挂着一身起床气，带着她去医院看被玻璃划伤的脚踝。

而且她这个人睡相又很差，只要一动他便会被她吵醒，如此几次反复下来，他便没好气地警告她，下次口渴了他会去帮她倒水。

他的家族在名流圈里都很有威望，从小生长环境的优渥程度那是普通人根本都不能想象的，他身上的少爷病甚至比柯印戚更严重。他一直都非常注重自己的睡眠质量，可由于半夜要爬起来帮她倒水的缘故，他早上起来总是会有点偏头疼，所以刚开始都没给她好脸色看。

有次半夜，她见他黑着脸帮她倒了水回来，实在看不过去便对他随口感叹了一句，她今后的丈夫一定要能容忍她半夜口渴喝水的习惯。

从那之后，他再也没有对她抱怨过一句。

到了后来，他甚至已经可以摸清她起夜喝水的规律，总会在半夜两点左右，起来帮她倒好温水，让她一睁眼就能喝到。

再然后，她就离开他了。

郑韵之喝完水，将水杯放回去，抬头看了一眼墙上的时钟。

两点整。

"你怎么时间掐得那么准？"她躺回被子里，背对着他，声音里还带着点浅显的鼻音。

他一直没有说话，等到她快要睡着的时候，他才低声开口。

"习惯了，改不了。"

第六章 ◎ 心肝

陈家。

陈涵心睁开眼睛的时候，看到了从窗帘的缝隙里透进来的阳光。

她在床上躺了一会，感觉头有点儿晕。

她只记得，昨天晚上，自己好像在柯印戚家门口蹲着哭了很久，但他却一直都没有出现，后来还是爸妈过来把她带回家的。

一想到他，她立刻揉了揉肿得像灯泡一样的眼睛，从床上翻身坐起来。

然后她摸到手机看了一眼时间，发现竟然已经是下午了。

陈涵心神色一僵，掀开被子，飞奔下楼。

楼下陈渊衫和严沁萱正坐在沙发上靠在一块儿说话，她都没心思吃这两位无良父母的日常狗粮，急急忙忙地问："爸妈，柯印戚是几点的飞机你们知道吗？！"

严沁萱刚想说话，就被陈渊衫制止了，他仰着头，冲楼梯上的女儿说："就算你知道，又能怎么样呢？"

她咬了咬牙，细细的胳膊有点儿发颤："我要去找他。"

"然后呢？"陈渊衫不紧不慢地问。

"然后我要把他留下来."她握了握拳头，声音软却有力，"就算他已经讨厌我，再也不想见到我了，我都会拼了命地去把他留下来。"

她长这么大到现在，从来没有一刻，像现在这样勇敢又坚定地想要去做一件事。

她要去找到他，她要把她的爱情留下来。

那是只属于她陈涵心的人，她愿意付出所有去把他找回来。

陈渊衫看了她一会，竟然真的报了一个航班号码给她。

傍晚的航班，他现在人应该已经在机场了，她抓着严沁萱给她热的三明治胡乱塞进了嘴里，也没让司机送，直接自己开车前往了机场。

时间一分一秒过去。

她在保证安全的范围内，把车开到最快，所幸今天的S市没有那么堵，她四十多分钟就赶到了机场。

停完车，她一路从地下车库狂奔上去。

她先冲到了他办理登机和托运行李的VIP柜台，直接问工作人员："请问柯印戚已经办理好登机了吗？"

工作人员愣了一下："您是柯先生的……？"

"我是他发……我是他女朋友。"她咬着牙，还特地强调了一遍，"货真价实，全球唯一。"

工作人员望着她张了张嘴："额……是的，柯先生已经办理好手续了。"

"他是什么时候办好的？"

工作人员低头看了下电脑："大概一个半小时前吧。"

她的脸一下子就白了，如果他一个半小时前就办理好了手续，现在人应该早就已经进关准备登机了吧？

陈涵心抓了一下自己的头发，急得在原地来回踱了几步，工作人员看出来她表情不对，关切地问了一句："您是找柯先生有什么急事吗？"

她轻轻扯了扯嘴角，冲工作人员道了谢："啊……没事，谢谢。"

离开柜台后，她在脑中飞快地思索了几秒，转身直接往关口跑，边跑边把电话拨给了俞奕伦。

俞奕伦倒是很快接起了电话，只是声音里还带着丝慵懒的喘息："喂？公主大人，我忙着呢……"

"帮帮我。"

俞奕伦傻眼了："你……你要干吗？"

"抓柯印戚。"

俞奕伦在那头沉默了两秒，叹了口气，似乎是从床上翻个身坐了起来："我真是服了你了，现在知道着急了，昨天我看你那狠劲……"

"闭嘴，赶紧的。"

她说完就把电话给挂了。

关口人来人往，有人在拥抱分别，有人步履匆匆进关……她站在旁边木木地看着，满脑子只有那张冷峻的脸庞。

他平时是真的不太爱笑，只有在面对她的时候，才会漾出一抹可以融化了冰雪的温柔。

他虽然总把她管得动弹不得，总把她急得气急败坏，强势得让她喘不过气来，还给她惯出了一身公主病，可是这些行为的背后，全都是对她深沉的爱。

他和他的父亲柯轻滕很像，他们都是那种嘴上不太爱说好听的，却把所有细微的情感全融化在点滴行为里的人。

而她，却因为疯狂的吃醋和嫉妒冲上脑门的那股热，因为自己那点可悲可笑的自尊心，因为害怕受伤的自我和自卑，把他二十年来对自己所有的感情一并否定了。

"陈小姐？"

几声呼喊这时将她的思绪拉了回来，她抬手随便擦了下自己的眼角，打起精神看向面前的两位工作人员："你们好。"

"俞少派我们来的。"

俞奕伦这小子真的还算靠谱，她转头就跟着这两个他派来的人走，直接朝他的登机口跑去。

按照时间推算，他这个时候应该已经登机了，连飞机都差不多快要起飞了。

到了66号登机口前，她一个人继续往通向飞机的那条通道跑，一路疾跑上飞机，她在空姐诧异的目光中冲进头等舱，猛地刹住了步子。

她大口大口地喘息着，站在原地看向那一张张惊讶地望着她的陌生脸孔。

没有……竟然没有他，他人不在这里。

难道是她跑错飞机了吗？

"这位女士，请问有什么可以帮助您的吗？"一旁的空姐这时怯生生地拍了一下她的肩膀。

她回过头看着空姐，觉得自己的嗓子干涩得连声音都很难发出来："柯，柯印戚……他登机了吗？"

空姐愣了一下："啊，您说柯先生吗？他之前上来了，后来又走了。"

"走了？"她张了张嘴，"走去哪里了？"

"不知道。"空姐摇了摇头，"但是柯先生走前说他不会再乘坐这次航班了。"

—

等郑韵之一觉睡醒过来，时间已经是中午了。

当她睁开眼睛看到墙上挂着的钟，一时之间还有点儿不太敢相信。

揉了揉眼睛，她再仔细一看，发现竟然真的是十二点。

她睡了整整十个小时。

睡十个小时这件事，也许对别人来说很正常，可对她来说根本就是不敢想象的。在法国的这三年，她每天都几乎只睡四五个小时，无论前一天工作应酬到多晚，她早上必定很早就醒过来了，有时候甚至会借助安眠药才能入眠。

因为她睡不着，也不想睡。

她畏惧孤独寂静的黑夜，所以希望每一天自己独自一个人在黑夜中的时间可以短一点，再短一点。

这么算起来，上一次她睡得这么安稳，好像已经是三年前的事了。

那个时候，周末没有工作，她就会这样赖床睡懒觉，一直赖到穆熙实在是忍无可忍，进卧室把她从床上抓起来，打她屁股把她扛出去洗漱吃饭。

想到这里，她转过头发现身边的人已经不见了，她从床上坐起来，目光扫到床头柜上那个水杯的时候，眼眶又是一热。

她盯着那个水杯看了一会，用力地闭了闭泛酸的眼睛。

整栋屋子此刻听上去都静悄悄的，好像除了她之外就没有别人了，她下了床，看到卧室的沙发上放着一套崭新的女士居家服。

她揉了揉眉心，拿起那套居家服看了一会，又放下了。

去浴室洗漱完，她走到客厅转了一圈，发现没人，就在这个时候，她听到他的书房好像传来了轻微的动静。

她眯了眯眼，走到书房门口，推开门。

屋里的人看到她一愣，然后过了几秒，立刻放下了手里的吸尘器，几步迎上来，紧紧地握住了她的手："之之，把你吵醒了？"

她也是一怔。

此刻在书房里的人并不是穆熙，而是他家的家政阿姨丹姨。她以前听穆熙提过，丹姨在他们穆家干了很多年，在他小的时候，也是丹姨一直陪着他照顾他，所以他自己搬出去独居后，便邀请了丹姨继续来他家帮忙。

三年前，她住在这里的那段时间，丹姨对她非常照顾，甚至把她当自己亲女儿似的惯着，每天做菜都会专挑她爱吃的做，有时候还会瞒着穆熙，偷偷给她带她爱吃的、穆熙又不准她吃的零嘴和垃圾食品。

她的心在手被丹姨握住的那一瞬间，就软得一塌糊涂，这时毫不犹豫地咧开嘴，甜甜地叫了一声"丹姨"。

丹姨高兴得直点头："哎，之之，你可回来了啊。"

没等她说话，丹姨就拉着她走到书房的沙发上坐下，抬手摸了摸她的脸颊，目露关切："怎么瘦了那么多？你看你这脸颊都凹进去了，在那边是不是吃不好？你这孩子，一定是工作忙起来就不记得吃……"

她轻轻地吸了一口气："那边的东西，哪有丹姨你做得好吃呀？"

丹姨被夸得眉开眼笑："之之就是嘴甜，现在回来了就好，回来了，丹姨以后天天都给你做好吃的，把你养胖。"

听到这话，她一时没出声，弯弯的眉眼立刻就凝固在了那儿，丹姨哪能不了解她和穆熙之间那点事，一看她这表情，立刻就明白了。

"之之。"丹姨拉着她的手，柔声说，"你知道吗？当年你说走就走，走前只给丹姨留了一张纸条，也没留联系方式，让丹姨伤心了很久。"

她抿了抿唇："对不起，丹姨，我……"

"不用说抱歉，丹姨知道你的脾气。"丹姨顿了顿，"只是，你走了之后，连我都像自己的亲女儿走了一样那么难过，更别提小熙了，你刚走的那半年，小熙一下子瘦了好多。"

"每天晚上，无论我做多少他爱吃的菜，他都只碰几口，白天在公司处理完事情回来，他就把自己关在书房里，不是在开会，就是在发呆，有时候我早上过来，他都还没有睡。"

丹姨望着她："后来慢慢地，他虽然比那半年精神状况有所好转，但是丹姨看得出来，他一点都不开心。"

"小熙从小在这个环境中长大，他确实可以得到所有一切他想要的东西，可是这个孩子却一点都不贪婪，他很少会真的伸手去要什么，而且他性子淡，我从没见过他真正喜欢过什么人或者物。"

"可是你对他来说不一样，你是第一个让他的脸上出现真实的喜怒哀乐的人。"

书房里很安静，只有时钟在滴答滴答走的声音，丹姨的每一句话，每一个字，都重重地打在了她的心口，打得她整颗心都摇摇欲坠。

"你住在这里的那段时间，是我见过小熙最开心的时候，虽然你们俩也经常吵架，但是我看得出来，他是发自内心地在乎你，在乎到连他自己都根本没有这个意识。"

丹姨说："他是个不擅长表达真实情感的人，生意场上那些虚头巴脑的，他可能周旋了，可是到了他自己打心眼儿里真正喜欢的，他却压根都不知道该怎么说出口。"

"特拧巴一孩子，是吧？"

说到这，丹姨笑了。

她始终没有说话，这时抬起手，揉了揉眼睛，却摸到了眼角的潮湿。

"你和小熙之间的事儿，丹姨虽然不太清楚究竟是怎么样的，但是我想把我看到的这些都告诉你。这些话，指望他来说，这辈子估计都没可能，所以我不说，就真的没人说了。"

丹姨说着，拿起了沙发茶几上摆着的一个木质相框，递到了她的手边："喏，擦得这么亮，是他自己每天擦的，可不是我擦的。"

她接过那个相框，看到了穿着短袖和短裤，手里拿着冰激凌的自己。

这好像是三年前，她和穆熙有一次去P市踏青的时候，他应该是拿手机偷偷拍下来的，这张照片，她都根本没有见到过。

"可不止这一个，满房间都是。"

丹姨抬起手，指了指前面的书桌。

她抬眼望过去，看到了自己盈盈的笑脸。

在整洁得不带一丝凌乱的书桌上，除了电脑、书、电话和纸笔以外，就只有那个相框了。

相框上的她穿着运动装，笑得连屋外的阳光都显得黯然失色起来。

她记得，这是她第一次陪穆熙去打网球的时候的照片。

丹姨这时抬手揉了揉她的头发，轻声说："之之，不管你相不相信，我不是小熙的说客，他心气那么高，不可能会叫我来对你说这些话的。"

"我只是觉得，有时候，人眼睛看到的，不一定是最真实的，嘴上说出来的，也不一定是心底里想的，还是得用心去感受。"

丹姨把该说的话都说完之后，见她显然需要时间去消化，便体贴地替她掩上了书房的门，去客厅继续打扫了。

郑韵之独自一个人在沙发上坐了一会，起身走向了书桌。

她垂下眸子，目光停留在了那个相框上片刻，抬起头，发现书桌后面的柜子上，也零散地放着几个小相框。

那几个小相框是透明的，当中夹着照片，她伸手拿起其中一个，心思一动，忽然轻轻地将相框转到了背面。

下一秒，她的目光就微微颤了颤。

只见照片背面的最底下，写着一行小小的字，字迹笔锋凌厉，风格锐利大气，和那个人的性子很像。

【之之第一次在时装周走秀。16.3.5.】

她咬了咬牙，放下那个相框，又伸手拿起了另外一个。

照片上是盛夏的夜晚，她手里捧着一碗炒面，吃得满嘴油光，冲着镜头露出了满足的笑。

【之之爱吃夜市炒面，但不能多吃，不健康。16.7.18.】

【之之第一次拿了模特秀冠军。16.9.12.】

【之之穿着和服逛大阪金阁寺。16.11.19.】

……

每一个透明相框的背后，都能看到这么一行小小的字，有的长一些，有的短一些，但是每一个字都写得很认真，而且结尾都标注有日期。

这个写字的人，就好像在写一本日记，他把这些点滴零碎的时光片段，用一张张照片记录下来，用文字注解和日期封存上，最后变成了一段又一段栩栩如生的回忆。

这些字迹，是深沉的，是细腻的。

这些记忆，是鲜活的，是真实的。

而这所有的一切，都是关于她的。

不知道过了多久，她听见书房门被人从外面打开的声音。

郑韵之的心一紧，有些仓皇地抬手用力抹了抹自己的脸颊，然后赶紧放下手里的相框，回过头。

只见穆熙站在书房门口，手里拎着一袋像是吃的东西，他看到她的脸庞时，有一瞬间愣了一下，继而很快又恢复如常。

只是他的眼睛里，慢慢地开始闪烁起一些点点的碎光。

她望着他，暗暗平复了一下自己的情绪，嗓音却有些嘶哑："大早上没人影，上哪儿去浪了？"

他没吭声，这时反手合上门，抬步朝书桌走过来，把手里的那袋东西轻轻地放在了桌子上。

袋子里的食物散发着阵阵香气——金黄脆香的鸡蛋煎饼里裹着油条、生菜和榨菜，光看一眼，就能令人食指大动。

这是她以前最爱吃的，有一阵甚至一周要吃两三次的东西。

她低头看了几秒，翘起嘴角，淡笑道："堂堂少董大人，竟然会去马路牙子边儿上的煎饼摊排队买煎饼？我可真想亲眼见一下。"

他不答反问："我排队给你买垃圾食品和黑暗料理的次数还少吗？"

郑韵之没吭声。

自从回国后，这是她头一次，没有立刻接上他的话头，或者反唇相讥。

甚至他能感觉到，她身上那些尖锐的刺，好像在一点一点地往回收。

穆熙又盯着她看了一会："和丹姨说过话了？"

她"嗯"了一声。

"说什么了？"他用修长的手指轻轻敲了敲桌面。

她垂了垂眸："说你是个变态。"

他挑了挑眉。

她咽下了心底里那股酸涩的劲儿，抬起头直视着他："满屋子都放满一个女孩子的照片，照片背后还用笔工工整整地写了注解，你不变态谁变态？"

他被骂变态竟然也没有生气，还轻轻地勾了勾嘴角："那我想请问你一下，看到满屋子都是自己照片的感觉怎么样？"

她似乎有点不知道该怎么应付这样说话不带刺、甚至还带着点柔和意味的他，这时一把抓起了桌子上的煎饼，想快速离开书房。

却不料，刚走两步，就被他从后扣住了手腕。

"不回答我的问题，还想吃白食？"她听见他在自己的身后这么说道。

书房里静悄悄的，她咬了咬牙，没回头："放手，我饿了。"

他松开了手，却倾身上前贴着她的背，微微垂下头，在她的耳边暗示性地附和道："我也饿了。"

她没说话，却也没动。

他见她没反抗，眼底里的光更亮了一些，这时偏头亲了亲她的耳垂，哑声道："怎么不穿我给你准备好的那套睡衣，还穿着我的衣服？"

郑韵之的手轻轻颤了颤，半晌，她轻轻呼出了一口气，猛地转过了身。

下一秒，她扬手将手里的那袋煎饼扔回到书桌上，再伸手拽住了他的衣领，将他用力扯到书桌前。

"穿了还要脱，多麻烦呀！"她背靠在桌沿边，扬起唇，冲他笑了笑，"况且，你以为我不知道，你哪次送我衣服，不是想让我脱下来给你看？"

他的眸色越来越黯，一动不动地盯着她看了几秒，将她整个人抱起来，放在了书桌上。

郑韵之一手还扯着他的衣领子，这时仰起头，张嘴就咬上了他的下巴。

穆熙吃痛地"嘶"了一声，可他眯了下眼，却也并没有阻止她。

她咬了好几秒，才心满意足地松了口，这时抬起手钩住了他的脖颈，将他整个人都拉到自己身上来。

下一刻，他们就热烈地吻在了一起。

他一边抽空解自己的皮带，一边还得把书桌上的东西全部都扫到书桌的边角上，因为动作幅度很大，书本、纸和笔都噼里啪啦地往地上滚，连那袋某人好不容易排队买到的热腾腾的煎饼也被无情地甩到了地上。

郑韵之被吻得脸颊泛红，她这时低喘着抓住了他四处探索的手，将他的手轻轻地贴在了自己衣服的下摆上。

"熙哥哥。"

她舔了舔自己的嘴唇："是时候证明你到底能不能行了。"

—

听到空姐说的话，陈涵心简直就是一脑门问号。

可眼看柯印戚人不在这，这架飞机也马上就要起飞了，她总不可能再继续站在这里发愣，她捏了捏自己汗湿的手心，在空姐的引导下，慢慢地下了飞机。

她从通道中一路走出来，回到了空荡荡的登机口。

俞奕伦派来帮忙的两个工作人员瞧见她一个人出来，问她还有什么需要帮忙的地方没有，她不好意思再麻烦人家，神情恍惚地对他们道了谢，说接下去她自己一个人就可以了。

等工作人员走后，她自己一个人开始沿着候机大厅的每一处找……她也不敢给他打电话，昨天晚上他都没有接她的电话，她一定得当面见到他才行。

不知道找了多久，她走到了候机大厅的尽头，都没有看到他的身影。

陈涵心木木地站在落地窗边，看向夜幕下一架架停靠着的飞机，觉得自己的心都好像被挖空了。

他到底在哪儿？

他来了机场，办了登机，上了飞机，却又下来了。

这么大的地方，她去哪里才可以找到他？

陈涵心在原地站了一会，终于觉得有点儿站不住了，她往前走了几步，在登机口的一张长椅上坐了下来。

她垂着头看着灰色的地面，在这一刻，她忽然觉得自己就是个大傻子。

她找不到他了。

她把他弄丢了。

这个男人，原本一直待在她的身边，待在离她最近的地方，那样相信着她、保护着她、珍视着她、宠爱着她，可是她却把他给搞丢了。

她的分手理由说得很好听，因为觉得他总有一天会离开，所以她要主动放他走。

其实分明她只是在用这个当借口，只是为了想保全自己不要受到伤害，只是为了要掩盖这么多年自己不愿说出口的那份不自信罢了——他太优秀，太过耀眼，她觉得自己配不上他，甚至觉得他可以找到更好的姑娘。

她不是不相信他，只是不相信她自己。

是的，在其他人眼里骄傲又不可一世的陈家小公主，其实在面对自己爱的人的时候，一直都怀抱着心魔一般的自卑。

正是因为这样，她才会不愿意让别人知道他们的关系，她害怕闲言碎语，害怕他会因为别人的看法而放弃她，害怕他会遇上更值得他喜欢的人……她实在太害怕了。

因为太过深爱，所以畏首畏尾。

可是现在顿悟这些又有什么用呢？

她苦笑着扯了扯嘴角。

柯印戚只会觉得她根本就不相信他，甚至会觉得她根本就没有真心爱过他。

任谁听了她昨天的那番话，都会这么想的。

他一定对自己很失望吧，他一定心灰意冷了吧。

她还能不能再拥有一次机会呢？

她现在有好多好多的话想要告诉他，她想要看着他的脸亲口对他说——她反悔了，她不想和他分手，她永远都不想和他分开的那一天。

还有，她不想做他的发小，她想做他的女朋友，她要在所有人的面前挽着他的手，无论他们有什么看法，柯印戚的女朋友就是她陈涵心。

"柯印戚……"

她抬起手捂住了自己的脸，略微带着哭腔的声音从喉间慢慢地倾泻了出来，"你在哪里啊……"

不知道过了多久。

她恍惚之间，看到自己眼前的地面上好像出现了另外一双鞋。

然后，有一双温热的手轻轻地覆上了她的手背，将她的手慢慢地从脸颊上摘了下来，握在了自己的手心里。

那双手的温度对她来说颇为熟悉，她触电般地抬起头，就看到了一个人半蹲在自己的跟前。

那人俊逸的脸庞上覆着一层薄薄的汗，呼吸有些急促，他静静地注视着她，墨色的眸子里倒映着她满是泪渍的脸庞。

她有点儿不敢置信，眼泪就这么挂在脸上，只知道死死地盯着那张脸看。

半晌，柯印戚抬起手，用指腹把她脸颊上的眼泪一点一点全都抹干净，然后低低开口道："你来这里干什么？"

她一听到他的声音，感受着他指间的温度，眼眶立马又红了："我来找你……"

"柯印戚，我找了你好久……你不接电话，人也不在飞机上，整个候机大厅我都找遍了，我都找不到你……"她说着，扁着嘴作势又要哭起来，"你到底跑到哪里去了……"

他望着她的脸颊，沉默了一会，才低声问："你为什么要来找我？"

她张了张嘴："我……"

刚刚她明明就有一肚子的话要对他说，多得甚至都要满溢出来，可当真的看到他人的那一刻，她又忽然语塞，就像瞬间丧失了语言表达的能力一样。

她觉得自己好像是在做梦，这个她刚才还找得那么辛苦的人，怎么就突然从天而降来到了自己的面前呢？

柯印戚在原地默默地等着她的后话，等了老半天，见她实在不知道该怎么说，最终还是没能忍住。

下一秒，他缓缓地伸出手，抚上她的后脑勺，然后将她一点一点拉进了自己的怀里。

"算了。"他轻轻地叹息了一声，仿佛是在自言自语，"叔叔还是太高估我了。"

她一靠上他宽厚的肩膀，眼泪就更不值钱了，不要命地往下掉，她整个大脑此刻一片模糊，完全没听懂他在说什么。

他侧过头吻了吻她的发，哑着嗓子说："陈涵心，你只要走了这半步，我就愿意把剩下的全替你走完。"

陈涵心抱着柯印戚，埋在他的颈项边，止不住地哭，他始终轻轻地拍着她的背，一直到她都感觉自己的眼泪已经快要把他的衣领完全浸湿了，她才消停了下来，慢慢抬起头。

只见他静静地望着她，抬手帮她把眼泪一点一点抹掉，然后变戏法似的从身后抽出了一瓶水，拧开瓶盖，凑到她嘴边。

她吸了吸鼻子，乖乖地就着瓶口喝了好几口。

周围来来往往的人，都不约而同地把视线停留在这位冷颜大帅哥和小泪人身上好几秒，他却完全没有在意这些，只是看着她的眼睛淡淡地开口："累不累？"

她点了点头。

怎么会不累？昨晚在他家门口哭得死去活来，累到睡着之后醒来又是狂奔到机场找他，最后好不容易看到他从天而降，她一连压抑了好几天的精神压力都瞬间得到释放，只觉得现在自己浑身上下连半点力气都使不上。

"回家了。"他把剩余的水喝完，抬手揉了揉她的头发，"走得动吗？要不要我背你？"

她虽然觉得在大庭广众之下要他背实在是有点儿不好意思，要是放在以前她肯定不愿意，可是今天也不知道是出于失而复得还是撒娇的心理，她现在确实有点想让他背着自己走。

沉默了几秒，她娇娇地说："要背。"

柯印戚的眼睛轻轻闪烁了一下，低声道："不怕丢人？"

她没吭声，只是默默地朝他伸出了两只手。

他悄悄地掩去了眼底的笑意，转过了身背对她，把她的两只手勾在自己的脖颈上。

陈涵心趴在他的背上，随着他起身的动作，两手牢牢地环住他的脖颈，把脸紧紧地贴在他的侧脸颊边。

似乎像是要确认他的存在似的，她还反复蹭了两下他的脸颊。

像只毛茸茸的小动物。

他被她弄得有点痒，又实在是觉得有点好笑，在她看不见的角度弯着嘴角，就这么背着她，一步一步地往前走。

走着走着，他忽然听到她梦呓似的在耳边叫他："柯印戚。"

"嗯。"他应了一声。

"对不起。"

她的声音软糯糯的，还带着点之前的哭腔："昨天早上对你说的所有话，都不是真心的。"

"我其实是个很自私的人，从小到大，爸妈和你都一直对我太好了，导致我的世界里总是以我自己的感受为中心，我觉得你爱我是理所当然的，你对我好也是理所当然的，却从来都没有想过，你为我付出了多少，你一直以来是用多大的宽容和耐心来忍受我的脾气和伤人的话语。"

我们总是会习惯性去伤害自己最亲近的人，因为那样最容易，也最不需要承担责任，却不知道，这种在自己看来无心的举动和语言，会对亲近的人造成成倍的伤害。

"有时候我看着你，总会觉得为什么这么好这么夺目的人会喜欢我呢？我觉得我自己并没有那么好，无论是娇生惯养不接地气，性格上的别扭好面子，还是处理事情的能力欠佳，甚至我连跟你一起去宾大的资格都没有……所以我不想让别人知道我们在谈恋爱，我怕他们说我配不上你。当我看到那个小学妹的时候，我完全不知道该怎么办，情绪崩溃之下对你说了很难听的气话。"

"我不是不相信你，我只是潜意识里害怕自己受伤，也太害怕你会离开我了……但是现在不会了，我想相信自己值得你的喜欢，我也想像你一样不怕受伤、不计后果地对这段感情付出。"

说到这里，她用手臂擦了擦自己的眼睛。

柯印戚自始至终没有说过话，只是默默地背着她往关口的方向走。

"柯印戚，我想为了你变得更好。"

她鼓足勇气，对他说："能够遇到你，喜欢上你，和你走到今天，这二十年，我真的觉得自己好幸运。"

这句话音落下，他的脚步也随即停住了。

她忐忑地看着他没什么表情的侧脸，根本猜不透他此时此刻在想什么，她也不知道把这些话告诉他之后，他会不会就稍微没有那么生她的气了。

半晌，他弯下腰，把她放到了地上。

然后，他把她从身后轻轻地拉到自己的面前来，低垂着眸看着她。

陈涵心这辈子都没有那么紧张过，甚至比高考的时候还要紧张，她站在他跟前，看他一直沉默不语，忍不住伸出手，拉了拉他的衣襟。

如果她是只兔子，那么现在她的两只耳朵肯定已经耷拉了下来，垂在自己的脑袋旁边，看起来格外可怜兮兮的："你还在生气吗？"

他的目光动了动："你说呢。"

她低着头，嗫嚅着道："那我会继续好好哄你的……不过，你可不可以先答应我，我们不分手。"

"我真的不想和你分手。"她又强调了一遍。

见他还是没吭声，她这时抬起了头，眼圈又开始冒红了："柯印戚，你还要我吗？"

他垂眸望着她小小的脸蛋，心里软得一塌糊涂。

这么多年来他们两个每次发生争吵，就算是她的错，也一直都是他追在后面宝贝心肝地哄，这可是第一次她主动先低头认错。

其实他的气早就已经消了，应该说，他从来就没法儿生她的气生太久。这次虽然事态挺严重的，他确实被她气得一度有点儿自闭，可是他从头到尾却还是没有动过一丁点想要放弃她的念头——因为即便被气成这样，他都已经做好再一次追着她哄着她的准备了。

如果说之前他心里还有那么一丝的难受和郁闷，那么这点郁结，在看到她昨晚打来的电话，今天又追到机场来，再加上听到她刚刚的那一番话，尤其是"喜欢"和"哄"这两个字眼后，也已经彻底地烟消云散了。

世人固有千般好，可是姹紫嫣红，却还是及不上她一人。

戴宗儒有次给过这么一句评价——心心不只是你的宝贝，她是你的心肝。

一个人怎么可能会放弃自己的心肝呢？

他闭了闭眼，把刚刚自己故意放出来的那股子冷气全都收了回去，微微弯下腰，将她的碎发挽在耳后，声音终于开始变得温柔起来："你先把刚刚那句话再重复一遍。"

"哪句？"陈涵心迷茫地瞅着他。

"喜欢我那句。"

她愣了一下，而后脸颊立刻变得红通通的。

"……我喜欢你，"过了几秒，她颤着眼睫，望着他，说得很慢，"柯印戚，我全世界最喜欢你。"

—

书房。

穆熙垂眸望着郑韵之娇媚的脸庞，喉结上下轻轻地翻滚了一下。

她浅笑嫣嫣，短袖衣摆下边，两条白皙又笔直细长的腿一点儿都不安分，这时在桌子下面不动声色地摩挲着他的腿。

因为他们的身体靠得很近，她自然能够感觉到他任何细微的变化，这时又不怕死地给他再添了一把火："书桌，沙发，那边的柜子……你还记得吗？"

怎么会不记得？

她走后的这三年，他只要在这个家里看到任何一个地方，都可以立刻想起她，有时候一恍惚，还会觉得她就靠在自己的耳边笑。

那段时间，他都有点怀疑自己是不是得病了，总是会出现这种不切实际的幻觉。

后来，他的私人医生因为害怕他生气，又不敢不说实话，只能抖着嗓子，很隐晦地告诉他——这不是病，只是因为他太想念她了。

有时候，他甚至都不禁埋怨起自己为什么会把和她相处的每一个点滴的细节都记得那么清楚，以至于在她头也不回地走后，这些回忆还能继续不断地凌迟自己。

见他的手迟迟没有继续后面的程序，她挑了挑眉："你还在等什……"

没等她这句话说完，他终于有了动作。

穆熙这时抬起一只手轻轻地捏住了她的下巴，他粗喘着气，一眨不眨地盯着她的眼睛："我怕你又给我跑了。"

她一怔，心里传来"咯噔"一声。

"你不是没有这样干过。"他一字一句地，说得很慢，"你引诱我，麻痹我的神经，在我落入舒适圈的时候，你转身就从这个家里消失了。"

她看着他的眼睛，觉得自己的心在滴血。

他看到她的眼睫在微微地发颤，这时声音又不免喑哑了几分："三年前是这样，三年后还是这样，你是不是把我当傻瓜？可以被你这么骗一次又一次？"

"郑韵之，我告诉你，你别想……"

他话音未落，就被她紧紧地堵住了嘴唇。

她抓着他的手放在自己的腰际，用力地去亲吻他，不让他说话，随即整个人都紧紧地攀附在了他身上。

他有些始料未及，蹙了蹙眉，试图拉开她，想让她先把话说清楚，可是却在她的手探进去的那一刻，大脑一空，再也无法像前几次那样，用尽浑身的力气来克制自己。

她努力地吸引着他的注意力，感觉到了他愈加粗重的呼吸声。

穆熙眼睛里挣扎着的理智和清明，终于一分一分地消失了。

取而代之的，是无法自持的欲望和渴求。

从白天到了黑夜。

到最后，郑韵之都不知道自己是怎么洗完的澡，也不知道怎么回到的卧室床上，她其实肚子真的很饿，可是她的身体却连动都没法儿动。

她脑袋枕到了枕头，嘴里开始骂骂咧咧地说着他的坏话。

然后，她就听到了一声低笑。

穆熙："我到底行不行？"

"你可太行了。"她没好气地嘟囔，"你简直就不是个人。"

他又笑了一声，紧接着，一记轻轻地吻羽毛似的落在了她的额头上。

等她睡着后，穆熙依旧静静地坐在床边看着她。

他伸手把她的一只手握在了手心里，和她十指交叉相扣。

她的睫毛很长，还微微地向上翘，精致的面容里每一寸都透着自然的韵味，像一只漂亮的瓷娃娃，也只有在睡着的时候，她才会卸下清醒时的张牙舞爪，给人带来一种仿佛她很乖巧的错觉。

她的头发长而细软，都说头发软的人心也软，可他总觉得这句话在这个女人身上并不能适用。

又或许她是心软的，她对着陈涵心和翁雨时就像个无微不至的大姐姐，可是她对着他，却总能狠下十二分的心肠。

三年前，就在他也这样陷入熟睡的时候，她悄悄地下床拿上行李，趁着夜色，头也不回地离开了他的生活，从此以后杳无音讯。

她走前给丹姨留了一张纸条，却连一句话都没有给他留下。

他和她同床共枕了一年半，也人生第一次，把自己的矜傲和原则全都抛在了脑后，他像个曾经被自己最为唾弃的青春期的毛头小子一样、为了让她开心，做着自己从没做过的那些事，把她放在自己心里最重要的位置，每天心甘情愿地被她耍得团团转。

他费尽心思，只是为了想换她在自己身边快乐无忧的一颦一笑。

却没想到最后换来了她的不告而别。

就像是被温暖的阳光逐渐融化的冰川。

她甚至能够看到，他的眼睛深处都充满着细碎的、绵长的笑意和星光。

这让她的心跳都不由自主地变得更快了，还有点儿发痒。

不过见他就这么笑着看着她，也还是不说话，她有点儿不自在地移开了视线："那你……"

"当然要你。"

他开了口，指腹从她湿漉漉的眼角，慢慢下移落到她的嘴角边："我怎么可能会不要你？陈涵心，我这一辈子只要你。"

一听到他这样的语气，她的整颗心都仿佛瞬间被浸泡在了糖水里头，她有点想哭，又觉得这种时候不应该再哭了，赶紧把视线转回来："那，那你还去不去美国……"

"那只是我故意通过叔叔阿姨的口这么说给你听的，想看看你会不会来挽留我。"他勾了下嘴角，"萱萱阿姨是当真了，不过渊衫叔叔当时就已经发现了我的用意。"

她听罢完全愣住了："我是真的以为你会去宾大……"

"我怎么会去一个没有你的地方？"

他用额头抵着她的额头，漂亮的眼睛紧紧地盯着她，"那样的话，谁来每天惯着我的小公主，伺候她，宠着她？嗯？"

陈涵心原本提在嗓子眼的心，这回终于一寸寸落回了原地。

不过随着她的脑子重新开始转动起来，她继续提出了自己的疑问："可是你办了登机，还上了飞机呢，我都已经问过空姐了，说你上去之后又下来的。"

柯印戚轻轻地挑了挑眉："我今天确实是计划要去美国的，但并不是要去宾大报到，只是想回去几天帮我爸妈处理掉那个之前被我自己捅出来的娄子而已。不过，我特意叮嘱过柜台的工作人员，如果你来找我了，就给我打电话，所以一听到你来了的消息，我就立刻下飞机了。"

昨晚原本看到她给自己打电话、听到她来他家门前找他的时候，他其实都已经要退机票了，毕竟美国那边他要是真不去也不会有太大的问题，只是个收尾工作而已。可是陈渊衫却在电话中建议他不要半途而废，既然做了戏就最好做足全套，非得让陈涵心经此一役，破釜沉舟彻底坚定自己的内心。

请问未来岳父大人的指令，他能不听吗？

不过到最后，他到底还是没能舍得甩下她一个人在机场，自己飞美国。

他捧在手心里这么多年的小姑娘今天能够跨出这半步，对她来说确实已经是尽了天大的努力了，他实在是不舍得再让她多走一步了。

哎，未来的岳父大人不愧是曾经和他父母一样的狠角色，他还是永远不要让面前这位小公主知道让她辛辛苦苦追到机场来这一出的始作俑者是自己的亲爸爸。

陈涵心自然是不会知道面前这位天才脑中此刻的弯弯绕绕，她想了想，又问："那你不去，轻滕叔叔他们会不高兴吗？"

他刚想说"不会"，就听到了手机响起了专属于他爸柯轻滕的铃声。

柯印戚蜻蜓点水地在她的额头上落下一个吻，摸出手机接起了电话。

柯轻滕："柯印戚，从此君王不早朝？"

一听到那把冷漠的嗓音，他不免揉了揉自己的太阳穴："爸，你是怎么知道我没上飞机的？"

"没有我不能知道的事情。"柯轻滕冷笑道，"你是准备连收尾都要让我和你妈帮你收？"

他低下头去看了一眼自从他接起电话开始，就用两只手紧紧地从身后扒拉着自己的小人儿："我不回去了，我远程处理，你和老妈稍微帮我留个心眼儿就行。"

柯轻滕再次嗤笑了一声："你可真是恋爱脑实锤。"

不说还好，这一说就让他不免想起来他和陈涵心这几天一连串修罗场的剧情走向都是因为这位无良老爹的一句自以为是的提点。他记得很早以前他妈妈就曾经和他提过一嘴，当年这位北美霸主追妻追得直接让他失去了一个哥哥或者姐姐，他当时还有点儿不太相信他这么英明神武的爸爸竟然会在爱情上那么奇怪。

但现在，他发誓，从此以后他再也不会听他爸说的任何一句感情方面的建议了！全是瞎扯！

他撩了撩眼皮："爸，您要是再多说一句，你的结婚纪念日贺礼，我就准备送给别人了，渊衫叔叔、花轮叔叔和傅叔叔都很想要。"

对面的柯轻滕沉默了两秒，把电话挂了。

收起手机，他把身后的人拉到自己跟前来，细声安抚："好了，放心，我不去，其他的话我们回家之后再慢慢说，好不好？"

她这才放心地点了点头，然后小手不动声色地就紧紧地抓住了他的手。

咱们的柯大少爷被她今天这一连串以前从来都没有过的、可可爱爱的小动作搞得魂都快没了，目光幽深地看了她几眼，脑子里已经多出了一些不可描述的东西。

两人跟工作人员解释后顺利出了关，他去柜台拿回了工作人员从飞机上取下来的自己的行李箱，拉着她坐电梯去地下车库。

等电梯的时候，她累得坐在了他银灰色的行李箱上偷会懒，柯印戚则静静地站在她旁边，可他就算这么随便一站，气质都和其他人不一样，跟明星似的，来来往往的人全都在看他。

陈涵心坐在箱子上晃悠了一会腿，忽然扯了一下他的袖子。

"嗯？"他回过头。

她没说话，只是仰着头冲他勾了勾手指，示意他再靠近自己一点。

柯印戚不疑有他，微微朝她弯下腰，脸颊靠近她："怎么了？"

她眨了眨眼睛，忽然伸出手猛地勾住了他的脖颈，用力地对着他的嘴唇亲了一口。

自从他们确定关系之后到现在，这么好几年下来，这是她第一次在大庭广众之下，对着他做出这样亲密的举动。

而且还是她自己主动的。

他怔了一怔，墨黑的眼珠一瞬间亮得惊人。

过了几秒，他捏着她的下巴亲回了几下，哑声说："宝贝儿，勾我呢？"

她做完这个举动之后倒知道害羞了，咬着嘴唇没吭声。

柯印戚这时靠到她耳朵边上，低语道："你不是想知道我送我爸妈的结婚纪念日礼物是什么吗？"

她刚刚问了他一路他都没肯说，这时忍不住赶紧追问道："是什么？"

他浅浅地笑了一下："回家后你就知道了。"

—

三年前。

郑韵之静静地躺在床上，四肢的每一寸都泛着酸，可是整个人却睡意全无。

她微微侧过头，在夜灯的亮光下，看了一眼已经陷入沉睡的男人，他的五官是真的长得好，每一道光影都能勾勒出冷俊精致的弧度。

此刻，他的脸庞安静祥和，看得出整个人都睡得很舒服踏实。

她在心中叹了口气，想要起身，却发现他的一条手臂正轻轻地环抱着她，隔着被子落在她的小腹上。

她目光微微一颤，感觉自己的鼻尖有些发酸。

听丹姨说，他行事独来独往惯了，从来没有和人一起睡觉的习惯。他们刚开始同居的那阵他睡觉时还离她远远的，只是不知道从哪一天开始，每天她半夜醒过来，都会发现他环抱着自己。

这是一个无意识的举动，却说明了潜意识里的情感外泄。

半晌，郑韵之轻轻地将那条手臂推回到他自己的身侧，掀开了被子。

下一秒，她感觉到自己的手臂被人轻轻握住了。

她浑身一震，一时没有敢回头，却听见身后传来了他睡意浓厚的低语："水在床头。"

"嗯。"她用另一只手轻轻地抹了下自己的眼角，"我知道，我去上厕所。"

隔了几秒，他才松开她的手："小心别着凉。"

她闭了闭眼，翻身下床。

在浴室里待了一会，确保他又已经重新陷入沉睡之后，她轻手轻脚地出了卧室，把卧室门虚掩上，来到储藏室，换上了自己早上特意放在这里的一套外衣。然后，她从衣帽间的最深处，搬出了一个她趁他和丹姨都不在家的时候，早就已经悄悄整理好的行李箱。

她怕行李箱在地板上拖弄出声音，直接把整个行李箱都半抱了起来，就这么咬着牙一路扛到玄关才轻轻放下。

然后她去了书房，在书桌上写了一张纸条，拿到了客厅的茶几上。

等她把这些全都做完了之后，她走回到了卧室门口。

黑暗中，只能看到床上穆熙朦胧的侧影。

她对自己说，她只能看一会会，因为如果他等会忽然醒转过来发现她人不在，她今天就不可能走得了了。

可是她还是驻足在门口，近乎贪婪地看着他。

她用尽全力地隐忍着自己胸腔的酸涩。

一直到某一瞬间她想起来低头看了一眼手表，发现时间快要来不及了，才猛地转过身回到玄关。

就在她推开大门的那一刹那，她听到从卧室里，传来了一声低哑的呼唤。

"之之。"

很轻，却很温柔，她不知道这是他在梦呓，还是真的在寻找她。

郑韵之再也忍不住，捂着嘴提起行李箱，轻轻关上门就往电梯跑。

出了电梯后，她一路不停地跑到小区门口，跳上了之前早就已经预定好的车子。

关上车门的那一刻，她终于忍不住撒开捂着自己嘴巴的手，放声大哭。

眼泪像雨水一样地往下落，她根本无法控制自己。

她这一辈子都没有这么哭过，无论是这么多年独自一个人成长的过程中，被人瞧不起，被人欺负，被人讥笑，日子过得最辛苦的时候一天才吃得上一碗泡面……她都没有掉过一滴眼泪。

她哭得实在是太大声了，连憨厚的司机大叔都不断地从后视镜中惶恐地看她。

车子一路行驶上了高架，她泪眼蒙眬地拿出手机，看到了一条新的消息。

Louis：【Tiffany，十几个小时后，巴黎欢迎你。】

她看着那行字，心里却没有一点想象中的愉悦，她努力地缓了两口气，才回了个【好】字过去。

Louis回得很快：【期待吗？你的梦想马上就要成真了。】

郑韵之的眼泪一滴一滴落在手机屏幕上，彻底模糊了屏幕上的字。

她应该是那么期待的，这毕竟是她从十岁开始每一年生日的时候都会许下的愿望——去到全球时尚中心，在世界上最好最大的T台上走秀。

这么多年来，从来都没有变过。

可是现在，她的脑海中却只有刚刚被她狠心抛在身后的那个家，和家里的那个人。

过了很久，她才用已经被眼泪打湿了的手指去敲打键盘，回了一句答非所问的话。

【Louis，我的梦想可能已经在这里结束了。】

…

郑韵之从睡梦中一下子睁开眼睛的时候，整个人都有点蒙。

因为她能感觉到自己现在整张脸上全是眼泪，连发丝都被沾湿了。

几乎是同一时间，她就看到原本靠在她手臂边的脑袋也跟着抬了起来。

天还未亮，只点了夜灯的屋子里还有点暗。

她只能看到他漂亮的眼睛在昏暗之中，轻轻地闪烁着。

郑韵之发现，在她睡觉的时候，穆熙似乎就这么一直坐在她的床边，手也紧紧地和她十指相扣着。

她猜测他这样做的原因，应该是只要她一有什么风吹草动，他马上就可以立即知晓。

过了一会，她终于动了动唇，哑声开口道："你为什么不上床睡觉？"

他静静地注视着她，不答反问："你做了什么梦？"

她望着他，没有吭声。

良久，他伸出手，将她脸颊上那些细密的眼泪，一点一点全都抹去，最后用他的指腹，轻轻地抚了抚她微翘的唇瓣。

"之之。"

"可以不要再离开了吗？"

第二卷
Unpredictable

第七章 ◎ 柔软

几乎是穆熙的话音落地，她就能感觉到原本在睡梦中停滞在自己眼角的最后那滴泪，悄声无息地滚落进了自己的发丝里。

室内寂静无声，夜灯浅浅的照射下，他脸庞上的表情此刻看上去竟有点儿落寞。

还有丝淡淡的悲伤。

她做梦都没有想到过，自己有一天会在他的脸上，看到这两种情感的存在。

他不应该永远是那么高高在上又不近人情，不会为任何人难过，更不会为任何人停留脚步的吗？

良久，她终于暗自调整好了情绪，轻轻地将他的手从自己的脸颊上拂下来，扯着嘴角冲他笑："少董大人，最近难不成是贵公司投拍的电视剧看多了？大半夜忽然来这种煽情的戏码我可吃不消。"

然后她将自己身侧的被子掀了开来，拍拍床垫："来，先上来吧，您那么金贵，冻感冒了我可担不起责任。"

他把刚刚脸庞上的那些情绪慢慢地敛了回去，眸色静静地望着她，没有动。

她眼看他今天明摆着就是一副她要是不把话说清楚他就不会放过她的意思，僵持片刻，她别开了脸，没好气地说："现在大半夜的，请问我能走去哪里？"

他冷笑了一声："你大半夜能去的地方可多了，比如机场。"

她动了动唇："穆熙，你是小女生吗？这么记仇。"

"记仇？"他嘴角的笑意还是冷冰冰的，"我要是真记仇，你现在早就已经躺在医院里了。"

她听得汗毛倒竖："那还真是感谢您的大恩大德……不好意思问一嘴，您昨天真没服药吗？"

他知道她想扯开话题，蹙着眉头把她的脸掰回来，耐心已经彻底耗尽："三年前为什么突然要走？"

一听这话，她的手不经意间就颤了一下。

脑中很快闪过了一些她怎么也不愿意回想起来的片段，她的眼神轻轻闪躲了几秒，哑声道："巴黎这么好的地方，对我这种没见过世面的乡下丫头来说不就是天堂嘛，谁能不向往去那儿见识见识呢？得到机会不去的人不是傻瓜吗？"

他盯着她："别给我扯什么鬼话，你明知道就算当时你不走，我也会经常送你去巴黎参加各种秀和活动的，只要你想，什么秀场都可以去，并不需要以你彻底离开这里作为代价。"

"郑韵之，我实在非常想知道，到底有什么天大的理由，非要让你突然有一天大半夜不睡觉离开我家，头也不回地飞去巴黎，一去就去了整整三年？"

他的话音应声落地，她就清清楚楚地听到了自己的心跳此刻跳得有多快。

其实她早就知道这次她回来，就算再怎么躲，也一定会避无可避地遇上他的质问。

只是没想到，这声质问来得这么措手不及。

良久，她摇了摇头，"穆熙，你这个人真是没救了，我是不想伤你自尊心才编出这种理由来的，你为什么非得要上赶着听真相呢？没听说过一句话——真相往往不是那么美好动人吗？"

"说。"他只扔了一个字。

沉默片刻，她耸了下肩："我玩厌了呗。"

他眯了眯眼。

"跟同一个男人过了一年半还不许我厌倦吗？世界上有钱长得帅身材好的男的又不是只有你一个人，我还年轻呢，为什么不能对其他小鲜肉感兴趣？"

郑韵之的语气特别真实，真实到连她自己都要相信自己见异思迁的人设了。

穆熙的目光一直牢牢地锁定在她的脸庞上，没有错过她任何一丝细微的表情变化。

过了半晌，他望着她，暂时不动声色地隐去了眼底里依旧浓重的怀疑和探究："明天把你租的那套房子给退了。"

"啊？"

他这时从另一头上了床："丹姨说你太瘦了，以后要天天下厨给你补身体。"

不知道为什么，经过昨天的事情，她发觉自己对着他突然就说不出很重的话来，忍了忍才说："如果丹姨实在盛情难却，那我可以晚上过来蹭个饭，蹭完再回去。"

他盖被子的动作顿了一秒，没什么表情地说："你不过来，我就过去。"

郑韵之忍不住侧过脸去看他理所当然的表情："大哥，我那屋子的床只有你的一半大。"

"那还不简单？"他盖上被子，"我睡床，你睡我身上。"

她被他的厚颜无耻给惊得一时都不知道该怼什么话回去，她就这么看着他，直到他伸手过来，把她的眼皮子往下抚："即便你不告而别去了法国三年，也并没有影响到我们最初谈好的那个协议，我希望你能够明白一点——我们的关系从未终止过。"

她被他温热的手盖住了眼睛，忍不住反驳道："没终止个屁！我早就已经违约了好吗？"

"那就付我违约金，要我算算那一年半在你身上花了多少钱，投了多少资源，找了多少人脉吗？违约金至少得有20%，你自己算。"

她忍不住在心里骂道，这个无良的奸商！

"别跟我说口头协议无效，我有几百种方法可以让你赔到倾家荡产。"

他这时放下了盖在她眼皮上的手，"你好不容易去法国赚了那么多钱，最后全进我兜里了，我也有点儿不好意思。"

郑韵之闭着眼睛，胸腔起伏片刻，咬牙切齿地冲他竖起了一根中指。

穆熙把她的手塞回到被子里头，勾着嘴角道："今天就不了，再厉害的男人也需要休息。"

郑韵之："……"

—

在回家的路上，陈涵心坐在副驾驶座上，一直忍不住偷偷地去看身边开车的那个人。

他今天在白色衬衣外边套了件棕色的毛衣，衬得他的皮肤更为白皙，毛衣的袖管轻轻挽起，露出了精实的手臂。

"怎么了？"

下了高架，柯印戚腾出了一只手，揉了揉她的脑袋，低声问："是不是饿了？"

她摇摇头。

"你不是说你今天只吃了个三明治吗？"

因为天色已经很晚了，路上的车不多，他很快就把车开进了小区，"家里应该还有点面条，我去厨房下了，我们一起吃点，好不好？"

她乖乖地点了点头。

这姑娘平时从早到晚和他顶嘴闹脾气他都已经习惯了，忽然一下变得这么乖巧他还真的有点儿不太适应，不过他也能大概猜得出来她现在的心理，前几天跟他闹得太狠了一直觉得他会离开自己，这会意识到了自己的问题，只想着要努力地去补偿他，甚至是把平时傲娇从来不肯表现出来的情感统统都拿了出来，想塞进他手心里给他瞧。

他心里觉得好笑，又觉得她实在是可爱极了。

他记得以前司空景和他开玩笑的时候曾经问过他，他们这批一起长大的发小里头，单叶和封夏都是好看又聪明，还都很有能力，为什么他偏偏就喜欢陈涵心这个十指不沾阳春水、娇滴滴的小公主且喜欢得连十头牛都拉不回来？

他当时虽然懒得回应司空景，但是如今想来大概只能用一句话来形容。

他就是好她这一口。

她这么作，这么闹，还被惯得弱不禁风、遇事处理能力也欠佳，可他就是喜欢得不行，觉得她怎么能那么可爱，恨不得帮她把能做的都做了，她只要在那儿负责开开心心的就好。

有他在，她根本就不需要"聪明和处事能力强"，因为这些他都已经具备了。

他知道其实这样对她的个人成长很不好，所以她变成今天这样，他必须得负很大一部分责任。

到了他家，他放下行李和外套，就去厨房下面了。

陈涵心不好意思去隔壁告诉陈渊衫他们今天自己要住这儿，只是给严沁萱发了条微信说自己和柯印戚在一起，让他们不用担心了。

发完微信，她就去了厨房，双手从后紧紧地抱住柯印戚的腰，跟只树袋熊似的粘着他，他走到哪儿，她就亦步亦趋地跟到哪儿，怎么都不肯撒手。

他也不赶她，就这么"负重"下厨，没过一会，就搞出了两碗干净清爽的阳春面来。

柯印戚拿上筷子，把两碗面端到客厅的餐桌上，把身后的树袋熊拉到身前来，亲了亲她的鼻子，低声问："洗过手了吗？"

她点头。

"那快吃吧。"他说着，帮她拉开了椅子，"我去给美国那边回个电话，回完就来，乖，你先吃。"

她却不坐下，一只手拉着他的衣袖，沉默了两秒，可怜巴巴地问："我可以陪你一起打电话吗？"

"我肯定不吵你。"她说着，还认认真真地补充道，"我就在旁边看着你……电话内容我可以听吗？不能听我就把自己的耳朵给捂起来。"

"当然能听。"他都被她给逗笑了，转身就在椅子上坐下来，"好，那我就在这儿打。"

陈涵心瞅着他，也不拉开他旁边的椅子坐。

他拿出手机，抬头看了一眼小姑娘巴掌大的脸庞上微微的淡红，立刻了然地冲她轻轻拍了拍自己的腿。

她这才高兴了，两腿一跨，整个人面对着他坐到了他的腿上，然后两只手紧紧地搂住了他的脖颈。

柯印戚哪能受得住她这样撒娇，心都快被她给酥化了，这时忍不住把她的脑袋朝自己掰过来一点，对着她的嘴唇用力地亲了两口。

要不是实在惦记着她饿，想赶紧打完电话让她把面给吃了，他早就已经在这儿把她给办了。

电话很快被接通，之前因为他的失误差点破产的那家厂已经彻底转到了地下，收尾工作在有条不紊地进行中。他握着手机默默地听着属下的汇报，就看到身上原本打着"我绝对不吵你"口号的小人儿一会捏捏他的袖管，一会摸摸他的喉结，简直玩他这个"玩具"玩得不亦乐乎。

"我觉得我们的人里可能有人在跟Ghost的余党勾结。"

他一边垂眸看着陈涵心，一边说，"这次虽然我也有失误，但我还是觉得如果不是有内应，我们就不会被打得这么措手不及。"

Ghost是地下组织头目以及情报商人，之前据说Ghost本人已经死亡，大势已去，可是最近他发现还有小部分的Ghost余党有日渐复苏的迹象，这次柯氏的生意受创，也和他们脱不开干系。

"确实，我已经按照少爷您的吩咐下去彻查手里的人了。"心腹属下在那头说，"可是如果真要找出Ghost的余党，可能要找Shadow的人帮忙一起，但是我们和Shadow的关系……"

Shadow是一个组织，由于柯氏在北美的一些生意有时候也会触及Shadow的领域，柯印戚被迫和他们打过几次交道，结果都不是很令人愉快。

"到了万不得已，我会亲自联系孟方言的。"他眸色淡淡的，"敌人的敌人就是……"

话音未落，他忽然忍不住发出"嘶——"的一声。

柯印戚抓着手机，诧异地去看身上的人，只见陈涵心的脑袋正凑在自己的脖颈旁——小姑娘正在他的喉结边认认真真地给他种草莓。

他的眸色一瞬间就黯了。

"少爷？"那头的属下这时急急忙忙地问，"您怎么了？"

"没什么。"

他回下这三个字，刚想拍拍她的背以示警告，就发现这姑娘竟然抬起头冲他眨了眨眼睛，轻轻地扭着腰开始蹭他。

这下，他脑袋里那根本来就已经几近断裂的弦终于彻底崩了。

冷声对着手机那头说了句"就按照之前计划的继续办"，他抬手摁灭了电话，把手机扔到了餐桌上。

下一秒，他伸出手，紧紧地箍着身上的人儿，用力地磨了下后牙槽："真不想吃面了？"

她摇了摇头，红着脸，靠在他的耳朵边小声地说了一句话。

柯印戚的喉结上下翻滚了一下。

他抬手将她抱起来放到餐桌上，用鼻尖蹭了蹭她的鼻子，哑声道："宝贝儿，你自己想好今天要叫几声哥哥。"

—

早上郑韵之醒转过来的时候，她听到客厅里好像有人在说话的动静。

虽然昨天半夜她做梦哭醒，随后还和某人上演了一场别开生面的头脑风暴辩论赛，但后来再睡下去之后她还是睡得挺香的。

她摸到床头柜上的手机扫了一眼。

好家伙，竟然又是十一点了。

她都已经翘了整整两天的工作了，每天一睁开眼就是中午，扔着一堆时尚圈大佬的邀约和合作消息一个字儿没看，她助理都快疯魔了。

她眯着眼睛回了几条消息，翻身下床，从昨天开始她就没好好吃过东西，此时饿得恨不得吞下一头牛，于是立刻拿起一旁的家居服套上，飞奔出了卧室门。

然后她就蒙了。

只见客厅的沙发旁边此时堆着几个大纸箱，两个搬家工人站在一边，正恭恭敬敬地等着结算报酬。

而某个和她穿着不同色系却同款家居服的男人正靠在餐桌边，背对着她刷信用卡。

其实这些都不重要，如果不是因为她在那几个大纸箱边上，看到了她前不久才新买来的瑜伽垫、Switch、落地灯还有书架，以及她从法国带回来的行李箱，她是绝对不会在意这些纸箱子和搬家工人到底是什么来头的。

郑韵之在卧室门口杵了一会，终于忍不住用手指轻轻地敲了敲房门。

穆熙听到声音，朝她回过头来。

"穆少董。"她笑了笑，这时信步朝那些纸箱子走过去，"您能不能给我解释一下这到底是怎么回事儿啊？"

他一时没吭声，刷完卡，他淡定地将刷卡机交还给搬家工人，两个工人冲他道了谢，转头就出了大门。

她走到那些纸箱子边上蹲下来，随手打开了其中一个，就看到了自己的胸衣。

她的嘴角抽了抽，咬牙切齿地抬起头来："说话。"

他似乎很享受她这副气急败坏的模样，靠在餐桌边上，愈加淡定地挑了挑眉："就是你看到的这么回事儿。"

末了，他还加了一嘴："那个黑色的看着挺不错的。"

她低下头，看到了一堆胸衣里其中一个黑色蕾丝花纹款的。

郑韵之闭了闭眼，从地上站起身，指着他："穆熙，我告诉你，我要报警了，你这是在强抢民女你知道吗？"

昨天半夜他说的还是让她去把租的房子给退了，谁知道今早她一睁开眼睛就看到自己的行李和家具已经全都堆在他家的客厅里了。

这狗男人是不是找柯印戚那个控制狂商量过了来搞这种强取豪夺的戏码？真是偶像剧看多了是吧？

穆熙这时转身从厨房里端了两个盘子出来，眸色淡淡的："你去报吧，警察同志只会告诉你，我这叫失物招领，物归原主，行为正大光明。"

她简直是不敢相信自己的耳朵："你没有钥匙怎么进的我家？！"

他拉开椅子，在餐桌边坐下来："我找到了你的房东，让他去帮忙开的门。"

"然后他就给你开了？"

"嗯。"他挑了挑眉，"我给他多打了一年的房租。"

郑韵之："……"

这个世界到底是怎么了？人与人之间最基本的善意和信任呢？竟然是如此的不堪一击，用几个臭钱就能买断的吗？

"去洗漱。"见她已经被气得连话都说不出来了，他按捺下了嘴角的笑，将一张门禁卡放在了她的餐盘旁边，"弄完过来吃早饭。"

"不吃！"她抱着手臂，冷笑道，"我坚决不向邪恶势力低头屈服。"

他也不生气，自己淡定地用刀叉切着鸡蛋卷："你是要去参加荒野求生吗？从昨天到现在都没吃过一口东西，既然你体力那么充沛，不然等会再陪我运动一会儿？"

郑韵之用两只手分别给他比了个中指。

他作势要放下刀叉："既然你这么热情，那我们现在就开始吧。"

她气得拼命翻白眼，忙不迭地往后退："滚！"

他人没站起来，终于还是忍不住用手抵着鼻尖笑了起来："那你给我老实点去刷牙洗脸，然后过来吃东西，吃完之后该工作就去工作，晚上早点回家，丹姨说要下厨给你做好吃的。"

她停住了步子。

回家。

从回到这个家里的那一刻开始，她原本密不透风、贝壳似紧闭着的心，就像是被打开了一条缝；再次见到丹姨，看到他书房里的那些相框，听到他说的话，靠近他……而此时此刻，她能够感觉到这道缝隙，因为他这几句话，又开得更大了一些。

郑韵之在原地站了一会，声音变低了一些："你就不怕我等会去工作之后就再也不回来了？"

"你会回来的。"他说，"你的东西不都在这儿吗？"

"呵。"她笑了一声，"你怎么知道我不会为了逃开你可以连自己的东西都不要了？全都再重新买过就是了。"

他听罢，轻轻放下了手里的刀叉，背靠在椅子上："那你今天就别想出这个家门。"

"您的Live公司是准备不想要了吗？"

"郑韵之。"

他看着她，漂亮的眼睛微微眯了眯："有一点我希望你明白，我不会允许你在我的眼皮子底下再逃第二个三年。为此，我能够消耗的时间和精力大大地超出你的想象，你可以试试看，究竟是你跑得快，还是我打断你的腿来得快。"

她听罢，手心轻轻地颤了颤。

良久，她垂了垂眸："你确定你真没和柯印戚哥俩好谈过心？"

穆熙："……？"

她别过脸，蹙着眉头摆了摆手："穆熙，我真有点儿搞不明白，你现在这样做到底还有什么意义？"

"我已经不是三年前那个需要你捧红的新人了，我有资源和人脉，能赚到钱能养活自己，也有一定的社会地位，不会再被人欺负了。而你，什么样漂亮的女人找不到？多少姑娘都愿意当三年前那个'郑韵之'。"

"所以，你为什么非得还要抓着我不放？"

她说完这段话之后，客厅里陷入了很长一段时间的安静。

当她以为他不会再开口说话的时候，他终于哑着嗓子，开了口："找不到的。"

她猛地抬起了头。

"这个世界上不会有第二个郑韵之。"他一字一句地对她说，"只能是你。"

她的心一滞，感觉自己的眼眶微微有些泛潮。

"你什么都不需要做，你只需要留在这个家里。"他看着她的眼睛，"我只需要你能每天都真心实意地笑着就好了。"

如果不是因为窗外的阳光太过刺眼，那么为什么她会觉得此刻自己有点睁不开眼？

良久，她深深地呼吸了一口气，揉了揉泛着红的眼角，走到了餐桌边坐下，拿起了刀叉："相信我，总有一天你会后悔的。"

他看着她，目光不经意间柔软成了一片："我不会。"

——

陈涵心对他说了那种话后，大概能够猜到自己今天会面临什么样的后果。

可是就在刚才，她看着柯印戚轻描淡写地对属下布置工作，看着他冷峻的侧脸，漂亮的喉结，衣服下隐约可见的精壮身材，她就忍不住地想要去煽动他。

她还是有点儿后怕。

这个这么完美夺目的男人，差一点点就被她给弄丢了。

所以她现在迫切地想要去拥抱他、拥有他，她觉得只有通过这种方式，才能更有效地填补她这两天经历大起大落后有些空荡荡的心。

他是只属于她一个人的。

只有她可以看到他在私下里所有不为人知的模样。

只有她才知道他所有的情动和情愫，都只会是因为她而起。

即便为了要看到这些，她也会付出一些身体力行的代价。

但是她却甘之如饴。

陈涵心注视着他近在咫尺的脸庞，就着他挺拔的鼻尖，先一步朝他吻了过去。

柯印戚是真的没有料到她会是这样的反应，通常这种时候，她都会被他逗弄得害羞得不言不语，别说主动了，就连要她配合、都得他哄着安抚着好一会。

幸福来得实在是太过突然。

在他已经用力过猛，翻车翻成那样、连他自己都要给自己点蜡的情形下，他竟然还能够不费吹灰之力就取得绝地逆转——小公主不仅第一次主动求和，现在甚至还要第一次主动和他亲近！

柯大少爷此时此刻，觉得自己简直是要上天。

她吮着他的嘴唇，两条细细的手臂紧紧地圈着他的脖颈，呼吸灼灼地对他撒娇："桌子好硬呀……"

他一听，二话不说赶紧将小小的人儿从餐桌上抱了起来，转过身就往楼上走。

柯印戚咬着她的嘴唇摩挲着，哑声说道："今天到底怎么回事儿？"

她不吭声，一进卧室，就把他的棕色毛衣兜头脱了，随手扔在了地上。

他身上此刻只有一件白衬衫，漂亮的锁骨从领口露出来，冷峻的脸庞上已经沾满了黯色的意味，没有开灯的卧室里，他晦暗不明的眼睛似乎是唯一的光源。

她攀在他的身上拼命撒娇，他被她磨得已经撑不到走到床边了，这时直接在沙发上倒了下来，陈涵心坐在他的腿上，小声催促他："哎呀，你快点儿嘛。"

他愈加觉得有点儿奇怪，虽然这突如其来的幸福砸得他一阵眩晕，但他的大脑还是尚存着一丝理智的。

这么主动的她，实在是有点反常。

于是他这时大手抓着她的小手捏在手心里揉了揉，问她："你到底在急什么？"

她还是不回应他的话，干脆自己动手把他的皮带解开了。

他看了她片刻，忽然冷不丁地道："你可别给我来郑韵之那一套。"

她听到这话愣了一下，暂时停下了手里的动作："啊？之之怎么了？"

他咬了咬牙，目露警告地轻轻抬起她的下巴，直视着她的眼睛："你可别学她对付穆熙的那一套，你要是敢跑，天涯海角我都给你抓回来。"

她这才弄懂他是什么意思，连忙摆了摆手："我才没有想跑啦！"

"真的？"他眯了眯眼，"你真没什么奇奇怪怪的小算盘？"

她心里一紧，赶紧藏下了眼睛里的小九九，再次不由分说地吻上了他的嘴唇。

没等他继续发出新一轮的质问，她便靠在他的唇边低语："快点儿抱我。"

柯印戚怔了怔，继而眸色更深了，他搂着她的纤腰，蹙了蹙眉："我真觉得你今天有问题……是不是郑韵之给你瞎支什么招了？"

她这一系列种种反常的言行，简直就像是郑韵之的翻版——通常那女人要使坏的时候，都会给人先来几掌温柔似春风，把人搞得一阵晕头转向，然后转头就给你下猛药。

作为旁观者，他可是眼睁睁地目睹过无数次穆熙是怎么被弄得死去活来不得安生的。

他是真怕郑韵之给陈涵心灌输些什么居心不良的鬼东西，他家小姑娘那么单纯，还这么相信自己的闺密，可实在是太容易听信那女人的谗言了。

"真的没有啦，我这两天都没和之之说上过话。"

她叹了口气，漂亮的眼睛眨了眨，忽然靠他的耳边娇声说了一句，"你快点儿呀……哥哥。"

最后两个字应声落地的时候，柯印戚的脑子"轰"的一声炸了。

他红着眼睛，再盯着她仔仔细细地看了一会，见她好像真不是要耍什么小把戏的模样，终于暂时放松了警惕。

下一秒，他终于勾了勾嘴角，一字一句地对她说："好，那你等会不许哭。"

不知道过了多久。

柯印戚把哭得眼角都红透了的小人儿搂在胸前，哑着嗓子说："说了不许哭的，你看看你的眼睛，明天早上给渊衫叔叔他们看到，指不定都以为是我怎么欺负你了。"

她整个人都蜷缩着，靠在他胸前呜呜地哭："你就是欺负我了。"

他低低地叹了口气，揉了揉她的头发："怪谁呢？"

也许是他的占有欲作祟，一不小心失了控，下手稍微狠了点儿。

刚刚他抱她的时候，他有看到她脖子后面一大片红，心里估摸着明天早上等她清醒过来了，该对着自己发脾气了。

浑身通体舒爽的柯大少爷此时完全不在意明天早上会被小公主死命挠几下，她那点绣花拳头，根本对他造不成甚至0.1%的伤害。

他这时低下头，在她红红的鼻尖上亲了几下，因为刚刚的亲密，他声音里都少了几分冷感："抱你去洗澡，好不好？"

她人还是缩在被子里头不肯出来："柯印戚……你是不是不喜欢我了？"

"宝贝儿，我怎么就不喜欢你了？"他都被她给逗乐了，冷峻的眉眼里漾着一抹明晃晃的笑意，"你自己想想，要不是因为太喜欢你，你现在会哭成这样吗？"

她吸了吸鼻子，脑袋这时从被子里头稍微探出来了一点点："那……那你背着我有什么秘密吗？"

柯印戚听到她这句问话后，顿了一秒："我能背着你有什么秘密？"

陈涵心不动声色地盯着他看了一会，轻轻地"噢"了一声，然后从被子里伸出了两条细细的胳膊："那你抱我去洗澡吧。"

他勾着嘴角，将她从被子里捞出来，小心翼翼地托在怀里，偏过头亲了一下她的头发："明早好好睡个懒觉吧，这两天累着了，早上的课我会去听的，回来把笔记给你看。"

她靠在他的肩头，眼睛里却并没有精疲力竭之后的困倦，刚刚那点被隐下去的小九九又在他看不见的地方浮现了起来："好。"

"回来的时候给你带你爱吃的酥皮饼，好不好？"

"好。"

他听着她乖乖的应答，只觉得这小人儿真是怎么疼都疼不够，尤其是像现在这样可怜巴巴地趴在他的肩膀上，她就是想要天上的星星，他都会去给她摘下来。

—

第二天早上，柯印戚准时准点睁开了眼睛。

这是他一直以来的生物钟——他几乎从不睡懒觉，无论前一天有多忙多累，到了点他就一定会醒过来，一是他经常要和美国那边开会，二是他时不时会去帮陈涵心买她爱吃的早点，或者去陈家帮着严沁萱一起弄早饭等她醒来。

想着身边的小姑娘现在应该还睡得正香，他正想侧过去偷偷亲她一下，刚翻了个身，脸色一下子就变了。

她竟然不在。

他见状猛地从床上翻身坐起来，蹙着眉头探了探她那边的床单……冰冰凉的，应该是已经离开了有一会了。

这在他们两个人相处的历史中可从未发生过，通常他醒过来的时候她总还在沉睡，就算强行叫她起床都会被她挠，可今天，她竟然比他起得还早？

"心心。"

他赶紧从床上下来，套上衣服，去房间的浴室一看，发现她人不在，随后又快步去楼下转了一圈。

结果他发现，整栋房子里都没有她的踪影。

柯印戚拿出手机看了一眼，也没有任何动静。

他回到楼上去浴室洗漱，脑袋里盘算着先不要打草惊蛇，所以考虑过后把电话拨给了陈渊衫。

"渊衫叔叔。"等陈渊衫接通了电话，他不紧不慢地问，"心心回家了吗？"

"回了。"陈渊衫说，"挺早就回来了，换了身衣服，吃了个早饭，刚刚又出门去了。"

他用毛巾擦了把脸："你知道她去哪儿了吗？"

"听她说是学校里有点事，所以得早点过去……我还以为你和她一起呢，问了你为什么不一起来吃早饭，她说你在和美国那边开会。"

他眯了眯眼，一时没回话。

她昨天晚上完全没有对他提到过一句今天一早她有事要去学校，甚至是在他让她睡个懒觉的时候，她都没有提出过一句反对意见。

"怎么。"陈渊衫见他不出声，淡淡地笑了笑，"别跟我说刚回来的人又落跑了？"

"没有。"

他张口就否定，可是语气里却有一丝几乎察觉不出来的迟疑和疑惑，"行，那谢谢渊衫叔叔了，我现在过去找她。"

挂下电话，他拿上车钥匙下楼出门，刚拉开车门，就看到有一个电话打了进来。

他看了眼来电显示，挑了挑眉，顿了两秒才接起来。

"柯神。"

那头的俞奕伦压着嗓子，声音听起来简直像是在做贼。

他捏着手机："怎么了？"

"你赶紧过来学校。"俞奕伦说，"公主大人现在在女生寝室楼楼下准备干架了。"

他听到这话一怔："干架？跟谁？"

"还能有谁？"俞奕伦叹了口气，"就那个天天来找你的小学妹卢小任呗，她大清早打电话问了我卢小任是哪个系哪个班的，我室友正好和卢小任是一个社团的，我就告诉心心了……后来想想不对劲，刚想问她要干吗，就接到我女朋友微信说她在女生寝室楼下堵人。"

柯印戚这时不禁抬手揉了揉眉心，到了这一刻，他可算是大致明白了从昨晚到今早她所有一系列反常行为的背后缘由和心路历程了。

所以事实证明了不是他被迫害妄想主义，这丫头做了从来没做过的事，果然是打好了自己的小算盘。

她这一出先温柔似春风的主动做派把他搞得一阵神魂颠倒，然后等他安心地陷入沉睡时，自己转身就偷偷去找人干上去了。

这一招要不是跟郑韵之学的，他打死也不信。

不过幸好，她没有像郑韵之那样玩落跑，只要人不跑就行。

他这时坐进了车里，关上车门，竟然忍不住低笑了一声。

电话那头的俞奕伦震惊于柯印戚竟然在这种时候还能笑出来，这神人果然就是神人，他们这种凡夫俗子是根本无法理解的："你赶紧麻溜地过来吧，我怕你再不来，公主大人就要血洗F大了。"

"知道了。"他发动了车，淡淡地道，"我马上就到。"

—

郑韵之洗漱后吃过早餐，从那些箱子里翻了自己的衣服和化妆品出来，在卧室的浴室里化妆穿衣服。

等她对着镜子扒开眼睛画眼线的时候，她忽然感到镜子里多了个人。

她认认真真地画完眼线，放下眼线笔，拿出睫毛膏："穆少董最近的兴趣爱好我实在是有点儿搞不明白了，先是私闯民宅偷翻女生家当，现在又开始观察女生化妆是怎么回事？"

穆熙人靠在卧室门边上，抱着手臂，耳朵里戴着无线耳机在听电话会议，神色淡定地回了一句："打底裤穿了吗？"

她今天穿了条比较紧身的连衣裙，虽然不怎么暴露，但因为是白色的，有点儿透肉。

她刷完睫毛，随口回了一嘴："还没，怎么，我今天底裤什么颜色你看到了？说来听听。"

"深紫色。"他说着，冲电话那头回了一句，"你们继续。"

郑韵之的嘴角一抽，终于忍不住回过头，压着嗓子瞪他："穆熙你要点脸，开个静音再说话成吗？你不要脸我还要脸呢！"

他轻轻地勾了勾嘴角："不碍事，他们听不懂我们在说什么。"

此时电话对面会议室里的十几个Live高层："……"

郑韵之已经完全不想搭理他了，她涂完口红，把化妆品都收进了化妆包里，从一旁的衣架上摘下她刚刚带进来的打底裤。

她半蹲下腰，刚想穿上，想了想，抬起头看向那个丝毫没有一点想要回避意思的男人："我要穿打底裤了。"

他点了点头，象征性地抬起一只手遮住了自己的一只眼睛。

郑韵之："……"

这人有毒。

她也懒得再说什么，当着他的面快速地套上了打底裤，拿起手机就往外走。

"等等。"

她人刚走到浴室门口，就被他轻轻扣住了手腕。

她冲他挑了挑眉："嗯？"

穆熙没说话，只是忽然眯起眼睛，凑近了她的脸庞。

郑韵之以为是自己刚刚分心和他说话的时候妆容出了什么问题，还反应不及的时候，就感觉到他在她的额头上轻轻落下一吻。

她的瞳孔不自觉地颤了颤。

"魔法标记。"他说着，放开了她的手，"有了这个，别的男性物种就不会靠近你半径一米之内。"

她一脑门问号："穆熙，你是真的最近偶像剧看多了是吗？还是魔法类的肥皂剧？"

他笑而不语。

她心底里是另一番滋味，此时没再看他的脸庞，快步走出浴室，就听到他在后面紧接着跟上一句："门禁卡拿上。"

"我不。"

她虽然否得语气坚定，到了客厅从衣架上行云流水地拽下大衣套上，但经过餐桌的时候还是没好气地把那张黑色的门禁卡塞进了包里。

—

郑韵之回国后加入了一个设计师朋友的工作室，说是工作室的成员，其实也仅仅只是挂了个名头而已，她完全都是随心所欲地接各种秀和活动，只有在朋友需要她震场的时候才会管管工作室里的事情。

这位极其仗义的设计师朋友是个留着板寸头、酷酷帅帅的姑娘，名字叫曼琳，有S市时尚圈鬼才之称，是三年前她还没有离开这里的时候就结交到的好友，一直保持到了现在。

曼琳平时也忙得不行，各种神出鬼没，回国后她就见过对方一次，就是回来第二天来工作室签约的时候见着了一面，聊了几句，之后曼琳就一直不见踪影。

到了工作室，她先安抚了一下上蹿下跳的小助理，三言两语把这两天自己落下的工作内容布置好，又去给几个时尚圈大佬回了电话，约了时间见面，随后再回顾了下国际名模秀的收尾工作。

工作起来时间总是飞逝得很快，等她回过神来的时候，落地窗外的天色已经完全暗了。

小助理这时也把手头的事情捋得差不多了，去茶水间接了杯水，走过来和她聊天："之姐，你真的好牛！刚才我看到了品牌方发过来的修改过的这一季的服装，你猜怎么着，你在名模秀上被弄坏了然后自己现场改版的那件衣服，他们完全按照你的操作更新了设计！"

她听得从电脑前抬起了头，饶有兴味地冲小助理伸出了手："拿来我看看。"

小助理屁颠屁颠地给她拿来了设计稿，她接过来看了几眼，笑了："还真比原来的有特色。"

小助理拼命点头："他们说这件衣服可能会成为爆款，尤其是在下摆这里加上了西装腰封的面料，话说这是不是还得感谢Live少董穆熙啊！"

一听到这个名字，她就差点被自己的口水呛到，她刚在想着该用什么话来打发小助理，就看到正对着他们的工作室大门此时迎面走进来两个人。

"咳咳咳……"

这回她是真的被自己呛到了。

一个留着板寸头身材高瘦的女生走在前头，看到她，忍不住打趣道："之之，虽然我知道咱俩好久没见，但看到我那么激动倒也不必啊？"

"曼琳姐。"小助理抢先打了声招呼，然后看到了曼琳后面的那个人，张了张嘴，目瞪口呆："穆……穆少董。"

郑韵之此时此刻感觉自己简直就是一个头两个大，她从座位上站起来，努力控制着自己脸上的表情，完全不看那位让她头痛的源泉，只冲着曼琳道："哟，曼爷怎么突然闪现了？"

"这段时间都在P市搬砖，刚下飞机，"曼琳走到她桌子边上，顺手就从她水杯旁边拿了包零食拆开，"可累死老娘了。"

"噢对了。"曼琳吃了好几片薯片，才想起来指了指自己身后的人，"我在楼下看到一个下巴上留着激情项圈的人，就顺手给你带上来了。"

穆熙："……"

"应该是你搞的吧？"曼琳神色淡定地瞥了她一眼，目露肯定，"我看那牙印和力道全S市应该除了你能干得出来，没第二个人了。"

郑韵之："……"

郑韵之被好友揶揄得感到十分窒息，曼琳这姑娘算是她认识的人里难搞程度排名前三的，也就是这么个性子，她才喜欢得紧，整天能跟曼琳混到一块儿去。

她这时强装镇定地瞥了一眼穆熙下巴上昨天被她咬出来的那个牙印，虽说也不是特别明显，但是在他那张英俊得跟雕像似的完美脸孔上这么凭空出现，还是非常突兀又显眼的。

小助理也是个人精，这时从曼琳嘴里的三言两语就已经拼凑出来了自己老板和穆熙之间错综复杂的关系，忍不住在心里暗暗地竖起了一个大拇指。

堂堂几千人供职的上市公司、业内第一娱乐经纪龙头Live的少董事长，下巴上被人咬出了一圈牙印，而且这始作俑者咬完人还活得好好的。

这女人叫郑韵之，是她老板。

简直了。

"你们是不知道，穆少董口味比较特殊，想在脸上留点印记，显得自己更玉树临风一些。"

她瞥完那个牙印和穆熙变幻莫测的脸色，妩媚地笑了笑，"我这是助人为乐呢。"

"得。"曼琳嘎嘣嘎嘣地咬着薯片，"我应该给你颁个奖——就那个最佳鬼话连篇狐狸精

123

奖吧，不用谢。"

郑韵之没好气地踹了曼琳一脚，咬了咬牙，一手扯着穆熙的袖子往旁边走了几步，回过头瞪着他，低声道："你来干吗？"

这位少董大人难道不用上班的吗？不用开会的吗？他不是很忙的吗？

穆熙闲适地靠在一旁的桌子上，语气淡淡的："来接你回家。"

此话一出，她的手条件反射地就颤了一下，她十分不自在地别过了脸："我有手有脚自己能回去，要你来接干吗？"

"听说过一句话吗？"他冲她抬了抬下巴，"一朝被蛇咬十年怕井绳，我这是被你弄出心理阴影来了。"

她的心一紧，开始顾左右而言他："你怎么知道我在曼琳这儿？"

"那就得问问你的好兄弟了。"

他的眼睛瞥向她身后正在看好戏的曼琳，"你跟她签约的第一天，她就把你的合同拍给我了。"

郑韵之忍不住回过头，恶狠狠地瞪了曼琳一眼。

曼琳对她做了个鬼脸，然后冲她摆了摆手："赶紧滚回家吧，别在这儿待着了，碍眼。"

小助理拿上她的包和手机，一溜烟地跑过来把东西塞到她手里："之姐拜拜。"

她真是服了这帮胳膊肘完全往外拐的人了，站在原地气得脑壳疼。

"噢对了。"曼琳把手上的那包薯片瞬间消灭干净，对她说，"你反正也没什么需要交接的，明天开始就不用来了，让小朋友帮你把工作室里的东西整理一下直接送你家去就行。"

她怔了一下，一时没听懂："啊？"

恰好这时曼琳的手机响了，她冲郑韵之摆了摆手，走到一边去接电话了。

穆熙人这时已经往外走了，她拿着包快步跟上去，直觉这事儿应该跟这家伙有关系："你等等。"

他伸手按了电梯，回头看她。

"刚刚曼琳是什么意思？"她蹙了蹙眉头，目露警觉地上下打量他。

"你不是挺聪明的吗？"他的目光轻闪片刻，"这么简单的意思都听不明白——你被开除了。"

她愣了一下，这时和他一同走进电梯，斩钉截铁地摇了摇头："怎么可能？"

他按了负一楼的按钮，转过身轻轻拍了拍她的肩膀，语气轻松："别难过，是金子总会发光的。"

郑韵之将他的手轻轻拂开，没好气地道："曼琳怎么可能会开除我。"

他目光里含着笑，暂时没接这句话，等她和他一起走到车库，上了车，他才清了清嗓子，侧过脸看着她："针对今天早上你说的我们之间的协议已经没有履行的必要这件事。"

她系安全带的手一顿："是，难不成您同意放我走了吗？"

他莞尔一笑："你做梦。"

她翻了个白眼。

"为了让你心安理得地继续这份协议，我对这份长期协议进行了修改——Live新成立的时尚部门现在正好缺少一位领导人，我认为你很适合这个职位，你会喜欢做这件事，也能发挥出你自己的能量，我相信你可以为Live带来巨大的效益，从明天开始你就可以直接来Live工作。"

他的语气不紧不慢："而且，你的薪资会在行业最高的水平线上，附加活动还有额外的报酬，所以不用觉得我会亏待你。"

她这回是真的愣住了，高速运转的大脑好像一下子迟缓了下来，过了好一会，她才盯着他道："这位穆少董，你挖人墙脚竟然挖到曼琳头上来了？她会同意？"

"为什么会不同意？你本来和她就是友情合同，又不是真合同，你扪心自问你为她干过几件事？"

他耸了耸肩，"刚才在楼下的时候，我提出要挖你走，但承诺会让她的工作室接下Live之后的几个大活动，她很爽快地就答应了。"

她真的要骂脏话了。

无论是房东，还是她多年的朋友，人与人之间的信任在遇到面前这个男人的时候，瞬间就消失得无影无踪。

过了几秒，她扯了扯嘴角："……那也就是说，您现在是从投资大佬变成了老板大人？"

穆熙莞尔一笑："你可以这么认为。"

—

F大。

柯印戚把车停在了女生寝室区域门口，远远望过去，就看到12号楼寝室楼楼下围着一大圈人，他哭笑不得地叹了口气，大步朝那边走了过去。

俞奕伦眼观六路耳听八方就等着他来呢，此时眼尖看到他，立刻在大树后边冲着他拼命招手。

其他围观的同学也都发现了他在走近，这时自动自觉地给他让开了一条道路。

他穿过人群走到了包围圈的中心，就看到一个熟悉的纤细身影背对着他，然后有三个女生正站在她的对面和她对峙着，其中那个小学妹卢小任站在最中间，一副委屈的模样。

"涵心学姐，你能不能讲点道理？"

卢小任身边的那两个估计是来给她撑腰的室友，气势汹汹地对着陈涵心说："大清早的就来这儿堵人，不让人吃早饭不让人上课，学生会主席就是这么横行霸道的吗？"

陈涵心倒也没被惹恼，语气听上去还挺温和的："抱歉，我讲道理的，只要卢小任告诉我那个秘密是什么，我立刻就走。"

"任儿和印戚学长之间的秘密，为什么要告诉你呢？"另一个姑娘这时反问道，"就凭你是印戚学长的发小吗？"

她刚想开口，就看到有一道阴影突然出现在了自己的眼前，她诧异地抬起头，发现竟然是柯印戚挺拔的背影。

"抱歉。"

柯印戚神色冷淡地冲对面那三位姑娘点了点头，"耽误你们吃早饭和上课的时间了，这件事跟心心没有任何关系，是我的问题。"

卢小任一看到他出现，总算是松了口气，立刻动了动唇："印戚学长……"

"这件事是我没有向心心解释清楚，因为我考虑到这是给她的惊喜，所以一直想等到时机合适的那一天再告诉她，没想到她似乎误会了什么。总之，谢谢这段日子以来卢小任同学尽职尽责地帮我保守秘密，也很抱歉今早对你们造成了困扰。"

他对着对面那三位姑娘礼貌地解释完，再回过头看她，目光瞬间就软了下来："不过心心会误会，也是怪我没有给到她足够的安全感，还是我的问题。"

"印戚学长。"卢小任身边的一位室友忽然出声道，"其实我一直有个问题没弄明白，你为什么会对涵心学姐这么袒护呢？"

这个问题绝对问出了在场所有吃瓜群众的心声——前两天这两位才在阶梯教室里闹了这么大一出修罗场，现在这帖子还在贴吧里一路飘红呢，怎么刚挨了揍的柯神转头就又回来继续护着公主大人了？

另一位室友见状，也不满地开口了："是啊，只是因为她是你的发……"

而卢小任却是知道内情的，这时赶紧扯了扯两位室友，示意她们俩别再说了。

柯印戚听到这话，一时也没有立刻作答，他侧头看着身后的陈涵心，心里思考着到底该怎么回答这个问题……即便她昨天已经对他表明了自己的态度，但是他还是不确定如果现在在所有人面前正式把事情摊开，她会不会不高兴。

谁知道，下一秒，他身后的陈涵心忽然向前一步，走到了他的身边。

她和他肩并着肩，扬起了小小的脸蛋，骄傲又郑重地说："因为我是他的未婚妻。"

第八章◎初心

直到穆熙把车停在了家楼下，郑韵之还在就他刚刚提出来的决议表示十二分的不满意。

一进家门，她原本还想怼他几轮，却被迎面而来的饭菜香给吸引住了，她换上拖鞋，快步跑到餐桌边，看到了满满一大桌子她爱吃的菜：辣子鸡、干炒花菜、虾仁炒蛋、香煎牛小排……

"丹姨！"她一看到那一大盘的辣子鸡，就忍不住要流口水，"我的天呐，我可太爱你了！"

丹姨听到她的声音，立刻从厨房里跑了出来，手放在围裙上擦了擦，笑得合不拢嘴："之之，等会一定要多吃点哦！"

"我肯定，全都光盘！"

她说着，当即就想用手先抓一块辣子鸡尝尝，却被一只精实的手臂瞬间扣住了她刚伸出去的手。

"先去把你的爪子给我洗了。"某人在身后阴恻恻地扔了一句，"再消个毒，不然我怕这一桌子的好菜都被你糟蹋了我跟着中毒。"

她回过头，对上了穆熙的眼睛，咧开嘴角："我呸！"

他眼也不眨："不洗等会就一个菜都别想吃了，我让丹姨全都打包带走。"

僵持几秒，她才悻悻地从他的手掌里把自己的手抽出来，冲他翻了个白眼："你可真烦人。"

虽说她馋得很，但在某人聚光灯一样的眼神下还是只能不情不愿地先去卧室洗手换衣服，丹姨在后面看得直笑，忍不住说："这孩子，看着这几年经历不少成熟了很多，骨子里还是一点儿都没变嘛。"

穆熙也看着卧室的方向，目光里不经意间就慢慢地释出了一丝柔和。

"嗯。"过了几秒，他才低声说，"这样才是她。"

最开始她回国那会他见到的她，游走在各色人物之间驾轻就熟，风情绰绰的笑容里却根本看不到半分真实。

他知道，这是她曾经最想要变成的模样——独立、强大、无坚不摧、也不需要倚靠任何人。

她确实做到了。

可是他却一点都不想让她变成这样。

他只想让她回到最开始他见到她的时候，那个虽然孑然一身却坚强乐观，遇到开心的事情会放肆地大笑，遇到不尽如人意的人或事也会发泄般地大哭，时常会流露出一丝孩子气，会在某些没有防备的时刻对他流露出依赖，总是活得无拘无束又很快乐的她。

看到现在的她，他只会觉得心很疼。

不过幸好，他发现这只小狐狸皮相下的本质，还是没有变。

这该是值得庆幸的了。

"小熙。"丹姨望着他，把声音压低了，轻笑道，"可别再把她弄丢了，好不容易才找回来的。"

他的手指在虚空中轻轻握了握，过了半晌，才哑声说："一定。"

一

F大女生寝室楼前所有的吃瓜群众都蒙了。

别说他们，就连身为当事人的柯印戚都有一瞬间的怔愣。而后，他眼底里原本藏得深深的温柔，几乎都要从眼里流泻出来。

藏在大树后边的俞奕伦这时也终于敢站了出来，他用力地鼓起了掌，嘴里还开始吹口哨，生怕别人不知道他是知晓内情的人。

卢小任这时冲两位室友摊了摊手："我其实早就知道了，只是印戚学长叮嘱过我不能告诉任何人而已，我得信守承诺。"

陈涵心才放完炸弹，其实就有点儿怂了，毕竟在心里想想是一回事，真的做出来又是另外一回事。但是刚刚当着这么多人的面，她就脑袋一热，觉得自己必须得走出这一步，要不然她好不容易在心底里下完的决心、想要做出的改变，不是又都变成了纸上谈兵吗？

"事实就是你们看到的这样。"

柯印戚此时终于率先打破了这一圈诡异的沉默，即便知道今天早上这一出必定又会在F大掀起新一轮的血雨腥风，他还是没忍住，冷峻的脸庞上出现了一抹罕见的淡笑："今后我和心心结婚时，会给同学们一一发上喜糖。"

陈涵心听到这话，脸禁不住就红了，她转过脸看向他，垂了垂眼眸，带着点她惯常的娇气小声对他说："你赶紧过来给我解释清楚，那个惊喜到底是什么。"

说完这话，她转身就走了。

柯印戚二话不说，对着卢小任点了下头，转头就快步跟在她的身后往外走，连一步都不肯落下。

女生寝室楼今早发生的爆炸性新闻，随着配套的视频和图片流出，在F大贴吧瞬间再次荣登榜首，教学楼、图书馆、食堂、操场……同学们口口相传，任何一处的谈天内容都少不了这个年度最佳八卦。

而两位当事人此刻正在F大被誉为"中央公园"的绿地花园门口，这个时间段这里几乎人迹罕至，柯印戚的心情愉悦程度直接因为某些惊天言论而爆表，这时将身边的人捞过来，低头亲了一下她的额头。

"心心。"他笑得很好看，几乎是不要命地在冲着她散发荷尔蒙，"你知不知道，你刚刚做的事，说的话，让我真的很高兴……非常非常高兴。"

他等了她那么多年，想问她要个名分都已经变成了他的心病，为了这个名分，他简直是绞尽脑汁，从前强势逼迫，屡屡和她发生争执，后来想铤而走险来一招以退为进，却险些酿成大祸。

谁知道，最后竟然因祸得福，让她的小脑袋瓜开了窍，今天在完全没有和他沟通过的情况下，直接来了个自行昭告天下。

他一直苦苦追寻着的名分忽然就从天而降，可不把他给乐坏了？

柯大少爷心里盘算着这么大的喜事，等会立马得找司空景和戴宗儒好好炫耀一番模样！

陈涵心也能感觉得出来这个制冷机般的男人此时此刻是真的发自内心地高兴，她咬了咬唇，眼神游移，企图转移话题重心："还不是被那几个女生给逼的吗？你就爱护着我怎么了？"

柯印戚揉了揉她的脑袋，顺着她的话茬揶揄道："是，我就爱护着我的未婚妻怎么了？"

一听到这三个字，她立刻就本能地往后缩了缩，他一看到她这样，瞬间起了坏心眼，更加想逗她了："宝贝儿，我本来以为你会告诉大家你是我女朋友，我觉得那样对他们的冲击力已经够大了，没想到你还直接给自己升了一级。"

"啊啊啊……"陈涵心死死地捂着自己的耳朵，"你可不可以别再说了啊！"

这种为了要面子而硬往上杠的话，她就连光听着都快害羞至死了好吗？当时她到底是怎么一拍脑门说出口的啊？

柯印戚见状，笑得连眼睛都弯了起来。

她的脸颊已经完完全全红透了，连耳垂都红了，此刻没好气地挣脱了他的怀抱："说好的解释清楚你和卢小任的秘密呢？你带我到这儿来干什么？"

他脸上的笑容还未完全散去，这时在她刀剑般锋利的注视下，牵着她的手，气定神闲地往花园深处走去："这不就来了吗？未婚妻大人。"

陈涵心："……"

还有完没完了？

等他们俩走到花园的中心区域，他才停下了脚步，然后抬手指了指前面的大片绿植鲜花。

她愣了愣，眯着眼睛盯着那些绿植鲜花看了一会："怎么了？这里是有什么特别之处吗？"

他弯了弯嘴角，向她娓娓道来："今年F大要扩建这个地标式的花园，我代表柯氏投入了二分之一的资金帮忙扩建，也因此，我有一定的发言权可以决定未来花园的设计。"

"卢小任是设计系的金牌学生，也是花园扩建设计组的小组长。那天她来找我，就是来问我对于花园的设计有没有什么建议，我便请她帮忙设计了一块我想要的部分，也顺便告诉了她我们的真实关系，并请她暂时先对你以及对其他所有人保密。"

"原本是想等到下周你生日的时候才带你来这儿的，但是没想到竟然弄巧成拙让你误会了我和卢小任有什么关系了。事到如今，我也只能先提前剧透给你。"

他说着，从口袋里摸出手机，点开了一张图片，将手机递给她："这块区域的航拍图大致是这样的。"

陈涵心接过他的手机，低头定睛一看。

从俯瞰的视角，漂亮的花坛设计勾勒出了一个大大的心形图案，然后在这个心形图案的里面，簇拥着的鲜花和绿植拼凑出了四个一眼就能看清楚的字。

心心相印。

陈涵心盯着那张图片看了很久。

柯印戚也不着急，就这么抱着手臂候在她身边，眸色中带着淡淡的笑，静静地看着她的侧脸。

大花园里此时静悄悄的，暖暖的阳光从头顶上洒下来，把满园的鲜花绿植都铺上了一层毛茸茸的金边，金色的碎光也落满了他们的肩头。

良久，她终于把他的手机还给了他，抬头的那一瞬间，他看到她的眼角有一抹淡淡的红。

她吸了吸鼻子，低声开口："为什么会想做这样一个设计？"

他收过手机，抬起手把她的碎发别在耳后："因为想在F大留下我们在一起的专属纪念。"

F大对他们两个人来说意义格外重大。

高中毕业以后，他们俩一同考取了这所学校，正式开始恋爱，这所学校的每一处都有他们的回忆，为了她，他甚至还不惜放弃去宾大攻读的机会，一心一意陪她一起走完这段旅程。

这三年多、快要四年的光阴，见证了他们的成长，也见证了他们的爱情。

所以，他想把他们的印记刻进这里，成为F大的一部分，从此以后他们只要回到这儿，就能想起他们的开始，想起学生时代最诚挚的初心。

"当然，这不仅仅是给我们自己看的，今后全校所有人都会看到——不只是我们这一届，是之后的每一届。"

他不徐不缓地说着，因为微垂着头，所以嗓音有点沙哑："所有考入F大的人，都会知道我们俩的故事……当然，我也不介意被其他学校的人知道。"

陈涵心做梦也没有想到过原来他和卢小任捣鼓着的那个"秘密"，背后的真相竟然会是这样。

她昨晚绞尽脑汁地勾他，好不容易让他放松了警惕，今天一早自己才得以先一步去找卢小任对峙，想看看卢小任到底葫芦里在卖什么瓜，却没想到人家卢小任确实是没对柯印戚抱任何不良的心思，只是在帮着他给自己准备惊喜——她之后真得给人卢小任好好道个歉。

漂亮的绿植和花卉簇拥着的盛景——是她这辈子收到过的，最最别出心裁的生日礼物。

冠以你我之名，融入我们的母校之中，从此以后，长长久久，为后人所知。

这真的是柯印戚式的绝美浪漫。

她这时伸出手，轻轻触碰了一下他的手，然后立刻被他紧紧地反手握住。

"柯印戚……"她抬起头看着他，眸子有些微微的泛湿，"我想看看完整的实景可以吗？"

他低头亲了亲她的额头："当然，过几天我就带你坐直升机从上到下俯瞰这片花园，到时候你想拍多少视频、照片都可以，而且就算之后我们毕业了，你想来，我可以随时陪你再来看，柯氏也会一直注资维护这片花园。"

她听罢，小小的脸颊上立刻绽开了笑，这笑容简直比此时的阳光更为灿烂耀眼。

然后下一秒，她忽然踮起了脚，凑到他薄薄的嘴唇边，轻轻地落下了一吻："印戚，谢谢你。"

柯印戚觉得自己的心都要化了。

他顿时觉得他那几天晚上通宵熬夜帮忙卢小任一起设计绿植分布图、还赶来现场督促工程队必须要在规定期限内紧急完工……所有一切的努力和付出，全都值得了。

还有被她误会，被她砸了满身的糕点，被她提分手……这一大圈的乌龙，最后落到了今天她看到真相时的反应，他觉得自己之前那一波修罗场也挨得高兴。

在花园里又你侬我侬地腻歪了一会，柯印戚牵着她的手慢慢往外走去："等会还要去找导师吗？"

"不用。"她摇了摇头，"这几天为了追你一个字都没写，等我这几天补完前两天落下的进度再去找导师吧。"

柯大少爷被这个"追"字，搞得简直是心花怒放，拼命地压着嘴角的笑意不让自己喜形于色，却完全没有注意到身边的小人儿，走着走着，似乎又想起了什么，蹙着眉头在那儿思考。

少爷可能是忘了，就算他的智商确实碾压所有人，但他家小公主也是以全金融管理系第二名的高考成绩考入F大的。不被情绪左右的时候，脑袋瓜转得一点儿都不比他慢多少。

而且，他更忘记了一点——女人，是一种多么记仇又爱钻牛角尖翻旧账的生物。

这不，两人走到了图书馆前的树下，陈涵心忽然停下了脚步，伸手拉了拉他的衣袖。

"怎么了？"他揉了揉她的头发。

"既然你和卢小任是在忙我的生日惊喜，你可以隐晦地说一句让我不用误会，何必把我惹得那么生气闹得那么不可收场呢？感觉更像是故意让我误会你和她有什么似的……还有，我现在想想总觉得那天戴哥对我说的话不太对劲。"

她的目光轻轻闪烁着："戴哥平时多么温柔的一个人啊，豆丁把他的头砸了他都不会说一句重话，他也一直把我当妹妹对待，总是客客气气的，那天怎么突然就开启了教育模式呢？仿佛像是有人提前教过他该怎么说的一样。而且那天小胖有句话没说完，豆丁就不让他说了。"

她对面那个冷俊镇定的男人，此刻虽然脸上纹丝未动，但背脊上已经开始冒冷汗。

"还有，你说你假借我爸妈之口告诉我你要去美国的事情，可是我今天早上发现我妈是真的以为你要去宾大、还是短期之内不会回来的那种，但我爸就显得一点儿都不意外你没去成，而且昨天你的航班号也是他告诉我的。"

陈涵心说完这些，轻轻眯了眯眼，看着他："柯大少爷，请问您可以给我解释一下我的这些疑问吗？"

柯印戚的喉结轻轻滚了滚，两秒后，他刚想冷静地托出自己刚才在电光石火之间想好的一套说辞，就看到陈涵心从包里摸出了手机，直接一个电话拨给了单叶。

他根本来不及阻止，整个人都好像被钉在了原地。

"豆丁。"电话接通后，她还故意按了免提，好让他一起旁听。

"哟，心心啊，跟少爷和好了？"

"是呀，"她对着电话笑脸盈盈的，可眼睛却一眨不眨地看着面前的他，"我感觉他做了不少努力啊……"

下一秒，柯印戚就听到对面的单叶开始机关枪似的往外放炮："少爷的心眼真的是多，为了让你给他名分，不但和别的女生假装亲近，还要拉上我和戴宗儒搞心理攻防战，最后还要假去美国，我听戴宗儒说，渊衫叔叔也是他的帮凶呢，我的天呐心心，你简直就是被一群豺狼包围着啊……"

历经千帆、在什么样的逆境都能绝地反转的柯大少爷，此时此刻，在面对着心爱的姑娘利剑一样的注视下，有一瞬间，他感觉自己已经被她的目光割得四分五裂了。

他仿佛看到天空中飘来了四个大字。

你死定了。

一

穆家。

郑韵之晚上确实履行了对丹姨的承诺，还真把满桌子的美味佳肴来了个彻彻底底的光盘，连渣都不剩。

饭后穆熙去厨房洗了碗，出来走到客厅看到她瘫在沙发上跷着二郎腿大爷似的坐姿，眯了眯眼："郑韵之，你的胃是不是漏的？"

一般来说，资深专业模特都会对自己的体重和身材管理有很严格地把控，可自他认识她到现在，她对吃简直就是什么能长胖就吃什么，什么重油和重辣的，全都完全没有忌口地往嘴里塞，不仅脸上不长痘，那胳膊、腰还有腿，连一毛钱的肉都没长上去过。

丹姨烧的那几个菜，要是他不抓紧吃两口，真保不准最后全进她肚子里头去了。

她吃完就有点儿犯困了，整个人都缩在沙发上，半闭着眼睛，挥苍蝇似的冲他摆了摆手："这人和人之间就不能做比较，一比就会伤自尊心，我就是吃死不胖反而还掉秤的那种体质，你羡慕不来的……"

"噢对了。"她说完，还回过头去懒洋洋地打量了他一眼，"我知道你最近发福了，但是怕伤害尊贵的穆少董幼小的心灵，所以我就当没看见哈……"

一听这话，穆熙的脸就黑了。

他平时虽然总会有推脱不掉的酒局应酬，但是每天都会抽空在家里的健身房里锻炼，他这种极其讲究自律的人，不仅对别人严格，对自己更是苛刻到不行，怎么可能会容许自己有发福的嫌疑？

况且，就这段时间天天被她搞得晕头转向，他连饭都吃得少了，更应该掉秤了才对。

下一秒，他面无表情地盯着她，一把抓住了她的手。

郑韵之刚刚怼完他就把脑袋转回去看电视上播放的新闻去了，这时被他抓得一愣，眼睁睁地就看着他把着自己的手，轻轻撩起了他居家服的衣服下摆。

某人毫不掩饰地对着她敞开了小腹上肌理分明又漂亮的腹肌和人鱼线。

她盯着那白花花的一块儿看了几秒，咽了口口水，再抬头看向他面露不善的表情，露出了一个既虚伪又做作的笑容："您这是干吗呢？穆少董那么精贵的玉体，就这么给我看得多不好意思呀……"

他扯了扯嘴角，冷笑道："别给我装，谁会不好意思，你都不会不好意思。"

她感觉此地不宜久留，下一秒就想起身开溜，却被他按着手臂抓得紧紧的，根本动弹不得。

"来。"

他眼睛一眨不眨地盯着她，"我想请你来指教一下，我究竟是哪儿发福了？"

她知道这人就是想借机要流氓，完全不为所动，却没料到下一秒，他竟然直接抓住她的手就往下边自己的腹肌上按过去。

她对男人的身材有很高的要求，身前这位不要脸的是她这辈子第一个也是到目前为止唯一一个男人。而他的身材，一直以来确实都非常对她的胃口——典型的穿衣显瘦脱衣有肉，尤其是腹部这块儿，总会勾得她趁他不注意的时候偷偷地上去摸两把。

但是她又不能表现出来她垂涎他的身材，不然这人指不定得多得意忘形了。

没等她说话，穆熙忽然勾了勾嘴角："据我的不完全统计，你昨晚偷偷摸过我的腹肌至少有五次，我相信你一定能够给出非常真实的答案。"

郑韵之差点一巴掌往他的头顶上呼过去，他太缠人，她只能手脚并用来阻止某人的恶行："你不许压我，你现在一压上来我就要吐了，我吃太饱了，穆熙！你再压我就吐你身上了啊！"

他完全不为所动："你又不是没有吐过。"

就在她即将要被镇压的时候，茶几上突然响起来的一阵手机铃声却解救了她。

她松了一口气，总算是一脚把他踹开，从沙发上跳了下来："滚开。"

他半靠在沙发上，身上透着一股子慵懒的劲儿，眼中含笑地望着她的后脑勺。

郑韵之气喘吁吁地拿起了手机，来电是个陌生的号码，还是国际电话。

她有些狐疑地接起来："喂？"

过了几秒，她忽然笑了，爽朗地冲着电话道："Hi, Louis."

听到那个名字的一瞬间，靠在沙发上的穆熙眼睛里的笑意逐渐凝固。

郑韵之叫完那个名字之后，脸上的神情却愈加轻松愉悦起来。

对面的Louis此时又说了几句什么，她顿时发出了银铃般清脆的笑声，然后她可能是发现了哪里不太对劲，从茶几前撑着手臂爬了起来，下意识地回过头看了一眼身后的人。

天。

她在心底里悄悄地捏了把汗。

总觉得，就连青铜器的颜色可能都比这位穆大爷此时的脸色要好看上一些。

郑韵之思考了一秒，这时竟然弯下腰，轻轻地伸手拍了一下他还露在外面一半的腹肌，然后她浅笑嫣嫣地捏着手机，从他的面前毫不停留地一晃而过，一边嘴里应着流利的英语，一边转身拐进了卧室里。

卧室门应声关上，门外的穆熙气得都快背过气去了。

他"噌"地一下从沙发上起身，整张脸比外面此刻的夜色更黑，他快速整理好了自己的衣服，三步并作两步走到了卧室门口。

他把耳朵紧紧地贴在了卧室门上，面色沉沉地听了一会。

如果此时此刻有人进了穆家，就会极其惊讶地发现，一向尊贵又矜持的穆少董，竟然整个人像一只斑鸠一样趴在卧室门边上，如果他可以，他恨不得把自己的脑袋都戳进卧室门里。

可惜，就算他的两只耳朵都竖起来了，奈何他们家的屋子隔音效果实在是太好，他连里面一丁点说话的声音都听不到，就更别提内容了，最多只能听到一串非常轻微的笑声。

半晌，穆熙咬牙切齿地把手轻轻地放在了门把手上。

他真的想立刻破门而入，一秒摁断那个该死的国际电话，把这个刚刚还在撩他的女人狠狠揪出来。

可最终，他的教养还是让他放下了手。

等郑韵之从卧室出来的时候，就看到某人一动不动地站在吧台边上，他手上拿了一只盛着红酒的酒杯，但也不喝，就这么面无表情地杵在那儿。

她见状，拼命忍下了嘴角的一抹偷笑，然后她状似不经意地走到了他的边上，拿过了旁边另外一只酒杯："穆少董练习罚站呢？这么好的美酒都不碰，你不喝我喝了啊。"

穆熙这时终于有了动作，他转过脸看着她，冷笑了一声："和你的Louis聊得太开心，都要喝酒助兴了吗？"

她瞪大了眼睛，故作夸张地道："您现在的智商怎么那么在线，真让我刮目相看了啊！"

"既然这样，我就更要敬你一杯了。"她说着，想要伸手去够一旁的酒瓶。

他气得额头青筋叠起，顺势劈手夺过了她手里的酒杯，冷冷地道："找你的金发老外喝去。"

一听这话，郑韵之却愣住了。

半晌，她的手撑在了桌子上，抬起头去看他的脸："你怎么知道Louis是个外国人？"

穆熙的目光轻轻闪烁了一下，一时没吭声。

"你见过他？"她把脸庞凑得离他更近了一些，"穆熙，你去法国找过我？"

他见状，往后退了一步，躲开了她咄咄逼人的视线，风轻云淡地说："你想得倒美，你不是和他说英文吗？那自然是老外了，用鼻孔都能猜得出来。"

她眯了眯眼："很多生长在国外的华人也说不来国语，只能用英语交流，你怎么知道我不是在和一个黑发的华裔说话？"

他这时捏着酒杯微微抿了口："随口一猜罢了，只是碰巧就猜对了而已。"

郑韵之还是一副不太相信他的表情。

他这时不动声色地扯开了话题，冷着脸道："审我审得倒挺上头，不说说他找你干什么吗？"

她的眼珠子咕噜噜地转了一圈，莞尔一笑："自然是因为他想我了呗。"

一听这话，他差点把手里的红酒给泼出去。

然而更刺激的还在后头，他还未来得及说话，就看到她把脑袋凑了过来，就着他的酒杯把他杯子里的酒喝了个精光，然后微微笑着给他来了一句："他说他这两天要来S市看我，我可太期待了。"

穆熙的全身都僵住了。

他那句"不许见他"就在嘴边，可郑韵之却完全没有给他发挥的余地，打了个哈欠，直接慢吞吞地溜达回卧室了，只留给了他一个纤细美丽的背影。

—

第二天一早，郑韵之洗漱完来到客厅，就发现他已经没人影了。

丹姨从厨房里给她端了新鲜出炉的早餐出来，她给丹姨道过早安后，随口问了一句："他人呢？"

丹姨说："小熙吃过早饭就走了，说公司里有事，要提早去开会。"

她一边用叉子叉起了一块培根往嘴里送，一边随口嘟囔道："幼稚死了。"

丹姨耳朵尖，这时掩着嘴偷笑道："是不是昨晚你又踩到他尾巴了？一大清早那张脸臭得简直是没眼看。"

她一边风卷云残地把早餐往嘴里塞，一边口齿不清地说："是他至极（自己）太少心羊惹（小心眼了）……"

昨晚她和Louis打完电话之后，他的脸色就再也没有好看过。晚上从上床到睡觉之前，她敷着面膜拿着iPad在看电视剧，他就在旁边工作，然后一边工作，一边时不时用那种阴森的目光打量她，但又什么话都不说。

他不说话她自然也不会上赶着去引他说，于是一晚上两个人一句话都没有说过，各管各地呼呼大睡。

然后等她一起来，这人就已经赌气自己先去公司了。

丹姨笑得眼睛都眯了起来："真是一对活宝小夫妻……"

郑韵之吃完了嘴里的早餐，翻了个白眼："谁跟他是夫妻啊？！"

"丹姨，我走了，今天第一天去新公司上班，要是迟到了我怕老板一怒之下开除我。"她说着，拿上了一边的包包和外套，穿上鞋就出门了，"新老板脾气不好，还是个小心眼怪。"

他公司她以前去过几次，很近，打个车过去也就十分钟左右的路程，她晃晃悠悠地下了楼，刚想用app叫个车，就看到有一辆眼熟的座驾停在楼门口。

她眯了眯眼睛，盯着那辆车看了几秒，然后大步走了过去。

驾驶座的车窗摇下来了一半，露出了穆熙那张紧绷着的俊脸。

"哟。"

她走到了他的车门旁边，用手指轻轻敲了敲他那边的车窗玻璃，"老板，您不是去公司开早会了吗？"

他懒得理她，从牙缝里挤出来了几个字："滚上来。"

"呀。"她笑眯眯地盯着他瞧，"又蹭老板的床，又蹭老板的车，我怎么好意思呢？"

—

F大。

电话里的单叶不仅把柯印戚这段时间的所作所为来了一个兜底翻，同时还不忘记添油加醋把整件事描述得更夸张一些，完全是一副唯恐天下不乱的模样。

柯大少爷站在陈涵心的对面，面色沉静地在脑中思考着等会应该先遮脸还是先遮身体，还是干脆放弃抵抗直接任人宰割算了。

他想好了，就算他等会被陈涵心凌迟了，死前他也一定会给戴宗儒留个遗言让他把单叶压死在家里的床上让这姑娘再也不能出来祸害人间，顺便破坏别人家的家庭和谐关系。

"行，我知道了，谢了豆丁。"

等陈涵心听完单叶那一通毫无停歇的机关枪后，她深深地呼吸了一口气，直接把电话给挂下了。

柯印戚心一紧，充分发挥了敌不动我也不动的精神。

她收起手机，并没有像平时那样瞬间开始闹得天翻地覆，相反，她虽然目光如炬，但神色大抵还是平静的。

"其实和我刚刚猜的基本上八九不离十。"她抬起尖尖的小下巴，看着他，"你还有什么需要补充的吗？"

柯大少爷动了动唇，淡声道："补充可以死缓吗？"

"我会考虑的。"

他沉默两秒："我也没什么需要补充的了。"

反正都是送命，不如一了百了。

陈涵心挑了挑眉："你怎么连一点求生欲都没有？"

他在这种时候，居然还能勾着薄唇淡淡笑了笑："没关系，你要是跑了，我永远都可以把你再追回来一次。"

她的心动了动。

本来她刚刚听到单叶那番话的时候，一瞬间确实有点对这个全身上下都是心眼儿的男人感到非常不爽，之前他那么多次明着逼宫要名分不成，现在突然给她来一招暗箭难防的阴招，而她就是那个全程都被蒙在鼓里的小白鼠，活生生地因为他的各种骚操作搞得这几天茶不思饭不想。况且，最让她感到气愤的是，连她的亲爹和她的亲发小都帮着他一起助纣为虐！

要是按照她以前的思考方式，下一秒她一定就对着他开始大叫大闹，闹他个三天三夜不得安宁。

可是经过了这次的乌龙分手案，她也确实意识到了自己身上的一些问题，很多时候，其实光靠哭闹和发脾气并不能解决事情的根源。

而且，这个男人这么做的初心，毕竟还是因为太爱她了。

过了一会，她轻轻地朝他走近了一步。

他面上不动声色，喉结却上下翻滚了一下。

下一秒，她竟然抬起手挽住了他的胳膊，像没有任何事情发生过一样轻飘飘地道："走吧，陪我去写论文。"

柯印戚的脑门上缓缓地打出了一个问号，他简直不敢相信自己的耳朵。

因为实在是太过于惊讶，他整个人都显得有些机械，以至于最后陈涵心硬拽着他走了几步，实在是拽不动了，才不耐烦地回过头，娇声冲着他道："柯印戚，你到底还走不走了？"

"走。"

柯大少爷有一瞬间再次对自己的智商产生了怀疑，要不然为什么他突然就完全摸不透他这位宝贝小公主的路数了？以前她的每一个小情绪和小动作他都能尽在掌握，可现在她的招数却让他感到十分迷惑——上一秒他还觉得自己要死刑了，下一秒他突然就被无罪释放了。

走了两步，他垂眸看着身边的小人儿，低咳了一声："心心，这几天让你受了不少委屈，抱歉，之后我会慢慢补偿你的。"

陈涵心回头瞥了他一眼，随便地摆了摆手："本公主大人有大量，不和你计较。"

柯印戚虽然在心底里狠狠地松了一口气，但此时此刻却很想拿出手机立刻检索一下——本来像个小作精一样的女朋友突然变成熟了让人很不习惯该怎么办，在线等，很急。

她闹腾的时候他头疼欲裂，这会儿一夜之间突然长大了他又感到惴惴不安。

他可太难了。

—

中午吃过饭后，他们俩在学校的图书馆里写了一会儿论文，期间收到了来来往往所有人的注目礼，柯印戚一向对这种视线自动屏蔽之，该怎么样还是怎么样——给她买吃的喝的，看她写累了给她揉揉手，耐心地帮她指点论文上的难处，还时不时地凑过来亲她一下。

这些小动作虽然陈涵心早就已经习惯了，因为他在家里一直都是这样，可是这会儿突然在学校里这么搞，她多少还是有点儿不太自在，红着脸害羞地在桌子下面推了他好几下示意他收敛点。

但是柯大少爷却完全置若罔闻，他盼星星盼月亮盼到今天好不容易才有了的名分，还不允许他好好秀一番恩爱了？他都当了整整三年的地下情人了！

全图书馆的人，甚至是闻讯赶来的F大同学都觉得今天自己需要去医院急救，却又敢怒不敢言——他们只是想要好好学习，为什么早上先要被发小变未婚妻的爆炸新闻震惊，下午又要吃这两位当事人的狗粮？而且，原来高岭之花柯神的人设真的是像贴吧上说的那样是公主的仆人！

虽然时常遭到某人的小动作骚扰，但陈涵心还是聚精会神地撸了不少篇幅的论文。下午太阳快要落山的时候，她伸了个大大的懒腰，然后低声对身边的柯印戚说："我饿了。"

"好。"他利落地帮她收拾起桌上的笔记本电脑，"回家吃饭了。"

她点点头，刚想拉开椅子起身，忽然看到有一个人直直地朝他们这边走过来。

那是个年纪看上去和他们差不多大的年轻男人，穿着得体的服装，相貌十分英俊，一双眼睛眼尾微微上翘，颇有一番儒雅勾人的味道，引得不少姑娘的眼睛都在不断地往他身上飘。

她看了几眼，总感觉这人的眉眼看着有点儿眼熟，以为是学校里之前打过交道的同学，但是一时又想不太起来是谁。

柯印戚拿起电脑包，刚牵住了她的手，就看到那个男人站在了他们的桌子旁边。

他本能地竖起了浑身的警惕，面无表情地向前一步，半挡住了身后的人儿。

那男人见状，弯了弯嘴角，竟然低声开口道："印戚，心心。"

陈涵心从柯印戚身后悄悄探出了一个脑袋，盯着那个男人看了几秒，有些怔愣地张了张嘴："你难道是……"

下一秒，柯印戚冷冰冰地开口道："韦择易？"

"是我。"韦择易笑了笑，"好久不见。"

陈涵心在听到这个名字后，忍不住颤着手指向了那个年轻男人："你……你是小委屈？！"

柯印戚一听到这个称呼就开始头皮发麻，身上的寒气一阵一阵地往外散发出来。

应该说，自从韦择易出现在他面前的那一刻起，他就浑身都不好了。

韦择易其实也算是他们发小团的一员，小时候住得近，大家都玩在一块儿，后来韦择易六岁的时候，他父母带着他搬到别的国家定居去了，不知怎么的也就渐渐失去了联系。

虽然说那时候大家都还小，但他一直都对韦择易没什么太大的好感，原因无他——这家伙从小就喜欢粘着陈涵心，跟个牛皮糖似的跟在她后边，怎么甩也甩不掉，从头到脚都在呐喊着求关注。

不过因为陈涵心喜欢和他玩儿，不怎么爱搭理韦择易，于是韦择易整天就委委屈屈地在旁边哭，所以得了个外号叫作"小委屈"。

韦择易听到这个称呼后也忍不住笑了，温雅地道："嗯，是我。"

"我天。"她从柯印戚身后走了出来，上下打量了他几眼，"你也和小时候差太多了吧？"

韦择易挑了挑眉："请问我小时候是有多遭人嫌？"

她笑了笑，冲他竖起了一根大拇指："总之你现在是变帅了。"

"谢谢。"韦择易弯着嘴角，眼睛里闪烁着点点的光，"心心小公主，你还是一如既往地可爱。"

韦择易这时将手里提着的其中一只纸袋子递给她："心心，这份小礼物送给你，是P国限定的口红套装，希望你会喜欢。"

"我想印戚和我差不多，不爱抽烟不喜喝酒的，也没什么特殊的兴趣爱好，所以实在想不出带什么礼物好，请见谅。"韦择易又冲柯印戚抱歉地点了点头，但眼睛里却看不出来有什么歉意。

陈涵心接过袋子看了一眼，惊喜地道："啊，谢谢你，必须要请回你吃好几顿大餐。"

旁边的柯印戚此时这不是我告诉你零下。

过了几秒，他终于动了动唇，面无表情地看着韦择易："你来这儿干什么？"

他透心凉的语气就像是打在了一堵棉花墙上，韦择易四两拨千斤地回道："我们学校有一个为期两周的来F大游学交流的活动，我被选上了，所以接下来的两周，就请两位校霸多多指教了。"

"校霸？"陈涵心歪了歪头。

"可不是吗？"韦择易耸耸肩，"我刚进F大校门，随手抓了一位同学一问，她就知道你们俩是谁，还能准确地给我在茫茫人海中指出你们的方位，请问你们两位该是多有名？"

陈涵心摆了摆手："那倒也没……"

"嗯。"谁知道，柯印戚突然在旁边凉飕飕地截了话头，"我们确实是F大知名情侣。"

韦择易一听，轻轻地眯了眯眼，过了几秒，他笑道："没想到你们俩小时候玩的过家家，长大后竟然成真了。"

柯印戚抬了抬眼皮："小时候也不是过家家，真的不能再真了。"

韦择易一时没接口。

眼看着气氛一下子变得有些奇怪，陈涵心这时对韦择易说："别杵在这儿聊了，我和印戚准备回家吃晚饭了，你要一起吗？我爸妈也很久都没见到你了。"

没等韦择易说话，柯印戚抬手摸了摸她的脑袋，柔声道："人家是来F大游学的，可能和老师或者同学有安排集体聚餐呢？"

"不碍事。"

谁知道韦择易却优雅又迅速地接受了邀请，"今天的集体聚餐是自愿参与的，我跟你们回去见见渊衫叔叔和萱萱阿姨吧。"

柯印戚："……"

陈涵心觉得有朋自远方来，从礼数上来说，失散多年的发小讲道理还是得要好好招待一下的："好，那我们走吧。"

—

一路上，柯印戚一句话都没有说过，只管冷着脸在前面开车，陈涵心坐在副驾驶座，和后座上的韦择易聊得还挺开心的，韦择易的家庭教养和学识都很出挑，而且懂的趣事也多，一开始的尴尬和陌生很快就被熟稔所取代了。

然而，他们俩聊得越投机，开车的某人脸色就越难看。

到了陈家，是严沁萱来应的门，看到他们俩带了个清秀英俊的小伙儿进来，一时都愣住了："诶，这位是？"

"妈。"陈涵心偷笑道，"你认不出来了吧，这是韦择易！"

"啊！"严沁萱惊呆了，"择易？！你都长这么大了？"

"萱萱阿姨好久不见。"韦择易礼貌温柔地叫人，"您和以前真是一点变化都没有，还是那么年轻又优雅。"

这句话瞬间就把严沁萱哄得十分开心，热情地给他拿了拖鞋，赶紧把他往里面带："真是好久不见了，之前和你爸联系的时候听说你考上了很好的大学，还拿了机器人创意比赛金奖，正想着什么时候能见上一面，你这就来了。"

"我之前听我爸妈提起过心心和印戚都在F大就读，这次正好得到机会可以来F大游学两周，顺便见见你们，我也觉得很高兴。"

韦择易说着，将手上一直提着的那个袋子递给了严沁萱："萱萱阿姨，这是我带回来的糕点和特产，应该都是你和渊衫叔叔喜欢吃的。"

"你这孩子，这么客气做什么？"

严沁萱接过那个袋子，招呼他到沙发上坐："来，你坐一会，我马上去加两个菜，心心你快过来陪择易聊聊天。"

陈渊衫之前在外边的花园里浇水，这时刚从门口进来，就看到柯印戚一个人靠在玄关边上，浑身上下都写着"少爷很不爽"这五个大字。

"怎么了？"陈渊衫拍拍他的肩膀，往客厅里一看，压低声音道，"这是谁？"

"韦择易。"

陈渊衫一听这个名字，瞬间就想起来了："韦家那个喜欢哭哭啼啼的小男孩儿？"

"嗯。"柯印戚转过头看向他，"就是您年轻时候的情敌韦晔的儿子。"

陈渊衫一听"韦晔"这个名字，顿时漂亮的眉头也打起了结来："这小子怎么和他爸长得这么像？连谈吐的风格也很像……"

柯印戚没说话，冷冰冰的目光一眨不眨地落在正在沙发上和陈涵心说话的韦择易身上。

"看着就让人讨厌。"

陈渊衫把他的心里话说了出来，随后重重地拍了拍他的肩膀，"情敌的儿子还是情敌，他爸当年追不到你萱萱阿姨，他现在也追不到心心，叔叔挺你！"

—

穆熙侧头看了一眼车窗外那个得了便宜还卖乖、满脸揶揄的女人，过了半晌，他冷笑了一声："给你一分钟给我滚上车。"

她笑嘻嘻地冲他抛了一个媚眼，飞快地走到了副驾驶座边上，一气呵成地拉开车门上车。

刚关上门，她连安全带都没系好，这人就直接踩了油门往前蹿。

郑韵之赶紧把安全带插好，转过头看到他那张一脸阴郁的脸，语重心长地对他说："穆少董，听我一言，你已经不年轻了，别那么气盛，行驶在路上要注意安全，慢点儿开，明白吗？"

"明白个屁。"

过了几秒，他都忍不住爆了粗口，似乎是忍了一整晚实在是忍不住了，语气又冷又硬地说："郑韵之，我警告你，你不许跟那个金毛见面。"

她一脸惊讶："为什么？"

他开着车，连看都不看她一眼："没有为什么。"

"你疯了吧？"

她抱着手臂，似乎觉得他非常不可理喻："穆熙，你真把自己当柯印戚玩儿角色扮演呢？这个不许那个不许的，我又不是你养的宠物，我想干什么就干什么，想跟谁见面就跟谁见面，你根本就管不着我。"

他咬了咬牙，沉默了几秒，冷声道："你这样没有距离感地和他相处，万一出了什么事你自己担得起？"

她瞪大了眼睛："和Louis相处怎么可能会出事？你是在开玩笑吗？"

似乎是觉得还不够解气，她蹙着眉头补充道："穆熙，你可别搞错了，我在离开这里之前就已经认识了Louis，他是我的朋友，更是我的贵人。没有他，我根本就不可能去巴黎实现自己从小到大的梦想，也不可能在自己向往的T台上走那么多场秀。是他帮我介绍了那边的时尚界大咖，是他帮我牵线搭桥，是他在我人生地不熟的巴黎帮我安排住处、帮我奔走忙碌，他是个热心又温柔的人，我非常地珍惜他这个朋友。"

"热心又温柔的朋友。"

他听完，格外咬重了最后两个字："郑韵之，你是真傻还是装傻？你确定你的发音正确，是朋而不是炮？"

郑韵之气也上来了："你别玷污我和他的友情，你以为谁都像你那么龌龊？"

他因为愤怒，嘴角越发地往下弯："他是朋友、是贵人，我做多少都只是为了得到你的人，是，我龌龊，他可真高尚。"

车子很快就因为红灯停在了Live大楼附近的一个十字路口，郑韵之自己抬手按了车子的开锁键，打开车门就跳了下去。

她走前把车门甩得震天响，仿佛一记响亮的耳光拍在他的脸上。

穆熙看着她婀娜的背影往Live大楼而去，脸色铁青又焦躁地抬手抓了抓自己的头发。

—

进了Live大楼，她向一楼前台的小姑娘报了一下自己的身份。很快，就有一个穿着西装、长着娃娃脸的男人从电梯里出来，一路小跑向她。

"您好，让您久等了。"

那人的态度非常诚恳热情，甚至称得上是有些殷勤了："老板……不，郑总监。"

她笑了笑："是我。"

"很高兴见到您。"男人朝她伸出了手，"我叫耿义，是穆少董的执行秘书。"

"耿秘书你好。"她伸出手握了握耿义的手，"我们以前是不是见过呀？"

"是，您居然还记得呀。"

耿义激动地连连点头："有一次您来公司找少董，少董让我出去排队给你买网红奶茶……还有一次您和少董出去旅行，到了机场您突然说您要吃棉花糖和牛肉干，机场里正好没有，少董让我买了给您送过去的……"

郑韵之听完自己以前干出的那些丰功伟绩，有些不好意思地冲他点了点头："抱歉啊耿秘书，总感觉以前给你添了很多麻烦，真的辛苦你了……"

"不碍事不碍事，我一直都觉得您很真性情，很欣赏您呢。"

耿义连连摆手，将她引到了电梯边上："您的事，就是少董的事情，少董的事情就是我的事情。"

她听到这话，一时没吭声。

等到了28楼，她出了电梯，低声问道："耿秘书，我记得，穆熙……穆少董的办公室是不是就是在28楼？"

"是的。"

耿义说："您记性真好，少董的办公室就是在这一层，然后您的办公室也在这儿。"

她一听这话就感觉大事不妙："我的办公室也在这一层？28楼不是只有他和几个核心业务高管的办公室吗？"

"少董说时尚部是接下来Live的发展重心之一，所以您的办公室理应也和他处在同一层。"

这一听就知道是瞎扯的鬼话。

她僵硬地扯了扯嘴角："那我的时尚部成员呢？如果我和他们不在一个楼层，沟通起来很不方便啊。"

"您放心，他们也在这一层，就在您办公室前面的那一块区域，是少董之前特意让他们搬到这一层来的。"

她别过头去很轻地骂了声，过了半晌，转过头虚伪一笑："看来穆少董很重视我这个部门啊，我不好好干可真不行。"

"没关系的，以老板娘……不，以郑总监您的能力，我相信时尚部在您的带领下一定会璀璨生辉的。"耿义为自己的第二次嘴瓢偷偷捏了一把汗，"来，您这边请，我带您过去，办公室都已经给您布置好了。"

郑韵之听得一时之间心里有点儿酸胀，又有点儿说不出来地想笑。

"耿秘书。"走了几步，她忽然抬手拍了拍耿义的肩膀，"问你个事儿啊。"

"您说。"

"你老板到底有多少个老板娘啊？"

耿义听到这话，差点一脚踩空摔到地上："什么？多少个老板娘？？"

"啊。"

"当然就只有一个！"

耿义缓了缓呼吸，扫了眼这块区域现下四处无人，完全忘记了自己应该死守老板的秘密："老板说过，Live永远都只有一个老板娘，就是郑总监您！"

第九章 ◎ 酒香

郑韵之看着耿义大喘气的表情，勾起嘴角笑道："耿秘书，做人得诚实，不能因为他是你的老板，就信口开河满口谎话噢。"

"我不是，我真没有！"

耿义急得满头大汗，拼命向她辩解："您离开之后这三年里，老板从来没有跟任何一个女孩子交往甚密过，也没有和任何一个女孩子出去约会旅行过。那些偶尔被拍到的派对和聚餐照片全都只是为了造Live的势而已，老板根本就没有把那些人放在心上过。"

郑韵之："虽然你是他的贴身秘书，知道他所有的行程，但是他的私人行程未必每项都会告诉你吧？"

"老板这三年里根本就没有私人行程。"耿义斩钉截铁地说，"就算有一些应酬那也都是在逢场作戏，郑总监，如果您想听我说句实话，那就是您走了之后，老板这三年根本过得一点都不好。"

听到这话，她的喉头一下子就有点儿发紧。

耿秘书这句话，和当时丹姨说的，几乎是同一个意思。

为了掩盖她的情绪，她试图轻飘飘地转了个话题："耿秘书，你确定他没有过私人行程？在这三年期间没有去过其他国家？比如法国？"

她的眼神很锐利，盯得耿义的目光下意识地就开始闪躲起来。正当耿义有些不知所措不知道该怎么回答的时候，有一道低沉的声音从他们的身后响了起来。

"郑韵之，你骚扰我秘书干什么？"

郑韵之和耿义一起回过头，就看见穆熙没什么表情地站在他们俩的身后，似乎是刚从电梯里出来。

一看到他，耿义就像是看到了从天而降的救星，几乎是瞬间从原地跳起来，一溜烟地逃到穆熙的身后去了。

她冲他摊了摊手："我可没有骚扰他，我只是在和耿秘书友好地探讨一些问题而已。"

"有什么问题你和我探讨就行了。"穆熙这时冲耿义点点头，示意耿义可以先离开了。

耿义溜得比老鼠还快，一眨眼就消失了。

办公区域里的人看到大老板出现，都忍不住探头探脑地开始张望，郑韵之不想太高调引起别人的注意，这时也没搭理穆熙，一个人转身就朝前走去。

三年前她来过这里几回，所以凭着记忆很快就找到了方向，没一会，她就看到了一间偌大的布满落地窗的办公室，上面挂着块门牌写着他的名字。

而在他办公室隔壁那间，竟然挂着写有她名字的门牌。

她本来听耿义说自己的办公室和他的在同一层楼就已经很烦躁了，现在却发现不仅是在同一层，还是两间紧挨着的，这到底是来上班还是来坐牢的？

站在原地瞪着那个名牌几秒，她还是咬着牙，照着耿义之前在楼下给她的那张写着门锁密码的小纸条输入了密码，推门进去。

这间办公室的格局和他的办公室很像，都有一排落地窗户，可以看到这座城市繁华的风景，连远处的江水和高塔都可以一览无遗。

她这时收回视线，去看房间里的布置，却发现在装修风格高级简洁的办公室里，竟然放着一台咖啡机和一台烤三明治机，茶几上甚至还放着棉花糖、牛肉干、蛋黄酥等一堆她最爱吃的零嘴，充满着浓郁的生活气息。

这是在养猪呢？

郑韵之看了一会，一抬头，发现雪白的墙壁上还挂着一幅画。

那幅画竟然是她三年前随口提过一嘴，自己最喜欢的近代画家画的一幅山水画，当时在市面上怎么找也找不到，也不知道他到底是花了多少力气才收到这幅画的。

“咳。”

她看得入神，心口有些发软，垂在身旁的手指轻轻地颤了颤，就听到身后传来了一声低咳，她回过头，发现门口站着穆熙还有几个陌生人。

他神色淡淡地向她介绍：“这是你的时尚部团队。”

几个穿着时髦的年轻男女都笑眯眯地冲她挥手：“郑总监好。”

她赶紧把刚刚脸庞上流露出来的柔软酸涩给收了回去，换上了平日里明艳张扬的笑朝他们走过去：“你们好。”

这几个人一看就都是人精，个个聪明又活络，郑韵之看着觉得都很顺眼，几个人围在她办公室门口自我介绍了一番，然后说等下午开团队会议的时候再详聊，都作鸟兽散去了。

郑韵之看着几个年轻男女回到了她办公室正前方不远处的座位上，便抱着手臂低声问身边的男人：“这几个人都是谁招的？人事？”

“你猜。”他淡淡地说着，自顾自地进了她的办公室，在她办公室里的大沙发上坐了下来。

她靠在门边上，眯了眯眼：“穆少董，您是不是走错办公室了？”

他交叠着双腿，头也不回：“关门。”

她努力忍了忍，默念着自己不能在上班的第一天就对新老板大打出手，没好气地把门给合上了。

“这几个人都是我帮你招的。”他靠在沙发上，看着她道，“之前让人事去选了一批时尚行业的精英过来，我自己筛选面试后留下了这几个，还有几个空缺职位专业性比较强，我想留着你之后自己慢慢招你喜欢的。"

郑韵之确实没有想到过他这个只管公司战略层面事务的大老板竟然会亲自帮她招她部门的人，他应该是担心她如果孤身前来，手下连一个能帮助辅佐她的人都没有、全部靠她自己招人会很累，才会事先以对她的了解，帮她招几个得力又聪明的手下可以在她整合团队的初期帮帮她。

从这个雏形时尚团队，再到精心布置过的办公室，还有耿义说的那一番话，让她刚刚在车上被他搞得一肚子的火，悄悄渐渐地消退了下去。

她抱着手臂在沙发旁边默不作声地看了他一会，然后目光朝上瞟了一下。

他们的办公室都是半透明的，外面的人可以从透明的玻璃外看到里面的一部分，另外一部分则是被实木遮挡的完全看不到。

而他坐着的这个位置，恰好被实木遮挡了一半。

"喂。"

她忽然叫了他一声。

穆熙抬起头，就看到面前的女人冲着他勾魂一笑，然后她伸出手用力一扯他脖子上的领带，直接把他整个人往右边扯去。

实木遮挡的部分正好可以完全掩盖住他们俩的脸庞，她弯下腰，在他的嘴唇上飞快地落下了一吻，然后立刻松开了他的领带。

"好了，你可以滚了。"

她撩完就跑，穆熙坐在沙发上，好气又好笑看着她走回到自己的办公桌前。

—

陈家。

今晚的餐桌上突然多了一个韦择易，和平时的气氛自然会有一些不同。

韦择易和柯印戚完全是两类人，如果说柯印戚是冰的话，那他就是暖风，是那种嘴上比较讨巧的类型，善于交谈，说话风趣幽默但又不腻味，尤其对女性的胃口。

一整顿饭下来，严沁萱和陈涵心都跟他聊得很高兴，而柯印戚几乎没怎么动过筷子，全程只是默默地在给陈涵心夹菜，然后一直冷眼旁观地听着韦择易在那儿自由发挥。

"择易。"

饭毕，严沁萱热情地对他说："你这两周每天都过来一起吃晚饭吧，我在家下厨，咱们能多聊聊天，不然你之后回去了，又是好几年见不到了。"

柯印戚刚想出声，就看到身边的陈渊衫先出手了："老婆，你这是在打乱择易的节奏，人家游学肯定得和同学老师统一行动。今天第一天能翘活动过来一起吃已经很好了，你还让他天天来，这也太强人所难了吧？"

柯印戚的嘴角微微一勾，在桌子底下，悄悄地给陈渊衫竖起了一根大拇指。

真是让人泪眼婆娑——本来应该把他腿打断的未来岳父大人却在关键时刻屡屡出手相助，对比他那个只会让他翻车和擦屁股的无良亲爹，简直是天地之别！

韦择易笑了笑："渊衫叔叔，天天来可能稍微有点困难，但隔一天来一次，老师应该也不会说什么，就是叨扰你们了。"

陈涵心这时看了一眼陈渊衫，轻飘飘地说："爸，我们家谁做主？"

陈渊衫一秒沉默。

"就是，听我的。"严沁萱笑着说："客气什么，都是自己人，择易你来，阿姨开心还来不及呢！"

你还知道叨扰别人？我看你的脸皮比城墙还厚。

柯印戚不能当着严沁萱的面拂韦择易的面子，只能在心中暗自咒骂道。

晚饭后，韦择易再坐了一会终于准备离开，柯印戚一看到他走，脸上的表情立刻以肉眼可见的速度舒展开来，却没想到走前，他好像忽然想起了什么，转过头看着陈涵心："心心，你下午在图书馆说的要请我吃大餐还算数吗？"

陈涵心一怔，继而道："算数，你给我买了那么贵重的礼物，我请客是应该的。"

他彬彬有礼地说："我刚看了下我的行程表，我明天中午到下午有一段自由活动的时间，要不咱俩一起吃个午饭，然后你带我逛逛S市？好久没回来，我对这地儿都完全生疏了。"

柯印戚刚想出声制止，就看到韦择易看向他，微微一笑："印戚周末应该还要去公司专心打理柯氏的事儿吧？你这么忙，我就不占用你宝贵的时间让你当地陪了。"

他抿了抿漂亮的唇，立刻冷冰冰地回："我在哪里都可以处理柯氏的事，心心和你两个人在外头逛，我不放心。"

他的这句"不放心"绝对是句双关语，一是不放心陈涵心的安全，二是不放心韦择易这个人。

下一秒，他便转向了陈涵心："我陪你们一起去。"

谁知道，她盯着他看了几秒，忽然笑眯眯地说："没事的，你忙你的，我陪着小委屈就行，反正逛一圈很快就回来的。你别对我这么不放心嘛，我都二十多的人了，还是很靠谱的好不好？"

她语气软糯糯的，让他一下子就说不出很强硬的话来，韦择易见状不动声色地勾了勾嘴角，与他们道别离开。

韦择易一走，柯印戚立刻就把她往楼上拉。

等进了她的卧室，他往沙发上一坐，拍了拍自己的腿，对她轻抬了一记下巴："过来。"

她乖乖巧巧地走到他身边，坐到了他的大腿上。

"心心。"他尽量让自己的语气听起来没有那么冷，"你是个有男朋友的人，是不是？"

她点了下头。

"那你说，你和一个不是你男朋友的男人单独出去吃饭逛街，还不带上你男朋友，这样做合理吗？"

陈涵心想了想："可是，小委屈不是别的陌生男人，他是我们俩的发小呀，我们从小一起长大的。"

"这都过了多少年了，你了解现在的他吗？你怎么知道他有没有发生变化？万一他有对你图谋不轨的心呢？"他不徐不缓地说，"你们俩单独出去，万一他忽然对你做了什么，我都没办法保护你，就像上次在夜店一样，那该怎么办？"

她摆了摆手："小委屈和那些渣滓才不一样呢，他是个很端正的人，我看得出来。而且，他为啥要对我图谋不轨？他不是知道我们两个已经在一起了吗？"

"你忘记他小时候整天追在你屁股后边，然后说让你长大以后嫁给他吗？"他轻轻地捏了捏她的脸颊，"你这么可爱，万一他现在还是喜欢你，想把你从我身边抢走呢？"

陈涵心眨了眨忽闪忽闪的大眼睛，忽然道："你是不是吃醋了？"

柯印戚哽了一下。

如果现在不承认他吃醋，那么他这些对韦择易莫名而来的敌意就无法进行合理的解释；如果现在承认他吃醋了，那岂不是很没面子？堂堂柯大少爷竟然会像小女生一样横吃飞醋？说出去不给人笑掉大牙吗？

过了几秒，他选择扯开这个话题，回归强硬模式："听我一句，明天别和他出去。"

她倒也没有像往常那样立刻和他顶起来，只是歪了歪头："我不想这样。"

"我们之前吵架，就是因为我对自己缺乏信心，不擅长处理事情，现在我想相信自己也相信你，你不会和其他女孩子有什么瓜葛，我也不会和其他男孩子有越轨的行为。印戚，虽然我会一直依赖你，但我也希望自己可以渐渐变得独当一面起来，当你不在我身边的时候，可以自己去处理各种事务和人际关系，那样才能更好地站在你身边呀。"

"而且你不是明天要去处理柯氏的事务吗？我不想你因为我耽误事情噢，所以我觉得我可以自己陪小委屈，毕竟他送了我礼物，按照礼数，我也应该答谢他。"

小姑娘说得特别合情合理，通篇下来竟然让他找不到一个漏洞进行反击。

他张了张嘴，第一次在面对自家小公主的时候，竟感到了一丝束手无策。

最后，她笑眯眯地说："我会好好加油的，毕竟你和爸爸都希望我快点长大呢。"

柯大少爷在这一刻，突然觉得自己和老丈人都搬起石头砸了自己的脚。

陈涵心见他看着自己说不出反驳的话来，大眼睛骨碌碌地转了一圈，然后亲了一下他的脸颊，从他的大腿上跳下来："我去洗澡啦！"

柯印戚动了动唇，想要说句什么，就看到她嘴里愉快地哼着小曲儿，从衣柜里拿了替换衣服出来，悠哉悠哉地去浴室洗澡去了。

他突然觉得特别郁闷。

他郁闷的是，她说的话里竟然没有一句是错的，她确实是以一个理性的成年人的角度去思考和处理问题的，也表达了对自己以及对他充分的信任，讲道理，他也应该相信她，可以处理好和韦择易之间的关系，就像她和俞奕伦那样只是纯洁的朋友之情而已。

可是，他却忽然觉得，他宁愿她回到以前那副蛮不讲理的骄纵模样。

那样的她总是会下意识地就依赖依附于自己，如果真拗不过他就和他闹，闹完又和他继续耍赖皮，虽然不成熟，但他却能感觉到她对自己深深的需要。

如果某一天，她成长到足够可以独当一面的程度，再也不需要他了，他该怎么办？

想到这一点，他忽然觉得整个人都不好了。

柯大少爷坐在沙发上，再一次对自己的人生产生了怀疑。

第二天中午，他眼睁睁地看着她穿得漂漂亮亮地上车离开家里。

柯印戚站在自己家的窗台边想了几秒，最终还是抓上车钥匙，破门而出。

他的金牌队友陈渊衫也给他发来了消息，留了个法式餐厅的名字给他，说陈涵心和韦择易中午会在那里吃午饭。

他一边心道真是亲爹不如岳父，一边飞快地把车往餐厅的方向开。

等他到了餐厅对面的停车场，就看到韦择易在楼下大门口等着陈涵心，两人相视一笑，一同上楼去了。

虽然他非常想进去看看韦择易有没有什么图谋不轨的把戏，但跟进餐厅坐在他们后桌这种事，实在有点儿太掉身份了，柯大少爷咬着牙守着自己最后的那丝倔强，默默地留在了车里盯梢。

他人没去柯氏办公室，但该处理的事情在哪儿都得处理好，柯印戚戴上蓝牙耳机，和几个心腹下属开始开电话会议商讨事务，之前柯轻滕提到过的那家老是喜欢和柯氏作对的公司Pansen最近在S市的动作愈加大了，他前两天抽空去和对方的主理人见了一面，那个名叫潘昇的男人一脸精明狡诈，说话虚伪与蛇，他看着就生厌。

他心情本来就不好，布置出来的行动计划几乎是怎么狠怎么来："他要是想垄断市场，那就让他尝尝什么叫作真正的垄断。"

对面的下属沉默片刻，低声道："少爷，真要做得那么绝吗？万一Pansen一怒之下搞什么脏手段报复您该怎么办？您也知道，我们一直都怀疑Pansen和之前搞我们北美那家厂的人有勾结，那也就意味着他们可能和Ghost的余党也有联系，现在内奸还没有找到，我们在S市的人手又不够，怕出了事保护不好您。"

他的目光落在餐厅的大门口，冷声道："我会怕他？"

下属们本来就看到他有点儿发怵，一听这话，谁都不敢吱声了。

"我倒想看看他能在这儿给我捣鼓出什么脏手段来，就按照我说的做。"

等这个电话会议开完，已经过去了一个多小时，陈涵心他们还没有从里面出来，他蹙着眉头，手指轻轻地敲打着方向盘思虑片刻，拿出手机，拨出了一串很长的号码。

电话的等待声响了一会，被接通了，但是电话那头却传来了一个奇怪的机械电子女声，他纹丝不动，镇定地说出了一串流利的英语："Hide your face, so the world will never find you."

这句话音落下后，机械电子女声消失了，随后又开始传来了电话的嘟嘟等待声。

又过了一会，才有一道慵懒的男声在电话那头响起来："柯印戚，英国现在还是清晨，你能不能别扰人清梦？"

"孟方言。"他捏着手机，语气冷淡，"我需要你帮我一个忙。"

那头的孟方言冷笑了一声："柯大少爷，你真当Shadow也是你家产业呢，不把你扣进地牢就不错了，难不成我还是你保镖？"

"我不会雇你这样的保镖。"

"要我帮忙还这么趾高气扬，挂了。"

他冷冰冰地扔了一个单词："Ghost."

孟方言在那头沉默了几秒："我为什么要帮你？我有什么好处？"

他抬了抬眼皮，反问道："互利共赢的事，战神会不做吗？"

—

陈涵心和韦择易吃了一顿愉快的午餐，期间，韦择易处处都很照顾她，无论是餐桌礼仪还是用餐细节，几乎都是面面俱到。

等服务生开始上甜点的时候，她握着叉子，忍不住调侃他道："小委屈，你在国外应该很受欢迎吧？就你这种性子，不说女朋友，估计追求者绝对有一大堆。"

韦择易风度翩翩地笑："倒也没有一大堆那么夸张。"

"倒是你，心心。"他这时话锋一转，"这么多年下来，一定有很多男孩子追你吧？我记得咱们在幼儿园的那会儿，哪个班级的小男孩都喜欢和你一起玩儿。"

她耸了耸肩："有人追有个毛用，近我身十米之内就会被柯印戚直接吓跑。"

韦择易笑了一声，"他真是一点儿都没变，从幼儿园到现在都是同一个作风。"

他喝了口咖啡，转而又问道："心心，就印戚这种脾气和性子，你真的能受得住吗？"

"他确实非常爱你，但是他的掌控欲和占有欲都这么强，总喜欢让你什么都按照他的想法走，谁靠近你他都不高兴，长久下来，你不会觉得自己喘不过气、甚至好像失去自由一样吗？"

她愣了一下，勾了勾嘴角："我确实一度为他这个毛病非常抓狂。"

韦择易微微颔首，他单手支着下巴，这时忽然冲着她咧开了一抹奇怪的笑："心心，你有想过要治治他吗？"

"他总是这么高高在上，总是这么胜券在握，总是这么骄傲，每一次都只有你一个人情绪上下起伏，而他在旁边还是那么镇定冷静、不慌不忙，你难道就不想挫挫他的锐气？看到他冰冷的脸孔裂开来的时候？"

陈涵心放下了手里的叉子，轻轻地眯了眯眼。

这一天，Live公司的茶水间都在广为流传着一则八卦新闻。

从来都喜形不于色的穆少董，今天一天的心情竟然罕见地能让人品出来的好。

具体表现为但并不仅限于——平时找他批复的文件至少要被他退回去三次，今天竟然全都一次就给批过了；开会的时候本来他经常开得不给人饭吃，今天竟然开了半个小时就提前结束了；平时有高管犯错至少得站着被他毒舌奚落一个小时，今天犯了错他竟然眼皮也不抬一下就挥挥手让人走了。

据知情人士透露，大老板心情出奇地好可能是因为今天刚来的时尚部新头头大美人儿郑总监。因为单单就这一个早上，大老板至少进过郑总监的办公室八次，最后一次，是被郑总监用脚轰出来的。

下午开高层例会的时候，有个不长眼的刚出国度假回来的高管大概是想和大老板套套近乎、联络一下感情，开会前冲着坐在首席的穆熙说："呀，老板，您的下巴上怎么多了圈牙印啊？"

郑韵之进来得晚，故意找了个离穆熙最远的位置坐了下来，祈祷他至少这一整个会议可以赐她一个清静，她一整个上午的工作效率都因为这个老是冲进她办公室骚扰她的垃圾上司变得极低。

谁知道，她屁股才刚刚着到椅子，就听到了这句问话。

她的寒毛瞬间倒竖，立刻打开了自己的笔记本电脑，把脑袋深埋进了电脑屏幕的后面。

会议室里其他深知自己老板秉性的Live高层都像没听到那个傻子高管的问话一样，眼观鼻鼻观心地继续低头看自己手里的文件。

最前面的穆熙把坐在桌子最尾端的人的一切行动都尽收眼底，这时漫不经心地冲那个傻子高管淡淡地回道："家里养的猫咬的。"

家里养的猫："……"

傻子高管并不知道不喜宠物的大老板啥时候心血来潮在家里养了只猫，这时"哦"了一声，又说："可是老板，我看着这猫的牙印怎么和人的牙印长那么像呢？"

穆熙："我家的猫比较拟人化。"

人化猫："……"

傻子高管不疑有他地点了点头，在椅子上落了座，其他高层想着求你可别再说话了的时候，他竟然又语重心长地对穆熙说："老板，您家的这只猫这么看着有点儿凶啊，怎么还咬人呢？您那么尊贵，要不还是别养了，把这猫送人吧，免得您老是被咬伤。"

其他Live高层："……"

你难道不知道我们老板就是这么重口味的吗！他就喜欢被咬！

穆熙支着下巴靠在座位扶手上，目光落在不远处某人毛茸茸的头顶上，勾了勾嘴角："确实挺凶的，冲着哪里都敢下嘴咬，还喜欢挠人，不过我就喜欢这么凶的，舍不得把她送人。"

郑韵之实在是听不下去了，她把自己通红的脸转到了左边，咬牙切齿地低声咒骂了句。

谁知道这居然还没完。

那个臭不要脸的说完这段话后，竟然故意把身体向前倾了一下，低声叫道："郑总监。"

众目睽睽之下，她只能把自己的脸从电脑后面探出来，假笑着说："老板，我在。"

"你今天第一天来Live，为了欢迎你的加入，我代表所有高层送你一份礼物，虽然不是那么贵重，但重在表达心意。"他含着笑意的目光轻轻地落在她的脸上："等过会会议结束，我就让耿秘书带人到你的办公室去给你装上。"

她直觉有点儿不对劲："装什么？"

"装一张升降办公桌。"

他格外咬重了办公桌这三个字："对于办公族来说，升降办公桌有利于身体健康，在办公时可站可坐，十分灵活，我的办公桌也是升降桌，回头你来我办公室，我可以和你分享一下我的使用心得体会。"

她嘴里的脏字，差一点点就要喷涌而出。

可是当着这么多人的面，她只能咬着牙，颤抖着回了一句："谢谢老板。"

好不容易熬到了高层会议结束，几乎是穆熙一说"散会"的同一时刻，郑韵之便直接抱起了自己的笔记本电脑，拔腿就往会议室外冲。

回到自己的办公室前，她连人都没进办公室，直接拐了个弯去办公区域抓了自己时尚部的下属："走，赶紧的，咱们找间会议室开会去。"

因为她说话的时候眼神躲闪，还在不停地往身后瞄，组里一个名叫Kiko的美少女实在忍不住了，好奇地问道："之姐，你是赶时间吗？咱们不是说好四点才开的吗？"

"我赶。"她咬牙切齿地说，"有变态要来找我，我不想被他找到。"

Kiko和其他时尚部的人："……？"

在她的催促下，一圈人找到了一间空会议室提前开始开会，几个年轻人思路都很敏捷，想法又都很跳脱出框，郑韵之和成员们快乐地头脑风暴下来，竟然完全忘记了时间的流逝和被某位疯狂骚扰的烦恼。

会议的最后，她直接拍板定下了年轻人们提出的一个很新颖的点子——将Live新一季的时尚秀场演出的地点定在S市的一所大学校园里。

这个方案首先可以为Live营造出一种与众不同的噱头，跳脱出平时各大秀场活动只搭建在室内场馆、中心城区等地点的思维定式；其次，当代大学生对时尚有诸多不同的见解，还可以联合学校的学生，进行一波服装设计或者创新设计的预热宣传，为他们的秀造势；再者，他们还可以通过这次秀，吸引到一大批有才并具有时尚天赋的年轻人，从中选拔出顶尖的进入到Live的人才储备库，甚至为自己的团队选拔优秀的实习生或者成员。

这简直是一个一举两三得、使得Live名利双收的绝佳方案。

"之姐。"团队里一个名叫Shawn的小帅哥这时举了举手，"我有个问题，S市这么多所高校，那我们到底去哪一所学校举办这场秀会比较合适呢？

她勾了勾嘴角："F大。"

Shawn惊了："非要去全市最好的大学吗？他们学校能愿意让我们在高等学府里举办这种娱乐性活动吗？"

"能。"她自信地关上了投影仪，合上电脑，"F大一直旨在培养全方位发展的人才，不仅仅只是单单会学习而已。F大还拥有全S市所有高校中最大的校园占地面积，并且他们的人工湖前面有一块巨大的空地可以搭建我们的秀场，也能容纳足够多的观众人次，F大是我们最好的选择，至于说服校方……这件事就包在我身上吧，软的不行就用硬的，必须得让他们同意。"

所有时尚部的成员对视了一眼，整齐划一地冲她竖起了大拇指。

"之姐好牛！"

真不愧是敢把那么恐怖的大老板用脚从办公室里轰出来的女人，这行动做派简直就是个彻头彻尾的女流氓啊！

一

等郑韵之抱着电脑回到办公室，就看到自己的办公桌真的已经被替换成了某人赏赐给她的升降桌。

她站在原地沉默地看了一会，磨了磨后牙槽，就听到她旁边的那间办公室门被打开了。

始作俑者从里面悠闲地晃悠出来，靠在了她的办公室门口，抱着手臂看着她："郑总监看着觉得还满意吗？"

现在已经过了下班的点，办公区域的人基本都快走光了，她没再给他留情面，一字一句地说："穆熙，你是不是真的想死？"

她努力地对自己的神经系统进行了管理，才没有当场对他大打出手，她走进办公室里，把电脑放回到了办公桌上，准备理包走人。

穆熙跟着走进来，反手将她的办公室门合上了。

她一边收拾着自己的东西，一边头也不抬地说："你是想被我用脚踢出去第九次？拜托你给自己留点颜面行不行？我还想给你脸呢，你一个大老板，成天往女下属的办公室跑是什么意思？"

他信步走到她的办公桌前，两手撑在她的办公桌上："深入交流，体恤民情。"

郑韵之原本没想搭理他，理完包，忽然想到了什么，她眼睛骨碌碌地一转，抬手将手里的包扔在了桌子上，从办公桌后面走到了他的身边。

穆熙一看到她靠近自己，眉宇间就飞快地闪过了一丝悦色。

他们办公室前面的这块办公区域已经没有人了，她这时一手撑在自己的办公桌上，一只手大胆地架在他的肩膀上，将自己的脸庞完全凑近了他，红唇轻启："熙哥哥。"

她的呼吸几乎全都呵在了他的脸上，身上淡淡的清香也扑进了他的鼻息之间。

穆熙的喉结上下翻滚了一下，看着她闪着碎光的美眸，本能地感觉到她可能是想要耍什么花招，可是他在面对她时溃不成军的意志，还是让他没有能够一瞬间竖起足够高的警惕。

下一秒，她轻轻地靠在他的耳边说："我知道你对我最好了。"

他听得胸腔瞬间起伏不定，呼吸也渐渐变得急促了起来。

她还没有消停，这时竟然伸出了一只纤细的手，轻轻地解开了他衬衣的第一颗和第二颗纽扣。

"Live下一季的秀我想放在F大举办……"她亲了亲他的脸颊，"你能帮我去找柯印戚吗……"

他咬着牙，一时没有出声，只感觉到自己浑身上下的每一根神经都在被挑战着。

"他太凶了，我每次跟他沟通起来都好困难，我也会自己去找心心说这个事儿的。不过，你能帮我再跟他谈一下吗……"她冲着他的耳朵吐了一口气，手指流连在他的胸膛上，"好不好嘛……"

穆熙的额头上已经开始泛出丝丝的薄汗，他就知道这个女人只要每次主动勾引他就一定没好事儿。可是，就算已经吃亏上当过这么多次了，他还是没有办法在这个节骨眼上对她说"不"。

顷刻后，他终于抬手抽出了她在自己衬衣里作怪的手，然后将她整个人都搂到了自己的身前来。

狭小的空间里，他将她紧紧地压在办公桌前，一眨不眨地盯着她的眼睛："我要是答应了帮你，你准备怎么回报我，嗯？"

—

柯印戚挂下和孟方言的电话之后，总算是看到陈涵心和韦择易从餐厅里出来了。

有什么内容可以聊整整两个小时的？黄花菜都被你们聊完了好吗？

他本来就不好看的脸色此时变得更臭了，这时放下手机，立刻以一个不远不近的距离跟在了他们两个的后面。

从法国餐厅离开后，陈涵心带着韦择易去到了S市著名的欧式地标群。日光下，他们俩并肩步行在地标的沿途，周围经过的行人都会不经意地回过头看他们两个。

柯印戚把车开得很慢，因为他开着车窗，还能够听到路边人的谈话声。一对年轻的小情侣经过时，他听到女孩子很兴奋地在对自己的男朋友说："刚刚那对情侣真的好登对啊！男帅女美，简直了！是不是明星啊！"

一句简单的评语，让柯大少爷原本就冰天雪地的心情一瞬间更是雪上加霜。

登对个屁。

他在心中小声咒骂道，明明就是一个心怀不轨的小人想要垂涎他家宝贝的鬼故事罢了。

逛完了欧式地标建筑群，陈涵心又继续带着韦择易去了附近的一片充满着文艺气息的弄堂集市，这块儿地方比较狭小，不能容纳车子开进去。集市里人潮攒动，陈涵心他们进去之后立刻已经不知所踪。

他目光轻闪地看着弄堂集市的入口，在内心挣扎了片刻，最终决定要调头离开。

就在这时，他忽然听到有人轻轻敲了敲他副驾驶座的车窗玻璃。

柯印戚回过头，竟然看到了韦择易的脸。

顿了两秒，他冷着脸将车窗玻璃摇了下来。

"柯大少爷。"韦择易微微弯下腰，在车外平视着他的眼睛，"您默默无闻地为我们保驾护航真是辛苦了。"

他面无表情地看着韦择易，半晌，动了动唇："心心呢？"

"去上洗手间了。"韦择易不慌不忙地说，"你要不在这儿等等，她出来以后你正好还可以和她打个照面。"

他几乎是想都没想："不用了，我回去了。"

"跟都跟来了，还会怕被她看见吗？"韦择易勾了勾嘴角，"柯印戚，我做梦都没有想到过有一天你会为了爱情变成这个样子，偷偷摸摸地在自己喜欢的人后面玩跟踪——这怎么可能是永远用鼻孔看人的柯大少爷会做出来的事情？我可真算是活久见了。"

柯印戚冷冰冰地看着他："你说完了吗？"

韦择易能够感觉得出来此时车里的人心情可谓是已经差到不能再差，他顿了一下，冲柯印戚笑了笑："欲速则不达，你有时候太想得到某样东西，却会更容易失去。"

"我不需要得到。"柯印戚薄唇轻启，"那已经是我的了。"

"是吗？"

韦择易的手指有节奏地轻轻敲着车窗边缘，"你怎么知道已经到手的东西……不会又跑了呢？"

他一瞬间眯起了眼。

韦择易却并没有畏惧于柯印戚身上迸发出来的煞气，相反，他反而显得更为兴致勃勃了。

"柯印戚。"他盯着柯印戚的眼睛，一字一句地说，"小时候我输给过你一次，你觉得长大之后，我还会再输给你第二次吗？"

"心心她值得选择一个最好的、最适合她的另一半，比起一个整天只会想着去束缚她、左右她、占有她、拉住她不愿意让她向前跑的男人，她为什么不去选择一个可以让她自由自在地做任何自己想做的事情、走向任何她想去的地方的男人呢？"

韦择易说完这段话之后，就直起身子离开了。

柯印戚目光晦暗不明地看着他缓步走向了不远处等在集市小店门口的陈涵心，两人相视一笑，她脸上的笑容看起来既真实又轻松。

不知过了多久，他收回视线，发动了车子。

一

陈涵心下午陪韦择易逛完后，让司机把韦择易送回了F大，自己则顺便去找了一下导师。

等她回到家的时候，差不多已经是晚上七点了，她进了家门，随口问了一句严沁萱："妈，印戚来了吗？"

"还没有呢。"严沁萱从厨房里应了声，"你去隔壁叫他过来吧，我这儿都快好了。"

她点点头，放下包刚想出门，却被在沙发上看电视的陈渊衫给叫住了。

"心心。"陈渊衫转过头看着她，"你今天都陪了别的男人一天了，等会记得好好哄哄印戚啊！人家毕竟是你男朋友，你可别顾此失彼，还有韦家那个臭小子，他有没有对你有什么不轨？"

她听完这段果断翻了个白眼："爸，你这是在戴有色眼镜看人，有偏见。"

陈渊衫耸了耸肩："爸爸哪里有偏见了？"

陈涵心用鼻孔哼了一声："你就是不爽小委屈是你情敌的儿子呗，谁叫以前韦晔叔叔这么喜欢妈妈，你这醋味儿我隔着三十米都能闻到好吗？"

陈渊衫老脸一红，冲她摆了摆手："赶紧去找印戚吧。"

她摇了摇头，出门去到了隔壁，本来想要伸手按一下门铃，却发现大门竟然是虚掩着的。

陈涵心一愣，伸手推了门进去。

"柯印戚？"

屋子里没有开灯，黑漆漆的一片，她走进屋子，想要伸手去摸墙壁上的灯开关，下一秒，却被一股力量一下子控住了。

她一声尖叫哽在嘴边，就感觉到自己被人压到了墙上，一股熟悉的气息扑面而来，还夹杂着一丝淡淡的酒香气。

黑暗中，她看到了柯印戚那双漂亮的眸子，此时此刻竟灼得有几分吓人。

他紧压着她的身体也是滚烫的，让她止不住地开始发颤。

不知过了多久，他终于哑着嗓子说："你回来了。"

黑暗中，陈涵心被他扣在怀中，整个人都有点儿不知所措。

她张了张嘴："嗯，我回来了。你干吗不开灯呀？黑漆漆的一片不难受吗？"

他没说话，她只能听到耳边他略有些急促的呼吸声。

他这样不同寻常的举动，导致她的心底里略有一丝惴惴不安，所以她这时伸出手，轻轻地触碰上了他的脸颊："你到底怎么了呀？为什么突然就自己一个人在家喝酒了？"

柯印戚轻轻地用脸颊蹭了蹭她略带了一丝凉意的手掌，过了一会，才低声开口说："没什么，就是突然想喝了。"

她眨了眨眼睛，乖乖巧巧地问："好喝吗？"

"好喝，是上次司空送给我的。"他这时将脸颊更凑近了她一些，几乎是贴着她的嘴唇在说话，"宝贝儿也尝一尝，好不好？"

她还没有来得及说"不好"，下一秒就直接被他给吻住了。

他的口腔里除了往日里她熟悉的清冽气息之外，全都是陌生的酒味儿，他的舌尖上甚至还残留着一丝淡淡的酒渍，他和她接吻的时候，所有的酒气都慢慢地顺着他们的唇齿相依渡进了她的嘴里。

陈涵心第一次感受到什么叫作接了个吻把自己给接醉了。

这是一个很重又充斥着很浓郁情感的吻，但是却和平日里那种带着他压倒性的占有欲的感觉不那么一样。

柯印戚的手轻轻地摩挲着她的腰际，他滚烫的身体和自己贴得那么近，她也能清清楚楚地感觉到他的情动。

虽然严沁萱还在等着他们回去吃饭，可是她也不知道这个吻到底能不能轻易地落下帷幕。

可意外的是，最终，他竟然什么都没有做。

到了最后，他轻轻地撤离开了她的嘴唇，还垂下眸子，小心又认真地帮她把衣服上的褶皱轻轻地给抚平整理好。

做完这些，他后退了一步，低声问："和韦择易逛得开心吗？"

她想了想："不错吧，还挺开心的。"

他沉默了一秒，回了一个字："好。"

"走吧。"然后，他理了理自己略有些皱起来的衣襟，牵住了她的手，"萱萱阿姨他们该等急了。"

走出屋子，眼前的视线终于又重新变得明亮了起来，她回头看着他关上门，俊逸的侧脸上如同往常一样没有什么表情，透着一股子生人勿近的冷气。

可是不知道为什么，她总觉得今天的他和平时好像不太一样。

一

陈家。

到陈涵心家里吃晚饭的时候，柯印戚没有表现出什么异常，虽然大多数时候还是都冷冷的话不多，但在饭桌上该和严沁萱以及陈渊衫聊天就聊天，该笑时也会笑。

饭后，他像平时那样陪着陈涵心出去散步消食。一路上，他牵着她的手走在小区幽静的花园小道上，沉默地听着她说话，时不时不动声色地帮她把外套拢得更紧一点。

转过了一个小亭子，她想了想，告诉他道："之之刚刚说她明天要找我出去商量一件很重要的事情，顺便要帮我提前庆生，小飞侠也一起。"

他没有像往常那样一听到郑韵之这个名字就立刻皱眉表示不满，或者干脆阻止她不让她去和郑韵之玩儿，他听完沉吟片刻，对她说："好，在哪儿？要我送你过去吗？"

陈涵心见到他这个反应，先是愣了一下，然后有些迟疑地说："你……你不反对我去找之之吗？"

他目光平静地望着她："你想我反对吗？"

她立刻摆手："当然不想！"

她只是实在是很好奇，为什么他今天会这么好说话。

要是放在平时，他早就已经言辞严厉地和她争执起来，她压根都不奢望他会二话不说就同意她去，更别提他竟然还主动提出说要送她去了。

"柯印戚。"目不转睛地盯着他看了一会，她终于忍不住发问，"你今天是不是心情不好啊？受什么刺激了吗？"

他面色纹丝不动："没有。"

"那你是不是喝酒喝多了……"

他看了她一眼："脑子没喝坏。"

她吐了吐舌头："那难道是工作上的事情吗？"

他的脚步微微一顿，然后低声说："确实遇到了一些麻烦的事情，不过已经在着手处理了。"

"很烦人吗？"她轻轻地晃了晃他牵着自己的手，"有什么烦恼的事情都可以告诉我。我虽然在工作上帮不到你什么，可是我至少可以陪你一起分担呀。"

小姑娘软糯却温暖的话语听在耳朵里，就像是一股暖流淌进了他身体里的每一处。他这时终于停下了脚步，转过身，把她轻轻地拉到了自己的跟前。

陈涵心仰着头望着他冷峻的脸庞，眼睛轻轻地眨巴着，有些不明所以地望着他。

她并不知道他此时心里有多少弯弯绕绕的想法和汹涌的情愫，只是觉得今天的柯印戚，真的有点儿奇怪。

就好像，他身上原本所有的锋利和强硬，全都突然卸下了一般。

她甚至觉得此时的他有一些单薄。

"心心。"

良久，他微微俯低身子，将她整个人都拥进了怀里。

她被他抱得紧紧的，差点连气都喘不过来。但是她却能感觉到他此刻的气压很低，所以还是憋足了劲儿任由他抱着，也不喊疼："嗯……我在呢。"

"谢谢你。"

他亲了亲她柔软的发丝，嗓音已经完全哑了："能够一直陪我走到今天。"

这句话从他的嘴里说出来是真的很突兀，这人平时性子冷又沉默寡言。这么多年下来，要听他说句好听的简直是可以要他的命，就更别提这种莫名其妙甚至带着丝感慨意味的话语了。

柯印戚会多愁善感？

不可能的吧，除非他是得失心疯了？

怎么会这样？他今天也太反常了吧？！

陈涵心一时都有些语塞了，压根都不晓得应该怎么样回应他这句话。

又过了一会，他才终于将她松开了。

她在心底里悄悄地松了一口气，她在外面待得有些冷了，想要拉着他的手赶紧回家去了。谁知道，他这时竟然看着她，不紧不慢地对她说出了一句话。

"心心。"他说，"从今往后，做你自己想做的任何事情，不需要再顾虑我是否同意了。"

—

办公室。

郑韵之贝齿轻咬了咬鲜艳的红唇，勾魂摄魄地冲他眨了下眼睛："那得先看你是不是真的答应我了，老板……可别这会儿我先给了你回报，转头你就不认账了，那样我岂不是血亏啦？"

穆熙紧紧地盯着她的眼睛，他似乎还是有些犹豫。可是当他感觉到她的腿轻轻地摩挲了一下他的小腿之后，遍布四肢的那股热潮终于还是让他自暴自弃地闭了下眼，重重地点了点头。

她知道，他一旦真的点头答应的事情，都是一言既出驷马难追的，不必担心他会违约。

拿到了自己想要的东西，下一秒，郑韵之立刻绽放出了一个无比甜美的笑容，她迅速地抬起手臂勾住了他的脖颈，准确地咬住了他的嘴唇。

他立刻拖着她的舌头回吻了过去。

室内的温度逐渐向上慢慢攀升起来，穆熙轻舔了下自己的嘴唇，抬手略带粗暴地扯下了自己的领带往后一扔。

可就在这个时候，他忽然感觉到身前一空。

郑韵之的身体软得不像话，这个时候竟然从他的怀抱中逃脱了出来，轻轻巧巧地在办公桌上翻了个身，然后落到了办公桌的后方。

穆熙穿着皱巴巴的衬衣和解了一半的西裤，目瞪口呆地望着她。

她当着他的面，扣上了自己裙子的领口、拉了拉裙子的下摆，顺便优雅地整理了一下自己的头发，拿上办公桌上的包，给了他一个飞吻："我的回报到此结束，谢谢老板~"

穆熙："……？"

这位倒了八辈子血霉的老板，做梦都没有想到过这个女人竟然会使这种回报回一半的阴招，他整个人都已经蓄势待发了，她竟然像一条泥鳅一样溜走了？！

郑韵之知道自己再不走今天肯定就死定了，所以她从办公桌后面一溜烟地绕过他跑到了办公室门口，脚上简直像是踩了两个风火轮。

回过神来的穆熙气得头皮发麻，转过身就要抓她："郑韵之你给我站住！"

她两三步跑到了办公室外头，隔着玻璃冲着他用力地挥了挥手："拜拜，你跟丹姨说声我今晚不回去吃饭，Louis来找我啦！"

穆熙怒急攻心，解开的皮带束了好几次都没能束上，等他好不容易手忙脚乱地穿好裤子冲出去，这妖精早就已经闪进电梯下楼了。

他此时此刻已经完全顾及不上自己平日里最看重的形象，气得一拳重重地砸在了门板上，把精致漂亮的实木门板砸得"哐当哐当"响。

这女人有本事今天晚上就别回家！

回报回一半不算，竟然还要和那个金发老外出去鬼混，真当他穆熙是吃素的不成？！

幸好这一块区域早就已经一个员工都没有了，唯一一个敢在这片区域出没的耿义此时躲在离他老板最远的茶水间的柜子下面，抱着自己的手臂吓得瑟瑟发抖。

救命啊，老板娘耍流氓，老板要杀人啦！

第十章◎午夜

陈涵心这下是真的傻眼了。

她感觉柯印戚不像是在开玩笑，可是如果不是在开玩笑，那么柯印戚怎么可能会说出这样的话来？

这一辈子她就没见过比他更强硬更霸道更说一不二的人了，除了他的亲爹柯轻滕之外。

都二十多年了，她不是没有反抗过，可他一直都是这个样子，现在她干脆都已经放弃挣扎了，他竟然松口了。

但是这一次的松口，又和上次在车上他同意不逼迫她立刻和自己结婚有点儿不一样。这一次，她感觉他好像是彻底从心底里决定了什么，甚至带了点决绝和悲凉的意味，使得他整个人都失去了往常的生气，冻得人心发慌。

这种冷，更像是那种没有半点人生气的冷。

过了半晌，她伸出手抓住了他的衣襟，晃了晃："你是来真的吗？"

他点了下头。

"我以后穿什么衣服出去玩，你都不管了？哪怕是那种过于暴露张扬的衣服？"

他的眉头动了动："嗯。"

"我以后跟谁出去玩，哪怕是你不喜欢的人，哪怕是男孩子，你也可以接受吗？"

他闭了闭眼："嗯。"

"就算我们已经公开了，我要是再在学校里要求你和我保持一定的距离，你也愿意吗？"

她感觉到他身上的冷气越来越重，甚至都有些模糊了他的脸庞，然而，他依然点了下头。

他在每一个方面全都让步了，哪怕是她从前连想都不敢想的那些假设命题。

最后，她终于忍不住问道："柯印戚，你是真心愿意接受我们俩的相处模式发生这样的改变？哪怕放弃你自己一直以来的坚持？"

他垂在身体两旁的手微微颤了颤。

过了一会，他垂着眸，低声说："我觉得像以前那样，你所有的事情和决定都由我来帮你做，终究是不对的，那样会限制你自己的想法，也会抑制你自己的本心。"

"你自己都说了，你想变得更成熟，希望自己终有一天可以独当一面，那么为了达成这个愿望，我就不可以再成为那个阻碍你的人。如果我依旧在你身边干涉你的每一个决定，你永远都没有办法真正地做到成熟。"

"所以，我愿不愿意并不是那么重要，我的坚持本身和你的愿望就是相悖的。"

虽然说得略有几分艰难，但他还是把话全都说完整了："心心，从今天起你可以选择不再完全依赖于我，我相信你自己可以做到的。"

到了这一刻，她似乎终于弄明白了他今天的反常和所有话语的出发点。

陈涵心的眼底飞快地闪过了一丝精光，思忖片刻，她说："好，那我试试。"

她答应得很轻松，也很果断，这让柯印戚原本心底还抱着的那么一丁点细微的小心思，彻底地消失殆尽了。

韦择易说得并没有错。

他束缚了她那么久，一直都没有看清楚，她真正想要的东西是什么。

当他真的给了她自由的那一刻，她没有任何犹豫地就接住了。

果然，这么多年下来，她从心底里，还是并没有那么地依赖他，也可以说，她并没有真的那么想要依赖他。

他终究还是等到了不被她需要的这一天。

—

郑韵之从新老板的魔爪……不，Live大楼离开之后，飞速打了辆车，前往附近新开的商圈去见Louis。

Louis的行动力实在是杠杠的，昨天给她打完电话之后二话不说就直接买机票飞来了S市，下午到了后去酒店一放下行李，就立刻过来找她了。

夜晚的商圈简直是人潮攒动，郑韵之几乎是在人堆中一路玩着人挤人，才好不容易来到了他们俩约见的那家啤酒小食吧门口。

一进餐厅，就看到一楼靠窗台的位置上坐着一个显眼高挑、金发碧眼的法国帅哥。Louis的长相是那种不那么粗犷、甚至可以称得上是有几分精细的西方人长相，那双碧绿色的眼睛，单单看人一眼，就能让人回不了神儿。

连她这个对西方帅哥完全不感兴趣的人，都不得不称赞一句Louis的长相绝对是上上品，不愧是巴黎时尚圈台柱般的人物。那些年在巴黎，她可是目睹过无数姑娘前仆后继地往Louis身上扑，最后都捡了碎了一地的少女心碰壁离开的。

"Hi."

她悄声无息地走到Louis的桌旁，手指伸到他眼前轻轻地打了个响指。

Louis收回了看向窗台外的目光，勾起嘴角，从座位上站起了身。

他净身高有一米八九，这时垂下头望着她，冲她展开了双臂，挑挑眉："抱一下？"

她笑着迎上去，和他来了一个大大的拥抱。

抱完之后，她就松开手在自己的座位上坐了下来，放下包："贴面礼就不必了，虽然在那儿生活了整整三年，但我还是生理性抗拒这个礼节性动作。"

Louis忍俊不禁："Tiffany，你可真是一点儿都没变。"

两人点好了菜，等酒上来了之后，她举起杯子和他轻轻碰杯："Louis，谢谢你远道而来看我，我代表S市和全中国人民欢迎你！"

"那我也太荣幸了。"他笑着和她碰了碰杯，喝了几口，放下杯子，"回国之后一切都还好吗？"

"挺好的。"她想了想，"我操办了国际名模秀，遇到了小人使绊子，顺便还帮曼琳接了几个小任务，简直是忙得风生水起……"

"我听说了你在国际名模秀上的表现相当惊艳。"Louis托着腮帮，目光温柔地落在她的脸颊上，"你就适合在T台上做最闪亮的女王，在银河系里做最耀眼的那颗星。"

"你这是从哪儿学来的彩虹屁？"她忍不住嘟囔了一句中文。

Louis听懂了，也用中文磕磕巴巴地回了她一句："跟你学的。"

她"噗嗤"笑出了声。

酒过三巡，Louis忽然冷不丁来了一句："我听曼琳说，你现在已经离开了她的公司，去了Live？"

她点了下头。

当年Louis就是曼琳介绍给她认识的朋友，他们三个人的关系都非常好，曼琳会告诉Louis也不奇怪。

Louis沉默了一秒："是那个伤害过你的人所管理的公司吧？"

她很熟悉Louis，这是一个非常矜傲又带着丝骨子里的克制和内敛的男人，他说话一般都很有分寸，通常都会拐着弯儿说话，从来不打会让人难堪或者措手不及的直球。

所以她没有想到他会突然这么问。

她放下了手里的叉子，冲他点了点头。

"为什么？"他绿色的眸子一眨不眨地盯着她，"为什么还要和他扯上关系呢？Tiffany，他曾经那样伤害过你，甚至让你最后背井离乡了，他根本就保护不好你，也不能给你带来幸福。"

到最后，他一向舒缓的语气都变得有些急切了起来。

她其实潜意识里就觉得Louis知道这件事会不高兴，所以昨天在电话里时并没有提及这件事，想不到曼琳这家伙居然会说漏嘴。

沉吟片刻，她说："Louis，我只是看重他公司时尚部这块新业务的版图可以让我大展身手而已，纯粹只是为了我个人的发展罢了。"

"是吗？"Louis的脸色并没有缓和下来，"那你现在人住在哪儿？"

她咬了下牙。

他在她沉默的那一刻就已经知道了答案，下一秒，他拿起了桌上的酒杯，一饮而尽，然后低声说："我竟然天真地以为你已经走出来了。"

"你当时跟我要回国休养发展，看看有没有新的好机会，我以为你是想在自己熟悉的地方开始新生活，所以我很支持你离开，哪怕我万分不舍。可是原来，你并不是为了自己回来的。"

"Tiffany，三年前，到巴黎的那三年，再到现在，你从来就没有一刻忘记过他。"

他的语气有一些脱力，甚至还有一丝浅浅的悲伤，"我真的不明白，他究竟有什么好？可以让你在被他这样重伤过，好不容易疗完伤，再回来让他接着捅你。"

她听到这话，耸了耸肩，自嘲道："可能是因为我这个人比较贱吧，捅不怕，伤不够。"

他摇了摇头，认真地说："你别这样说自己。"

郑韵之笑了："Louis，你不必为我开脱，我知道我自己是个什么样的人。这世界上人生来就有贵贱之分，他就是那种生长在云端的人，我就是那种生长在荆棘枯木之中的人。人各有命，我虽然命不好，但如果有机会，我还是总忍不住想看看生活在云端的人是怎么样的。"

"不。"他说，"你现在已经靠着自己的实力走上了云端，你再也不需要去依附于他，你完全可以在远离他的地方过得好好的，也没有必要让他有机会再次伤害到你。"

"Tiffany，是你自己根本就不想离开他，所以你还会再次回到他的身边，哪怕你明明知道那会有多痛。"

她不知道该怎么接上这句话，索性沉默不语地拿起了酒杯。

因为对话的内容落到了穆熙身上，所以这顿晚餐的后半段并不是那么地令人愉快。买完单之后，她和Louis一起走出餐厅，这会夜已经深了，路上的行人与晚间时不能比，周遭的环境显得安静了许多。

他们两个人在带着路灯浅浅的光晕的路上走了片刻，Louis忽然停住了脚步。

在她还没有反应过来的时候，就被他轻轻地扣住了手腕。

"怎么了？"她被他拽得整个人都跟跄了一下，愣了愣，"你人不舒服吗？"

刚刚后半段Louis喝得有点多，几乎是一杯接着一杯地往嘴里送，这会儿他白皙的皮肤上飘着一层淡淡的红，漂亮的眼睛明亮而有神，像是喝醉了，又像是没有。

他定定地看了她一会，忽然低声说："你知道我为什么会来找你吗？"

她的心里传来了"咯噔"一声。

虽然不知道他想要说什么，但是他这样反常的眼神，已经让她有了一丝不那么好的预感。

过了几秒，她笑了："Louis，你醉了，我送你回酒店……"

他纹丝不动，冲着她坚定地摇摇头："我没有醉，我没有一刻比此时更清醒。"

他说："Tiffany，我爱你。"

此时夜深人静的马路上，几乎嫌少有人经过。

偶尔有人走到这儿，都自然而然地会把视线投到这对长相和身材都很出挑的男女身上，更别提其中一个是金发碧眼的西方人了。

是在拍午夜零点档肥皂剧吗？

路人忍不住这样想。

Louis人高马大，就这么拽着她细细的胳膊，因为酒劲、他的力道不自知地更大了一些，郑韵之几乎连动都动不了。

说句真心话，在今晚之前，要是有谁告诉她Louis喜欢她，她一定会觉得那个人疯了。

开什么玩笑？

和Louis认识至今，她不是没有见过他曾经交往过的几任女朋友。他单身时是绝对的洁身自好，但凡真在交往的女孩子，不是身世显赫气质出众，就是在专业领域有着非常强的建树……总之，每一个都很耀眼特别，和他也十分登对。

她一直都把Louis当成非常要好的朋友，就像曼琳那样，是可以交心的、交往一辈子的好朋友。甚至，Louis对她来说还有点知遇之恩的意义，她从心底里更尊敬他一些。

这就是为什么，今天早上某个幼稚鬼说Louis对她有意思的时候，会把她直接给惹怒了。

这么长时间以来，她根本没有去往那个方面想过哪怕一丁点儿。即便Louis确实对她非常非常好，但她也尽己所能用工作上、资源上的东西去偿还给他，甚至最初在巴黎打拼的那段时间，她还会把自己的酬劳分成给他。

他是恩人，引路人，同事，伙伴，好友……但绝不会是恋人。

不知道过了多久，她终于哑声开口了："Louis，你先松开我，可以吗？"

Louis急喘了一口气，他咬了咬牙，似乎还想要说些什么，可最终还是慢慢地放开了她的手臂。

她收回了被拉得有些发酸的手臂，叹了一口气："也许我说这些话你又要批评我妄自菲薄了，但是我必须得说出来——我真觉得我和你不是一类人，我感觉比起你那些5A级牛肉一样的前女朋友们，我简直就是块五花肉……虽然你说你是认真的，但我真觉得你是脑子被门夹了才会喜欢上我。"

Louis被她这几句话惹得差点笑出声来，他努力忍了忍，才说："我确实是认真的，Tiffany，我其实已经喜欢你很久了。但是，我是最近才意识到原来你已经在我心里那么久了。"

"是，最初通过曼琳认识你，我单纯就觉得你是个极其有天赋的人，觉得你应该在世界上最好的舞台上发挥出自己的能力，而且我们的性格也很投机。出于对你的看好以及友情，所以我帮你去巴黎发展，三年相处下来，只要和你在一起我就很愉快很轻松，这是我在和其他任何一个女孩子的相处过程中都没有感受到过的那种快乐。"

因为喝了酒，他的语速有些慢："后来你决定回国，我心里其实很难过，但我又没有什么理由可以来挽留你，这段时间我的工作效率也不高。某一天，当我盯着手机上你的照片看了很久的时候，我才突然意识到，我是真的喜欢上你了，所以我立刻就来找你了。"

郑韵之可以感觉到他在用自己可以表现出来的所有真诚和语言来告诉她自己的感受，她也确实从不敢置信到一点一点慢慢相信原来这个她当了那么久朋友的男人，是真的对她产生了男女之情。

等Louis说完之后，她思考了一会，仰起头对他说："Louis，首先谢谢你能够喜欢我。"

"不过我觉得，你可以再想想，为什么你和我在一起会感到特别快乐。我觉得是因为你把我当成朋友来看时，才会感到很放松，你可以在我面前做回原原本本的自己，而不是对着恋人时总会不经意地拿出偶像包袱，如果我真的变成了你的恋人，你可能就不会这么想了。"

"你是个非常出色的人，我很欣赏你，但是只是对好朋友的欣赏而已。从头到尾，我对你确实都没有纯友情之外的念头。"

他说得干脆，她也拒绝得利落。

正是因为她珍视他这个朋友，所以她才决定把话说得更通透一些，宁愿让他为这些不够圆滑的话而感到伤心，也不能让他产生不切实际的希望和幻想，耽误他的脚步。

Louis听罢，碧绿色的眼睛里浮现起了一丝淡淡的哀伤："你真狠心，都不带考虑一下的吗？"

"是的，不用考虑。"

她耸了耸肩："我想告诉你，我就是这样一个喂不熟的绝情女人，爱上我是不会有好结果的，所以请你现在赶紧刹车掉头。"

说完这句话，她立刻就想起了那个每次都被她气到跳脚大骂她是条养不熟的白眼狼、然后转头又继续不肯放她走的男人，然后她的嘴角不经意地就划出了一道上扬的弧度。

Louis把她脸上的表情都尽收眼底，他揉了揉太阳穴，摇了摇头："Tiffany，你确实有很多理由可以说服我可能不是真的爱你，但我觉得我确实是爱的，我自己的心我自己最清楚。"

"不过。"他认真地说，"我觉得最重要的是，你的心里一直住着一个人，那个人仿佛扎了根一般，所以无论我有多努力，我都进不去。"

她并没有否认他这句话，将眼底的情绪收敛回去，笑眯眯地和他开了个玩笑："不管怎么说，能被你这样的大帅哥表白，我说出去还是很有面子的。"

Louis毕竟是个温柔又情商很高的人，到了这一刻，他也迅速地调整了一下自己的状态，拍拍她的肩膀："为了弥补我的伤心，麻烦你接下去几天多请我吃吃饭喝喝酒。"

她笑了："行，包在我身上。"

—

等把Louis送回酒店，她才打车回穆熙那儿。

都到了这个点了，她觉得那家伙是不可能还会醒着的。所以到了家门口，她悄悄地刷卡开门，简直比做贼的还要蹑手蹑脚，就生怕会惊醒到熟睡中的某人。

可当她很慢很慢地拉开门的那一刹那，就看到了满屋子的灯火通明，而正对着玄关的吧台边，此时正静静地坐着一个本该在卧室里呼呼大睡的、穿着黑色居家服的男人。

郑小贼拉门的手凝固住了："……"

穆熙听到动静，放下了手里的书，抬头看向她，露出了一个笑容："回来了。"

她发誓，她这辈子就没见过一个人可以笑得那么恐怖，简直比恐怖片里的女鬼还要吓人。

郑韵之一手抓着门把手，思考着自己是不是现在应该直接转身去坐电梯会更合适一些。下一秒，她就听到了一道透心凉的声音："你敢走。"

她的脚像被定住了似的，过了几秒，她闭了闭眼，干脆一不做二不休地跨进门里："你大晚上的不睡觉修仙啊？"

穆熙没吭声，却一步一步朝她走近，一直到站定在了她的跟前，居高临下地看着她。

他斯文英俊的脸庞上虽然没什么表情，但是她却能清楚地感受到，他浑身上下都在燃烧着熊熊的怒火和妒火。

"郑韵之。"他勾了勾唇，"还喝酒了，现在一定因为酒精兴奋得睡不着吧？"

"睡得着。"她不动声色地往旁边挪了一步，"我可太困了。"

"是吗？"

他这时伸出手，牢牢地扣住了她的手，眼睛一眨不眨地盯着她，"要睡可以，麻烦你先把欠我的，算上利息，连本带息地都给我还上。"

—

陈涵心和柯印戚回到家里之后，他怕她冷，让她先去洗澡，自己则坐在她房间的沙发上等着她出来。

期间，他接了一个来自下属的电话，还收到了一条孟方言发来的加密消息。

孟方言的消息很简短，只有短短一行：【瓮中捉鳖，跑不了了。】

他看完这条消息，总算是露出了今天从早到晚以来他的第一个笑容。只是这个笑，淡得一闪即逝，比流星飞逝还快。

等陈涵心从浴室洗完澡出来，她左手拿着块毛巾在擦头发，右手拿着个手机一个人在那儿边看边笑。

柯印戚从一旁的柜子里拿出了吹风机插上打开，将她拉到沙发上，接过她手里的毛巾，看她一眼："笑什么？"

她嘴边的笑容僵硬了一秒，继而似乎是壮着胆子，故意提高了声线，对他说："之之说，明天要以一种非常特别的方式帮我庆生，一定会让我永生难忘的那种。"

他握着吹风机的手僵了一下，心中顿时产生了一种非常不好的预感："什么方式？"

她被他冷得已经如同零下负三十度的说话声冻了一下，还是坚持把话给说完整了："去酒吧，让十个帅哥边跳舞边为我唱生日歌。"

柯印戚手里的吹风机嗡嗡嗡地抖了两下，最终还是"啪嗒"一声掉在了沙发上。

陈涵心眨巴着眼睛看着他冷若冰霜的俊脸，轻轻地咽了口口水。

要是放在以前，她真的是吃了熊心豹子胆也不敢在他面前说这种话，她难道是嫌自己命不够长吗？

可是今晚，是他自己说从今以后她做任何事情或者决定都不需要再咨询他的意见，想做就去做的，那么，这就是她人生中第一个突破自己、顺便也突破他底线的勇敢尝试了。

说她心里完全不慌那也是不可能的，她真怕这位冰山一不小心直接当场用吹风机砸晕她的脑袋，把她捆在家里永远不让她出门……但她确实又非常好奇，他究竟会是什么样的反应。

柯印戚儿乎用尽了自己毕生的修养和克制力，才没有当场做出什么过激的行为。

有一瞬间，他的脑中甚至闪过了一个念头——能不能让穆熙把那个姓郑的女人关起来，从此以后从陈涵心的世界里彻底人间蒸发？那女人是疯了吗？真当他柯印戚是摆设不成？！

前有个韦择易阴魂不散，后又有个郑韵之千方百计给他使绊子，他怎么能那么倒霉？

可是，他刚刚才对陈涵心许下的承诺说从此以后再也不干涉她，这才过了多久他就打脸，那今后他说出来的话，在她那儿还能有几分可信度？

但要是这种情况他还同意让她去的话，那他自己是不是也已经离疯不远了？

不知道过了多久，他终于深深地吸了一口气，一字一句地道："你……很想去？"

她耸了耸肩："其实也没有特别想啦……"

见他一直不表态，陈涵心这时叹了一口气，伸出手关上了一直在沙发靠垫上嗡嗡作响的吹风机，似乎是认命地耷拉着眼皮："所以我不可以去是吗？"

他看着她甜美的侧脸，很想回答一句"当然不可以去"，可是话到了嘴边，扭了个弯儿，竟然变成了："如果你真的想去，那就去吧。"

说完这句话，柯大少爷就想咬掉自己的舌头。

她的眼睛一瞬间都亮了："真的吗？！"

他闭了闭眼，停顿几秒，轻而沉重地点了下头。

陈涵心的目光中满是惊喜和不可思议，她刚想说句什么，就被他抬手制了制。

"听我说完，我有一个条件。"

柯印戚这时咬着牙将小小的人儿从沙发上捞了起来，直视着她的眼睛："我得跟你一块儿去。"

一

夜半时分，穆家此时却格外地灯火通明。

郑韵之看着在灯光下某人已经怒到扭曲的侧脸，企图对自己做一下表情管理，但最后还是没能崩住，直接偏过头笑出了声。

她这一笑，穆熙眼底的火就烧得更旺了："怎么，和那个金毛鬼在一起，就这么高兴？"

原本只是想稍微笑一声就收场的人根本没能收得住，直接笑得整个人都弯下了腰去。

他看着她笑得一颤一颤的背脊，眯了眯眼："郑韵之，发什么酒疯呢？"

她笑得眼泪都快笑出来了，好不容易得了空一手抓住他的胳膊借把力，才能勉强直起腰来："穆熙，你这人实在是太好笑了……"

他不明所以地瞪着她，完全不能理解自己金贵高傲的二世祖人设为什么到了她那儿就变成东北二人转了。

她揉了揉自己笑弯了的眼睛："你刚刚那副吹胡子瞪眼的醋缸样子简直就像一只河豚你知道吗？"

郑韵之笑够了，也看他快被自己气得七窍生烟了，冲他摆了摆手就往卧室里去了："河豚，你之姐姐很忙的，改天再陪你玩儿。今天实在是有点玩不动了，你之姐要去睡觉了。"

穆熙抱着手臂站在浴室门口看着她在那儿卸妆，沉默了两秒，没好气地说："喝个酒都能喝没力气？那个金毛鬼请你喝的酒是有多好喝？"

她一边卸妆，一边随口说道："好喝到差点把我吓死。"

他是多么聪明又敏感的人，一听这话，立马直起了身子，蹙着眉问道："他对你表白了？"

她从镜子里看了他一眼，没吭声。

他凉飕飕地冷笑了一声："他不是一个很高尚的朋友吗？"

郑韵之懒得理他："所以我觉得他只是误入歧途而已。"

他听到这话，眯了眯眼："他是误入歧途，那我是什么？"

她卸完妆洗好脸，用毛巾擦干净，朝他转过了身。

"你啊？"浴室暖融融的灯光下，她笑得十分勾人，"你是自寻死路。"

穆熙的目光轻轻闪了闪，过了几秒，他淡声问道："你怎么知道这是条死路？"

她将毛巾挂了起来，直接岔了这个话题："好了，我要洗澡了，赶紧滚吧。"

他站在原地完全没有想动的意思，继续死死地盯着她："那你拒绝他了没有？"

"你猜。"她这时慢慢地朝他走过来，然后用手抵住了他的背把他往外推，"穆少董这么聪明，总能猜得出来的吧？好了，我要赶紧洗澡睡觉了，明天还要陪心心小公主庆生呢，十个帅哥跳舞，我要好好地养精蓄锐……"

穆熙被她推搡着直接给扔到了浴室外头，听到后面半句时，他顿时整个人都不好了："你说什么？什么十个帅哥跳舞？"

回答他的是一声清脆的"咔嚓"锁门声。

河豚炸了。

一

陈涵心一开始听到柯印戚要跟自己一块儿去酒吧的时候，还觉得他是在开玩笑。

但后来她想想这位大少爷从来不开玩笑，她就蒙了。

所以，去约定地点的路上，她整个人都忧心忡忡的，时不时打量一眼在旁边冷着脸沉默不语地开车的柯印戚，车内的气氛十分诡异。

而这种诡异的气氛，一直持续到了停车场，当她看到穆熙和郑韵之一起从车上下来的时候，才被打破。

诡异直接变成了惊悚。

她关上车门，看着郑韵之身边那个浑身上下都写着烦躁的穆熙，还怀疑自己是不是眼拙了，立刻冲着郑韵之一阵不动声色地挤眉弄眼，问她怎么把这尊大佛也给带来了。

本来她觉得柯印戚跟着她一起来这件事已经够可怕的了，她都没敢提前告诉郑韵之，却没想到穆熙竟然也跟着郑韵之来了。

这两个男人难道是约好的吗？

郑韵之耸了耸肩，表示不是她要大佛来的，是大佛自己硬要跟来的，她连拦都拦不住。

而当柯印戚锁了车门回头看到穆熙的时候，他冰冷的脸庞上有一瞬间竟然闪过了一丝笑意。虽然这丝笑意快得几不可见，但也确实真实地存在过。

这丝笑容的意义叫作——五十步笑百步。

"柯大少爷，晚上好，"郑韵之这时将陈涵心拉到自己的身侧，冲着柯印戚笑了笑，"穆少董说他有事儿要和你聊，我先带心心进去了，小飞侠已经在里面等我们了。"

柯印戚面无表情地扫了郑韵之一眼，动了动唇，才忍下了一句已经到了嘴边的讥讽。

然后，他看向那个被拉到郑韵之身边的小人儿，这时向前几步，低下头亲了亲她的额头，冷声对她说："我马上进来，等会进去之后别和陌生人说话。"

之前那次夜店惊魂的余悸犹在，他心里实在吓得够呛。

陈涵心点了点头："你放心吧，之之也在呢。"

郑韵之见状，在旁边抱着手臂，头稍微凑近了穆熙一点，对着他努了努嘴："魔法小王子，你觉得少爷这个操作像不像你那个魔法标记的玩法？"

穆熙一脸一言难尽。

"魔法标记是什么？"陈涵心耳朵尖，这时好奇地看向郑韵之。

"没什么，乖宝宝不需要知道。"

郑韵之接收到了柯印戚冰刀一般的眼神，不想再在这儿待下去继续接受这尊煞神的眼神凌迟，一把拉起陈涵心的胳膊就往里面走去。

等他们走后，穆熙上下打量了一下柯印戚，目露嫌弃："你有这癖好？"

柯印戚冷笑了一声："先撒泡尿当成镜子照照你自己。"

—

陈涵心和郑韵之进到酒吧里头的时候，一眼就看到了和整个场景格格不入的翁雨。

小飞侠同学穿着件黑白色的格纹大衣，正乖乖巧巧地站在吧台旁边，手足无措地应付着油嘴滑舌的酒保。

郑韵之走过去，三两下就打发走了酒保，把翁雨拉到自己身侧来："带你俩来这种地方我真怀疑我是不是有点儿决策失误，最关键的是连柯印戚那个罗刹鬼竟然也来了……"

"啊？"翁雨傻了，"印戚也来了？！"

"他坚持要和我一块儿来，"陈涵心摊了摊手，"不然就不让我来。"

郑韵之一手拽着一个，把她们俩带到了自己预定好的那个卡座上坐下来，拍了拍陈涵心的肩膀，一针见血地道："我怎么感觉最近少爷的气场有点儿奇怪？"

陈涵心摸了摸自己的鼻尖："是有点儿奇怪。"

翁雨也好奇地探出了脑袋："他怎么了？"

陈涵心一想到这，便哭笑不得地摇了摇头："可能是因为韦择易的出现刺激到他了吧。"

"韦择易？"郑韵之记忆力超群，"就是你说过的那个小时候总喜欢跟在你屁股后面转悠的男孩子？"

"嗯。"她说，"就是他。"

"难怪。"郑韵之挑了挑眉，"我就说呢，一看到少爷，大老远就闻到了好浓的醋味。"

翁雨忍俊不禁："心心，看到印戚翻车和憋屈的感觉，是不是很刺激？"

"确实。"陈涵心诚实地点了点头，悄咪咪地笑出了一口白牙，"你别说，这么多年了，这还真是头一回农奴翻身把歌唱、心心翻身把爹当，简直比坐过山车的体验还要刺激！"

"你呢？"她这时用胳膊肘挤了挤在开酒的郑韵之，"小飞侠你是没看到，咱穆少董那脸，臭得简直堪比发霉的咸菜。"

郑韵之给她们俩一人倒上了一杯酒，回答得简单粗暴："Louis来找我了。"

翁雨听得眼睛都发亮了："啊！就是那个超帅的法国小哥哥吗？"

"小飞侠同学，请注意你的表情管理。"郑韵之放下了酒瓶，不怀好意地从兜里掏出手机，对准了翁雨的脸，"你别逼我现在马上拍下你此时此刻花痴又见异思迁的嘴脸发给你们家傅老师。"

翁雨被逗得顿时缩成一团："我，我才没有见异思迁！"

陈涵心紧接着提问："Louis来找你干吗？"

"表白。"郑韵之将自己杯子里的酒一饮而尽，"可能还有点儿想劝我回法国。"

"你不许回去，"陈涵心一听这话就急了，"好不容易才回来，那边天高皇帝远的，我们都根本没办法照应你，你要是再回那儿待几年，就瘦得连骨头都不剩了。"

"就是，小哥哥再帅你也不能跟着他跑。"翁雨也跟着补上，"再说了，你要是再走一次，穆熙不得疯了……"

郑韵之的脸庞上挂着一抹漫不经心的笑："他不会疯的吧？他哪有那么脆弱啊！"

"不过，我也想继续留在这儿。"她的目光此时微微闪动了一下，低下头握紧了自己的手心，"你们都在，我舍不得再走了。"

她现在只想暂时性地选择去当一个失明的人。

哪怕那个不确定什么时候会爆炸的定时炸弹一直都在那儿。

哪怕她不知道什么时候天色就会大亮，照到那段被掩藏在黑暗里时刻折磨着她的回忆。

"来，敬世界上最聪明可爱、年年十八的心心小公主生日快乐！"

再次抬起头的时候，郑韵之已经敛去了眼底里所有的暗涌，她给自己的杯子满上，冲着陈涵心举起了杯："祝你永远明亮清澈，祝你永远肆意无忧，也祝你和少爷永结同心，早生贵子！"

本来前面几句听着还挺感动的，最后一句又直接垮台了。陈涵心先狠狠啐了她一口，最后还是笑着凑过去亲了亲她的脸颊："谢谢之之，爱你哟！"

"先别急着爱我。"郑韵之这时对着一旁的服务生打了个响指，眨了眨眼睛，"主菜还没上呢。"

—

酒吧门口的路灯下。

等穆熙说完了要在F大举办Live新一季时尚秀、需要他帮忙一起去说服校方这件事情后，柯印戚眼也不抬地冷声道："据我所知，咱们俩也不算是朋友吧？我为什么要莫名其妙地帮你这个忙？"

穆熙也没给好脸："你以为我想来找你？"

要不是郑韵之给他下套，他犯得着来这儿看这小子的臭脸给自己添堵？

两人第一把直接谈崩，柯印戚心里惦记着里面的陈涵心，转身就要走人。

"等等。"

穆熙在心里默念着这臭小子比自己小几岁，自己得大人不记小人过、尊老爱幼，便冲着他的背影没好气地说："你要是同意帮我这个忙，我不就欠了你一个人情吗？"

柯印戚脚步没停："我要你的人情做什么？"

"柯印戚，话别说太绝。"穆熙说，"人在江湖走，说不定你什么时候就需要我的帮忙了，总会有连你的手也够不到的领域。"

"我知道司空景和封夏都跟你关系很好，我和他们也都是从利益伙伴开始走到今天这样变成朋友的，你就不能融会贯通一下？"

听到这话，柯印戚的脚步终于顿了顿。

他沉默了一会，转过头看向穆熙。

穆熙不徐不缓地说："而且，就算你现在不答应我，等会只要里面的郑韵之跟你家小公主一说，小公主对着你撒个娇，你最后不还是会乖乖听话答应帮忙的吗？"

"都是一样的结果，还不如你在这儿直接和我谈拢几个细节点，到时候实施起来更快更方便一些——还是说你是个只爱听女人说话的恋爱脑？"

柯印戚听到这儿，终于冷着脸开了口："差不多就行了。"

穆熙见好就收："合作愉快。"

柯印戚没动，过了几秒，他眯了眯眼："合作愉快，河豚。"

穆熙："……？"

他俩站在门口说话，几乎每个要进酒吧的人都会不由自主地把视线投向他们。

柯印戚和穆熙人都很高，一个光在那儿面无表情地站着就透着一股子精英少爷气，另一个充分演绎了什么叫作"你见过最好看的斯文败类"。整个酒吧都因为他们两个站在门口、夜晚的上座率活生生地一下子暴涨，酒吧老板激动得都快要抽过去了。

更有甚者，还以为他们是酒吧里的店招牌。有几个姑娘实在忍不住，红着脸想过去问等会能不能让他们陪自己，还没靠近，就被柯印戚回头那一眼冻得直接给逃了回去。

柯印戚的眼皮一直在突突地跳，等和穆熙在外面把Live时尚秀和F大联动的几个细节点谈拢之后，他几乎一秒钟都不愿意再多逗留扯废话，直接就转身推门进了酒吧。

穆熙虽然脸上看着没他不耐烦得那么明显，但俊逸的眉宇间也隐隐透着几分焦躁，紧跟着他的后面进去了。

等快要走到酒吧的正中央时，穆熙就看到走在他前面的柯印戚脚步猛地停住了。

只见现在酒吧正中央的舞池气氛已经嗨到快要掀翻屋顶。

十个长相英俊的男人正在舞台上热情洋溢地跳着舞，其中有东方人，也有西方人。他们身上所散发出来的荷尔蒙，让周围围观的女人都发出了震耳欲聋的尖叫声。

而在他们的正中央，此时站着一个娇小可人的女孩子，她的手里捧着一个插着蜡烛、精致的生日蛋糕，头上则戴了一顶小小的王冠。她正满脸通红、又有点儿束手无策地看着围在自己身边热舞的那些帅哥。

这个女孩子不是别人，正是陈涵心。

穆熙这下是真怕身边的人直接从身上掏出武器。

"你别冲动。"他眼看柯印戚的脸色愈来愈恐怖，赶紧伸出手在柯印戚的面前挡了一下，"这毕竟是娱乐场子，这些人也都训练有素，他们不会有什么越轨举动的。"

下一秒，他就看到柯印戚面无表情地转过了头，几乎是从牙缝里，一个字一个字地往外蹦："今天你别拦着我动郑韵之。"

穆熙不是不知道郑韵之那个女人有多喜欢玩火，她不仅自己爱玩，还喜欢玩别人。要是今天他是柯印戚，看到郑韵之敢这么带着陈涵心玩，估计也想把郑韵之给生吞活剥了。

但他蹙了蹙眉，刚想护短地回一句"你敢动我的人"，就听到耳边的尖叫声突然变得更大了。

柯印戚这时回头看了一眼，突然冲他投来了一个意味深长的眼神。

穆熙的心里"咯噔"一声，跟着看向了舞池的左后方。

在全场的注目下，只见一个身材极好的女人这时手里拿着两个话筒从后面走了上来，她穿着漂亮的裙子，脸上的笑容勾魂摄魄。走动之间，她红唇轻启，动人又略带嘶哑的嗓音瞬间响彻了整个酒吧。

她在唱生日快乐歌。

等走到舞池的正中央时，她冲着陈涵心眨了一下眼睛，然后暧昧地靠近了其中一个帅哥，将手里的另外一支话筒递给了对方，和那个男人一起，男女和声唱生日歌。

更勾人的是，唱歌时她还会随着音乐，轻轻地扭动着身体，惹得现场的人尖叫连连。

柯印戚发誓，就算此时现场吵到他耳膜都发疼了，他也绝对听到了穆熙手指关节捏得嘎嘣嘎嘣响的声音。

他忽然就觉得，在这种时候，拉一个垫背的一起心态崩，总比自己一个人崩要好。

是，此时的柯大少爷被逼急了就是有一种小人得志的心态——至少陈涵心干得可没郑韵之那么出格，所以穆熙此时的处境比他更惨不忍睹。

穆熙这时重重地磨了一下后牙槽，对他扔下一句话，穿过人群开始往舞池走去："不用你动手，我自己来。"

柯印戚冷笑了一声，抬步跟了上去。

等两人好不容易穿过层层叠叠的人群来到了舞池中央，郑韵之这首热辣的生日歌也已临近尾声，站得离她们俩最近的翁雨一看到穆熙和柯印戚的脸就知道大事不妙，拼命冲着台上的郑韵之和陈涵心打手势使眼色。

只可惜一个表演得太忘我，另一个只顾着惊喜好奇，完全没搭理她的信号。

郑韵之扭得正高兴呢，下一秒，就感觉自己手里的话筒被人一把夺走了。

她惊讶地张了张嘴，就看到穆熙以迅雷不及掩耳之势将那个话筒扔给了他们旁边的一个帅哥，然后直接将她整个人扛了起来，扛麻袋一样地扛在肩上往外面走。

郑韵之都蒙了，一边红着脸拼命地在他的肩膀上挣扎，一边用力地拍打他的背："穆熙你是疯了吗？我还没唱完呢！"

"唱个屁！"穆熙的手跟铁钳似的牢牢地锢着她柔软的身体，一边还用力地扯了扯她的裙子，以免她走光，"我劝你现在可以抓紧时间好好想想，等会要用几种方式求我你自己才会好过一点。"

"求个屁！你再不放手我就咬你了啊！"

眼看周围那么多人看着他们俩又笑又起哄的，她感觉自己的脸都快被他给丢光了，"你先放我下来啊！"

穆熙全把她的话当耳边风，只顾黑着脸脚步飞快地往外面走。

这边厢的主角之一郑韵之突然被人半路劫走了，这表演自然就没法继续下去了，台上的帅哥们和捧着蛋糕的陈涵心都一脸蒙。

柯印戚已经气得连一句话都不想说了，他靠着自己最后的一丝耐心和涵养将陈涵心手里的蛋糕放在了一边的桌子上，然后拽着她的手就往舞池外面走。

几个帅哥刚想上来问句什么，一对上柯印戚回头投过来的那个眼神，立刻腿都快被吓软了。

等拉着她走出舞池回到他们的卡座边上，他冷着脸叫了服务生过来结账。一旁的翁雨和陈涵心对了个眼色，乖乖巧巧地帮着她一起收拾起包和礼物。

结完账，柯印戚一手拎着东西，一手拉着陈涵心，冷声对翁雨说："我送你回去。"

可怜的翁雨被他那张脸吓得不由自主地抖了一下，但也不知道能说什么话来拒绝他。

为什么每次这两对同时开始修罗场时她都好死不死地在现场！她到底做错了什么？

陈涵心这时终于从刚刚震耳欲聋的热闹惊喜里稍微回过了一点儿神，她壮着胆子看了一眼身边的柯印戚，欲言又止："那个……"

"怎么了？"他虽然脸色不好看，但对上她时声音还是没那么冷。

"刚刚那个蛋糕，看着很好吃。"她说，"是之之特意让人安排给我做的，能不能让人打个包？"

柯印戚此时一听到郑韵之的名字就想发火，他沉默了两秒，忽而轻轻地勾起了嘴角："不用了，等回家我给你弄好吃的，一定比那个蛋糕更好吃。"

等出了酒吧，就看到不远处穆熙的车已经发动了，翁雨一路小跑过去把郑韵之的包包从车窗里递给穆熙，也没敢往里面看，刚转身跑回来，在路口的时候一不小心迎面撞上了一个人。

"啊！"翁雨抬手捂住了被撞到了的额头，急急忙忙地低头冲着那人道歉，"不好意思撞到你了，对不……"

"不用对不起，我是来碰瓷的。"

翁雨一听到那道低沉温柔的声音，整个人都愣住了，捂着额头木木地抬起脸。

夜色中，只见一个英俊温雅的男人正低头看着她，那人的身上还带了点儿风尘仆仆的味道，脸庞上挂着她最为熟悉的温柔笑意。

翁雨连话都说不利索了："傅，傅郁……"

傅郁看着她傻愣愣的样子，嘴角的笑容变得更大了。他摘下了她捂在额头上的手，低下头亲了亲她的额头，用手帮她轻轻地揉了揉："还疼不疼？"

她摇了摇头，脸颊在路灯的光晕下变得通红："不疼……"

他不放心，又揉了几下，然后牵起她的手："走，去和柯印戚他们打个招呼。"

她被他拉着手往前走，这时低头看看他和自己十指相扣的手，再抬头看看他的脸，还感觉似乎不太真实："你，你怎么突然回来了？"

傅郁边走，边侧过头笑着看她一眼："我的人都被他们折磨欺负成这样了，我还不回来怎么行？"

翁雨的脸更红了。

柯印戚似乎并没有很意外傅郁的出现，这时冲他淡淡地点了下头。

陈涵心倒是惊了，抓着柯印戚的胳膊，小声道："傅老师怎么突然从英国回来了？"

柯印戚淡声回道："小飞侠老因为你和郑韵之担惊受怕还深入险境的，他能不亲自回来把人给救走吗？"

陈涵心吐了吐舌头，不得不否认翁雨每次都被她们拖累得很惨，有些不好意思地和傅郁打了个招呼。

"方言让我给你带句话。"傅郁这时对着柯印戚彬彬有礼地说,"他今天有点事情耽搁了所以没过来,不过,他说他过两天应该会来找你一趟。"

傅郁能在没和他们任何人联系过的前提下准确地找到这儿来,自然和本事通天的孟方言脱不开关系,柯印戚没什么表情地说:"我也不是很想见他,只要事情能够办妥就行了。"

傅郁笑了一声:"回聊,我先把人带走了。"

眼看傅郁拉着翁雨一路远去,陈涵心冲着一脸娇羞的翁雨比了个"加油!勇敢扑倒傅老师!"的手势,刚转过头,就看到了柯印戚意味深长的脸。

他拿出车钥匙,冲着她抬了抬下巴:"你要不也给自己加加油?"

陈涵心:"……"

—

那边车里的郑韵之原本还在对着穆熙大发脾气,说他现在的行为简直就是第二个翻版斯巴达柯印戚。穆熙自动屏蔽了她的所有尖酸刻薄,该扣安全带扣安全带,该发动车就发动车,全程所有动作都十分流畅。

郑韵之见他这副刀枪不入的模样,快要被气疯了,这时抬头看到不远处正朝着这里走过来的傅郁和翁雨,用力拍了拍车门道:"赶紧让我下车,我要去和傅老师打招呼!"

穆熙不为所动,直接一脚踩上油门:"所有长得好看的男人你都要上去和他们打招呼?你打得过来吗?"

她一个"对"字刚刚出口,车就像离弦的箭一样窜了出去。

郑韵之刚刚在里面喝了不少酒,还又扭又跳的,整个人都晕乎着,哪能受得住他这种离谱的车速。瞬间再想骂什么都骂不出口了,整个人都死死地背抵着座位,牢牢抓着一旁的扶手,以防自己一不小心就吐出来。

这酒吧离家不远,他几乎是漂移一般五分钟就漂回了家楼下。

把车熄了火,他转过头看着她:"还要我扛你吗?"

她见状不妙,赶紧解开安全带,一秒跳下车。

等进了屋,穆熙打开灯,大步走到了吧台边上,拿起了桌子上放着的一瓶红酒打开,就着瓶口就直接灌了下去。

郑韵之哪里见过他像这样喝白开水一样地喝红酒?一时酒都被他吓醒了,站在玄关处张着嘴望着他。

一口气喝了小半瓶,他放下酒瓶,用手背随便抹了下嘴唇,走过来一把将她拽进了卧室,直接把她推到了床上。

郑韵之倒在床上,挣扎着撑着手坐起来,深呼吸了一口气:"你到底在发什么疯?"

"你自己心里就没半点数?"他怒极反笑,"背着我跟金发佬出去喝酒,转身又在酒吧跟一群男人一起跳舞,你真当我是死的?"

她咬了咬牙："请问我做这些都跟你有什么关系？"

他三两下解开了自己的外套和衬衣，往地上一扔："你等会就会知道到底有没有关系。"

郑韵之感觉到了他今晚肯定是不达目的不罢休，她仰着脸看着这个俊逸的脸庞上压抑着盛怒的男人，咽了口口水，试图缓和一下气氛："穆熙，冲动是魔鬼。"

他皮笑肉不笑地解开了皮带："我今天就想当一次魔鬼。"

第三卷

Nothing to Lose

第十一章 ◎ 暗涌

柯印戚和陈涵心从酒吧回到家的时候，时间已经将近凌晨了。

他一路上都没怎么说过话，薄削的唇一直紧抿着，不过她也不觉得奇怪，细细回想起他在酒吧时的脸，不夸张地说，简直比伏地魔还要吓人。

但这可是他自己亲口应允让她去的，也真怪不得她。

停完车，他直接拉着她回了他的家。一进屋，他开了灯，转头就冷冰冰地问她："刚才郑韵之给你喝了多少酒？"

她摇了摇头："没多少，我就喝了一小杯。"

她身上的酒气确实不浓，他没再说什么，去厨房倒了一杯温水过来递给她。

陈涵心乖乖巧巧地坐在沙发上，握着杯子喝了几口。

"宝贝儿。"他站在沙发旁边，居高临下地看着她，突然冷不丁了一句，"帅哥舞秀好看吗？"

她捏紧了手里的杯子："也就还行吧……"

他眯了眯眼。

"看过这一次，满足了好奇心就足够了，总不能枉费之之的一番苦心，你说是吧？"她眨巴着眼睛，企图用一个彩虹屁蒙混过关，"再说了，那秀哪能有你好看。"

他听到这话，勾了下嘴角："哦？原来你是想看我跳？"

陈涵心一听这话的走向不对，立马摆手："没有没有。"

开玩笑，让柯氏大少爷给她表演钢管舞，她宁愿选择自己悬梁自尽。

他这时抱着手臂，淡声反问："那要不，你给我跳一个？"

陈涵心："那倒也不必。"

他的目光轻轻一闪，没有再为难她。

她等了半天，发现他竟然没什么要爆发的迹象，刚刚悬了一路的心也总算是放了下来。

等她喝完了水，他带着她上楼进卧室，拿了她放在这边的睡衣，让她先去卸妆洗澡，自己则去楼下的浴室冲了澡。

陈涵心洗完澡吹干了头发出来，就看到他手里捏着手机，闭着眼睛靠在床头，一脸疲倦地揉着自己的太阳穴。而且他洗完澡头发也没有吹干，湿漉漉的水珠顺着他冷峻的侧脸一滴一滴滑落下来。

他整个人此刻看上去，又泛出了前两天的那种冷得连一点生气都没有的感觉。

她看得心里一下子有点儿难受，果断转过身回浴室去拿了吹风机出来。

柯印戚听到她走过来的脚步声，才慢慢地睁开眼："洗好了？"

"嗯。"她点点头，举起了手里的吹风机，"你别动，我来给你吹头发。"

他垂了下眸，敛去了眼底浮现上来的那丝精光，沉默地转过身背对着她，方便她给自己吹头发。

小公主这辈子可从来都没有亲手服侍过别人吹头发，以往一直都是他给她吹的份。柯印戚虽然表面看上去没什么反应，但心里的烟花早就已经炸了一大片儿。

他的头发不长，墨黑又柔软，她举着吹风机给他吹了一会儿，在嗡嗡的机器作响声中，低声问他："工作上还是不顺利？傅老师不是说战神已经来帮你一起处理了吗？"

他淡声回答："不算不顺利，只是没有想象中那么容易。"

她后来又引他说了几句话，他的回答还是那样不冷不热的。等吹干了头发，她把吹风机放回浴室走回来，就听到他低声问她："你接下来几天还要陪韦择易出去逛吗？"

灯光下，陈涵心看到他漂亮的眼睛里泛着一丝很淡很浅的低落。

"也没有关系，你想去就去吧。"没等她回答，他就闭着眼睛重新靠回了床头，"你长大了，我信任你，就像今天一样，你想做什么我都不会干涉你的。"

这话听得她心里一下子很不是滋味。

一个这么骄傲、甚至于可以说是无坚不摧的男人，这两天一直在流露出这种略显落寞的神情。饶是她之前抱着点儿幸灾乐祸想看他好戏的心态，到了这一刻，也忽然有点儿绷不住了。

"还有，我确实有点儿不顺心，但不是在工作方面。"

他这时不动声色地补上了最后一击，"我看到你和韦择易站在一起，哪怕一秒钟，我都受不了。至于今晚，我在用自己全部的自持来克制我看到你在台上时的生气……我知道我才刚答应过你要给你足够的自由和成长的空间，所以这些话，你就当听过算数，我会自己调节的。"

这是他二十多年以来第一次，在她的面前放这种软话。

这些话，也许别人说来很简单，但对于他这种又冷又傲的人来说，她是真的从来没想过有生之年能从他的嘴里听到这些话。

这对看惯了他强硬作风的陈涵心来说，确实是一剂足够有奇效的猛药。

她的心瞬间软得一塌糊涂，这时再也没有纠结的余地，直接走回到床边坐下来，对他说："我不陪他了。"

他一听这话，轻轻地睁开了眼睛。

"其实小委屈并没有真的想要追我的意思，他早就有女朋友了，都打算结婚了呢。"

她这时伸出手轻轻地握住了他的手："他只是看不过去你一直高高在上、把握全局的淡定模样，只是想小小地捉弄你一下，想让你别老是管我那么紧，想让我占点上峰。"

她耸了耸肩："所以他才给我支了几个招，想让我试着治治你。我呢，也是因为气你之前和我爸联手要催熟我搞的那些事儿，才故意陪他出去逛的，放心，我对他没有意思，真的只是朋友而已。"

他听到这些，心里简直是一瞬间五味繁杂，但是他努力地控制着自己脸上的表情看上去波澜不惊。

"不过，这些招吧，我其实一个都没有用，我还是舍不得让你难过。"

她这时有些不好意思地别过了脸："柯印戚，我觉得，可能你还是回到以前那种控制狂模式我才习惯一点儿。你现在这样，实在是太不像你了。"

—

穆家。

昏暗的卧室里，此时只有从客厅里投射进来的浅浅光晕。

穆熙解了皮带，去一旁开了个小夜灯，慢步靠近了床边。

在床上的郑韵之立刻往枕头那边倒爬了几下，浑身紧绷着，警惕地看着这个刚宣布"今晚要当魔鬼"的男人。

他刚刚喝的酒此时似乎起了作用，漂亮的眼珠像是蒙上了一层薄薄的雾气，正晦暗不明地闪烁着淡淡的光泽。

在她的注视下，他一步跨上了床，伸出手轻轻地捏住了她的下巴，朝自己抬起来一些。

四目相对，他身上刚刚还腾腾的怒气也一点一点地消退了下去。过了半晌，他居高临下地沉声道："你是真的不清楚我为什么会生气吗？"

郑韵之咬了咬牙，一时没吭声，可是她撑在床上的手掌心，却悄悄地泛起了潮湿。

两秒后，她没好气地垂下了眸子："不知道。"

"你在撒谎。"

他捏着她下巴的手紧了紧，"郑韵之，你每次撒谎的时候，都不敢看我。"

她的心一紧。

"看着我。"他这时将身体俯低了一些，挺拔的鼻子几乎要触到她的鼻尖，"之之。"

郑韵之的瞳孔微微颤了颤，她抬起眼，就看到他近在咫尺的脸庞，还有灯光下他肌理分明又完美精壮的上身。

她觉得自己的心都漏跳了一拍。

下一秒，她就听到他靠在自己的唇边说："我不想让你去见Louis，我只要一想到你跟他待在一块儿就不高兴。"

她咬了咬牙："因为你嫉妒他比你长得好看。"

他没搭理她的挑衅，继续道："你和几个男人在那儿热舞唱歌，我恨不得先掐死你，再掐死他们。"

"你有资格说我？我回来的第一天，你就在我面前喝了舞女的酒，更别提你拉着那个Ivy在我面前耀武扬威过几次了。"

刚说完这段话，郑韵之就有点想咬掉自己的舌头——这话怎么听上去那么酸啊？

他听到她说的这些，终于忍不住笑了一下："那都是故意为了气你。"

她本想回一句"我也是为了气死你"，可转念想想，好像这句话又有哪里不太对劲。

如果她所做的每一件出格的事情都是为了气他，那么她这么用力地气他又是为了什么？

"我更讨厌你在那么多陌生人面前释放魅力，你自己也许不知道，在我眼里，三年前的你就已经足够光彩夺目了。我为你的光彩感到高兴，但我却并不希望除了我以外的人看到这样的你。"

他一字一句地说："我想把你藏起来，藏在我一个人的身边。"

这一下，她的酒彻底醒了。

她连话也回答不上来了。

这是他这么多年以来，第一次在她的面前说这些话。

不再是每一句都刺人难听的冷嘲热讽，也不是每一句都被她激起来的反唇相讥。

就像丹姨说的，他绝对是一个非常不擅长用语言表达真心的男人，她从未奢望过能从他的嘴里听到什么真心诚意、掏心窝子的好话。

有一瞬间，她觉得她心里那根始终紧绷着的线，她面对他时浑身竖起来的那些刺，好像都快要消失不见了。

她觉得，如果不是她的错觉的话，她可能快要碰到她一直以来最渴望的那样东西了。

这种感觉太不真实了，这让她本能地感到害怕。

就像上次那个夜晚他坐在她的床边怕她再离开一次那样，她张了张嘴，试图把他正在谈论的这个话题岔过去："尊敬的穆少董，你是喝醉了吧？请问你现在说的话都经过大脑思考了吗？"

他勾了勾嘴角："小半瓶红酒就醉？你这么看不起我？"

她耳朵红了，伸出手就把他往外推："你别以为你说几句好听的我今晚就能从了你，我的帅哥舞秀都泡汤了，你得赔我。"

穆熙都服了这个自己欠了一屁股债还好意思问人家索要赔偿的女人了，他轻巧地抓住了她纤细的胳膊："行，我赔。"

郑韵之没想到他竟然答应得那么爽快，还惊了一下："你，你打算怎么赔？"

他面色沉静："我来给你跳。"

郑韵之："……"

"就在这儿。"

下一秒，他欺身上前，不由分说地就吻住了她的嘴唇，靠在她的唇边说，"不过你得跟我一块儿跳。"

他的唇舌因为酒精的温度，此时变得格外的滚烫。她能够感觉到他在她的嘴里温柔地卷动着她的舌头，情愫从彼此贴近的地方渐渐蔓延到了全身，她努力忍了忍，还是没忍住，原本在抵抗他的手渐渐地往上不自觉地搂紧了他的脖颈。

她的身体已经太过习惯他的，连她自己有时候都无法控制。

穆熙一边吻着她，一边将她整个人都抱到了自己的腿上，他们彼此的呼吸都渐渐急促起来。就在这时，他的手扶着她的纤腰，往后退开了一些，哑声道："你别逃。"

她愣了一下，美眸轻闪："我人不都在你身上吗，能逃哪儿去？"

他的薄唇微抿："你不想说，那我就自己告诉你我生气的原因，你给我仔细听好了。"

她一听这话，原本抱着他背脊的手就不由自主地颤了颤，穆熙已经感觉到了她整个人一瞬间的紧绷和退缩，搂住她腰的手立刻收得更紧了一些："还说没想逃？"

她倔强地咬着唇，一时没吭声。

"别咬。"他看到她的牙齿用力地咬着嘴唇，漂亮的唇瓣都快被她自己咬出血了，这时用手指轻轻地去抚了抚她的唇，让她松开牙齿，"会疼的。"

你疼，而我会心疼。

郑韵之觉得自己的鼻尖已经开始有点儿在发酸了。

她闭了闭眼，靠在了他的脖颈旁边，用一只手遮住了自己的脸，声音闷闷的："穆熙，你别对我那么温柔。"

"你千万别对我那么温柔，我宁愿你骂我，宁愿你讽刺我，宁愿你对我很绝情很冷漠，也不想要你对我温柔。"

因为那样的话，我就会止不住地去幻想。

幻想一个我永远都无法得到的奢侈的梦。

而那样是不对的。

我是不被允许的。

他听到这句话后，淡淡地笑了。

"为什么不？"

良久，他垂下眸子，轻声说，"郑韵之，你不疼你自己，可我疼你。"

听到穆熙说的这句话之后，郑韵之很长一段时间都没有再说话。

卧室里静悄悄的，刚刚还旖旎无比的气氛也随之消散在空气中，他抬手摸了摸她靠在自己脖颈边的脑袋，勾了勾嘴角："哭了？"

"你做梦。"她的声音闷闷地从她自己的手掌里传出来。

他的目光里含着一丝浅浅的光泽，这时轻轻地捏着她的肩膀把她人抬起来一些，让她的脸正面面对着自己："那你放开手。"

她依旧用一只手挡着自己的脸："我偏不。"

他没再说话，这时直接凑上去，轻柔地吻了一下她的手背。

那湿漉漉的感觉从她的手背一瞬间蔓延到了全身，她实在有点受不了了，这时置气似的放下了手，凶巴巴地对着他："你这人怎么那么烦啊……"

穆熙看着她眼尾那丝儿不可见的浅浅的红，不着痕迹地弯了下嘴角。

"你笑个屁。"她眼尖，一下子就发现了他的小表情，这时没好气地翻了个白眼，"谁知道你说的话里有几句是真几句是假……"

"听过一句话吗？"他说，"酒后吐真言。"

"难怪你刚刚一进门就要喝酒壮胆，生怕自己不喝酒的时候胡言乱语，会把我惹毛揍你是吧。"

他抬起手捏住了她尖尖的小下巴，直直地看着她的眼睛："我不需要壮胆，只是你都喝了酒了，我岂能容你今夜一人独醉？"

郑韵之看着他漂亮的眸子，脑子里忽然闪过了一段话。

喝醉了酒，才知道你最爱谁。

卸下光芒，才知道谁最爱你。

她一直都知道她自己最爱谁。

所以她从来都不愿意醉酒，甚至在法国的那段时间，她都不愿意触碰酒精。

她从来都不觉得这个世界上有谁会真心爱卸下光芒之后的她。

所以她不愿意、更不敢卸下她身上这三年来好不容易包装起来的光芒万丈。只是她忘了，这个男人，是在她最初埋没在黯淡尘埃里的时候，就已经一眼看到她、并选择走近她的人。

想到这里，她实在是不敢再继续想下去了。

她只是觉得，自己身上包裹着的那最后一层刺，也已经快要被他磨平了。

郑韵之这时勾了勾嘴角，直接自己抬手解开了脖子后裙子的丝带，笑得眼角生花，朝他吻了过去。

……

毫无意外，第二天郑韵之直接翘班了。

等她从床上爬起来，又已经是日上三竿。等洗漱完走出去，她就看见客厅的桌子上放着丹姨已经烧好的早午饭，魔鬼本人不见踪影，估计是去公司了。

她拖着浑身酸痛的身体来到桌边，看到盘子下边压着一张写着龙飞凤舞字迹的纸条。

【今天可以不上班，老板准假。】

—

柯家。

陈涵心对着柯印戚说完那些话之后，心里多少还是有点儿七上八下的。

说句实话，借着韦择易这次出现的风头，她确实是动了想看柯印戚翻车和崩溃心态的心思。因为他一直以来都太强硬、太完美、太坚不可摧了，很多时候都会让她觉得不真实、觉得触碰不及，所以她才会产生之前这么多年面对他时自卑和不自信的心态。

她真的有点儿好奇，想看看这个总是掌握着一切的男人，会不会也因为她，因为爱情，整个人都变得不像他自己。

可当真到了这一刻，当她看到他神色黯淡地选择放弃自己一直以来的坚持和强硬，当看到他疲惫又不甘地忍耐着她去追求所谓的自由，她又狠不下心肠再继续试图看他的好戏了。

原本她心里积攒着的那点叛逆的小九九，还有和韦择易吃饭时讨论的那些"克柯秘籍"，都是她手里握着的不可言说的底牌。但是现在，她都因为心软，一股脑地全都给倒腾出来了。

也就是相当于是把自己的队友小委屈也给一并卖了。

柯印戚一动不动地注视着她，此时心里的小剧场简直可以上演一出年度大戏。

他想给韦择易那唯恐天下不乱的伪君子打得牙都掉下来，把他赶回到他自己该待的地方去永远也别再出现在他们的面前。

但是这次无意中尝试了一下他之前从未尝试过、也拉不下脸尝试的"知道哭的孩子才有糖吃"的人设并大获成功后，他深知自己必须延续这个苦情王子的角色。

于是，柯印戚听完这段话后，沉默片刻，叹了一口气："我要是回到以前的强硬模式，管你这个，管你那个，你不是又会变得不高兴，整天跟我闹脾气？"

她歪着脑袋想了想："那要看你怎么管了，毕竟我现在长大了，应该不会动不动就要小性子了。"

他这时望着她，淡淡地开口道："随着你变得更成熟，你也会越来越有自己的想法，可以自己来做所有的判断。要是到了那个时候我还在你身边整天试图控制你，我觉得你只会更厌倦。"

"心心，我想，总有一天，你会不需要我，也会觉得我的干涉很多余。"

他低沉的声音回响在偌大的卧室里，更显得清冷孤寂。陈涵心一时也不知道该怎么回他这几句话才好，只知道默默地望着他，抓着他的手也不由自主地松开了一些。

柯印戚闭了闭眼，将她握着自己的手轻轻拿开，又将身后靠着的大枕头摘下来，放在一边的椅子上，准备躺下来："上来睡觉吧，已经很晚了。"

陈涵心看着他英俊又没有什么表情的侧脸，咬了咬牙，忽然一下子翻身爬上了床，整个人都半坐在了他的身上。

他抬了抬眼，状似疑惑地望着此时满脸仿佛下一秒就要英勇就义一样的小人儿。

她居高临下地望着他，一字一句地说："柯印戚，你给我听好了，我不可能会有不需要你的那一天。"

"就算今后我还会因为你管我太多和你发生争执闹脾气，但是我们依然会很快就和好如初，然后再继续下一个这样的轮回。因为这就是我们俩的相处模式啊！都这么多年了，我早就已经习惯了，一个人怎么可能会把自己根深蒂固的习惯给改掉呢？"

"还有，我不是之之，我应该也很难成为像之之那样酷炫独立的女性。我可能这辈子就真的只能当一个比其他公主稍微成熟那么一点儿的小公主，有你这样无所不能的人在身边，我可能还真的愿意继续做一条什么都不用干的米虫呢……"

她一口气发挥到这儿，才终于好像觉得有点儿害羞了，谁知下一秒，她就被她坐在身下的人一下子抓住了手臂。

她发现，他刚刚还布满了全身的那股颓丧气息一瞬间竟然就已经消失得无影无踪了。那双漂亮的眼睛里，原本充盈着的雾气和迷蒙也已经被往日的锐利和清明所替代。

只是在这短短几分钟的时间之内，她所熟悉的那个"柯印戚"就已经回来了。

也有可能，她这两天看到的那个颓丧版柯印戚，从头到尾就只是一个等着她跳进去的假象陷阱而已。

当陈涵心隐约意识到不对劲的时候，已经来不及了。

柯印戚这时将她整个人都拉到了自己的身上，然后敏捷地翻个了身，直接将她压在了自己的身下。

他从上而下地俯视着她，过了一会，终于低声开口道："宝贝儿。"

她忍不住颤了一下，脸颊一下子就红了。

然后他抬起手，曲起食指揉了一下自己的唇角，低下头靠近她的耳边："我今天才知道，你原来这么喜欢强硬的我。"

陈涵心咬了咬牙，面红耳赤地说："柯印戚，你要诈……"

亏她刚刚还那么心疼他，一手满满的招数都不舍得用，把自己的心路历程全都明明白白地对他摊牌了。可没想到，到头来竟然被他这个心机男孩给要得团团转，她果然还是太天真了！

他笑而不语，这时低下头，竟然用牙齿直接扯开了她睡衣上的第一颗扣子。

她感觉自己现在就像一条躺在砧板上待宰的鱼，她扭了一下，才发现自己这点小力气，连他的一只手都抵抗不了。

而某人此时浑身上下都是滚烫的，感觉下一秒就会把她整个人都燃烧殆尽。

……

早上，陈涵心是被一阵手机语音电话的震动声给震醒的。

她勉强睁开眼睛，伸手去够到了床头柜上的手机，立刻就疼得"嘶"了一声。

忍耐着浑身的酸痛，她半眯着眼睛，瞟到一眼屏幕上好像是来自她和郑韵之还有翁雨的群聊电话，便点开了接通键。

"心心，之之。"电话一接通，就听到那头传来了翁雨温柔可爱的声音："我就是来问问你们两个，一切都还好吗？"

"好个屁。"郑韵之咬牙切齿的声音紧接着传了出来。

翁雨："你没去上班？"

郑韵之冷笑一声："谁上得动谁去上，我不进医院就不错了。"

"就你昨晚的精彩表现，穆熙没当场把那酒吧给砸了就不错了……"翁雨秒懂，她嘴里似乎是在吃着什么东西，含糊不清地问道，"心心呢？少爷昨天为难你了吗？"

她闭着眼睛，联想到昨天晚上，就气不打一处来："这两个男的简直都太可怕了，一个疯牛病一个狂犬病，还是傅老师好……"

郑韵之立刻跟上了一句："就是，傅老师简直就是完美情人。"

翁雨被这俩自作孽不可活的女的逗得嘴都合不拢，还想再说两句什么，忽然手里的手机就被身后的人拿走了。

"心心，之之。"

下一秒，傅郁清爽温柔的声音就响起在了电话那头。

"哟，傅老师！"郑韵之笑了，"昨天没能当面和你打上招呼，真是失敬。"

"傅老师好。"陈涵心说。

傅郁低声笑了笑："想必你们俩昨晚都挺难熬的，我就不雪上加霜了。我就想说咱们家小雨反射弧比较长，我怕她被人拐了还给人数钱，以后我不在的时候，还是得麻烦你们俩再多多照顾她一些，别让她去她找不着北的地儿。"

这几句话说的实在是颇有艺术性，明里感谢了一下这两位闺密对翁雨多年来的"照顾"，暗里就是警告她们俩以后再有什么瞎搞的事情可千万高抬贵手别再带上翁雨了。

郑韵之立刻说："明白明白，谨遵傅老师教诲。"

陈涵心："我们一定好好照顾小飞侠！"

傅郁温柔有礼地挂下了电话："那就先这样，我和小雨还有些别的事情要忙，回头再聊。"

翁雨显示先退出了群聊电话，余下郑韵之和陈涵心两个人相对沉默片刻，郑韵之幽幽地来了一句："我觉得傅老师应该也没有我们想象中的那么美好，如果不是我的错觉，他心里简直是漆黑一片，总感觉和穆熙那河豚有点像。"

"可不是吗？"

陈涵心也感觉到了温柔的傅郁身上那丝和柯印戚有异曲同工之妙的黑气，"我觉得小飞侠最后被他吃干抹净了可能还在乐呵呵地给他数钱呢……"

—

酒吧事件之后，生活再一次步入了正轨。

郑韵之该上班就上班，一边忙着招人，一边带着团队在做和F大的联合时尚秀方案，简直是忙得四脚朝天。

而她背着穆熙，也见缝插针地和Louis见了几次面。

Louis毕竟是个矜傲的法国人，那天酒后告白遭到拒绝之后，也完全没有再在这件事情上多做纠缠，又继续像以前那样以好朋友的身份自然地和她相处，她在心底里也很感激Louis的理解。

这天下午，Louis来找她喝咖啡，说是准备坐今晚的飞机回法国去了，走前想再最后见她一面。两个人在Live大厦附近的一家咖啡馆聊了一会天，临走前，Louis站在路口，似乎是有些欲言又止。

"怎么了？"郑韵之一眼就看出来了，笑吟吟地拍拍他的肩膀，"好兄弟，想说什么就直说。"

Louis碧绿色的眸子轻闪了闪，深深地呼出了一口气："虽然我知道你也不是很想听我谈起这个话题，但是我还是忍不住想问，希望你不要介意。"

"你说。"

"我想说，这个男人已经重重地伤害过你一次，你还是想要再和他走一次试看吗？"

她其实已经猜到这会是和穆熙有关的话题，但她看着Louis真诚的目光，又不忍心对这个话题避而不答。

沉默了几秒，她勾了勾嘴角："Louis，你知道中国有句话，叫作今朝有酒今朝醉吗？"

Louis目露疑惑地望着她。

"就是我现在待在他身边，我觉得自己是快乐的，所以我不想去想过去，也不想去想未来所有可能会发生的变故，我只着眼于现在他能给我的这些。三年前的事情，我想也不能全都算作是他的错，他应该也不是知情者。"

她的目光定定地落在虚空中："虽然你说现在的我也已经站在了云端之上，但我还是觉得我和他终究不是一个世界的人。这个世界是不公平的，我们生来的起点就是不一样的，他不用伸手就能拿到的东西，是我努力了很久，都会被认为是我配不上得到的。"

Louis目露不忍："Tiffany……"

她冲着Louis摇了摇头："我已经不怕再被伤害一次了，因为我知道我们的结局一定就是那样，所以我根本就不求结局。就算现在他给我的这一切最后全都是虚无缥缈的，我也认了，我真的只贪图现在。"

前方的路灯此时由红变绿，她抬手揉了下自己的眼眶，弯着嘴角说："我知道你一定很好奇，为什么就只能是他，我真的有仔细地想过这个问题。"

"后来我想明白了，因为，他是这个世界上唯一一个，愿意拥抱浑身都是刺的我，但是不怕痛，还一次又一次抱住我的人。"

无论是三年前，还是三年后，他都是这样做的。

每一次她刺他，他都被气得暴跳如雷，可到最后还是坚定地把她拽回来，将她牢牢地绑在自己的身边，哪怕他自己被刺得鲜血淋漓。

他以前说过一句话：郑韵之，出于人道主义，我不能让你去祸害其他人，我愿意做这个被你祸害的人。

这句话音落下之后，Louis也不再说话了。

不知道过了多久，他的目光落到了她身后的不远处，轻轻闪烁了一会儿，忽然露出了一个狡黠的笑。

郑韵之没有注意到他这个表情，还没反应过来时，就被他重重地伸出手拥抱了一下。

"这是一个来自朋友的拥抱。"他抱完之后，很快就松了手，耸了耸肩，"还好，也没有想象中那么痛嘛。"

她愣了一下，继而笑出了声："嘿，你真当我是刺猬呢？"

Louis也笑了，他冲她挥手告别，温柔地留下了最后一句话："记住，只要你需要我的时候，我永远都在。无论我在哪里，我一定都会来带你离开。"

她深深地看了一眼这个高大英俊的男人。

到了这一刻，她忽然觉得，或许他是真的认真地爱着她，不是她认为的那种错觉。

"好。"她认真地点了点头，"谢谢你，Louis。"

目送Louis上了出租车之后，她转过身准备走回Live大厦，刚一回头，她的脚步就僵住了。

只见离咖啡店不远处的一个公交车站前，此时站着一个斯文清俊的男人。大白天的，那男人的身上却在一阵又一阵地冒着寒气，看着别提有多恐怖了。

也不知道他都站在那里监视她和Louis多久了。

她和穆熙隔着好几米对视了一会，抬起脚步，试图云淡风轻地从他身边经过，不带走一片云彩。

可她人才刚刚走到他的身边，就被他一把牢牢地抓住了手臂。

她只能僵硬地转过了头，冲他露出一个虚伪的假笑："哟，老板，好巧，您怎么在这啊？"

穆熙也冲着她漫不经心地勾了勾嘴角："郑总监，翘班溜出来和人约会？"

她继续假笑："老板，看您这话说得，我哪敢呀，我这是来咖啡店和人谈正事儿呢。"

"谈什么正事？"

他这时拽着她的手，点鼠标似的拉着她往前走，"你说给我听听，我很好奇，到底是什么样的正事，需要在光天化日之下搂搂抱抱的。"

郑韵又被他铁钳般的手臂抓得差点一个狗吃屎摔在地上，她沉默了两秒，开始胡编乱造："您不知道吗？现在谈生意谈拢之后，都需要拥抱一下，表达双方之后合作愉快的意思。"

"噢？"

穆熙这时侧过头，淡淡地看了她一眼，"那你现在跟我回办公室，我也有正事要和你谈。"

她张了张嘴，刚想骂一句"你能有什么正事"，就听到他说："我希望谈拢之后，你能给点比拥抱更多的示好方式。"

郑韵之面无表情："比如？"

他不徐不缓："升降办公桌的多种使用方法。"

郑韵之："滚。"

—

柯印戚和穆熙在酒吧当晚谈妥了F大和Live的联合时尚秀之后，陈涵心找时间跟他一起去了一趟F大校长办公室。

他们俩作为F大的优秀学生，再加上柯印戚特殊的背景以及柯氏长期对F大的资金支持，校长看到他们俩，应该说是看到柯印戚，向来都有点儿礼让三分的意思。所以当他们俩提出了这个时尚秀的方案后，就算之前F大从未举办过类似这样的娱乐活动，校长也没敢立刻说出反对的意思。

柯印戚见校长看上去有点犹豫，坐在办公桌对面，气势如同他才是这个学校的校长："吴校长是觉得有什么不妥的地方？"

吴校长张了张嘴："啊……没有没有，没觉得有什么不妥，就是有些担心这样的娱乐活动对我们学校还有学生会不会产生什么不利的影响。"

柯印戚双腿交叠，接下去轻描淡写地以写一篇论述文的方式，将时尚秀将为F大带来的百利无一害统统罗列了一遍，最后还不忘补上："吴校长不需要担心安保和搭建的问题，这些柯氏都会全权负责，资金方面也不需要F大出力。F大只需要提供这块场地和平台以及帮助我们做活动的宣传即可，我也会亲自担任这个项目里F大的总负责人，定期为您汇报进展。"

吴校长哪能说得过他，就算现在叫来一个连的辩手，估计也不是他一个人的对手，到最后当然只能颤颤巍巍地在计划书上签了名盖了章。

等陈涵心拿着这份计划书和他一起出了办公室，立刻高高兴兴地把电话拨给了郑韵之。

那头的郑韵之十分诧异校方居然这么快就同意了，陈涵心看了一眼自己身边那个神色冷淡的男人，忍不住压低了嗓门对郑韵之说："你还不知道他是个什么样的人吗？"

这天下能有他柯印戚办不成的事情吗？

就算有，当对方看到他那张脸和他雷厉风行又说一不二的冷血作风，估计也得吓尿了跪在他面前给他办成了。

两人出了楼，柯印戚看了一眼时间，问她："陪你去吃点甜品？"

她刚点头说"好"，一抬头，就看到迎面走过来了一个熟悉的人："小委屈！"

韦择易手里提着一个行李箱，似乎是马上要离开F大的样子。柯印戚一看到他，脸色立刻臭了连二十倍都不止，牵着陈涵心的手也跟着紧了紧。

韦择易走到他们面前，温柔儒雅地说："心心，印戚，我未婚妻那有点事儿，我不放心，所以就提前结束游学项目了。麻烦你们和萱萱阿姨还有渊衫叔叔打个招呼，等我下次回来再去看他们。"

柯印戚一听这话，心里简直乐开了花。

陈涵心眨了眨眼睛，道："你未婚妻那边要紧吗？"

"对我来说非常要紧。"韦择易不动声色地弯了弯嘴角，"她怀孕了。"

这下陈涵心和柯印戚都傻眼了，两秒后，陈涵心立刻高高兴兴地说："天啊，恭喜你啊小委屈，你竟然要当爸爸了！"

柯印戚本来就黑漆漆的俊脸瞬间变得更加惨不忍睹了。

这小子，不仅小时候窥视他家的小公主，长大了还尽给他使绊子，现在更令人气愤的是——竟然比他都先当上爸爸，这让他怎么能忍？！

韦择易自然也留意到了柯印戚的面色不善，不过他就当作没有看到似的，笑吟吟地说：“心心，谢谢你的祝福，其实我本来是打算这个月月底给她求婚然后领证的，然而现在计划赶不上变化，得赶紧回去求婚，然后把剩下的流程都操办起来等着迎接宝宝了。”

陈涵心是真没想到自己儿时一起玩泥巴的玩伴竟然要当爹了，毕竟单叶和戴宗儒要比他们大上好几岁，结婚生子也是正常，可这韦择易和她是同一年出生的，连大学都还没毕业，竟然已经要当爸爸了，这她必然得惊奇啊！

就这个爆炸性新闻，一下子让陈涵心燃起了熊熊八卦之心，她之前吃饭的时候没怎么仔细过问韦择易的女朋友是怎么回事，这会终于忍不住道：“小委屈，你未婚妻是个什么样的人啊？我真的好好奇你们俩的感情故事啊！”

韦择易弯着嘴角，目光不动声色地从柯印戚的脸颊上滑过，然后微微一笑：“我的未婚妻比我年长四岁，是我的小提琴老师，我追了她很多年才追到她的，我非常爱她。”

陈涵心张了张嘴：“我天……你竟然搞年上恋！”

韦择易一提起自己的未婚妻，就笑得一脸温柔：“她非常聪明，也是我眼里最有魅力的女人，以后有机会我介绍你们认识。”

话到最后，韦择易轻轻巧巧地补上了最后一句：“不过，可千万别告诉她，我是有预谋地让她先上车后补票噢。”

陈涵心大眼睛骨碌碌地转了一圈，冲着他连连竖大拇指。

柯印戚的脸色自从韦择易开始说他和他未婚妻的故事的时候就开始变得愈来愈难看，到了现在，简直已经是惨不忍睹了。

韦择易这家伙绝对是故意这么说的。

同样是男小女大的年下恋，甚至韦择易那对的年龄差更大，可如今人家不仅名正言顺地要结婚，甚至连孩子都已经有了！这不是在侮辱他柯印戚是在侮辱谁？！

“心心。”

柯印戚这时在心底里深吸了一口气，努力地克制着自己的语气，转过头对着她淡声道，“你在这等我一会，我有几句话要和韦择易单独说。”

陈涵心一脸不明所以地望着他，心想他什么时候和韦择易关系好到要说悄悄话的程度了，但还是没说什么，点点头，乖乖地站到了一边。

柯印戚几步走到前面，然后回过头看向一脸微笑的韦择易，冷冰冰地说：“我只是想谢谢你，这次回来，为了让心心的爱情更加顺遂甜蜜，给她出了那么多好主意。”

他格外咬重了“好主意”这三个字，但韦择易就像是听不懂一样，笑眯眯地说：“不客气，我们都是发小，看着你们俩幸福，我也高兴。"

他对着韦择易那张无懈可击的俊脸，终于耐不住冷笑了一声，从牙缝里扔出了几句话："今后麻烦你管好自己的事就好，我和心心的事，不需要你操心。"

韦择易听到这话，也不生气，不徐不缓地回复道："希望下次见面的时候，你也能像我今天这样满怀着幸福，并且已经拥有了新的身份。"

这一肚子坏水的臭小子！

柯印戚一句话都懒得再继续接，转过身头也不回地就走了。

—

下午，柯印戚写完了自己的毕业论文，再帮陈涵心指导了一会她的，然后趁着她在修改的时间，借着说要去给她买饮料的由头，走到了图书馆的外头。

他摸出手机，打了个电话给司空景。

司空景最近在录音棚里录歌，没有特别忙，很快就接了起来，接通后第一句话就是："吃到糖了？"

他捏着手机，冷峻的眉眼略微一动，勾着嘴角道："少废话。"

司空景在那头低笑了一声："还不是我告诉你说心心一定会吃你的反差萌，让你试试换一种人设？尊敬的柯家大少爷打算怎么感谢我的助人为乐？"

他沉默两秒："你一直想要的那本画册，我可以考虑借你用几天。"

司空景二话不说："整套复印，谢谢。"

两个男人心照不宣地用几句别人都听不懂的话语达成了一个协议，司空景感觉他这个电话应该不仅仅只是为了炫耀一下自己成功从火葬场中脱离那么简单："你是不是脑子里又有什么算盘了？柯印戚，你放过陈涵心吧，她真不是你的对手。"

柯印戚揉了揉太阳穴："这回真不是上次那种乌龙球了，我这次要打个直球，肯定是她一眼就能看懂的那种。"

"什么直球？你确定你不会打进阴沟里面？"

他面无表情："司空景，你是乌鸦吗？"

司空景在那头笑出了声："好了，你说吧。"

他这时往回走了几步，悄悄地从落地窗旁边看了一眼在里面专心写论文的陈涵心，对着电话道："穆熙来找过你吗？他想邀请你和夏夏来做这次Live和F大联动的时尚秀的压轴表演嘉宾。"

"他早上刚说，我们俩还在考虑，怎么了？"

"你们一定要来，我也会问穆熙再多要几张邀请函给到戴哥豆丁他们。"他说，"我需要你们在表演结束之后帮我一个大忙，到时候台上台下都得有人。"

司空景敏锐地从他的话语里察觉到了什么："你难道是想在时尚秀的最后对心心……"

"嗯。"没等司空景说完，他的唇角慢慢地扬起了一个弧度，"就是你想的那样。"

柯印戚和陈涵心那边拿到校方绿灯之后，郑韵之立刻带着团队开始正式把这个项目落地。按照计划，时尚秀就定在一个月之后，他们所拥有的时间已经所剩无几，要安排的事宜却比头发丝还多，她已经连着好几天从早到晚都泡在会议室里开会了。

这天开会到一半，她想起来有一个重要的文件好像被她放在办公室的柜子里了。于是她和团队打了个招呼让他们先继续，自己则从会议室离开回办公室找文件去。

进了办公室，她人蹲在柜子前面翻文件，刚翻了没一会，就听到自己办公室的门"咔嚓"一声被锁上了。

她诧异地从柜子前起身，回头望过去。

只见穆熙抱着手臂靠在她的办公室门背后，正一脸似笑非笑地望着她。

他今天穿着一件浅蓝色的衬衣，袖管轻轻挽起，整个人看上去俊朗儒雅得不行，就是那种就算把他放在乌压压的人堆里，都能隔大老远一眼看到的独领风骚。

可惜这人说出来的话，却和他斯文的外貌成严重反差，没半点儿入流："你今天的裙子怎么又这么短？我刚刚在门外都看到你的蕾丝花边了。"

"滚！"她毫不留情地就骂了回去，"你是透视眼？"

她今天这条裙子的长度足足到她的膝盖下面，就算她蹲下来都不可能露出她的底裤，这家伙显然是昨天晚上在家里看到了，才在现在这种时候故意拿出来骚扰她。

他嘴角挂着笑，这时举步朝她走过来，语气里透着一股子酸味儿："郑韵之，你难道没觉得你最近干活有点太卖力了？这都连着几天了，早上出门比我早，晚上回家比我晚，到家了之后还在家里开电话会议，我以前倒是没看出来你有这么敬业啊！"

她没给他一张正脸瞧，继续蹲下来找文件："你懂个屁！这就是老百姓的疾苦，谁让我的老板是个喜欢压榨员工的万恶资本主义？自己跷着二郎腿随口布置任务，屁股都是下面的人给他擦。你要是真这么好奇，要不你也来当一次员工被老板压榨试试？"

穆熙当然知道她骂的就是自己，可他被骂了竟然还心情颇为愉悦，此时半坐在她的办公桌上看着她的美背，不徐不缓地说："行，那你来做老板，我愿意被你榨干。"

她好不容易从柜子的最底下翻出了那份文件，这时关上柜子直起身，抚了抚自己的长发："鬼才信你的话。"

他冲她轻轻地一挑眉："我是说真的。"

郑韵之一看他那张脸就知道他在想什么，直接把手里的文件拍在了他的脸上。

堂堂内娱最大的娱乐公司少董事长被人当面打脸之后，竟然还能笑出声。郑韵之看着他坐在桌子上，肩膀笑得一抖一抖的，没好气地说："穆熙，我真建议你立刻去找你的私人医生看看病吧，我感觉你最近真的病得不轻。"

他现在这种被她怎么样怼、骂甚至上手殴打还能笑这么大声的反应，哪里有半点"尊贵矜傲、打不得骂不得、一身公子病"的少董事长气质？

她可没耐心在这儿看他继续表演疯癫了，那边还有一堆活要等着她干呢。谁知道她刚往前走了几步，就被他抓住了手臂，一把拖到了他的跟前。

他人坐在她的办公桌上，两条长腿分开，恰好圈出了一个小小的空间可以让她站在里头。

"你能不能注意一点影响？"她被他拽着，怎么扭都扭不开，忍不住冲他翻了个白眼，"这都还没下班呢，外面一堆人你当他们都是瞎的吗？"

"没事。"他的目光专注地落在她的脸颊上，直接在线表演睁眼说瞎话，"这个角度，外面的人看不见。"

她在公司里和他靠那么近，总感觉有点儿别扭："你到底能不能有话快说？"

"我是想问你，我爸妈下周正好从国外回来，他们最近可能要在S市待上一阵。"

他抬起手，将她略有些凌乱的头发细心地整理了一下，低声道，"你要不要找个时间，跟我一起去见见他们？"

郑韵之的脸一下子变得煞白。

应该说，在他说完这段话的那一个瞬间，她整个人都僵住了。

穆熙很清楚她的家庭背景，也明白她对这种事肯定会存在一定的抵触心理，所以她此刻的反应落在他的眼睛里，他并不觉得反常。因为他在来找她说这件事之前，就已经猜到她肯定不会是那种轻松愉悦一口就答应他的结果。

"只是见个面，一起吃顿饭而已。"

他把声音放得更低柔了一些，手从她的手腕处落到了她的手掌心，和她亲密地十指相扣，"他们长期待在国外，一般很少回来，所以三年前一直没有机会安排你们见面。这次他们正好有事情要回来一趟，我就想着可以趁着这个机会……"

"……不要。"

下一秒，他忽然听到了她糯糯的低语。

"什么？"

"我说……"她颤着唇，强迫自己抬起头，看着他的眼睛道，"我不想去见他们。"

郑韵之此刻的心里简直就是翻江倒海，所有曾经被深埋在最底下的暗涌，一瞬间全都突破了那层防护膜冲了出来。那些她怎么也不愿意回想起来的记忆不断地敲打着她的心脏，她那一只没有被他握住的手，此刻在轻轻地发着颤。

穆熙见她这样说，也没有不高兴。相反，他的耐心好得出奇，握着她的手，试图缓解一下她的情绪："只是大家一起见个面，认识一下彼此罢了。你不用觉得紧张，我都会陪着你一起的，如果你实在不想去见他们，那也没有关系。"

她深深地呼吸了一口气，咬了咬牙，忽然问道："你……有告诉过他们我的存在吗？"

他说："三年前告诉过他们，现在你回来之后暂时还没有。"

她闭了闭眼，心中一瞬间五味杂陈。

"之之。"

他渐渐感觉到她此时的情绪有点儿不太对劲，这时温声道，"你是担心他们会不喜欢你吗？"

第十二章◎钥匙

办公室里一时没有人说话，显得格外静悄悄的。

郑韵之罕见地陷入了沉默的状态，穆熙静静地看着她，见她一直都不吭声，握着她的手，放到自己的唇边亲了亲。

然后，他勾了勾嘴角，想引她说话："虽然你是每天都把我气得犯心脏病，有好几次我都怀疑自己再被这么气下去要一命呜呼了。但是你看看都这样了，我这不还是活得好好的，还能陪你继续折腾下去。而且我看你也就对我才像秋风扫落叶，对别人那都叫一个满面春风的。"

他的言下之意是——连他被她这么折磨都能抓着她不放，就更别提其他人了。

她这时好不容易把心里那些汹涌的情绪都暂时按捺了下去，努力地冲他露出了一个微笑："你是你，别人是别人，你可不能拿普通人的心态和你比啊！"

他见她的情绪总算是恢复得正常了一些，淡淡笑道："我觉得我爸妈的心态应该都挺好的。"

她勾着嘴角，敛去了眼底的黯淡，模棱两可地扔了一句话："穆熙，不是我说你，你这个人有时候就是太天真了，你以为每个人的想法都会和你一样吗？"

他注视着她："之之，我觉得他们……"

"你刚才自己说过的，说如果我实在不想去，不会勉强我。"

没等他说完，她就冲他摆了摆手，"你这份想介绍我们认识的心意我领了，但我真不想去，我也希望你不要告诉他们我现在又回来了，还在Live上班。"

穆熙沉吟片刻，轻轻地眯起了眼睛："郑韵之，你究竟想这样不给我名分到什么时候？"

她耸了耸肩："我真觉得咱们俩现在这样的关系就挺好的，无论你想把我们俩算作什么关系都随你。反正我现在觉得很轻松，也很自在，无拘无束的。"

郑韵之这时把自己的手从他的手掌里不动声色地挣脱了开来："我想你应该很清楚，我是个不喜欢被约束的人，也是个习惯了动荡和飘忽不定生活的人。"

"所以你就把我这儿当作是一个停靠码头，也不让我拴上链子，好让你随时随地想开走，就再次开走？"

他这时看着她，脸色再次沉了下来。

也不知道为什么，经过了这段时间，她现在对着这个男人，已经不能够狠心到可以像以前那样刀刀都往他心口戳了。她调整了一下自己的措辞，尽量让自己的语气听上去平和一些："我只能告诉你，我觉得我现在待在我目前觉得最好的舒适圈里，如非意外，我是暂时不会轻易走出去的。"

听到这句话，穆熙的目光轻轻地闪烁了一下，暗沉的脸色又有点儿渐渐回暖的趋势。

她的这句话翻译成大白话来讲，就是——她现在愿意待在他的身边，并且没有动过想要离开他的念头，这应该是她目前能够给到他最大的承诺了。

虽然这也算不上是什么太好听的话，但如果非要拿来和以前相比，她现在的态度已经算是有极大的进步了。

毕竟从前，他总觉得她是那种没有安全感到像受惊的兔子一样，一不留神分分钟就会说走就走，而她最后确实也是那样做的。

他深知，对待她，他是真的不能操之过急。如果他步步紧逼，最后得到的效果一定会是适得其反的。

过了一会，他终究还是退让了一步，俊逸的眉眼里闪过了一丝浅浅的无奈："你觉得我能相信你的话吗？"

她摊了摊手："你没有选择，不相信也得相信。"

"走了，我要去开会了。"

郑韵之说着，拿起了那份文件，冲他轻轻甩了甩，大步往外走去。

回到了会议室前，郑韵之并没有马上进去。

刚刚在面对穆熙时她强装出来的那丝笑容和镇定，现下已经消失得无影无踪。

她站在会议室前缓了一会，觉得还是不行，赶忙快步走进了转角的洗手间。

所幸洗手间里此刻并没有人，她站在梳妆镜前，用冰冷的水往自己的脸上洒了洒，似乎是想让自己的头脑保持清醒。

关了水龙头，她抬起头，看向了镜中脸庞上还在滴着水的自己。

"人有贵贱之分，希望你做白日梦前可以先掂量掂量自己。"

"你是一个连自己父母都不知道是谁的孤儿，我们家不是慈善机构，没有这个闲工夫把你领回家。"

"他不可能是真的爱你，他只是把你当成玩伴。一个你离开，千万个你还会继续顶上去，而这些人，都不可能会成为他的伴侣。"

"你看着他，你觉得你有资格站在他的身边吗？"

"拿钱走人，这样谁都不会感到为难。"

……

她的身体微微地颤抖着，眼眶霎时变得通红。

—

柯家花园。

此时午后阳光正好，陈涵心坐在花园的遮阳伞下面，左手一杯柯印戚刚帮她泡好的咖啡，右手一台笔记本电脑码论文。

在学校和导师商量讨论过后，她得再次对论文进行修改，柯印戚帮她指点了几个细节，陪着她在外面坐了一会，然后又拿着手机去里屋打电话了。

陈涵心不是没有察觉到最近这位大少爷有点儿神出鬼没。

也不是说神出鬼没，他虽然人一直都寸步不离地陪在她身边，但整个人都有点儿神神秘秘的，好像背着她在搞什么大动作似的。

有几次她不小心听到了他的电话内容，内容包括但不限于"这个尺寸不合适""那个颜色她不喜欢""我不希望这是一个乡村爱情故事现场""我需要的是惊喜而不是惊吓"等。

她总觉得他这次在搞的动作应该也和她有关系，但是既然他不说，那她还是当作不知道的好。

虽然她心里还是很好奇的，但毕竟有了之前F大花园事件这个前科，她现在是不可能再怀疑他会不会再背着她在外面有别人。经过了这么多事情，她现在早就已经看开了——对待柯印戚这个男人，最好的态度就是随缘，既来之则安之。

只要是他精心准备好给她的，只要是她觉得合理的，那她就都快快乐乐心怀感激地收下就好。

小公主在无意之间得到了思想境界的飞升，也渐渐在和某位大少爷长期的打闹磨合期里找到了通往新世界的规律和方法，此时正打算继续专心抠论文的时候，忽然感觉有哪里不太对劲。

好像突然有点儿暗是怎么回事。

她揉了揉眼睛，发现自己的眼前此时出现了一片阴影，似乎有个人不知道什么时候站到了桌子的另一边，把她面前的阳光给挡住了一半。

她以为是柯印戚，刚想开口说他一句"动作那么轻是想吓死谁"。可谁知道，她才从电脑前抬起头，就傻眼了。

站在她桌子对面的人竟然不是柯印戚。

那是一个陌生的混血男人，男人上身穿着一件黑色兜帽衫，下面是一条黑色牛仔裤，身材好得不像话。此时对方曲着一条腿半坐在桌子上，正双眼含笑地垂眸看着她。

他整个人看上去都很慵懒，可是这股漫不经心的气质下面，似乎隐隐掩盖了一种非常危险和一触即发的反应力。

他像是一头懒洋洋的、半闭着眼睛假装在打瞌睡的猎豹。

饶是陈涵心这样见惯大风大浪的人，一瞬间都被这种罕见的气质迷得有点儿七荤八素。

先不谈她的亲爹陈渊衫和柯印戚的亲爹柯轻滕都是宝刀不老的大帅哥，就连现在走在马路上都会有年轻女孩子来要手机号的那种。也不提柯印戚这样的神颜美男天天在她身边二十多年充斥着她的视网膜，就连她闺密发小的男人们：穆熙、傅郁、司空景、戴宗儒……也个个都是数一数二的大帅哥。

可是，她还是不得不说一句，这个男的真的好帅啊！

陈涵心现在完全没有反应过来她自己是不是应该先关心一下为什么这个陌生美男子可以悄

声无息、犹入无人之境一样出现在柯印戚家的花园里，她只光顾着盯着人家脸红了。

于是，当柯印戚拿着手机走出来的时候，就看到了这么一个场景——自家小公主仰着头、面带羞怯地看着一个不是他的男人。那男人不知道什么时候还从手里变出来了一支浅粉色的花，正浅笑着递给陈涵心。

柯大少爷当场就疯了。

他看着那个场景思虑了整整三秒，到底要不要回房间去拿点趁手的家伙，但是犹豫了一下，还是冷着脸，大步朝他们走了过去。

"孟方言。"

他走到桌子旁边，劈手就夺过了陈涵心手里的那支花，然后拽着孟方言兜帽衫的帽子直接把他从桌子上扯下来，往旁边一掼，扬起那支花就朝他脸上怼过去。

"柯大少爷。"

孟方言不知道什么已经把那支花再次收到了自己的手掌心里，这时轻轻巧巧地冲着他晃了晃，"你永远都那么有精气神，真是让人颇为羡慕……顺便，这枝花是从你自己的花园里摘的，麻烦你稍微对它友善点儿。"

他的额头青筋迭起，看着这个采花大盗冷冰冰地道："你来这儿干什么？"

"傅郁不是告诉过你我会来找你一趟的吗？"

孟方言说着，冲他身后在桌子旁边一脸迷茫地看着他们俩拌嘴的陈涵心招了招手，"许久不见，甚是想念，我来看看你和陈家小公主的小日子过得有多幸福美满。"

柯印戚眼也不抬："那么现在你看过了，可以滚了吧？"

孟方言摇了摇头，俊美的脸庞上瞬间流露出了一丝真实的哀伤："柯印戚，你真的很渣，刚刚利用完别人，反手就把人抛弃了，你怎么能这样？"

一直在旁边默默听墙角的陈涵心这时终于忍不住出声道："什么渣？什么抛弃？"

没等柯印戚说话，孟方言立刻可怜兮兮地歪了下脑袋，看着她眨了眨漂亮的眼睛："少爷要我帮他处理一件破事，求我帮忙的时候，他和我称兄道弟的。现在完事儿了他转头就当不认识我要赶我走，连一杯咖啡都不请我喝。"

孟方言这扮装可怜的扮相简直和他的特工能力一样强，都是世界一流的水平。柯印戚在旁边看得叹为观止，正打算着这一拳到底该往他身上揍还是往脸上揍，就看到陈涵心已经目露谴责地朝自己看了过来，仿佛他是个把女孩子肚子搞大了穿起裤子就走的渣男。

过了两秒，陈涵心幽幽地说："柯印戚，你得对他负责。"

柯印戚："……？"

孟方言在旁边继续装腔作势地捧着自己的肚子："没关系，即便你走了，就算上有老下有小，我还是会好好地拖家带口在家里翘首以盼你回来。"

柯印戚看着陈涵心愈发谴责的注视，黑着脸试图解释："你别听他瞎说，我跟他连半毛钱关系都没有。"

陈涵心摇了摇头："你别再说了，越说越渣，火上浇油，雪上加霜。"

柯印戚这时咬了咬牙，头也不回地一脚往后踹去。孟方言以闪电般的速度往后一跳，看着一向鼻孔朝天的柯家大少爷此刻被怼得一脸便秘的表情，在旁边爆发出了一连串的爆笑。

陈涵心看了一眼这位笑得形象全无的混血帅哥，问柯印戚："他是不是就是小飞侠一直提起的那个和傅老师关系很好的、在电影里才能看到的超牛的战神？"

柯印戚并不是很满意她在自己的面前这样夸奖别的男人，面无表情地回道："超牛可以去掉，也就一般般，跟我比还是有差距的。"

孟方言笑完在旁边叹了口气："你说这话的时候良心不会痛吗？"

柯印戚这时抬手摸了摸陈涵心的头发，没好气地推着孟方言走到了一边："我再给你三分钟，有话说话，没话说就给我滚。"

孟方言这时终于收起了笑，正了色对他说："我就是来跟你说一声，Pansen和Ghost余党勾结的人我基本上已经清完了。"

他眯了眯眼："基本上？"

"嗯。"孟方言的目光动了动，"虽然很遗憾，但是潘昇本人我并没有抓到。"

他的脸色一下子变得很难看："你不是说当时已经在他家附近瓮中捉鳖把他包围住了吗？"

孟方言摇了摇头："是，但是谁能想到这东西从自己家地下室里挖了一条地道通到闹市区？等我带人突破进去之后，他已经带着手下最后几个人逃跑了。"

柯印戚沉默了两秒，斩钉截铁地说："你必须要把他抓住，潘昇此人生性狡诈而且具有反社会型人格，可能会干出很多丧心病狂的事情，绝对不能让他待在外面继续逍遥法外。"

"我已经让人在找了。"孟方言说，"但是你以为真能有这么简单？他们都有假护照和假身份，要从茫茫人海中翻出那几个人，我需要时间。而且就这几天的工夫，他们如果真的胆敢从有人严格把控的机场出境逃到国外，抓起来就更难了。"

"不管有多难找，都得找到，而且必须越快越好。我可以让我手下的人帮着你一起，美国那边的人也可以借你一用。"

柯印戚揉了揉太阳穴："我总有一种非常不好的预感，潘昇一定不会就这么甘心做一只人人喊打的过街老鼠，他反正已经是山穷水尽了，可能会做一下垂死挣扎。"

"我太了解被逼上绝路的人可以做出来的事情有多能超出想象。"

孟方言这时轻轻地勾了勾嘴角，"所以我最近这段时间暂时不会走，万一出了什么事，你知道怎么找到我。"

柯印戚没好气地瞪了他一眼，转身往陈涵心那边走回去："那我希望我最好不要来找你，不送。"

孟方言没再多说什么，他单手套上了自己的兜帽，冲着桌子旁边的陈涵心轻轻地摆了摆手，柔声道："Bye, dear little princess.（再见，亲爱的小公主。）"

陈涵心被这性感低哑的纯正口音撩得整颗少女心都瞬间爆炸，脸一下子就红了。她刚想站起来和这位大帅哥好好道个别，可就一眨眼的工夫，孟方言便仿佛蒸发了一样，竟然凭空从这个花园里消失了。

就像他来的时候一样悄声无息。

柯印戚走回到她的身边，看着她满脸的惊艳和不舍，咬牙切齿地道："你别被那无良的采花大盗给迷蒙了双眼。"

她叹了口气，遗憾地在椅子上坐下来："他本人真的比小飞侠描述得更帅，更酷炫。"

柯大少爷这时一手撑在桌子上，一手撑在她的座椅靠背上，弯腰凑近她的脸颊，一张冷峻的脸上夹杂着山雨欲来的气息："陈涵心，你今天不仅当着我的面花痴别的男人，拿别的男人给你的花，还在我面前对着别的男人一阵猛夸赞美，几天不收拾你是不是就要上房揭瓦？"

她托着腮帮，眨巴着眼睛看着他："我这就只是正常的感叹和客观的评价而已……"

谁知她话还没说完，他低下头就直接咬住了她的嘴唇。

她躲闪不及，就感觉到他的唇舌朝自己直直地撞了进来，夹带着他一贯的霸道和冷硬。

就这么一个简简单单的深吻，陈涵心被吻得面红耳赤，上气不接下气，到最后她实在是喘不过气来，才勉勉强强地用手去抵他的胸膛。

他这时笑了一声，曲起食指轻轻地抹了下自己的嘴角，哑声道："你再在我面前谈别的男人，今天这论文你就别想写了，知道吗？"

她抬起手挡住了自己通红的脸。

一

穆家。

吃完晚饭后休息了一会，郑韵之在客厅里铺好了瑜伽垫，拿了iPad过来放瑜伽课的视频，优雅又自得地在那儿做瑜伽。

穆熙去书房里发了几封邮件，等他出来的时候，她正在做一个高难度的动作。她的身子骨特别软，人又瘦，无论做什么样的动作都不会觉得费劲，见她穿着紧身运动装细腰翘臀地趴在那儿，他没看两眼就感觉眼热了。

郑韵之正做得认真，突然有个人从后面往她的身上压了过来，一下子就把她压趴在了瑜伽垫上。

"喂！你！"他压得用力，她死命挣脱，好不容易才从他身下钻出来。

穆熙捞了个空，一脸不悦，刚想把她抓回来，就听到自己的手机铃声响了。

郑韵之冲他做了个鬼脸，然后飞速地卷起瑜伽垫，收起iPad，准备回卧室去洗个澡。

穆熙拿出手机一看，转过头对她说："是司空景和封夏。"

她往卧室走的脚步立刻停住了："等等，先让我和他们说两句。"

他接通了语音电话，把手机放在了茶几上，司空景一声低沉好听的"喂"就响起在了客厅里。

"司空，封夏。"她这时走回来几步，双手撑在茶几上和他们打招呼，"是我。"

"之之！"那头的封夏高高兴兴地说，"真是好久没听到你的声音了。"

"回来之后实在是太忙了，所以一直没来找你们玩儿。"她笑吟吟地对着电话道，"你们俩都还好吗？"

"我们很好，"封夏说，"我刚刚才和司空说这次终于可以在Live的时尚秀上见到你了。"

郑韵之："你们俩愿意来做时尚秀的压轴嘉宾，就是让这整个时尚秀蓬荜生辉，想到这一点，我现在被我那疯子老板怎么样压榨我都觉得值得了。"

那头的司空景和封夏自然也知道她口中的疯子老板是哪位，这时都忍不住笑出了声。

"直接谈正事儿吧。"

穆熙黑着脸，这时低咳了一声，生硬地将话题岔开了。

"正好之之也在，就省得我之后再找你单独聊一次了。"司空景这时不徐不缓地说，"事情是这样的，柯印戚要我们一起帮他个忙，他打算在Live的时尚秀最后对陈涵心求婚。"

郑韵之听到这话后，愣了一下，继而道："柯印戚那个罗刹鬼下手可真快啊！他当他在开火箭呢？"

"可不是吗？"封夏被逗乐了，"忍了这么多年，好不容易现在有了名分，我看他急得都恨不得现在立刻马上就把娃也给抱上。"

穆熙没好气地说："为什么要在Live时尚秀的最后求婚？他当Live是婚庆公司？"

"你怎么不说我和夏夏表演完了之后还得留在台上给他做司仪和见证人呢？"

司空景一副"你别试图挣扎了"的语气："正好这次Live时尚秀的场馆就设立在F大里，F大对他们两个来说很有纪念意义，全校师生还有名流媒体什么的都在，也符合他大少爷的排场。最重要的是，我们几个全都在现场，可以给他当免费苦力用。"

穆熙语气不善："他怎么能想得那么美？"

"他现在已经让人在安排当天所有的布置和细节了。"司空景说，"这事儿目前就我们几个知道，之之你可千万要对心心保密。"

她耸了耸肩："当然，我也在等着看咱们小公主会在台上泪崩到啥程度呢。"

四个人又就这个话题聊了一会才结束通话，郑韵之进了卧室去拿换洗衣服，刚想去洗澡，就看到穆熙堵在了浴室门口。

她冲他摆了摆手，示意他让自己进去洗澡。

"你……"他靠在门边上，半蹙着眉头，似乎是在想着该怎么样措辞，"觉得怎么样？"

她一头雾水："什么怎么样？"

"柯印戚求婚。"

郑韵之耸了耸肩："你都同意帮他了还问我干什么？记得事后好好问少爷要我的那份酬劳。"

穆熙听了这话，沉着脸忽然回了一句："你难道就没有一点别的想法？"

"什么想法？"

她疑惑地望着他："我怎么都听不懂你在说什么？我当然是为心心高兴啊，除此之外我还能有什么别的想法？给她包多少红包的事儿过几天再想应该也来得及吧。"

他忍了忍，最终还是没忍住："那你自己呢？"

她一听这话，神色一僵，顿时明白了他前面几句问话的意图。

他的意思是——你的好闺密陈涵心现在都要被求婚然后嫁人了，那你呢？你打算什么时候结婚，什么时候彻底安定下来？

卧室里此刻寂静无声。

郑韵之低垂着眼眸，掩盖住了眼底里那一丝淡淡的哀伤。她捏紧了拳头，过了老半天，才低声道："我自己就这样挺好的。"

穆熙一动不动地望着她，目光晦暗不明。

"心心就应该在少爷的手心里躺一辈子，做一个永远只吃糖不吃苦的小公主。而我呢，就该当一个快乐的流浪者。"她这时抬起头，冲着他淡淡一笑，"我只想享受当下的每一分每一秒。"

"你昧着良心说的话，再多一句也已经不足为奇了。"

穆熙的目光里一瞬间涌现出了很多东西，她都能感觉到那些汹涌的情感几乎要从他的眼睛里满溢出来。所以她一时都有点不敢看他了，咬着唇，不动声色地别过了脸。

不知过了多久，他从门边退让开来，没什么表情地说："你还记得明天是什么日子吗？"

郑韵之看着他在灯光下略显柔和的英俊脸庞，一时有点语塞。

她感觉到了他是强忍住了怒意，才把话放得软和下来，特意没继续逼迫她的那份温柔。

其实她已经习惯于每一句都和他针锋相对的那种模式，也习惯于他冷血刺人的回。所以他最近这样接二连三的温柔和放软，她却反而有点不知道该怎么办才好了。

这么多年以来，她一直都觉得他的心是那么坚硬又冰冷。可现在，她却发现好像事实并不是这样。

她看到了越来越多，他不为人知的那一面。

他会温柔地笑、会傲娇地吃醋，也会被她惹毛生气然后又拿她没辙……甚至他还会说一些他根本就不擅长、却是发自内心的话。

他在她的面前，变成了一个越来越真实柔软，又和她有情感羁绊的人——这明明是她一直以来最最想要的，可是眼看现在已经到了手边，她却根本连拿起来的勇气都没有。

过了好一会，她才揉了揉眼睛，低声说："明天是什么日子？"

穆熙目色沉沉地望着她："你不记得了？"

她想了一下，摇了摇头。

"不记得就算了。"

他没有再说什么，这时转过身准备离开浴室，"明天晚上我要去跟我爸妈吃饭，不回家吃了，你让丹姨做你的那份就好。"

她看着他的背影消失在卧室门口，轻轻地捏紧了自己的拳头。

一

孟方言走后，陈涵心原本想专心地修改一会论文。可谁知道晚饭后，某位大少爷却以邀请她吃好吃的名义，连哄带骗地把她拐进了楼上的卧室。

她以为他是背着她偷偷地去买了什么类似马卡龙和泡芙这样的零嘴，谁知道一进卧室，这人就镇定自若地脱下了自己的居家服外衣。

她觉得不对劲，双手叉腰，眯着眼睛问他："柯印戚，好吃的呢？"

他冷峻的脸庞上露出了一抹淡淡的笑，指了指自己："在这儿，自己过来拿。"

她的脸一下子就红了，后退了一步，斩钉截铁地警告他："柯印戚，你……你可千万别学小委屈啊！"

韦择易那家伙先上车后补票的这一套操作直接震撼了她和柯印戚两个人，她知道柯印戚非常不满意自己在情感方面的进度条比韦择易落后——这人在任何方面都有着绝对的好胜心。

眼看韦择易这个从小和他刚到大的"半情敌"现在竟然过得比他滋润，她生怕他这一受刺激，也要压着她非得给她来一出先上车后补票。

他将她抱到床上，双手撑在她的脑袋旁边，低笑了一声："这么害怕当我孩子的妈？"

她耳尖都红了："也没有，就是现在还有点儿太早了吧。"

"早是不早。"他低垂着眸，亲了亲她红润的嘴唇，"不过确实还少了一道工序。"

"嗯？"

她有点儿没听清楚他在说什么，下一秒就被他吻住了嘴唇。

都怪她下午当着他的面没控制住对孟方言犯花痴，忘记了自己的男朋友是个多么小心眼又善妒，而且奉行有仇必报的男人。他报不到孟方言身上，自然得拿她开刀了。

洗完澡之后，他耐心地给她吹头发，她半靠在他的身上打瞌睡。不知道什么时候，她感觉自己的手上好像触到了什么冰冰软软的东西。

陈涵心半睁开了困倦的双眼，有点儿迷迷糊糊地低头看向了自己的手。

柯印戚比她的反应更快，在她看清楚自己的手指上有什么的时候，电光火石之间就已经把缠在她手指上的那样东西给收进了自己的手心里。

"你在弄什么？"她这时揉了揉眼睛，转过头看向了自己身后的他。

"没什么。"他低垂着眸，关上了吹风机，亲了亲她柔软的发丝，"看看你的手指怎么能生得那么细。"

这话如此听上去没什么大毛病，再加上她现在已经累得有点儿神志不清了。陈涵心轻轻地点了点头，靠在他的身上闭着眼睛轻声嘟囔："困。"

"好，睡觉了。"

他把她抱到床上盖好被子，看着她的呼吸渐渐变得均匀起来，才从手心里重新把那条软尺展了开来。

柯印戚这时微微低着头，用软尺缠绕住了她的手指，认认真真地再次确认了一遍尺寸，牢牢地记进了脑子里，才轻轻地呼出了一口气，将那条软尺放进了床头柜中。

他关上灯，坐在她的身边，在黑暗里看了一会她沉静安稳的睡颜。半晌，低头亲了亲她的脸颊，低而温柔地道："希望你会喜欢。"

-

第二天，郑韵之下班之后回到家，家里果然只有她一个人。

洗过手换好衣服，她把丹姨做好的菜拿去微波炉里热了热，一个人坐在餐桌边开始吃。

明明都是她最爱吃的菜，可就这么扒了几口，她却感觉有点儿食不知味的意思。

平时这个时候，餐桌边并不是只有她一个人，某人这段时间停止了一切差旅和应酬，每天晚上雷打不动比她还要早回到家里，等着饭点准时开饭。

两个人坐在一块儿，吃着饭聊聊天，即便是她没有那么爱吃、但是他口中有营养的菜，吃起来也比现在要香得多。

她的目光轻轻闪烁片刻，终于还是放下筷子，叹了口气，靠在椅子边上玩手机。

过了没一会，她忽然听到大门那边传来了"咔嚓"一声。

她惊讶地放下手机，以为是丹姨忘记什么东西又回来拿了。可起了身，却看到玄关边此时站着一个现在本应该在外面和他父母吃饭的人。

穆熙收起了门禁卡，合上门，俊逸的眉眼微微一动："你吃好了？"

"还没。"她回了一句，然后张了张嘴，有点疑惑地看着他，"你不是去吃饭了吗？"

"吃了一半，先回来了。"他穿上拖鞋进了屋，看了一眼桌子上几乎都没有动过的菜，"丹姨今天烧得不好吃？"

"好吃。"她看着他进去洗手换衣服，站在桌子旁边，有点别扭地道，"我只是今天想吃得慢一点。"

穆熙换完衣服出来看了她一眼，没吭声，然后把桌上的菜全部拿进厨房又热了一遍，给自己也拿了一副碗筷出来。

郑韵之眼睁睁地看着他在餐桌边坐下来开始吃饭，心里不知道为什么突然涌起了一股酸胀的感觉。

他抬头看了一眼还在桌子旁边一脸欲言又止地看着自己的她："坐下吃饭。"

"你这是在外面都没吃饱吗？"她拉开椅子重新坐下来，拿起了筷子，不可思议地道，"难不成现在外面饭馆里的山珍海味还没有家里的家常菜好吃？"

他嗤笑了一声，注视着她："我是怕我不回来陪吃，某些人连一口都不进去，傻呆呆地只知道饿肚子。"

郑韵之被戳破心事，恼羞成怒地白了他一眼，再也没说过话，奋起扒饭。

等吃过了饭，她想去沙发上坐一会，就被他直接拎到了吧台旁边。

穆熙开了一瓶酒，给自己和她都倒了一点儿，拿起酒杯碰了碰她的杯子，紧盯着她的眼睛："我扔下一桌子山珍海味赶回来的目的，你到现在还没想明白？"

她拿起杯子，一脸迷茫地看着他："公子哥的臭毛病我搞不明白，野花不如家花香？"

他都被气笑了，曲起手指，冲着她光洁的额头就是狠狠一下。

郑韵之被弹得痛死了："你……"

下一秒，她忽然看到他不知道从哪儿变出来了一样东西，轻轻地放到了她面前的桌子上。

那是一串钥匙。

这些钥匙各具有不同的形状和样式，一串钥匙加起来大概有二十多把，用一个漂亮精致的大钥匙扣圈在了一块儿。

而钥匙扣的正中间，则刻着一个大写字母Z。

她这时在他的注视下拿起了那串钥匙，叹了口气："穆少董，我知道你有钱，但是倒也不必这么赤裸裸地向我炫耀你名下到底有多少套房产……"

"这些房产不是我的。"他没好气地说，"应该说，不只属于我一个人。"

一听这话，郑韵之的手就颤了颤，她的心里隐约有了些可能的猜测，只感觉到自己的心开始跳得愈来愈快。

"你不记得今天是什么日子，那就让我来告诉你。"

他将自己酒杯里的酒一饮而尽，放下酒杯，一字一句地对她说，"今天距离我们第一次在那个活动上相遇，距离你第一次跟着我来到这个家，已经过去了整整五年。"

她一下子感觉到自己的喉咙有些发紧。

"郑韵之，我知道过去是我一直都没有给到你足够的安全感，总会让你感到动荡不安和飘忽不定，也让你感觉不出来我的真心。我确实是个不太擅长表达的人，因为我总觉得实际行动胜过一切言语，只可惜好像这样只埋头做事的方式对上你行不太通。"

他说到这里，脸上露出了一丝苦笑："我干过的幼稚荒唐又闹脾气的事儿还真不少，现在看起来都挺可笑的，让你不高兴，我自己也不好过，也因此，走了这整整五年的弯路。"

"你知道吗？我不想再走弯路了。"

他这时轻轻地握住了她的手，将她和那串钥匙都包进了自己的手掌心里："我们已经走得够久了，我也心疼你走得那么累，更不想让你一直待在那个误区里出不来。所以即便我再不擅长，我也要努力开口说出来，至少让你知道我的心里究竟在想些什么。"

"之之，我不知道三年前你究竟为什么要突然离开，可能是因为你觉得我和你开始的初衷并不是那么美好，让你觉得你跟我不会有未来，也可能是你接受不了我在外头为了利益逢场作戏的行事态度，或者是你觉得我对你根本没有真实的感情……我知道你是个很敏感，有时候甚至会胡思乱想的人，那都是因为我没有做好，才会导致你这样想。所以，我不想再继续探究当年的秘密，我只想从现在起让你从我这儿得到这世界上最多的安全感，你想要多少，我给你成倍的。"

　　然后，他捏着她的手指，轻轻地去碰了碰那个钥匙扣："这些钥匙，是我在你离开的那三年里，在世界上不同的国家买下的房子，有的在闹市区，有的在郊区，有的在山上，有的在海边……每一栋的风格都不一样，周边的生活环境也不一样，但我猜你应该都会喜欢。今天，我把这些钥匙全都交到你的手里，从今以后你就是它们的女主人。"

　　郑韵之一动不动地看着他，过了一会，她看到他朝自己抬起了手，抹去了连她自己都没有察觉到的、慢慢从她的眼角流淌下来的眼泪。

　　"你说你想当个快乐的流浪者。"

　　他这时微微地弯起了嘴角，带着最真切的温柔和耐心："那我就和你一起去流浪，天涯海角都可以，你想要做的每一件事情我都愿意陪你。只是我希望，无论你流浪到这个世界上的哪一个地方，都要记得你有家。"

　　"而我会永远在家里等你。"

　　家。

　　郑韵之在听到这个字眼的时候，原本还在慢慢流淌着的眼泪，一下子就变得细密了起来。

　　这个字眼，是她这一辈子最渴求，却从来都没有具象化过的存在。

　　她是个连自己父母是谁都不知道的孤儿，从小在孤儿院里长大，因为性子乖巧惹人喜欢，所以后来被一对没有子女的老夫妻领养回家，给她起了现在这个名字。

　　可惜好景不长，没过多久，老夫妻就相继去世了，她再次变成了孤身一人。之后，她在孤儿院院长的帮助下，用了老夫妻给她留下的钱，从小镇来到S市这个浮华的大城市里打拼。

　　居无定所，漂泊游离。她都早就已经习惯了。

　　一直以来，都是她一个人在这个世界上用力地活着，从来都没有一个人会陪伴她很久。

　　所以她总是习惯用刺对着别人，因为那是她保护自己的一种方式；所以她比谁都拼命地想要往前跑，因为她所拥有的实在是太少了。

　　她很想去握住一些东西，可是她却压根都不敢去握。

　　因为比起拥有后再次失去，她宁愿从不去拥有。

　　而家，是她最想要，却也最不敢要的。

　　她觉得自己不配拥有家。

　　来到S市，机缘巧合认识了陈涵心和翁雨之后，她第一次知道了友情的模样。

　　后来，当她每每看着陈涵心的生活，看到她有父母的疼爱，看到她有柯印戚的陪伴。她总是在心里默默地想，原来做公主的感觉是这样的啊。

原来有人疼，有家的感觉是这样的。

再然后，她遇到了穆熙。

他把她带回了他的家，从此以后的一年半，她第一次知道了爱情的模样。

不仅仅是爱情，还有这个家，这个男人带给她的快乐和温暖。

她一直都以为她的梦想是去巴黎最大的T台上走秀，是成为一名知名模特，从此以后不会再被人讥笑嘲讽，不会再三餐不饱，不会再过颠沛流离的生活。

可是后来她发现不是。

她的梦想是能有个家。

她渴望温暖，渴望爱。

更渴望他。

郑韵之原本一动不动地看着他，只是在静默不语地掉眼泪。可是到了后来，她越来越控制不住，几乎是泪如雨下。

穆熙靠近了她一些，起先用手去帮她擦眼泪。到后来，他直接垂下头，用嘴唇去把她脸上的眼泪一一吻干净。

她垂眸看着这个捧着她的脸颊、正耐心又温柔地吻着她的男人，觉得自己好像是在做梦。

她觉得自己死守着那么多年的最后那一道防线，在这一刻，也终于被轰然打破了。

这个男人从他们五年前初遇的那一刻起，就夹带着一股风暴闯进了她的世界。从此以后，他再也没有离开过，扎根在她的心底最深处，生根发芽，无可取代。

她再也没有办法用刺来面对他、阻挡他的靠近，因为他已经走到了她最最软的心坎深处。

他是她曾经永远都不敢触及的梦想。

而现在，他把这个通向她梦想的钥匙，亲手交到了她的手心里。

"之之。"他这时给了她一个羽毛般轻柔的吻，轻轻地捧起了她的脸，"你看着我。"

她的眼睫微微颤抖着，猝不及防地落进了他深邃的眼睛里。

"不要害怕。"他一字一句地对她说，"你想要什么都可以，只要你说出来。"

她张了张嘴，声音是前所未有的干涩："我可以吗？"

"你可以。"他轻轻地笑了，"你值得这个世界上最好的，没有人比你更值得。"

郑韵之看着他，此时此刻心里只有一个想法。

即便她只能拥有这个梦想哪怕一天，她都愿意为之付出所有。

就算今后梦醒了，她又变回了一个人，她也再没有任何遗憾。

良久，她伸出手，用力地抱住了他的脖颈。

她闭上眼睛，任凭自己的眼泪慢慢地流淌进了他的脖颈里，哑声开口："穆熙，从今天起，你永远都赶不走我了，是你自己请我进来的。"

"你一辈子都只能记得我一个人，一辈子都只能爱我一个人。"

"你完蛋了。"

穆熙听完这几句话后，慢慢地绽开了一个笑容。

他从来都没有笑得那么开心过。

"好。"一室的寂静之中，他侧过头吻了吻她的发丝，"不胜荣幸。"

—

Live时尚秀确定在F大举办之后，陈涵心这个学生会主席也是异常忙碌。

作为郑韵之的闺密，以及该项目在F大的代表，她和柯印戚带着其他同学一起在校内进行了一大波的预热宣传。柯印戚坚持一手抓了绝大部分的事务，但是她也不忍心看他那么累，能在旁边搭一把手就搭一把手。

虽然让她感到有些奇怪的是，他从头到尾都没有让她管过场地搭建的事，甚至连一点风声都没有向她透露过，设计细节图和表演流程图也都没给她看过一眼。

柯印戚美其名曰让她"专心写论文和搞宣传"就行，但是她总觉得有哪里不太对劲。

更神奇的是，她发现自己好像是最后一个知道司空景和封夏要当时尚秀压轴表演嘉宾的人。

而且这事儿，还是单叶无意间说漏嘴的。

那天柯印戚在和会展公司的人开会，她在旁边整理邀请函名单，便顺势和单叶通了个电话，跟她说一声要给她寄邀请函的事情。谁知道单叶在电话那头答应过后，大喇喇地就来了一句："我真的好期待那天的秀，尤其是司空和夏夏的合演！"

她捏着手机蒙了："啊？司空和夏夏要来时尚秀表演？"

单叶这才意识到自己似乎说了什么不该说的话，试图自圆其说："啊……那个，我是听戴宗儒说的，也不知道是真是假……"

陈涵心蹙了蹙眉头："我完全没听说过这件事，柯印戚没说，夏夏和之之也都没跟我提过。"

按理来说，要是封夏他们来表演，作为主办方的郑韵之肯定会第一时间告诉她，夏夏作为她的发小也肯定会知会她一声。更重要的是，天天和她待在一块的柯印戚也总会提一嘴吧？

眼看那边的单叶变得有些支支吾吾起来，电话立刻被戴宗儒给切走了："心心，是这样的，我是听印戚无意间说起的。穆熙可能想请夏夏他们来表演，不过也还没最终确定下来，所以才没有人通知到你这边，你可以再问问印戚是什么情况。"

戴宗儒这么一说，她总算是觉得合情合理了一些。那头的戴宗儒挂下电话，一边为莫名其妙又差点被卖了的柯印戚捏了一把汗，一边对着被他捂住嘴的单叶重重地摇了摇头。

可怜的戴医生觉得他这位太太再这样搞下去，真的迟早会引起第三次世界大战的！

柯印戚那边的会议暂时还没有结束，陈涵心觉得有点口渴，便出了会议室去楼下的小卖部买水。在排队等着买水的时候，也不知道是不是错觉，她总感觉好像有人在盯着她。

那种感觉让人很不舒服，就像是被阴险的毒蛇瞄准和窥探一样，被盯得浑身泛冷。但是当她屡屡回过头去四处张望，也没有看到她身后和四周围有什么可疑的人存在。

她摇了摇头，等排到自己之后，赶紧买好水就重新回到楼上去。柯印戚这个时候也正好打完了电话，伸手将她拉过来，帮她拧开瓶盖，然后环着她的腰低声问她："怎么皱着眉头？"

她咕咚咕咚地喝了几口水，噘了噘嘴："刚刚我去楼下买水的时候，总感觉好像有人在盯着我。"

"嗯？"柯印戚一听这话，眉头就紧蹙了蹙，"盯着你？谁？"

"我也不知道，我没看到有谁……也有可能是我最近太忙了，有点儿累出幻觉了吧。"她这时突然转了话题，"对了，豆丁刚在电话里说司空和夏夏要来Live时尚秀表演？"

本来他还在思考她刚刚说的事情，一听这话，立刻浑身一紧，暂时把她被盯得事儿忘在了脑后，恨不得立刻把单叶那张漏风的嘴用胶带粘起来："是穆熙拟邀请的，还没最终定下来，还在等夏夏他们确认，夏夏和司空很忙，档期不一定能合得上。"

"噢。"陈涵心点了点头，"那你怎么都不跟我说呀？"

柯印戚心想这两人请过来可都是要给你放大招的，不到最后一刻怎么能让你知道："我想还没确定的事儿，就先没说，想等确认了再告诉你。正好那天戴哥问我夏夏他们会不会也拿到邀请函来参加，我才顺嘴一提的。"

她听了这话，没再多问什么，柯印戚重重地松了一口气，把她哄骗过来压在桌子上亲了好一会，把她亲得面红耳赤没心思再去想这件事，才算是暂时把这茬给揭了过去。

—

那边的郑韵之也没闲着，最近这段时间她和某人着实有点儿温存过头了。穆熙身为堂堂Live大老板，竟然早上还抓着她一起赖床，死活不让她去上班。

这天，几个下属来她的办公室开会，开完会后Kiko不怀好意地盯着她看了半天，然后冷不丁地来了一句："之姐，昨晚又辛苦到半夜啊？"

她当时正在喝咖啡，听了这话，差点一口咖啡喷在电脑屏幕上。

Kiko一看她这个反应，就知道自己说对了，还联合其他人一起乘胜追击："真没看出来咱们大老板看着那么斯文，原来私底下竟然这么坏，都不给人睡觉啊？"

"胆大包天了，敢八卦到我头上来了？都给我干活去！"

她被下属调侃得有点心虚，这时故作镇定地点了点他们几个人："时尚秀的表演项目都确认过了？服装都没问题了？嘉宾的食宿都安排好了？"

几个小朋友立刻作鸟兽散，哄笑着跑出去继续干活了。

郑韵之在会议室里又待了一会儿，起身去洗手间。某人这时正好发了条消息过来，说自己现在要离开公司去外面办点事，但是办完之后会直接回家，要她等他一起吃晚饭。

她趁着去洗手间的工夫，给他回了条消息：【别回来了，看到你就烦。】

河豚：【看到我烦，还是看到我就腿软？】

郑韵之：【滚。】

河豚：【晚上让丹姨做了你爱吃的甜点，我尽早赶回来，等我。】

她看到那最后两个字的时候，不动声色地就笑了。一开始她自己还没有发现，反倒是洗完手抬头看梳妆镜想整理仪容的时候，她才发现自己的唇角是微微上翘着的。

郑韵之这时收起手机，深深地呼吸了一口气，用沾了水的手掌轻轻地拍了拍自己的脸颊，想让自己保持清醒，不要整天只知道沉溺在某人的糖衣炮弹里，彻底沦为屈服于资本主义的人。

等她回到办公区域，就看到Kiko坐在座位上冲着她挤眉弄眼，她走过去拍了拍Kiko的脑袋："干什么呢？眼睛不舒服就滴眼药水。"

Kiko这时轻轻地指了指她的办公室："之姐，刚刚耿秘书带了一个看上去就很厉害的人进了你的办公室。我问了下别人，那人好像是董事长……"

她一听这话，脸色一下子变得惨白。

在原地硬生生地站了几秒，她用指甲重重地掐了掐自己的手掌心，努力让自己保持冷静，对Kiko点点头，然后转身进了自己的办公室。

一进去，她就看到耿义满头大汗又恭恭敬敬地守在沙发旁边，见到她进来，耿义也冲着她直眨眼睛。

她没吭声，面色沉静地看向了那个正坐在沙发上，威严刻板的中年男人。

这个男人穿着笔挺的休闲西装，气质威严出众，面色不苟言笑，一看就是老派精明的企业家。穆熙和这个男人的脸庞近乎有七八分相似，只是这个男人看上去更严苛一些。

这个男人，就是穆熙的父亲，也就是Live的董事长穆安朋。

她认得，她也见过。

"耿秘书，你去忙吧。"

穆安朋这时见她进来了，没什么表情地对着耿义抬了抬手。

耿义点了点头，快步往外走，经过郑韵之的时候，他担心地多看了她两眼。

办公室的门此时被合上，穆安朋望向她，沉声开口道："郑小姐，好久不见。"

第十三章◎造梦

办公室。

郑韵之闭了闭眼，轻轻地笑了笑，低声开口道："穆董，好久不见。"

该来的终究还是来了。

或许她这个人的命数就是如此，每当她快要走到能看到光亮的出口的时候，就会再度堕入黑暗，注定永远无法拥有幸福。

穆安朋这时目光沉沉地看着她："郑小姐，我可没有想到你还有脸回来，甚至还变本加厉地来到了Live工作。"

她看着这张和穆熙那么相似的脸，咬了咬牙，努力让自己的声音听上去平静一些："我想在哪里工作，应该都算是我的自由。"

穆安朋摇了摇头："如果仅仅是工作，那倒也罢，但是你自己心里最清楚，你和穆熙现在的情况，又和三年前变得如出一辙。上次穆熙和我们吃饭吃到一半，都要放下筷子往你那边赶，在公司又对你百般宠爱照顾，你别忘记，这里终究是我创立的地盘。这些事情就算他千方百计瞒着我，我也总会有办法知道，你不用觉得惊奇。"

"我记得三年前，你曾经承诺过我，永远不会再回到穆熙身边。如今看来，你不仅违背了我们当初的约定，甚至还要坚持带着穆熙在这条错误的路上越走越远。"

沉默了一会，她一字一句地说："我现在已经和当初的我不一样了。"

"噢？是吗？"穆安朋说，"你觉得你现在有了知名度、阅历和积蓄，就可以够格站到他的身边，够格进入到穆家吗？"

她没吭声。

"我觉得你还是太天真了。"穆安朋抬了抬眼，无情地道，"你要知道，即便你拥有了这些经过后天努力后得到的东西，也没有办法改变你的出生背景，也注定了你没有办法实现你的幻想。"

她感觉自己的心脏在一抽一抽地疼。

真的很疼，疼得她的整个后背都在冒汗。

"很遗憾，我的立场始终和三年前一样，穆熙最后一定会找一个和他门当户对，拥有相同出生背景，和他一样优秀出众的女孩子进家门。那个女孩子会有从小熏陶而成的得体的家教和修养，那是你这辈子都没有办法去弥补和通过努力能得到的东西。"

穆安朋这时从沙发上站了起来："郑小姐，我知道你是个有骨气的女孩子。当年我让你离开时给你的那笔资金，你已经原封不动地全都退还到了我的账上。所以我希望，你能给自己留下最后的颜面，不要让事情最后演变到不可收场的地步。"

"你难道真的希望看到穆熙和我闹翻，和穆家闹翻，最后落得什么都没有的下场吗？你扪心自问，如果真的到了那一步，你会要一个什么都没有的他吗？我也希望你记得，当初你和他是怎么样开始的。"

"我知道你想说你们之间有爱情，爱情是没有办法控制的。"

穆安朋一步一步地走到了她的面前，低声道："但是你别忘了，爱情永远是最不可靠的。"

郑韵之的眼圈已经变得通红。

她其实心底里有很多很多话想要说，她想说你有几分了解穆熙，你又有几分了解我？你怎么知道穆熙真正想要的什么？你怎么知道我爱上穆熙是为了图他的钱？你凭什么把人的感情和金钱名利一起放在天平上？你凭什么每一次都能这么轻易地就否定我这么努力才能得到的一切？

可是到了最后，这些话全部都隐在了她的嘴边，她一句都没能说出口。

说出去的话，就是覆水难收，正如穆安朋所说，她如果采取极端的方法，最后注定伤害到的人会是穆熙。

而他，是她在这个世界上最想要保护的人。

她愿意倾尽所有来保护他，即便她不在他的身边。

良久，她抬起头，红着眼睛，嗓音沙哑地说："我还需要几天时间。"

穆安朋没再说什么，这时大步离开了她的办公室："希望你这一次可以信守自己的承诺。"

等郑韵之准备离开公司的时候，她看到耿义在电梯口等她。

耿义看到她疲倦的面容，心有不忍："郑总监，你没事吧？"

她摇了摇头，还努力支起了一个笑："没事。"

这怎么看也不像是没事的样子，耿义叹了口气："董事长其实是下午特意把老板支出去的，而且他让我不要多嘴，如果多嘴，就……"

"没事，我能理解的。"她说，"穆熙如果中途赶回来，他一定就知道是你说出去的，你不能因为我们的事情失去工作。"

耿义这时实在忍不住："郑总监，董事长是不是想拆散你和老板？你应该告诉老板的，三年前是不是就是董事长……"

"耿秘书。"

她这时走进电梯，神色淡淡的："不要再问下去了，这件事，请你就当作不知道，也请你一定不要告诉穆熙。"

没等耿义说话，她就按了电梯的关闭键，电梯开始缓慢下沉，如同她不断下坠的心脏。

等她回到家的时候，穆熙人已经在了。

他手里正巧端着个蛋糕从厨房出来，见到她，他低声调侃了一句："咱们家的顶梁柱回来了。"

她忍下了心里所有的酸楚和难受，白了他一眼："顶梁柱累得腰酸背痛，麻烦你等会提供一下按摩服务。"

他把蛋糕放在桌子上，目光落在她凹凸有致的身材曲线上："来，现在就可以。"

郑韵之放下包，指着他："你别以为我不知道你是想按摩哪里，滚。"

穆熙笑了一声，等她洗完手换完衣服过来，他用叉子叉了一口蛋糕递进她的嘴里："味道怎么样？"

蛋糕明明松软甜腻，入口即化，一路甜到了心底。可她的心却一瞬间更疼了，她忍下了眼眶里陡然升起的涩意，弯了弯嘴角，声音不自觉地就变低了："很好吃。"

他温和地说："好吃等会就多吃几口。"

吃过晚饭和蛋糕，穆熙像平常一样端起碗筷去厨房洗碗。她抱着手臂站在厨房门口看着他，心里忽然意识到，这个在别人眼中玩世不恭的二世祖，其实在私下里是个那么会照顾人的角色。

无论是过去，还是现在，他似乎一直都把她照顾得很好，特别好。

他理应是那种十指不沾阳春水的公子哥，可是为了她，他却什么事情都毫无怨言地在做。

她想，他的温柔和爱，正如他自己所说的那样，全都融化进了点滴的行为里。

并不是肉眼一眼就能看到的，也不是侧耳一听就能听到的。

可是润物细无声的杀伤力，等意识到的时候，才会发现，那是刻入骨髓的深沉。

这个人，她真的恐怕这一辈子都无法忘记了。

她就这么一动不动地看着他，像是要把他整个人都刻进自己的脑海深处似的。穆熙很快就洗完了，他关上水龙头，侧过头看了她一眼，似笑非笑地说："好看吗？"

郑韵之吸了吸鼻子，朝他走过去，笑得勾人极了："怎么办？我又饿了。"

他眼底精光一闪，还未来得及说话，就被她一下子推到了料理台边上。她一手揑着他的衣领，仰头朝他的脸庞凑过去，用力地吻住了他的嘴角。

她心情好的时候，向来很乐意做主动的那一方。他没觉得有什么奇怪，受之泰然，还带着水珠的双手自然地从她曼妙的后腰滑下去。

他很快将她和自己的位置调换了过来，将她抱到了流理台上，红着眼睛，不断地亲吻着她的嘴唇："今天是你自己招我的……等会儿就算你说不要，我也不会停下来。"

她双手搂住他的脖颈，低垂着眸，敛去了眼睛里所有的黯淡，哑声说："我不会说不要的。"

到最后，他们的阵地已经从厨房回到了客厅，穆熙将靠在自己肩膀上的人儿的脸朝自己掰过来，温柔地亲了亲，却亲到了她满脸的泪渍。

"怎么哭了？"他蹙起了眉头，捧着她的脸颊，"弄疼你了？"

她其实只是想到今后再也没有一双这样温柔的手臂会抱住自己了。

再也不会有人这么虔诚地渴求着她，爱护着她，把她这样的人也当成公主一样用心地疼着她了。

只要一想到这一点，她原本不怎么发达的泪腺就止不住地塌陷。

郑韵之摇了摇头，浑身酸软地坐在他的身上，她其实连手指头也抬不起来，但嘴还是很硬："不疼，我还想继续。"

穆熙看着她的脸庞，忽然冷不丁地道："之之，你今天怎么了？"

她没说话，目光平静地回看着他："什么我怎么了？"

"你是不是遇到什么事情？"他的心思细腻在这个时候瞬间体现无疑，"你今天和平时不太一样，是工作上遇到了什么不顺心的事情？还是有谁惹你不高兴了？"

她沉默了两秒，语带嫌弃地说："你这个人可真奇怪，我平时不配合你吧，你要追着我死命折腾我。我现在配合你起来，你却又担心我是不是脑子出问题了。"

穆熙都被她生无可恋的表情给逗笑了："事出反常必有妖。"

她弯着嘴角，闭上了湿润的眼睛，再次吻住了他。

—

很快，就到了Live和F大的联动时尚秀的那一天。

陈涵心因为是校方代表，也是项目的负责人之一，所以会坐在VIP席位的第一排观看整场秀。因为柯印戚此前并没向她透露过多少表演的内容，只是随口说了一句司空景和封夏可能会空降，她顿时期待值变为了满分，前一天晚上从家里的衣柜里精挑细选出来了一条最漂亮的小裙子。

这条裙子虽然不说有多暴露，但也绝对是那种艳压四座的招摇类型。奇怪的是，柯某人看到之后却没有半点反对的意思，甚至还在旁边风轻云淡地扔了一句："配上你喜欢的那个银色头饰还有项链手镯吧，应该会更好看。"

她真的惊了。

这种感觉就跟如果柯印戚对她说"你多看几眼孟方言吧，只要不爱上他就行"一样惊悚。

但是能穿上漂亮裙子去参加时尚秀的喜悦已经大大超过了"柯印戚难道脑子被门夹过了"的惊疑。她当天在家里化了个超级好看的妆，高高兴兴地出发去了F大。

夜晚，时尚秀很快就要开始，整个偌大的露天场馆却已经座无虚席。

现场的搭建、灯光、场地布置呈现出来的效果全部都是超一流的奢华水准。所有受邀来参加的媒体、来宾和学生都不断地在发出惊叹，甚至连座位后面的空地都站满了没有被邀请、可是也被欢迎来观看时尚秀的各路人马。而这一切的成功，最大的功臣自然莫过于这次项目的总监郑韵之和柯印戚两人。

只可惜这两位只要一对上，周围的气压就会下降一百个百分点。这不，陈涵心人一跨进后台的总控室，就看到这两个人正站在一起，你一言我一语地互相冷嘲热讽。

郑韵之穿着一条黑色的露背礼服裙，整个人美艳得不可方物："恕我直言，你灯光一开场就打成这样，是想让台上的舞者全都变成瞎子吗？"

柯印戚今天穿了一套黑色的正装，里面搭配着白衬衫，还打了领结，整个人英俊到周围所有人都显得黯淡下来。饶是已经看惯了他的陈涵心此时也忍不住咽了口口水，顺便在心里默默地夸奖了一句——这男人今天也帅得有点太过头了，这简直不就是王子本人吗？

而王子面对着郑韵之，却连半点好脸都不肯给："按照你的灯光方案，台下的观众会觉得我们是在上演捉迷藏比赛。"

"柯印戚。"郑韵之这时抱着手臂冷笑了一声，"希望你别忘记，是谁帮你搞定了天女散花的梦幻场景。"

他冷漠地抬了抬眼皮："是会展公司。"

郑韵之被气得咬牙切齿，转身就要去找穆熙："我让河豚过来，你等着。"

陈涵心这时走到他们俩身边，歪了歪头："什么天女散花？"

谁知道，刚刚还在唇枪舌剑的两个人瞬间转过头来看着她，近乎是异口同声地说："没什么。"

陈涵心被这两个人不约而同地统一回答吓了一跳，往后退了一步，不可思议地看着他们："你俩什么时候这么一条心了？"

"谁和她一条心了？"柯印戚冷冰冰地看了一眼郑韵之，朝她走过来，"是她在学我说话。"

郑韵之气得冲着他的背影挥了好几下拳头，跺着脚道："柯印戚，我再帮你一次忙，我就姓猪。"

柯印戚头也不回："猪小姐好。"

陈涵心笑得连腰都弯下去了，也没再追究他们俩口中那个"天女散花"究竟是个什么意思。

眼看着郑韵之一路骂骂咧咧地出了总控室去找在前场和贵宾寒暄的穆熙搬救兵，柯印戚这时也拉着她的手走出了总控室，来到了他自己的休息室。

一进休息室，他就反手关上了门，将她压在了门背后。

她看着他近在咫尺的英俊脸庞，眼睫微微地颤了颤，连呼吸都滞了一下。

他平时穿得偏休闲一些，上一次她看他穿西装还是之前几个学院的联合派对。而那一次，他也没有穿得像今天这样正式，又是领结又是胸针又是方巾的。这么多年了，除了高中的毕业舞会，她还真从没见过他穿成这样。

她总觉得这个打扮，好像人家婚礼上的新郎。

陈涵心被自己脑子里这个一闪而过的想法给惊到了，所以他还没说话她就已经脸红了。

柯印戚将她的反应全都尽收眼底，这时低低地笑了一声，靠近她一些，故意压低声音说："好看吗？是不是比孟方言更好看？"

怎么又扯到人家战神了，这个小心眼的男人。

她哪好意思承认，嘟了嘟嘴，直接傲娇地别过了脸去。

他弯着嘴角，脸颊跟着朝她凑过去，一口就吻住了她殷红的嘴唇，摩挲着说："宝贝儿，你好甜。"

她今天穿得那么好看，小小一只，精致得像只瓷娃娃似的，就像是这世界上最甜的糖果那样诱人。他仅仅是这么看着，就想把这颗糖果剥开，放进嘴里好好地品尝一番。

当然，这也是在他的默许之下她今天才会格外地夺目，要不然他哪能舍得让其他男人看到她穿成这样。毕竟今天是个无比重要的日子，他可不想她回过头来发现自己今晚在舞台上不好看，那样最后倒霉的人可还不是他自己？

"哎呀，口红都被你亲没了……"

他把她压在门板上各种亲和揉，她哪能受得了，最后实在是没办法，只能举手投降，"柯印戚，表演马上就要开始了，衣服都要被你弄皱了……"

某人吃得还不够尽兴，这时恨不得把她压到沙发上直接上主菜。可考虑到今晚的重要性，他到底还是忍了忍，退开来帮她整理好衣服，哑声道："去补个口红。"

她羞恼地拍了他一下，又踮起脚跟帮他把他嘴角沾上的口红印子抹掉，才去梳妆镜前补妆。

柯印戚也整理了自己的仪容，他趁着陈涵心的注意力没在他这儿，拿出手机发了几条消息。

片刻后，他就收到了回复："已就位，一切都妥。"

他收起手机，满意地勾了勾嘴角。

—

晚八点，Live时尚秀正式开始。

开场秀是一支由专业舞团献上的活力四射的舞蹈，瞬间就将现场的气氛直接推向了高潮。

在全场的热烈掌声中，舞团下场，主持人请出了穆熙做今晚时尚秀的开场辞。

穆熙今天穿着一套灰色西装，里面是白色打底，在舞台上显得格外夺目。他接过主持人手里的话筒，温和地冲着台下的观众笑了笑："非常高兴今天大家能来参加Live新一季的时尚秀，希望各位可以享受今晚，享受Live为你们带来的视觉盛宴。"

Live的少董事长是个大帅哥这个事儿台下的观众虽然早就知道，但此刻见到真人，冲击力简直是成倍的。尤其是学生们，一大波迷妹瞬间就被他圈粉了，简直跟个大明星不相上下。

郑韵之作为总场控，人一直在全场四处走动，这时停在观众席的左上方看着台上的他，脸上也忍不住扬起了一抹笑。

这个男人，永远都是这样耀眼。

无论放到哪里，都无法遮掩住他身上的光芒。

"我想感谢此次时尚秀的联合主办方F大，因为贵校的大力支持，才让我们的时尚秀能够顺利举办。在此我想特别感谢贵校的学生柯印戚以及其代表的柯氏，为此次时尚秀做出的巨大贡献。"

穆熙说到这里，全场F大的学生都开始欢呼雀跃，柯印戚这三个字就是他们IF大的校魂，就是他们的招牌，下面甚至有人开始尖叫"柯神万岁"了。

柯印戚和陈涵心并肩坐在VIP席位的正中央，陈涵心此时忍不住侧头看了身边的人一眼，他冷峻的侧脸在灯光下显得比平时要柔和许多，也让他整个人如沐光芒，让她根本都移不开眼睛。

她觉得，能够站在这样的他身边，真的是她莫大的荣耀。

"最后，我想感谢Live的时尚团队，没有你们，就没有这个秀，尤其是郑韵之总监。"

他话音一顿，目光已经准确地找到了台下的她。

因为离得远，所有人都没有注意到他此时整个目光都变了。如果说他在说之前的台词时是温和有礼的，那么当他说到她的时候，他的目光根本完全都是软下来的。

那是从心底里满溢出来的，最最极致的温柔。

郑韵之在台下与他四目相对，即便跨越人海，却也立刻就能看到他目光深处的东西。

她的鼻尖一下子就涌起了一股热，她强忍住了这股涩意。此刻选择把所有的纷乱都扔到了脑后，给了他一个大大的发自内心的笑容，还抬起手，在台下冲着他比了个心。

他在台上也看得笑了："辛苦了，郑韵之总监，你是最棒的。"

这句显然带上了私人感情的话，瞬间被台下的人给抓住了。各路人马都在那儿各种揣测Live少董事长和时尚总监的花边新闻，穆熙却没有理会这些八卦喧闹，直接将话筒交还给了主持人，转身离场。

陈涵心这时在座位上轻轻地碰了碰柯印戚的手，和他咬耳朵："你有没有觉得，穆熙现在突然变得好甜啊？他是不是在学傅老师？"

他抿了抿薄唇，过了几秒，冷声给她来了一句："他们能有我甜？"

她十分无语地看着他。

这个人怎么什么都要和别人比较？？

—

时尚秀的表演精彩纷呈，模特走秀，明星表演，时尚宣讲，学生获奖作品展示……每一个都能让人看得移不开眼。

单叶和戴宗儒是整个表演进行到一半的时候才猫着腰姗姗来迟的，单叶坐到陈涵心身边的时候整个人都是气喘吁吁的状态，陈涵心拍了拍单叶的大腿，低声问："你抢银行去了？"

"比抢银行还累……"单叶半闭着眼睛，嘴里念念有词，"简直不是人干的事儿……"

旁边的戴宗儒几乎是在单叶一开口说话的时候，眼睛就猫在她身上，这时直接把手捂住了单叶的嘴，冲着她笑了笑："我们俩是把小胖和二胖放倒之后才赶来的，这俩小子闹腾得很，怎么都不肯睡觉。"

陈涵心总觉得戴宗儒温雅的俊脸下面似乎隐藏着什么别的东西，她的目光在这对夫妻的脸上转悠了一圈，又去看她身边的柯印戚。

柯印戚淡定得不行，把目光从台上收了回来："怎么了？"

"没什么。"她望着他，"你没瞒着我什么事儿吧？"

他镇定自若："没有。"

她又打量了他几眼，这才安心地继续看台上的演出。

演出临近尾声的时候，柯印戚说要去下洗手间。她不疑有他，点了点头看着他慢步朝通道出口走去，忽然听到身边的单叶幽幽地来了一句："真不愧是少爷，一般人这种时候估计都得紧张得尿裤子了吧。"

"嗯？"因为音乐声很大，她大概只听到了一半，"什么尿裤子？"

戴宗儒的耳朵仿佛长在单叶身上似的，瞬间脱口而出："她是说怕二胖尿床。"

陈涵心惊道："二胖都快上小学了还会尿床？"

"是啊！"单叶这时在戴宗儒的眼神警告下尴尬地笑了笑，"有时候这小子憋急了就会。"

柯印戚这一去洗手间竟然去了很久都没回来，等陈涵心都怀疑他是不是晚饭吃坏肚子了的时候，身边的单叶忽然拍了拍她："心心，刚刚你那大美人闺密之之叫你过去。"

"啊？"她张了张嘴，"去哪儿？"

戴宗儒说："她刚刚在前面给你打手势，你没看到，叫你去后台呢。"

陈涵心什么都没想，立刻起身就往后台的通道那边走，等走到了后台里边，她忽然在转角看到了翁雨和郑韵之站在一块儿。

"小飞侠！"她朝她们俩走过去，"你怎么来了？"

"我本来以为我今天要飞航班，结果航班取消了，之之就让我过来看看。"翁雨说得很慢，眼神也有点儿飘，不过后台的灯光不是很亮，陈涵心没注意，"我这才刚到没多久呢。"

她听罢点了点头，转头冲着郑韵之："之之，你找我有什么事儿？"

"就是你们IF大一个学生的作品，好像出了点问题，怕等会上场展示的时候掉链子。"

郑韵之说得煞有其事，边说，边把她往后台深处带："我找不到柯印戚，不知道那个煞神去哪儿了，就想着你应该知道情况。"

"他去洗手间了，过了很久都没回来。"陈涵心这时拿出手机给柯印戚发了条消息问他怎么回事，然后说，"没事的，他们的作品情况我也都清楚，我和你去看也行。"

郑韵之这时背对着她和身后的翁雨交换了一个狡黠的眼神，领着她走到了后台上台的位置。

到了那，除了工作人员之外，并没有看到F大的学生。陈涵心狐疑地转了一圈，刚想问郑韵之是怎么回事，忽然听到舞台那边传来了自己熟悉的歌喉，注意力立刻就被吸引了过去："诶，现在是谁在台上唱歌啊？"

郑韵之将后台帷幕轻轻地拉开了一条缝，冲她眨了眨眼睛："夏夏和司空，他们俩空降插队，就两分钟前刚上的台。"

"真的吗？！"

陈涵心惊喜地走过去，果然看到了前方舞台上司空景和封夏两个人穿着登对的白色表演服装，在深情对望着演唱他们俩的成名作《不曾》。

这两个人代表着娱乐圈经久不衰的神话爱情，能在Live的时尚秀上看到他们俩合体表演，台下的观众几乎都疯了，震耳欲聋的尖叫声响彻了整个F大的夜空。

陈涵心也是他们俩的铁歌迷，扒着帘幕探了个脑袋在那儿听得投入得不行，完全没有意识到身后此时出现的所有变化。

一曲即将结束，她刚想看看柯印戚过来找她了没有，一回头，她就傻眼了。

只见刚刚还空荡荡的身后，一下子突然出现了好多人。

有郑韵之、穆熙、单叶、戴宗儒、翁雨……甚至连傅郁也笑吟吟地站在翁雨身边望着她。

她张了张嘴，郑韵之和翁雨就走了上来，一左一右夹住了她，把她直接推到了帘幕外头。

舞台上强烈的灯光直直地从她的头顶上打了下来，陈涵心错愕地用手挡了挡眼睛，就听到身后郑韵之一句带着笑意的耳语："去吧，心心，这个夜晚属于你。"

去哪儿？

她心里这么想着，慢慢地放下了手。

下一秒，她就看到司空景和封夏站在了她的面前。

封夏笑着看着她，然后伸出手牵住了她的手，把她一步一步往前带。

陈涵心这下是真的蒙了，此时台下黑压压的人群全都看着她，她也完全不知道是什么情况，只能表情震惊地跟着封夏和司空景继续往前走。

一直到了舞台最中央的地方，封夏才松开她的手，然后着着耳麦，笑着对她说："亲爱的心心小公主，今天晚上，有人为你造了一个童话梦。"

舞台的上空，此时忽然开始飘下了粉色玫瑰的花瓣。

这些花瓣如同雨水一般，一片一片，落在了陈涵心的肩头。

仿佛一场粉色的雨。

陈涵心整个人都看呆了。

粉色花瓣化成的雨从天而降，落在了她所有的目及之处，她听到台下的观众也都发出了此起彼伏的惊呼声。

她这时伸出手，试着捏住了其中一片粉色的花瓣。

然后下一秒，她忽然听到耳边响起了一道熟悉的声音。

"致我最亲爱的小公主心心。"

那道嗓音，她实在是太熟悉不过了。

她抓着花瓣，朝自己的身后看去，不知道什么时候，舞台上竟然凭空出现了一座城堡。

是货真价实的城堡，不是投影。

有圆形的塔楼、狭小的窗户、半圆形的拱门、低矮的圆屋顶，隐约还能看到城墙上的些许暗色花纹。

陈涵心目瞪口呆地盯着那座城堡，然后看到城堡的门被人从里面推开了。

柯印戚信步从门里走了出来。

台下的观众这时开始发出震耳欲聋的尖叫声。

在这一刻，就算她再傻，也明白他要干什么了。

"我记得，在我们俩刚上幼儿园的时候，有一天晚上，我在给你念童话故事。"

他站在城堡前方的粉色花雨里，定定地看着她，嘴角带着一抹漾出春色的温柔。

"听完故事之后，你告诉我，你以后想嫁给一个拥有一座城堡的王子，然后在一个飘着花瓣雨的地方被他求婚。"

"虽然很遗憾，我不是出生于王室的王子，我也没有办法去购买一座在众多荆棘和蔷薇环绕下的古老城堡。但是，只要是你想要的，只要是你说过的，就算再难，我也会想方设法地把它们都变出来，放到你的面前给你。"

她在他说第一句话的时候，眼眶就已经红了。

连她自己都早就已经记不得她孩童时期曾经随口说过的话，可是这个人，却能如数家珍一般地记着，甚至把这明显一看就幼稚又不切实际的童言童语，费尽心思变成了肉眼所能看到的现实。

难怪封夏刚刚会说，他今晚为她创造了一个童话梦。

"或许别人很难相信，但从我出生的那一刻起，你就已经贯穿了我的整条生命线。我这一生，从来都没有想过要爱上除了你之外的人。"

他一边说，一边往前走了一步。

"你总说你不知道我为什么会这么坚定地爱着你，那么今天，我可以告诉你为什么——因为在我的世界里，从头到尾就只有我爱你这一种爱情。"

"是你让我知道爱，学会爱，也是你定义了我眼中的爱情和命运。"

陈涵心手里的花瓣这时慢慢地从她的指缝中掉落下来，她能感觉到自己的眼眶已经一片模糊。

她只能看到，他们两个的距离，在渐渐地，变得越来越近。

"我不是个拥有充沛情感的人，甚至这个世界的组成对我来说看起来都是公式化的东西。而你，是照亮我世界的一束光，是你赋予了我付出和爱人的能力，是你让我感激糖果的甜、春风的暖，也是你让我知道能够爱上你是一件多么美好的事。"

他是她见过最少言寡语、脾气冷硬、情感不外露的人，能够用行动解决的事情他几乎从不愿意开口。而这也是她这么多年来，第一次听到他一口气说这么多话。

每一个字，每一句话，都打在了她心口最软的地方。

把她打得溃不成军。

有一瞬间，她感觉自己都要有点儿站不住了，身旁的封夏体贴地从后抱了抱她的腰，笑着在她的耳边低语："你继续听，认真听。"

"我有不少缺点，都是你在包容着这些缺点；我更有软肋，而我的软肋就是你。陈涵心，你一直都以为是你在依赖我，殊不知，其实我才是更依赖你的那个人——我依赖你的笑，依赖你的拥抱，依赖你的甜，是让我变得有血有肉，变得更热爱这个世界。我不信命，但我信你。"

她从未见过他这个模样。

往日里那冰冷不带感情的声音，今晚都变得柔软如水起来。陈涵心看到他深邃的眼底，有一层很薄很薄的雾气，而他的笑容，却比她见过最美丽的花朵绽放起来都要绚烂。

他此时，也终于来到了她的面前。

司空景和封夏已经悄悄地走到了他们的身后，把前方偌大又空白的场地完完全全地留给了他们两个人。

台下观众的尖叫声和欢呼声，已经到达了顶峰，甚至有很多年轻的女孩子和女性都被感动得热泪盈眶。

柯印戚一动不动地注视着她，那双漂亮的眼睛里，此刻有千言万语，更有已经满溢出来的温柔和爱意。

他一点都没有吝啬向她展露这些情感。

下一个瞬间，整个舞台的灯光都变得更亮了。

他从西裤口袋里拿出了一个小小的锦盒，慢慢地对着她单膝跪地。

她抬起手，捂住了自己的嘴。

她知道他这一辈子没有对任何人下跪过，他是个太骄傲的人，他有骄傲的资本，也有天生极高的心气。

而今天，他却当着所有人的面，在她的面前弯曲了他的膝盖。

就像把他身上所有的骄傲，都卸了下来、放到了她的脚跟前。

他在告诉她——为了你，我愿意放下我所有的骄傲。

柯印戚从锦盒里拿出了一颗她见过最华美闪耀的钻戒，仰头笑望着她。

他举着那颗钻戒，一字一句地对她说："所有人都知道，我们从小就待在一起，直到现在，已经过去了整整二十年。人的一生能有几个二十年？我很庆幸，我的第一个二十年，写满了你陈涵心的名字，所以我希望今后的每一个二十年……直到我生命尽头的最后一个二十年，依然能够写满你的名字。"

"陈涵心，请你嫁给我。往后一生，直到我们迟暮白头，我都会让你做世界上最幸福的小公主，吃遍世界上最甜的糖，永远不吃一点苦。"

陈涵心泪如雨下。

她起先还想顾及一下自己的形象，捂着嘴默不作声地在流眼泪。可到后来，她实在忍不住发出了哭声，任凭眼泪将自己精致的妆容全部打湿。

"嫁给他！"

"嫁给他！"

……

台下观众的叫喊响彻云霄，而在他们身后，他们的挚友全都上台了——司空景封夏、单叶戴宗儒、郑韵之穆熙、翁雨和傅郁，还有俞奕伦也来了，他们每个人的手里都捧着一束巨大的花束。

每一束花的颜色都完全不一样。

组合起来，仿佛像一道彩虹。

这么多的色彩之中，她却看到柯印戚的眼角，有一丝很淡很淡的红。

如果不仔细看，几乎看不到。

她被这丝淡红给震撼到了，一直都没有给他回应。

"宝贝儿。"

他这时关了随身麦，用只有他们两个人才能听到的声音低声打趣她说："我已经落后别人一个孩子了，总别让我在万人面前的求婚都失败，那样我真得考虑去切腹自尽了。"

陈涵心哭得喉头都哽住了，这时又被逗得笑出了声，一顿又哭又笑之后，她用手背胡乱地抹了抹自己一塌糊涂的脸，将手放下来，轻轻地递到了他的面前。

郑韵之这时贴心地走上来，单手给她戴上了随身麦，让她可以给出一个回应。

她弯着嘴角，鼻音浓浓地就着麦克风，认认真真地对着柯印戚说："我愿意。"

她怎么会不愿意呢？

这是她年少时就喜欢上的人，他是她见过最夺目的星辰，他改变了她，成就了她，让她变得更好，让她的少女心被妥帖安放，也让她懂得感激这个世界上的每一份美好。

他与她并肩走过了每一段岁月，见证了她人生每一个重要的里程碑，往后还将继续陪伴她走下去。

他是她的初恋，是她的爱情，也是她的宿命。

她再也不会觉得犹豫，再也不会觉得自卑，她只想用同样的热爱去回报他，告诉他——我也想以伴侣的身份站在你的身边。

如今，她十八岁生日时许的愿望终于要实现了。

她要嫁给柯印戚，嫁给她这辈子最爱的男人了。

从此得偿所愿，再无遗憾。

柯印戚笑了。

他迅速地将手里的钻戒推上了她的无名指，然后他站起身，用力地将她拥进了自己的怀里。

柯印戚抱得很小心，其实他想要抱得更重一些，但是又努力克制着自己不要抱疼她，她能感觉到他环抱住她的双手都在微微地发颤。

"心心。"

全场的祝福喝彩声中，她听到他在她的耳边哑声说："我会永远比你想象的，比你看到的，比你听到的，比你感觉到的，要更爱你。"

"这份爱永远不会减少，只会一天比一天更多。"

"相信我。"

她抱着他，任凭眼泪再次从眼角滑落，笑着说："我永远相信你。"

今晚是只属于他们的夜晚。

漫天花瓣雨落下的同时，四面八方开始飘起了气球和彩絮，再下一刻，高空中出现了缤纷绚烂的烟花。

在烟花映衬下的城堡，让人感觉仿佛真的进入了一个童话故事的梦境。

烟花有不同的形状，不同的样式，不同的颜色……最后又汇聚成了四个字。

心心相印。

一心一意，永无分离。

"你这个城堡到底是怎么弄来的？还有花瓣雨，烟花……之之他们竟然全都是你的队友吗？"

她这时松开了他一些，好奇地盯着他问。

这个局一看就已经铺了很久了，计划之周密，排场之浩大，形式之精致都是超一流的水准。必定需要不少人出谋划策、付诸行动，也难怪之前他和郑韵之两个人都因为这件事短暂地和平共处了。

他抬手摸了摸她小脸上的泪渍，挑了挑眉："很好奇？"

她连连点头。

他看着她的眼睛："等洞房的时候再告诉你。"

她红着脸，羞恼地捶了他一拳。

司空景他们这时抱着手里的花束，一个个上前来走到了他们的身边。

司空景是第一个，他把手里的花放到了陈涵心和柯印戚的脚边，然后云淡风轻地冲着他们一抬下巴："早生贵子。"

封夏紧随其后，把手里的蓝色妖姬摆在司空景的花旁边："心心印戚，你们一定要幸福啊！"

单叶还是一如既往地聒噪："瞒得我累死了，可算是成功了！天知道那些气球和花瓣我帮着搞了多久！柯印戚你要赔我的医药费和精神损失费！"

戴宗儒揉了揉自家妻子的脑袋，无奈地道："别理她，她就是看到你们俩终成眷属实在是太高兴了。"

俞奕伦难得真情流露，满眼通红地冲着他俩说："柯神，公主大人，求求你们千万别再吵架殃及无辜了，一定要给我锁死一辈子！我和全体F大同学都愿意吃你们的狗粮吃到吐！"

翁雨本来性子就软，刚刚被柯印戚的求婚感动得一塌糊涂，这时脸庞上还挂着眼泪。傅郁在旁边温柔地给她抹眼泪，还细声细语地哄，她揉了揉眼睛，好不容易才平复下来对着陈涵心说："心心，你一定要比谁都幸福，一定要永远做让人羡慕的小公主！"

傅郁在旁边跟着补充："百年好合，一生一世一双人。"

陈涵心一一谢过他们每一个人，在差点又要被这些亲友团给弄哭的时候，迎来了最后一个上前来的郑韵之。

令她、穆熙以及其他所有人都感到很意外的是，郑韵之的脸庞上竟然挂着眼泪。

如果是翁雨，她还能理解，软糯糯地跟个棉花糖似的。可是郑韵之平时嘴多么硬，行为多么刚强，是个总像辆无敌小坦克似的女王。说句真的，这么多年了，她就没见郑韵之怎么哭过。

郑韵之这时将手里的花放下来，正好在他们两个的周围围成了一个完整的爱心。

她看着陈涵心，自嘲地摇了摇头："你别这么瞪着我了，我本来还幸灾乐祸地觉得可以看你哭到妆花，谁能想到我自己先投降了呢？"

"心心啊！"她这时伸出手，轻轻地握住了陈涵心的手，"听我的话，你一定要好好的。今后毕业了，工作了，结婚了，甚至是当上妈妈了，也一定要好好地生活，好好地和柯印戚过下去。遇到任何事情都要多沟通，互相理解，互相包容，你要知道，能遇到一个可以相知相爱的人过一辈子，真的是一件很幸运的事。"

陈涵心原本蕴在眼眶里的泪，终究还是被她这番话活生生地给催下来了。

即便柯印戚百般不情愿，还是眼睁睁地看着郑韵之上前一步，拥抱住了陈涵心。

她靠在陈涵心的耳边，闭着眼睛，眼泪从眼角滑落下来："心心，你活成了我最羡慕的模样，我希望你可以让我羡慕一辈子。"

陈涵心到现在还记得她第一次见到郑韵之的情景。

那天柯印戚正好去柯氏有事，她一个人没事干，就独自去商场逛街。

然后她在店里看中了一件衣服，结果在她准备买单的时候，有另外一个女生也看中了同一件，一问店员，店里只有一件库存了。

其实按照道理，她都已经在买单了，这件新衣服就应该归她了，那个女生想买就得拿那件样衣。但那个女生素养不是很好，直接在收银台堵着她，让她把新衣服让给自己，虽然店员已经明确表示可以等调货，但那个女生就是死活不愿意等也不愿意拿样衣，非要库存的那件新的。

陈涵心哪能应付得了这样不讲道理的无赖，和她理论了几句无果，那女生做派像个泼妇似的，她被弄得也有点儿毛了，心里想着干脆把新衣服让给她，自己不买图个清静得了。

就在这个时刻，路过的郑韵之像个武侠片里的盖世英雄一样突然从天而降。

她站在收银台边上，就看到又美又飒的郑韵之施施然地朝她们走过来。接着对着那个无赖女用一段全程不带一个脏字、但字字扎心、长达三分钟的演讲，让那个无赖女哭得稀里哗啦，撒丫子地跑远了。

陈涵心惊了。

她这一辈子都没见过那么酷的女孩子。

于是那天，她最后不仅买到了自己心仪的衣服，还结交到了一个又美又飒的女英雄。最后女英雄变成了她的闺密，顺便介绍了空中小飞侠翁雨给她认识，从此她仨变成了猫眼三姐妹。

这么多年过去了，郑韵之还是一直都像她们初次见到的时候那样挡在她的身前。因为比她年长几岁，她知道郑韵之一直把自己定义成她的姐姐，总是习惯性地处处保护她，维护她，不忍心让她受一点伤害。

她真的觉得自己是个好幸运的人。

能得爱人如柯印戚，能得挚友如郑韵之。

所以她也衷心地希望，这个外表看上去如此强大，但内心比谁都柔软的女孩子，也能够获得独属于她的那份幸福。

"郑韵之。"

陈涵心抱着郑韵之，眼泪啪嗒啪嗒地往下掉："你能不能别再煽情了？这不是你的风格好吗？"

郑韵之笑道："你珍惜着点吧，我也就难得娘这一回。"

陈涵心也笑，笑完后，她靠在郑韵之的耳边，认认真真地说："之之，你刚刚对我说的那番话，我也原封不动地还给你。"

"你说你羡慕我，其实你不知道，我才羡慕你。我这一辈子都没办法成为你，你是我最最佩服的女孩子，就是站在人群里自己会发光发亮的那种。你值得最好的，所以我希望你一辈子都能够这么又美又飒，比谁都过得幸福。"

郑韵之听完后鼻尖又酸了："说好的不煽情呢？"

陈涵心松开了她，冲她眨了眨眼睛，用只有她们两个人才能听到的声音对她说："河豚真的很甜，别再为难他了。这么多年下来，他已经够难的了，我感觉在你的千锤百炼之下，他的心脏真的太坚强了。"

郑韵之耸了耸肩："看我的心情吧。"

"好了。"

眼看柯印戚已经面色不耐烦到要上来把她们俩扯开了，她拍拍陈涵心的肩膀，声音提高了一些："记住，你之姐永远都是你最坚实的娘家人，要是柯印戚敢欺负你，看我不弄死他。"

听到这话，柯印戚冲着一直在旁边文雅围观的穆熙冷声道："你再不把她弄走，我立刻就让你变成一条爆炸的河豚。"

护犊子的穆熙微微一笑："请便。"

Live新一季的时尚秀至此圆满收尾，柯印戚的世纪求婚成了点睛之笔，直接在现场媒体的宣传下上了热搜。

余下的收尾工作，专业的工作团队都会进行负责，观众开始有序离场。郑韵之和亲友团帮着陈涵心他们收拾好东西，亲自护送今晚的两位主角上了车，看着柯印戚开车离开，才算是彻底松了口气。

"忙活了一个多月，还要看少爷的臭脸，真是累死我了。"郑韵之站在停车场，伸了个懒腰，"不过看在咱们小公主那么高兴的份上，也算是值了。"

穆熙自从柯印戚的求婚仪式之后，就没怎么出过声，一直都在旁边默默地看着她。这时见翁雨他们都成双成对地四散离开了，四下无人，这才伸出手，将她拉到了自己的怀里。

"其实，我也有点好奇。"

他这时抬手摸了摸她长长的发，"你看到陈涵心被求婚，怎么会哭得那么厉害？"

在他的印象里，她绝对不是个一碰就会哭的泪包，甚至还有点铁娘子的味道。所以，当他看到她今天在舞台上看着陈涵心和柯印戚就开始大颗大颗地掉眼泪，他的心里也是很诧异的。

"为心心感到开心呗！"她眸色微动，"毕竟是我关系最要好的闺密，看到她这么幸福，我感动落泪，那也是很正常的事。"

穆熙听罢，沉默了两秒："你确定你只是被感动到了而已？"

她从他的怀里挣脱开来："你什么意思？"

他看着她："你是不是还很羡慕她？"

她一副"你是我肚子里的蛔虫吗"的眼神看着他："你怎么知道？虽然我不是羡慕她能嫁给柯印戚，柯印戚那个罗刹鬼要不是因为他是心心的老公，我肯定得和他打起来……"

"为什么要羡慕她？"他这时忽然温声打断她道，"之之，你不需要羡慕她。"

她听了这话，心猛地一颤，一时不吭声了。

"今天她有柯印戚为她精心准备的求婚仪式，明天你也可以拥有比这更精致、更华美、更用心的求婚仪式。你不需要羡慕陈涵心，也不需要羡慕翁雨，你不需要去羡慕任何一个女孩子。"

他一字一句地说着，抬起手抚了抚她的脸颊："你是我见过最勇敢的公主，不比她们任何一个人差，你也有人把你放在心上疼，放在心上宠，所以，你不用去羡慕别人。"

她的眼睫微微颤了颤，心里软得一塌糊涂。

然后，这块心脏上塌陷下去的地方，让她越来越忍耐不住。有一瞬间，她差一点点就要把她埋藏在心里最深处那么多年的那个秘密，说出口告诉他了。

她真的快要撑不下去了。

有谁能够想到，她现在强颜欢笑度过的每一天，都是她要离开自己好不容易得到的幸福的倒计时呢？

其实，她并不只是羡慕陈涵心可以做一个快乐无忧的公主，她更羡慕陈涵心可以毫无顾忌地去拥有爱情，去拥抱自己最爱的人。

而她，即便她终于知道面前的这个男人愿意把她当成公主疼。可她却没有资格，也没有办法去拥抱他，光明正大地站在他的身边，和他走一辈子。

她不是不想。

她只是不能。

良久，郑韵之抬起手抹了抹自己的眼角，勾着嘴角看着他："你别给我来这一套，又想给我灌迷魂汤让我给你卖命干活是不是？"

穆熙体贴地没有继续逼迫她给个明白话，他发现，在她的身上，自己真的拥有怎么样也取之不竭的耐心。

夜色中，他轻轻地吻了吻她的额头，低声道："我是只要你开心就好。"

一

回家的路上，陈涵心一直忍不住在看自己手上的钻戒。

柯印戚开着车，时不时地看她一眼，弯着嘴角道："喜欢吗？"

她用力地点了点头："当然啦，我真想快点让爸妈也亲眼看看，照片根本拍不出实物万分之一的美。"

陈渊衫和严沁萱这段时间去国外度假了，这对无良父母这么多年来从来都是说走就走，拎起行李就去过二人世界了，对她压根没有一点牵肠挂肚，因为也知道柯印戚会把她照顾得很好。

柯印戚这次的求婚，其实也是事先悄悄和他们以及柯轻滕和尹碧玢都打过招呼了。这四位长辈当然都是百分百的支持，所以他也没有任何后顾之忧。

就连晚上的求婚视频，他都是让专业人士现场摄像，全程给四位长辈现场云直播的。

两位妈妈自然都觉得浪漫极了，而柯轻滕看完之后刚给他来了条消息："和我当时用世界上最罕见的五块石头打成的求婚戒指比还是差了点。"

陈渊衫则更简短了一些："你现在得偿所愿了，等着我回来揍楪吧。"

得了，反正老婆都追到手了，要杀要剐他也都无所谓了。

到了家门口，他直接把陈涵心打横从车里抱了出来，直接大步往屋里走。

陈涵心又是害羞，又是忍不住要笑，抱着他的脖颈，红着脸说："你在急什么呢？"

"当然急。"他冷峻的脸庞上带着一抹淡淡的笑，"要洞房了，怎么能不急？"

就这么一路抱着她上楼，还没进卧室，两个人就已经吻在了一起。今夜发生的仪式如此重要，本就让人心绪难安，这一切更急需要一个窗口去抒发情感。

就在柯印戚刚解开她的外套扣子的时候，他那个公事专用的手机忽然响了。

他原本想装作听不到，可是理智却告诉他，这个电话可能很重要。一般来说，如果不是有十万火急的事情，心腹下属都不会在这个时间点给他打电话。

陈涵心看出来了他眼神里那一瞬间的犹豫，缓了下呼吸，理解地冲他眨了眨眼睛："没事的，你先接吧。"

他深深地呼吸了一口气，将她在床上放下来，摸出手机。

一看那个一串乱码的来电显示，他的神色就更凝重了几分。

他接起来，贴在耳边："孟方言，如果不是什么要紧事，我一定不会放过你。"

那头的孟方言笑了一声，懒洋洋地说："柯大少爷，首先要恭喜你求婚成功。"

他没好气地回："说正事。"

"潘昇在T广场被人看到了，我们的人正在追，但是鉴于这孙子金蝉脱壳的前科，你要不要亲自过来帮忙围剿？"

他捏着手机，垂眸看着正眼巴巴望着他的陈涵心，有一瞬间真的很想回绝——今晚他理应和她一起享受温存，享受他们新一段旅程的起点之夜。

但是好不容易这个狡猾得不行的潘昇才露了面，为了杜绝后患，他还是亲自去一趟彻底把人捉拿归案，才能来得安心一点。

"行，十五分钟后见。"

他挂下电话，弯下腰，亲了亲陈涵心的鼻子："宝贝儿，抱歉，我现在得去找孟方言……"

"没事，你去吧。"他话还没说完，她就坐在床边推推他，"战神要你去帮忙，你肯定得去啊……不过，如果可以的话，你要尽量早点回来噢。"

她现在乖乖巧巧又不作不闹的样子，他喜欢得连心都愿意掏出来给她。这时抓着她用力地亲了几口，才说："好，你洗个澡，在家乖乖等我，我很快就回来。"

—

穆熙和郑韵之到家的时候，时间也已经很晚了。

刚到家，郑韵之去浴室卸了妆，出来就看到他把刚脱下来的外套又穿了起来。

"怎么了？"她问，"有急事？"

他点了下头："我爸刚突然打电话来要我现在立刻回家一趟，也没说什么事儿。我怕是我妈身体出问题了，她最近一直说她人不太舒服。"

一听这话，她整个人就僵住了，这就像是一个炸弹快要引爆前被拉响的警报，把她的整颗心都瞬间炸成了碎片。

几乎是极力克制住自己，她才没有在他的面前显露出端倪："好，那你去吧。路上小心，不要开太急。"

他点点头，拿上车钥匙往玄关走："如果不是我妈身体上的事儿的话，其他的事儿我都可以明天再和他慢慢谈。"

走到玄关，他刚想穿鞋，却又折返回来，抓着她的手，亲了亲她的嘴唇，柔声道："你撑得住的话就等我一起睡，先去好好洗个热水澡。"

她深深呼吸了一口气，将眼眶里那股一下子无法控制涌上来的涩意努力逼退回去："好。"

他看到她这么爽快地答应下来，似乎很高兴，脸上带着笑走回了玄关。

郑韵之站在原地，看着他挺拔的背影，一时没忍住，哑声叫了他一声："穆熙。"

他回过头来。

安静的客厅里，她吸了吸鼻子，弯着嘴角冲他笑："我会等你的，所以你早点回家。"

穆熙前脚刚离开，后脚郑韵之就从储藏室的最顶上搬出了行李箱。

她把行李箱打开铺在了地上，开始从卧室里快速地整理起衣服、化妆品和鞋子。

他之前让搬家公司帮她搬过来的东西有点儿多，根本不可能全部带走，她只能尽量拿上自己平时要用的这些日用品。

偌大的屋子里，因为只有她一个人，所以显得格外寂静。她机械地将自己的东西一样一样往箱子里填，脸上的表情几乎是麻木的。

只有她知道，穆安朋打给穆熙的那个电话算是对她的最后通牒。

之前她说她还需要几天的时间，其实就是想等到Live时尚秀结束、帮柯印戚给陈涵心成功求完婚之后再走，也许是明天，也许是后天……只是她没有想到，穆安朋的耐心根本撑不到再给她哪怕多一天的时间了——他希望她今晚就离开。

以最快的速度理完了自己的东西，她合上行李箱，拿出手机，拨出了一个电话。

电话很快被接了起来，Louis略带了点睡意的沙哑嗓音从手机里流泻出来："Tiffany."

她一时没说话，握着手机，目色沉沉地落在虚空中。

他在那头叹了口气，低声道："你又想离开了是吗？"

她闭了闭眼，声音有些飘："不是我自己想要离开的。"

她怎么会想要离开呢？

这是她好不容易才拥有的爱人，好不容易才拥有的家，是她这一生苦苦追求的全部梦想。

这个世界上，怎么会有人甘心想要放弃自己的梦想。

"你为什么还是不告诉他？"Louis说，"你既然愿意相信他，就应该相信他能够保护好你。"

"那不是别人，是他的亲生父母。"

郑韵之哑声说："Louis，我自己没有父母，就更不能剥夺他拥有亲情的权利，不能将他推入这种撕裂般的两难境地。"

Louis沉默了几秒："你是真的很爱他。"

她笑了笑："可不是吗？"

应完这句话后，她忽然感觉到自己的眼眶开始泛酸。

什么时候，她竟然已经可以这样坦白地承认自己对穆熙的感情。甚至说起来，还有一丝从内心深处涌上来的骄傲。

能够爱上他，她已然知足。

即便他们的结局已经昭然揭示。

"我现在过来接你。"Louis没再多说什么，"你把地址给我。"

听到这话，她愣了一下："你现在人还在法国，是要开火箭来接我吗？"

Louis笑了一声："我在S市。"

她诧异地张了张嘴。

"上次我和你说回去，其实是骗你的，我向公司申请了延期，工作上的事情全做远程处理。"Louis温柔地说，"可能当时和你分别时我就有一种这样的预感，觉得你还会来找我，让我带你离开，就像三年前那样，所以就一直悄悄地留在了这座有你的城市。"

她听完这些话，想要笑，但又觉得鼻尖更酸了："Louis，我欠你的，可能这一辈子都还不清了。"

"不需要你还。"

这一句话，Louis是用蹩脚的中文说的，"Tiffany，这个世界上不是只有你会用真心不求回报地去爱一个人。"

第十四章 ◎ 命数

柯印戚人赶到T广场的时候，孟方言已经收队了。

一下车，他就看到不远处正在听Shadow下属汇报的孟方言脸色有点儿难看。看到他出现，孟方言直接朝他大步走了过来，嗓音有些沉："潘昇又逃走了。"

他皱了皱眉："怎么会又让他逃走了？"

孟方言："我们抓到了出现在监控里的潘昇，却发现不是他。"

柯印戚立刻就听懂了。

潘昇那个王八羔子让下属假扮成了他的模样在T广场现身，结果孟方言花了大力气把他从T广场的茫茫人海里翻出来，却发现是个赝品。

"等一下。"柯印戚这时冷声道，"他为什么要大费周章派人伪装成他，然后故意在T广场暴露行踪让我们来追捕他的替身？他能从中获得什么好处吗？这不符合逻辑。"

"除非……"孟方言也想到了这一点，"除非他本人要去做别的更重要的事情，但是要把我们的注意力都从那件事上支开。"

两人站在夜色中相对而立，脑中都同时在飞快地思索着。

潘昇之前逃脱后一直隐藏得很好，孟方言每天从早到晚死磕着掘地三尺也没能把他给挖出来。今天他这个高危通缉犯竟然主动现身，这一出调虎离山计的背后肯定会有一个巨大的阴谋。

孟方言这时忽然眯了眯眼："陈家小公主现在人在哪儿？"

柯印戚张口就回："她自然是在……"

话还没说完，他整个人都猛地僵住了。

一股凉意从他的脚趾开始往上攀升，迅速蔓延到了他的五脏六腑，他在孟方言凝重的注视下，一向冷静到极致的声音都有点发颤了："难道……"

"我想不出别的可能性了。"孟方言一边扬手招呼属下赶紧上车，一边抬步就往车的方向走，"你要知道，把他从昔日的天堂打到地狱的人就是你，他最记恨的人也是你。现在他知道自己已经穷途末路，所以他一定会选择和你来个鱼死网破，他自己就算是死，也要拉一个垫背的。"

这个世界上有什么可以让柯印戚感到痛苦的？

——伤害他这辈子最爱的女孩。

柯印戚人生第一次，感觉自己的大脑陷入了一片空白，他浑身一阵阵的在冒冷汗，几乎是连滚带爬地冲到车边，上车发动，踩着油门一路狂飙了出去。

他一手抓着方向盘，一手几乎是发着抖地把电话拨给了陈涵心。

现在距他离开家过去了二十分钟左右，如果不是他和孟方言多虑了的话，如果他足够幸运的话，如果他还赶得及的话，如果潘昇的动作没有那么快的话……

下一秒，电话就被人接通了。

一道不是陈涵心的嗓音从手机里传了出来，字字清晰地回荡在了车内："柯印戚。"

他的瞳孔一下子扩大了。

这道阴毒的、一听就让人厌恶的、如同毒蛇般粘腻的嗓音，他一辈子都忘记不了。

是潘昇的声音。

"今夜月色正好，为了恭喜柯大少爷喜得娇妻，让我们来玩个游戏以示庆祝吧。"

电话那头的潘昇，声音里带着丝残酷的笑意，一字一句地说："如果一个小时之内，你找不到我在哪里，我就亲手送你心肝宝贝的未婚妻入黄泉。"

他听完这句话，就一拳重重地砸在了方向盘上，让原本在高速行驶的车猛地一个晃动，幸好在他极力的控制下才险些没有酿成大祸。

柯印戚额头上的汗一滴滴淌了下来，他咬着牙厉声道："潘昇，你要是敢动她一根手指……"

"就会怎么样？你可别忘记，她人现在可是落在我的手里，想怎么样对待她可是由我说了算啊！"

潘昇在那头癫狂地大笑："柯印戚，你害得我落到今天这样的田地，而你却想继续高枕无忧生活幸福美满？别做梦了，和我一起下地狱吧！"

他呼吸粗重地喘了几声，过了几秒，一个字一个字地从牙缝里蹦了出来："潘昇，你让她听电话，不然我不相信她在你手里。"

潘昇冷笑了一声，很快，一道他最熟悉的甜美声音从电话里传了出来："印戚，我没事。"

柯印戚一听到这五个字，眼眶一瞬间就红了。

—

Louis说他住的地方离穆家不远，很快就能到了，让她在小区门口等自己，挂了电话，郑韵之将行李箱拉到了玄关。

因为不知道穆熙什么时候会回来，她也不敢问，所以她想尽快下楼离开。

可是，她刚想弯腰穿鞋，动作就滞住了。

咬了咬牙，她又走了回来。

这个家里，有着她太多太多，这辈子最幸福的回忆。

厨房里的灯暖融融的，让她想起有时候她和穆熙中午偶尔回家吃饭，丹姨总是从厨房里笑容满面地端出她最爱吃的菜来；而晚饭后，穆熙会担当起洗碗的工作，安安静静地在那儿洗个碗都能洗出像在演电视剧的感觉，有时候心血来潮，他还会亲自下厨给她弄个夜宵。

看到吧台，她就会想起他们俩有时候晚饭后会坐在这里小酌一杯，聊聊天，他说话很风趣，话不是特别多，但总是能把她逗笑；看到客厅，她会想起她每晚在电视机前做瑜伽，他时不时总会来骚扰她。

走到卧室，就能够想到每一天晚上他都会拥着她入睡，床头那一杯热水没有一天落下。

最后，她来到了书房。

书房和她刚回来的时候一样，摆着许许多多有她的相框，后来她发现，相框还悄悄地增加了，也不知道是他什么时候偷拍的：有她在办公室工作时的照片，有她在家里做瑜伽、吃饭的照片，还有她在名模秀上惊艳表现的照片……

她驻足在他的书桌前，看着那些相框，一时连动都动不了了。

放在衣服口袋里的手机这时震了起来，她摸出来一看，发现是Louis的消息，说他人已经在小区门口了。

郑韵之吸了吸鼻子，转身准备离开，刚走了两步，最后还是没能忍住，折返回来拿起了那个他放在柜子最上面一格的相框。

那个相框里摆着整个房间里唯一一张他们两个人的合照，是三年前他们去日本旅行的时候，麻烦路人帮忙拍的。那张照片上，她手里拿着一杯奶茶，他手里则捏着一盒她爱吃的点心，两个人都笑得很开心，是眼尾都上翘的那种笑。

她把那个相框攥在手心里，翻了个面。

下一秒，她的目光就凝固住了。

原本相框的背面，只有短短一行记录着他们旅行日期和地点的批注。可是不知道什么时候，上面竟然多了一行字。

【之之，我真的很爱你，非常非常爱你。】

她紧紧地攥着那个相框，一瞬间泪如雨下。

被穆安朋再次威胁要她离开穆熙的时候，她没有哭。

强颜欢笑地准备时尚秀等待离开倒计时的每一天，她没有哭。

亲眼目送穆熙离开家门，意识到这可能是他们两个这辈子见的最后一面的时候，她也没有哭。

她原本想的是，等她离开了这里，去了机场，到时候无论有多少陌生人看着她，她都可以肆无忌惮地放肆大哭。

她忍得好辛苦，谁知道到了最后，却还是功亏一篑。

郑韵之手里攥着那个相框，捂着嘴哭得泣不成声。

她等这句话，等了整整五年。

这是她第一次看到这个不善言表的男人，开口说爱。

谁能知道她有多么想要伸出去拥抱他，有多么想要和他一起携手走完接下去的人生。

她的梦想终于实现了，只可惜，她将要再次离开她这辈子最爱的男人。而这一次，该是永远无法再见了。

　　Louis的消息这时候又进来了一条，问她怎么还不下去，她随便用手抹了抹脸，拿着那个相框，泪眼模糊地快步冲出了书房。

　　等她来到客厅的时候，她的脚步却猛地顿住了。

　　只见不知道什么时候，玄关的门竟然大开着，原本理应没有那么快赶回来的穆熙一身风尘仆仆地站在她的行李箱边上。

　　他的目光一动不动地落在她的身上，甚至因为跑得很急，他还在微微地喘着气。

　　她的手指松了松，手里捏着的那个相框，"啪嗒"一声掉落在了地上。

　　屋子里静悄悄的，只有他粗重的呼吸声。她的脸颊上还满是泪痕，一时之间仿佛被定格在了原地，无法迈出去一步，也没有办法开口说一句话。

　　良久，穆熙轻轻地向前走了一步。

　　"郑韵之。"他的声音完全哑的，"你又要离开我了。"

　　她听到这句话，心痛得无以复加。

　　然后，他忽然径直大步朝她走了过来，一把狠狠地抓住了她的手。

　　他的眼眶红得吓人，他看着她，仿佛要将她刻进自己的眼睛里："但是这一次，我抓住你了。"

　　—

　　柯印戚这一辈子从未有一刻体会过现在这样的感觉。

　　他从来都自信到觉得自己可以完美掌控所有的一切，无论什么人或事，都不会有一点超出自己的预期，出现哪怕一点偏差。

　　可今天，他却觉得自己的心脏像被握在了别人的手里。

　　对方只要轻轻一捏，他瞬间就寸寸瓦解。

　　他觉得自己实在是太自信，太狂妄了——以至于他才会疏忽到把自己最珍视最珍爱的人直接暴露在了别人的枪口下，让别人有机可乘，伤害到他看作比自己生命更重要的人。

　　柯印戚红着眼眶，缓了几秒，竭力让自己的声音听起来镇定温柔一些："心心，他们有碰过你吗？"

　　"没有。"他能感觉到陈涵心在控制着自己的语气，即便他能听出来她的尾音在轻轻地发颤，"他们没有碰我，我也没有受伤，你不用太担心我。"

　　他觉得自己的心都要碎了。

　　他这么精心宠爱和呵护，每一天都放在手心里疼，从小到大从未舍得让她受过一点伤害的小姑娘，现在却因为他的缘故被人挟持了。她平时见到的都是这个世界上最光明的一面，根本不可能知道该怎么样应对像潘昇这样的亡命之徒。

　　她此时此刻一定害怕到不能自己，可即便是这样，她却还是尽力在有限的时间里安慰他，不想让他太担心自己。

他的小公主真的长大了，她懂事到让他心疼。

柯印戚深呼吸了一口气，嗓音沙哑地柔声说："心心，我一定很快就会找到你的，非常快，你一定要平平安安地等我，好吗？"

"好。"她很乖地说，"我一定会等你的，印戚，我这儿好黑好冷呀……"

她原本还想再说句什么，手机却又被潘昇夺了回来，潘昇在那头阴冷地说道："柯印戚，确认过我没在和你开玩笑，游戏也该开始了。"

他一听到潘昇的声音，眉眼瞬间又冷至冰点。

"潘昇。"他一字一句地对着手机说，"如果你敢动她一根手指，我发誓，我一定不会放过你。"

他知道，潘昇穷途末路，是什么事情都做得出来的。

到目前为止他们还没有动陈涵心，不代表接下去等急了，穷凶极恶之下不会动她。

潘昇冷笑了一声："那就要看你的造化了。"

"记住，你只有一个小时的时间，一个小时之后，你就会看到一具冰冷的尸体。"

电话在潘昇说完这句话后就被直接挂断了，他再拨打过去时，对方已经关机了。

柯印戚面无表情地将孟方言的电话接了进来，戴上蓝牙耳机："追踪到了吗？"

孟方言："心心的手机刚被他们装了反追踪反窃听装置，追踪不到，他自己以及所有下属的手机也都停用了。"

柯印戚这时猛地将车在马路边上停了下来，揉了揉自己的太阳穴。

他告诉自己，就算他已经心急如焚，越是在这样的时刻，他就越是要冷静地思考问题。他尽早推断出她人在哪里，她才不会受到任何可能的伤害。

他的小姑娘还在那么黑暗的地方等着他来救自己。

等一下，黑暗。

他忽然想到，陈涵心刚刚在电话里的最后一句，说的是好黑好冷，然后电话就被潘昇拿走了。

说明她接下去说的话，可能会暴露他们所在的地点。

那么，什么样的地方会又黑又冷呢？

电光火石之间，他忽然想到了什么："潘昇公司的大楼里有没有地下室？"

"有。"孟方言说，"但当时他出逃的时候我们就已经封锁了整栋大楼，连同他们的地下室。"

"那他家呢？"

"家里的地下室上次围剿的时候也已经封锁了。"

"潘昇在短期之内不可能会凭空造出一个新的据点，已知他所有在S市的据点里，哪个地方还有地下室的？"

孟方言停顿片刻："可无论是他的公司大楼，他的几栋房产，还是……"

"仓库。"

忽然，一道冰冷的声音横空插了出来。

柯印戚和孟方言俱是一怔，柯印戚迟疑了两秒："老爸？"

"嗯。"柯轻滕说，"是我。"

孟方言瞬间感觉自己受到了侮辱——他和柯印戚的通话走的是Shadow设置的高加密通道，别说是被第三方插入了，就连窃听追踪都不可能做得到，那么请问这柯轻滕到底是怎么进入到他们的通话中的？

"潘昇在S市海边有一个独立仓库，之前我们没有查到那里，因为仓库冠的不是他的名，也不是他前妻或者下属的名，而是他已故父亲的名。"

柯轻滕不徐不缓地说："这是我今天早上才让人查到的，那间仓库毗邻海边，位置偏僻，有好几层楼，是个极度适合做据点的地方。"

柯印戚和孟方言顿时了然，难怪他们之前掘地三尺都没有找到潘昇。

这个海边仓库，也确实符合陈涵心说的又黑又冷的定义。

"行，那么我们现在全都往那里去。孟方言，你也要同时派人去潘昇已知的其他几个据点的地下室彻查一番，防止有漏网之鱼。"

—

郑韵之做梦都没有想到过穆熙会回来得这么早。

也有可能，是她自己贪恋着这个美好的梦境和回忆里无法自拔，从而耽误了太长的时间。

是她自己的问题。

是她犹豫了。

如果她像三年前那样，走得更快一些，走得更决绝一些，现在就不会面临这样的局面了。

一阵手机铃声这时打破了此刻僵持的寂静。

她咬了咬牙，机械地从衣服口袋里摸出了手机，却被他一把夺了过去。

穆熙看了一眼来电显示，直接接起来，按了免提，随后用流利的英语对着手机说："她今天是不会跟你走的。"

那头的Louis一愣，但仿佛又像是松了一口气似的："你今天发现得可真快。"

他看着郑韵之脸上的表情，一字一句地回道："因为我曾经发过誓，不会再重蹈三年前的覆辙。也许你并不了解这三年我是怎么熬过来的，我体会过失去的感觉，所以我永远不会再让自己失去一次。"

她听到这话，眸子颤了颤，鼻尖又开始发酸。

Louis沉默了两秒，认真地说："这一次，希望你能保护好她。"

"不用你提醒。"他说完这句话，就把电话给直接挂了。

郑韵之闭了闭眼，这时轻声开口问道："你妈妈的身体没事吧？"

"她身体没事。"穆熙紧盯着她，"我爸叫我回去，是说要给我介绍联姻对象的事。"

她的心又是一痛，没吭声。

"不想知道我是怎么样回答他的吗？"

他这时松开了她的手，弯下腰从地上把从她手里掉下来的那个相框捡了起来，握在了自己的手心里。

"我对他说。"他垂眸看着自己手里的这个相框，抬手摸了摸相片上她眉眼弯弯的笑脸，"我有一个我这辈子挚爱的人，我这一生必须、也只会和她结婚，所以我不可能和其他任何人联姻。"

她听完后，终于没有忍住，轻轻地偏过了头。

"知道你是怎么暴露自己的吗？"

他的眼眶也是通红的，这时抬起手，触碰到了她湿漉漉的脸颊："你让我早点回家，说你会等我的时候，你的眼睛却在说你能不能不要走。"

郑韵之眼角的眼泪，瞬间像断了线的珍珠一样滚落了下来。

"三年前我像个傻瓜一样，没有看到你的求救，没有看到你的绝望，没有看到你的伤心，任凭你从我的身边离开，那是我这辈子最后悔的一件事。"

他用手指不厌其烦地替她抹去眼泪："之之，三年前是我没有保护好你，对不起。"

当年她离开的时候，他是痛苦的，也是愤怒的。

他甚至恨她为什么可以这般狠心又绝情，连一句告别的话都不愿意说，就这样仓皇离开自己的身边，和别的男人一起远走高飞。

他不知道自己是有哪里做得不够好，也不明白为什么他已经做到那样的程度，她还是想要离开自己。

明明他已经把他这辈子没有对任何人掏出来过的心，摆在了她的面前。

后来等她回来，他才渐渐明白，当年是自己没有守护好她的敏感自卑，没有懂得她的挣扎无力，没有看到她有多么努力才朝自己勇敢伸过来的那双手。

她一直都是想要拥抱他的。

只是她不能。

他这时将她的脸颊朝自己掰过来，紧盯着她的眼睛道："三年前，是我爸用手段逼你走的，对不对？"

她的身体不由自主地颤了一下，死咬着牙，没说话。

但这其实已经是她的回答了。

穆熙闭了闭眼，轻叹一声："果然。"

难怪刚才他在穆宅拒绝穆安朋说不愿意联姻的时候，穆安朋会大发雷霆说出那样的话。

"我告诉你，穆熙，你这一辈子都别想带那种不三不四的女人回我们穆家！你就是被鬼迷了心窍、失了智才会在那样的女人身上投入五年的感情，她就是一条彻头彻尾言而无信的狐狸精！"

所以当下，他几乎是毫不犹豫地就把咆哮的穆安朋扔在了身后，飞车赶回来。

前一阵他就一直觉得她有点儿不对劲，但显然，她是不会轻易把心里话说出口告诉自己的，他也不敢逼她；昨天，耿义似乎是实在忍不住了、很委婉地在公司里提醒了他一句——Live里一直有人在向董事长汇报各种关于他的情况，他就觉得穆安朋的手可能触到了他的底线。

而今晚出门前，这种不好的预感一下子攀到了巅峰，一听穆安朋这话，便彻底坐实了他的猜想。

不过幸好，他这一次终究是赶上了。

这一次，他终于没有像上次那样，醒来后仿佛被人挖空了心脏，从此像一具没有灵魂的行尸走肉一样独自生活了三年。

"之之。"他这时将她用力地拥进了自己的怀里，手掌也有些发颤，"抱歉，是我察觉得太晚了，才让你之前一个人承受了那么多。"

她靠在他的脖颈边，流着泪摇了摇头："你没有错，穆熙，如果我只是一晌贪欢就好了，如果我没有贪心地想要在你的身边一直待下去，如果我没有从法国回来，今天就不会让你面临这样的情况，你爸说得没有错，是我不配……"

他一听这话，立刻就松开了她。

穆熙用食指抵在了她的嘴唇前："你还要我再说几次？你配得上这个世界上最好的。"

"你知道吗？今天，就算我赶回来的时候，你已经走了。"他的语气坚定而又柔软，"即便是天涯海角，我也会把你找回来，因为你的家在这里。"

"郑韵之，让我来告诉你，你的命数是什么。"

他看着她的眼睛，一字一句地说："你的命数就是，这一辈子都是个有人疼的公主，有爱人，有家，也有梦。"

这一句话，让郑韵之彻彻底底地意识到，她再也不是一个人了。

从此以后，无论她去哪里，都会有一个人来找到她，把她带回家。

她不再会品尝到人间的孤单寂寞，不再需要假装坚强无畏，不再需要因为害怕自己受伤而时时刻刻地都用刺去面对着别人，也不再需要向她本以为的命运屈服。

因为有一个人，用爱和耐心，磨平了她身上所有的刺和棱角，给了她往前走的勇气和力量。

这个人告诉她，她也可以当公主。

因为有他疼她。

她也可以像陈涵心那样，没有顾忌地伸手去拥抱她最爱的人，因为他一定会保护好她。

良久，郑韵之朝他抬起了手臂。

他轻轻地弯了弯嘴角，将她再次拥抱进了自己的怀里。

"穆熙。"她靠在他的脖颈边，哽咽着说，"谢谢你让我有家。"

"现在谢还为时尚早。"他温柔地摸了摸她的发，"等咱们女儿出生的时候，再慢慢谢吧。"

她忍不住破涕为笑："为什么不是儿子？"

他回答得理直气壮："因为我不想有别的雄性生物抱住你不肯撒手。"

她笑出了声："叫你一声河豚可真没委屈你。"

穆熙目光柔柔地落在她的脸庞上，低头吻了吻她的额头："还走吗？"

她叹了口气，轻却坚定地摇了下头："不走了。"

其实她原本就根本不想离开。

而现在，她有比谁都坚定的理由想要留下来。

他没说话，这时转过身关上了家里的大门，顺便将她放在玄关的大行李箱推进来，一路推到储藏室，才又安心地走回来。

郑韵之看着他的动作，忍着鼻尖的酸涩，弯着嘴笑。

这么一想，陈涵心说得真没错，他的心脏是真的已经被她磨炼得很强大了。

这份强大，却也让她感到很心疼。

天知道，他们是绕了多久的弯路才走到的今天。

"我可能真的得考虑一下柯印戚给我的建议。"他将她拉到吧台边上，给她倒了杯水，"以后要时时刻刻把你拴在我的裤腰带上，才能防止你落跑。"

她接过水杯，翻了个白眼："倒也不必，你学谁都行，能别学那个罗刹鬼吗？"

穆熙也笑了，过了两秒，他忽然认真地开口道："之之，你愿意告诉我三年前发生的所有事情吗？"

郑韵之深深地呼吸了一口气，哑声说："好，我告诉你。"

她从没有想过，有一天，她会把这件深埋在她心底最深处、难以启齿的事，向他全盘托出。

这件事，甚至连陈涵心和翁雨都不知道，唯有当时将她带走的Louis了解一个大概。

那是她这一辈子都不愿意回想起来的记忆——她最爱的人的至亲，将她羞辱得一文不值。

她原本就是个非常不自信的人，而那一天，她却感到自己比被人扒光了在街上游街都要难堪。

穆安朋说的每一句话，都不带脏字，他的谈吐很优雅，他们甚至是在一家品格极高的酒店餐厅里谈的，身边还有人在演奏钢琴。

可穆安朋却仅仅用了一杯咖啡的时间，就摧毁了她所有的信念。

她将穆安朋是怎么样知道他们俩的关系，以及是如何瞒着他私下里找到她、约她喝咖啡的经过都告诉了他，只是在说到谈话内容的时候，她刻意隐瞒了一些实在不怎么美好的细节。

只是，就算她说得再笼统，她也能看到他的脸色一分一分冰冷了下来。

她从来都没有见过他这样的表情。

到了最后，她能看到他的手紧紧地握成了拳头。他虽然什么话都没有说，但她却能感觉到他心里的滔天怒意。

"其实你爸这么讨厌我也不是没有道理，因为当年我走的时候，还拿了他的钱……"

她艰难地组织着自己的措辞："虽然后来，我全部都还给他了。但是在他看来，我真的只是一个贪图你的钱和名利的女人罢了……"

"不用解释。"

穆熙这时终于开口说了第一句话："你不需要向我解释任何你的行为，你做了什么我都不会责怪你，你拥有我全部的信任和支持。"

"但是我没有办法原谅他对你做的这些事。"他的目光轻轻闪烁着，"我爱的人，他没有资格如此评置，更没有资格如此干涉，他触到了我的底线。"

"之之。"他这时轻轻地握住了她的手，"你愿意跟我一起并肩作战吗？"

一

柯印戚飞车赶到海边仓库的外围的时候，时间已经过去了整整半个小时。

尹碧玠在车里不断安慰着忍不住担心落泪的严沁萱，柯轻滕和陈渊衫则站在树林旁，面色凝重地观察着这一片区域的突破口。

陈渊衫一向温和文雅的脸庞上此刻升腾着少见的怒气和戾气，柯印戚快步走到他身边，神色凝重地向他道歉："渊衫叔叔，真的很抱歉。"

"现在不是道歉的时候，"陈渊衫侧头看了一眼在车里的严沁萱，"你萱萱阿姨以前经历过同样的事，她很明白心心现在的处境，所以才会这么担心。时间紧迫，潘昇那伙人可能会做出超出预期的事，我们必须要以最快的速度突破进去。"

柯印戚点了下头："我和孟方言现在立刻就进去，麻烦你和我爸在外头的几个隐藏点拦截漏网之鱼。"

孟方言扫了他一眼，似笑非笑的："别嫌弃我们了，柯大少爷，新婚之夜却沦落到要穿着笔挺的西装和坏人搏斗的，姑且全世界也就只有你一个了。"

他面无表情地看着他："目标是谁？"

"潘昇。"孟方言耸了耸肩，几步之间已经走得离他有好几米远。

这是他们两个真正意义上第一次亲身合作。

这间仓库只有一个正门，为了不打草惊蛇，他们准备直接从通风管道攀到二楼，从二楼一路突破下去。

潘昇驻留的人手被打了个措手不及，仓皇应对之间，有的被当场抓住，其余的都被挨个问询。

柯印戚面无表情地看着潘昇的一个手下："潘昇在哪？"

那人还想嘴硬，冷笑了一声："他和那小姑娘都没来过这儿，你们永远都别想找到他们。"

"地上还有他刚吸过的烟蒂，这种烟很罕见，我只见过他一个人吸——我再给你一次机会，他去哪儿了？"

那人看着情况不对，服软了，蜷缩在地上小声呻吟："你，你们来这之前五分钟，他带着那姑娘走了……"

"走到哪儿去了？"

"不知道……他没有告诉我们任何人……"

整个仓库里此刻都弥漫着一股令人窒息的黑暗感，潘昇的几个手下看到煞神般的柯印戚，全都在瑟瑟发抖。他慢慢地扫了一圈那几个人，确认他们确实不知道潘昇的去处，这才冷着脸大步走出了仓库。

孟方言紧跟着他出来，目光闪烁了几秒，低声提醒他："柯印戚，别让愤怒冲昏你的头脑。"

他闭了闭眼，回过头看着孟方言，一字一句地说："等你以后也遇到了一个愿意付诸自己生命去保护的人，你就不会再说今天的这句话。"

孟方言抿了抿唇，沉默了。

柯印戚看了一眼时间，离潘昇规定的一个小时，还剩下最后十五分钟不到。

夜晚的海边风浪尤盛，无情地喧嚣着，仿佛要一口吞没这整座城市，柯印戚的目光落在一望无际的海平面上，忽然冷不丁地开口道："这附近是不是有一座废弃的灯塔？"

孟方言一怔："是。"

他心中一沉，转身就朝树林边的车狂奔而去："他带心心去了那里。"

废弃灯塔离这间仓库恰好就是五分钟左右的路程，刚刚赶来这的路上他扫过一眼这一圈的地形图，就将这座灯塔也一并记在了心里。

以他对潘昇的了解，那绝对会是潘昇最后的博弈点。

柯印戚飞车赶到那座灯塔附近的时候，果不其然看到灯塔下停着一辆破旧的吉普车。

他下了车，和孟方言一起朝灯塔跑去，快要走进灯塔的时候，灯塔上的灯忽然大亮了起来。

他心里顿时闪过了一丝极其不好的预感，这时猛地倒退几步，抬起头往上看去。

只见灯塔的最上方，此时正站着两个人。

是潘昇，以及被潘昇挟持的陈涵心。

那灯塔边的栏杆已经破旧不堪，摇摇欲坠着形同虚设，只要稍一不小心，上面的人随时就会从灯塔上坠落下来。

柯印戚觉得自己的心跳都要停止了。

一

郑韵之和穆熙一起下车走到穆宅大门口的时候，手掌还是有些微微地发着颤。

穆熙牵着她的手，自然能够感受到她此时的情绪，他紧了紧握着她的手，柔声对她说："不怕，有我在。"

她转过头朝他看去，一眼就能看到他眼底深处浓浓的情愫。

原本那是会让她退缩和胆怯的重量，而现在，却成了她勇敢和前进的动力。

现下已经是深夜，穆宅里却还是灯火通明，由此便能推断出里面的人今夜也是心绪难安。

穆熙推开大门，拉着她的手走到别墅的门口，刷卡进门。

客厅里此刻的气氛十分阴郁。

家里的用人正在清扫着地上一片狼藉的瓷器碎片，餐桌上满满一桌子的菜都没人动过。穆安朋背着手站在餐桌旁边，穆熙的母亲祝云在一旁低声安抚着他。

听到他们开门的声响，穆安朋和祝云一同回过了头来。

穆安朋一见到郑韵之，本来就极其难看的脸色顿时变得更加惨不忍睹，他的胸膛剧烈地起伏了几秒，忍不住大声咆哮道："你还敢把她带回家？！"

"我为什么不能把她带回家？"

穆熙反手就关上了家里的大门，平平静静地看着愤怒的穆安朋："这是我的女朋友，将来也会是我的妻子，她有权利来我们家。"

"我不可能会同意的！"穆安朋抬起手指着他，"穆熙，我告诉你，只要我还活着，这女人就别想进我们穆家的大门！"

穆熙原本心里就窝着火，这下被穆安朋的措辞也给彻底惹恼了，他极力控制着自己的情绪，冷声道："爸，我希望你可以注意自己的言行，你现在说的每一句话，都是在针对着我最爱的人。"

郑韵之在旁边听得心里堵得慌，她能够清清楚楚地感受到穆熙此刻的愤怒，她担心地看着他，抓着他的手轻轻地摇了摇，希望他的情绪能够缓和一些。

穆安朋轻蔑地笑了笑："我就是针对她怎么了？"

穆熙回望着穆安朋，半晌，他一字一句地说道："请你记住，我爱她比爱我自己更多，所以我没有办法接受你针对她。"

"她是我的底线。"

穆安朋气得觉得自己的血压都一路飙高了。

他"唰"地一下把桌子上盛着饭菜的碗和盘子全都扫到了地上，指着穆熙大吼道："你这个不孝子！"

偌大的家里回荡着乒乒乓乓的碗筷破碎声，刚收拾完前面一波狼藉的用人一脸菜色地站在旁边瑟瑟发抖，都不敢到前面来收拾残局。

在旁边一直没有说过话的祝云实在是看不过去了，叹了口气，对着穆熙说："小熙，你少说两句吧，别再和你爸这么杠了。"

"他现在反正是被人带坏了，翅膀硬了，对着自己的亲爹妈都能翻脸了。"穆安朋的脸涨得通红，气喘吁吁地道，"穆熙，我真是白把你养大了。"

穆熙望着穆安朋，这时再度开口："我并不想和你闹翻，而且一直以来我都非常尊重你，还一度将你认作为我的榜样。可是当你三年前背着我找到之之，并威胁她离开我的时候，你有没有想过你这一自以为是的举动会断送你儿子这一辈子的幸福？"

穆安朋："幸福？你知道她是个什么样的人吗？你觉得她可以给你带来幸福？"

"是，这个世界上只有她可以给我带来幸福。"他牵着郑韵之的手，一字一句地说，"无论是昨天、今天、还是明天，我的立场永远都不会改变，我这一辈子都只会爱她一个人，也只会娶她。"

郑韵之原本想忍，可是听到他的这一番话，最终还是没能忍住，悄悄地红了眼眶。

原来这个世界上，真的会有这样一个人。

他不怕任何艰难险阻，无论遇到什么，都愿意这么坚定地握着她的手，爱着她，保护着她。

眼看穆安朋马上就要开始第三轮爆发，祝云这时安抚性地拍了拍穆安朋的背，率先开口对着穆熙说："小熙，你从小就是个让爸妈很省心的孩子，几乎从没有让我们失望过，也从没有做过什么离经叛道的事，你一直都是我们的骄傲，所以我希望你能够明白为什么你爸会有这样的态度。"

"我依然会是你们的骄傲，"他听出了祝云话语里的意思，这时冷静地回复道，"妈，我觉得你们不了解之，你们没有和她深入接触过，不了解她的品格，不了解她的优秀和能力。我认为一个人的成长背景并不能决定她今后的心性和品格，出生这件事甚至是她自己无法选择的，我们不能够把人当作是商品那样放在天平上衡量利益轻重。"

"而在我的心里，她甚至比我更闪闪发亮，爱上她，想娶她，并不是一件离经叛道的事，而是一件令我感到非常骄傲的事。"

毕竟是自己的亲生儿子，祝云立刻能够通过这些话，彻底了解到穆熙的想法有多坚定。然而这两父子是一样的固执，穆熙有多坚定地想娶郑韵之，穆安朋就有多么不能容忍郑韵之进穆家。

客厅里一时之间陷入了寂静，从进来之后就一直没有说过话的郑韵之这时开口了。

"叔叔阿姨，很抱歉今晚让你们这样生气为难。其实当年叔叔您让我离开之后，我也无数次地想过，如果我的出生不是这样就好了，如果我也能含着金汤匙出生，从小穿着漂漂亮亮的公主裙，接受最好的教育，过最好的生活，那么我是不是就不用被人看低，甚至背井离乡了？"

她的声音不高，而且还比平时更少了几分锐利："但是我不是，既然不是，那我就有我自己的活法，没有人教育，我就自己去学习好的品格，没有后台，我就靠自己的努力去拼搏争取最好的资源，别人能够做到的，我能做得更好。所以，我并不觉得我比别人差，我也配得上穆熙的喜欢。"

"他是我这一生唯一爱着的男人，我想和他一起携手度过接下去的每一天，他是我的爱人、家和梦想。所以这一次，很抱歉，无论您想怎么阻止我、赶我走，我都不会再离开了。"

她从来都未曾设想过，有一天，她竟然会这样堂堂正正地站在穆家的大宅子里，直面过去束缚了她整整三年的阴影，这曾经是始终困扰着她、让她感到恐惧退缩的噩梦。

但是现在，她竟然一点都感觉不到害怕了。

因为她要和他并肩作战。

穆熙听完她的话后，立刻朝她投来了一个非常温柔的眼神。

她发现，他的眼尾也有些许儿不可见地泛着红。

穆安朋这时似乎也已经冷静下来了，他抽出了餐桌边的一把椅子坐了下来，沉默片刻，他抬起了头："即便你这样说，我还是不相信你爱的是他本人，而不是将他塑造成今天这样的一切。"

"穆熙。"穆安朋说，"如果你执意要和她在一起，那么Live你今后就不必再管了。"

"我想让你看看，当你脱离穆家的光环，脱离你优渥的生活，她会怎么样对你，她还会不会这样地爱你。"

穆安朋这一番话的意思，就是要架空穆熙在穆氏所有的一切。

即便穆熙是他的独子。

这一招真的非常狠辣，郑韵之的目光颤了颤，忍不住侧过头去看穆熙。她知道，他很珍惜和钟爱自己所从事的事业，Live如今所有一切的光芒万丈都是他自己亲手搭建起来的，要把自己花了那么多心思成就的事业拱手让出去，这简直是个对他难以衡量的打击。

然而，让她感到很意外的是，她却没有在他的脸上看到一点难过和愤怒。

他听完穆安朋的话，竟然还弯着嘴角笑了一声，然后平淡地说："爸，我不管Live，你是准备自己管吗？"

穆安朋似乎没有弄明白他为什么还笑了，皱着眉头道："那是自然。"

"行。"他耸了耸肩，爽快地说，"那你好好管，托你的福，我可以给自己放个长假了。"

一屋子的四个人，除了他之外，另外三个几乎都是一脸蒙的状态，他没有要再解释或者继续逗留下去的意思，冲着穆安朋和祝云挥了挥手，转身就拉着郑韵之走了："爸妈，早点休息吧。"

等一路出了穆宅的大门走到车边，郑韵之实在是忍不住，晃了晃他的手："穆熙，你中风了？"

他挑了挑眉，侧过头亲了亲她的脸颊："没有啊。"

"那为什么Live不归你管了，你还会这么高兴？"

这剧情走向和她想的完全不一样，这种时候他不应该是出离愤怒，和他爸争夺Live的管理权吗？

穆熙拉着她靠在车边上，月色撩人，他冲她轻轻一抬下巴，笑出了一口白牙。

"因为这么一来，你不就可以养我了吗？"

—

破旧灯塔之上。

潘昇就这么挟持着陈涵心站在栏杆边上，冲着底下的柯印戚癫狂大笑："竟然这么快就找过来了！"

柯印戚紧咬着牙，他转过头对着孟方言使了个眼色，示意他立刻让人开始在下面布置救生垫以防万一，自己则二话不说就冲进了灯塔。

整整七层高的灯塔，他硬生生只用了几分钟的时间就跑到了最顶层，一脚踹开了陈旧的大门。

陈涵心转过头一看到他，原本还暗沉沉的眼睛里立刻就迸发出了亮光："印戚——！"

而柯印戚走进去的那一瞬间，却因为里面的情景变得近乎目眦欲裂。

只见被潘昇挟持着的陈涵心，她细嫩的手臂和脚踝上有好几道刺眼的淤青和伤痕，而且她的额头和嘴角上也都有伤口，甚至还在流着血。

潘昇那伙人显然对她动手了。

有可能，在他们最开始绑架她的时候，就已经对她动手了，可她在和他通电话的时候，却绝口没有提到过这件事，甚至因为怕他担心自己，还骗他说自己一点事情都没有。

她可是个平时就算不小心被白纸片滑到了手指，弄出一点点小口子，都会抱着他撒娇说疼，会忍不住流眼泪的弱不禁风的小姑娘啊！

但是今天，她遇到了这样的事情，他却没有在她的脸上看到哪怕一点点泪痕。

"心心。"柯印戚觉得自己的整颗心都被绞得生疼，他走到了一个距离他们还有几米远的地方，停住了步子，哑声道，"对不起，我来迟了。"

她听完这句话，脸上就扬起了一抹甜甜的笑："不迟，我就知道你一定会找到我的。"

潘昇这时冷笑了一声："你们可别在我面前来这一套夫妻情深恶心人了。"

"潘昇。"

柯印戚冷声道，"我在一个小时之内赶到了，你现在就把她给放开。"

潘昇纹丝不动，还讥讽地摇了摇头："柯大少爷，我感觉你的阅读理解有点儿问题啊！"

柯印戚有点紧张了。

"虽然我跟你说的是一个小时之内你如果没有找到我们，她就一定会死，但是我没有说，你在规定时间找到我们之后，她就不会死了啊？"潘昇的脸上满是阴毒的笑，"这是由我开始的游戏，我定的游戏规则，自然就应该按照我的想法来玩，你未免也太天真了点吧？"

柯印戚一动不动地盯着他的动作，厉声道："我再说一遍，放开她。"

"潘昇，你从头到尾记恨的人是我，让你失去一切的人也是我，跟她一点关系都没有，你要来就冲着我来。"

"怎么会没有关系？"潘昇反问道，"你当我是傻子吗？要让你钻心剜骨，动她可比动你有用多了。"

"来，陈家小公主。"潘昇这时低笑着在陈涵心耳边说，"跟你的未婚夫好好告个别，跟他约来世再见吧。"

陈涵心此时其实已经感觉不到害怕了——这是她离死亡最近的时刻，曾经，她还觉得死亡是这个世界上最恐怖的事。

她的目光定定地落在离她不远的柯印戚的脸庞上，她格外专注地看着他，忽然一字一句地开口道："柯印戚，我绝对不会成为你的拖累的。"

柯印戚的眼圈红了。

"你从来都不是我的拖累。"他朝前走近了一步，声音里带着丝颤，"你是我的心脏。"

她是他生命中最重要的部分，是他的心脏，更是他的命。正是因为她的存在，才使得他对这个世界抱有无限的眷恋。

潘昇看到他一步步走近，怒极大喊："柯印戚，别再过来了，你再过来我就要真动手了！"

他却仿佛置若罔闻，目光只看着眼睛里闪动着盈盈波光的陈涵心。只是潘昇惊慌之下并没有发现，他那一只没有武器的手放在背后，并朝大门那边不动声色地比了个手势。

砰——

下一秒，随之伴随着一声潘昇的怒吼，只见挟持陈涵心的手受伤了。

孟方言站在门外的楼梯口。

而再无生路的潘昇红着眼睛咆哮着，用另一只完好的手攥住了陈涵心的手臂，试图带着她一起跃下灯塔！

电光火石之间，柯印戚已经几步欺身到他们之间，他另一只手牢牢地环住了陈涵心的肩膀，将她用力地拽过来扣进了自己的怀里。

"永别了。"

下一秒，潘昇的身体就如同断了线的风筝一般往后坠去，连带着破烂的栏杆一同消失在了灯塔之外，他的眼睛瞪得很大，似乎还不敢相信他即将停止的生命。

柯印戚将自己怀里的人轻轻地拉开，然后低下头，用双手捧住了她的脸颊。

陈涵心弯着嘴角，想说她就知道他一定不会让自己有事的，可是刚想开口，她脸上的表情就凝固住了。

夜色中，柯印戚的眼角此刻有一道亮晶晶的水珠一闪而过。

快得仿佛是她的错觉一般。

陈涵心从来都没有想过，有一天，她会在柯印戚的脸上看到这样的神情。

她以为他极偶尔才会流露出来的对她的依赖感和占有欲，或者是像上次那样的故意放软，已经是她能在他身上看到的最为奢侈的堪称"脆弱"的情绪。

可是今天，他却颠覆了她对他一直以来的认知。

她感觉到他捧着自己脸的手在微微地发着颤，想了想，她轻声开口安慰他道："印戚，我已经没事了，我这不是好好的……"

谁知话还没有说完，他就直接低头朝她吻了过来。

好像是在确认着什么似的，他捧着她的脸，反复地吮吸亲吻着她，仿佛要将她整个人都生吞下去一般。

起先，她还有些招架不住，后来被他炙热的亲吻磨得她也开始有了感觉——一晚上惊心动魄的恐怖经历和强撑着自己要坚强的勇气到了这一刻，都被他的吻所慢慢融化了。她这才后知后觉地体会到了死里逃生的庆幸，也忍不住想要发泄自己心中汹涌的情感。

于是，他们在这座破败的灯塔之上，旁若无人地接吻。

恐惧、懊悔、担心、惊慌、释然、放松……所有浓烈的情感都在这个吻里被寸寸瓦解，然后再被更汹涌的爱吞没。

所有人都仿佛没有看见他们两个在干什么一样，在他们的身边走来走去，悄声无息地收拾清理现场。

只有某个这会儿闲得发慌的人在旁边看了一会实在是看不下去了，用拳头抵着唇，发出了一声做作的咳嗽声。

然而柯印戚却根本没有要理会他的意思。

一直到孟方言咳到第五声的时候，柯印戚才勉强放开了已经被他亲得满脸通红的陈涵心，回过头冷冷地看了他一眼。

孟方言笑眯眯地抱着手臂："我是觉得你是不是应该先带小公主去下医院？给她包扎好伤口之后，你想做什么样的神射手都行。"

柯印戚听到这话，沉默了两秒，回过头看着陈涵心脸上和嘴角的伤口，刚刚才缓和下来的目光又再次变得冷厉了起来。

陈涵心怕他一不高兴又做出什么过激的举动，赶紧一把抓住了他的手臂："你不要去找潘昇的手下打击报复，他们其实没怎么碰我，就是因为我被蒙着眼睛上车的时候自己不小心绊到摔了一跤，然后他们推搡我的动作稍微粗鲁了一些，才会这样的……我的皮肤本来就比较敏感，一碰就会出印子，其实实际上没有你看着感觉得那么疼……"

柯印戚听完她的话，没再说什么，这时拉住她的手就大步朝楼下走去。

孟方言笑了一声，跟在了他们两个的身后。

陈涵心被他拉着一路往下，见他也不说话，只能怯生生地叫他："印戚，我们现在去哪儿呀？"

"去医院。"

她点了下头，又问："你怎么还那么不高兴？潘昇不是已经死了吗？"

"没有。"走到一个拐角时，他轻轻地叹了一口气，"我只是在生我自己的气。"

如果不是因为他的疏忽和对潘昇行为判断的失误，她也就不至于会遭遇这样的事，还因为他受了伤。

今晚本应该是他们两个最幸福的时刻，却以这样一种险些酿成大祸、惊心动魄的方式收尾。

等上了车，他给陈渊衫和柯轻滕发了消息让他们去柯氏投资的私立医院汇合，发动了车。

开车的时候，他始终用一只手轻轻地拉着她的手。

"心心。"沉默了片刻，他忽然低声说，"你是对我来说，比我自己的生命更重要的人。"

她笑了，柔声回："我知道。"

"所以，很抱歉，今晚让你遭遇了这样的事。"他看着前方的路，眼角的那抹红，始终没有完全褪去，"我原本以为我把你保护得滴水不漏，但今天我却为自己的自负付出了极为惨痛的代价。"

他甚至到现在，还有点儿心有余悸。

"柯印戚。"她这时忽然说，"其实你真的把我保护得很好噢！"

"你教会了我很多很多，不只是学习、生活上的事情。其实今天就是因为我记得你以前和我说过，在遇到危险的时候，首先要在通讯时尽可能地投射出自己所在的地点，而且要保持沉着冷静和敌人周旋，才能为营救争取时间——都是因为你告诉我的这些，才让我今天能够自己坚持着等到你找到我。"

"是你让我变得勇敢坚强起来的，现在想想，我今天的表现还挺了不起的，能不能让战神帮忙宣传一下最勇敢人质的英勇表现？"

说着，她还骄傲地扬起了小下巴。

柯印戚侧头看了一眼她的动作，嘴角忍不住勾了起来，可声音却变得更喑哑了："你知道吗？其实我真的很希望你永远是以前那个不谙世事的样子。"

"嗯？"

"以前我总想着你什么时候能长大、不要总跟我闹腾，可是当你现在真的长大了，甚至在这种时候还表现得这么成熟，还反过来安慰我、照顾我的感受，我却又突然不希望你长大了。"

这是一种很矛盾的心态。

也许正是因为太过深爱，所以才会因为她的成长而变得怅然若失。希望她能够永远只牵着自己的手，全心全意地依赖着自己，躲在自己的羽翼之下，永远天真烂漫。

陈涵心看了他几秒，忍不住道："柯印戚，我发现你简直比我爸的心态还要老父亲。"

他摇了摇头，也忍俊不禁起来。

一

穆宅门口。

当穆熙理直气壮地说完自己愿意被包养之后，郑韵之看着他陷入了沉默。

过了半晌，她紧盯着他的脸，面无表情地说："你被哪个鬼上身了？快把我的河豚还给我。"

他这时终于绷不住了，叹了口气，握着她的手唏嘘不已："女人，真的是一种翻脸不认人的生物，大难临头各自飞……"

郑韵之冷笑了一声："说人话。"

"我可没在开玩笑。"他弯着嘴角笑了笑，"郑韵之小姐，我如果真的没有了Live的管理权，被老头子逐出家门，身无分文，请问你愿意养我吗？"

她看他眼睛亮晶晶的，似乎真是认认真真地在问她这个问题，便没好气地说："不养你怎么办，让你去睡大街吗？"

穆熙继续卖乖："养我很省钱的，我的兴趣爱好也就只有你一个。"

她搓了搓手臂："我警告你，再不好好说话我就要动手了。"

他大笑出声。

她看他一副心情特别愉悦的样子，实在忍不住摇了摇头："我真怀疑你是不是被你爸刺激得精神失常了，为什么没工作了还这么高兴？"

"因为我笑我家老头子这么大年纪了，想法还这么单纯。"他耸了耸肩，帮她打开了车门，"他竟然没有想过他现在回来自己亲自管Live，还能不能管得好。"

郑韵之听了这话起先一愣，后来看到了他眼底的一丝精光，才蓦然懂得他的意思。

这毕竟是他一手搭建起来的娱乐宇宙：无论是合作伙伴、旗下艺人、公司运营模式、管理模式……所有一切全都是"穆熙"的班子，就算高管们畏惧于穆安朋的强权，但有些东西，该推不动的，怎么都推不动。

只要穆熙给自己手里的人脉带个话，阻拦穆安朋的计划难道不是分分钟的事儿？

难怪啊！

他根本就没有半点担心自己被炒鱿鱼了，因为到最后等穆安朋撑不住了，肯定会态度放软把他叫回去的。

"老头子太小看他儿子了。"他知道她明白了，笑得更矜傲了一些，"他在国外待的时间太久了，根本不知道这些年我的能耐。而且，就算离开了Live，我自己手里的人脉，也足以组建起第二个Live。"

"我想，他肯定不会希望他亲儿子新创立了一家公司，然后把自家公司从娱乐业龙头的地位上拉下来的吧？"

郑韵之听得都忍不住为他拍手叫好："你可真的是一肚子的坏水。"

他这时微垂下头，靠近她的耳边，低声说了一句话，听得她忍无可忍冲着他的下巴反手就是一掌。

某人被打了还在那开心地笑："那接下来的这段时间，就麻烦郑小姐当我的金主了。"

她刚想骂他一句怎么会有那么不要脸的人，手机上忽然来了一个电话。

这都已经是深夜了，一般不太会有人打过来，一看来电显示是来自翁雨的，她接起来刚听了两句，脸色就变了。

挂下电话，她焦急地示意他赶紧上车："小飞侠说心心晚上被少爷的仇家劫持了，刚救回来，现在人在医院里。"

穆熙一听也明白了事态的严重性，立刻照着她给的地址把车一路飞驰而去。

—

等到了这家S市最有名的私立医院，郑韵之按照翁雨给她的房间号，拽着穆熙坐电梯上楼。谁知道刚出电梯，就赶上了病房门口的一场"盛况"。

只见平时拽得跟二五八万似的柯大少爷，此刻竟然乖巧又沉默地站在墙边上，被他的未来岳父陈渊衫按着干净利落地一顿暴打，少爷全程低着头，连手都不还一下。

而更令人费解的是，柯印戚的爸妈柯轻滕和尹碧玠就坐在走廊的长椅上，双双抱着手臂静静地看着他被打。要是有人再递上两包瓜子，这两位大佬估计还能捧着瓜子直接嗑起来，仿佛对面那位挨打的不是他们俩的亲生儿子一样。

穆熙看到这一幕，忍不住在旁边翘起了唇角："不好意思，虽然你闺蜜还在病房里，但是我看到柯印戚遭罪，真的感觉心里很舒坦。"

郑韵之拍了拍他的肩膀："不用感到不好意思，我比你心里感觉更舒坦，我真的很高兴我们赶在这个时候过来。"

两人对视一眼，默契地在对方的眼睛里看到了毫不掩饰地畅意。

幸好这一层只有几个高级VIP病房，而其他病房都是空着的。此时除了他们几个之外就没有其他人了，不然柯大少爷金贵的脸皮估计得丢到太平洋去。

所有人都在袖手旁观，最后解救柯印戚的是从病房里出来的严沁萱。她一把拉住陈渊衫，低声呵斥道："你别再打印戚了，又不是他的错，打成这个样子心心看了不得心疼死？"

柯印戚抹了一把嘴角的淤青，这时再次郑重地冲他们俩道歉："渊衫叔叔，萱萱阿姨，真的很抱歉。我保证以后绝对不会再发生今天这样的情况了，是我没有照顾好心心。"

陈渊衫打得舒坦了，冲柯印戚摆了摆手，然后一把抱住了严沁萱，小孩讨糖似的："老婆，你是没有看到我刚刚的拳脚和英姿，简直是不输当年！"

严沁萱表示无语："你怎么不说人家印戚没有还手？"

柯轻滕在后面冷冰冰地来了一句："老陈，要不明天咱俩练练手？"

尹碧玠无情地说："别练了，两把老骨头练什么呢？"

柯轻滕："不可能，我宝刀不老。"

郑韵之听得实在忍不住笑出了声，这时拽着穆熙和长辈们打过招呼，对着脸上开花的柯印戚笑容满面地说："少爷，新买的腮红看着挺不错啊，哪个牌子的？"

柯印戚冷漠地瞪了她一眼。

她笑得花枝乱颤，心里也知道既然这帮人能在外面耍，陈涵心的情况应该也不严重。推开病房门，果然看到陈涵心神情轻松地靠在床头，身上的伤口都已经被小心包扎好了，正在和翁雨、傅郁还有孟方言聊天。

"之之！"陈涵心看到她，立刻高兴地冲她招了招手。

她走到陈涵心的床边坐下来："陈涵心，你老公被你爸打得好惨你知道吗？"

"知道！"陈涵心一听这话就笑出了声，"你拍下来了没有？"

郑韵之看着她："你老公被打了你为什么还笑得那么开心？"

"因为我也想打他很多次了。"陈涵心笑出了一口白牙，"但是我不可能打得过他，所以今天我爸帮我把我之前二十年的气全出完了，我可太高兴了。"

郑韵之："真是最毒妇人心。"

陈涵心翻了个白眼，冲她身边的穆熙努了努嘴："河豚被打你难道不高兴？"

"高兴啊！"郑韵之眉飞色舞，"怎么能不高兴？！我高兴得可以就地起舞。"

在一旁旁听的河豚以及刚从病房门口走进来的少爷："……"

尾声◎情书

鉴于这两位女士实在是有些过于狂妄，柯印戚和穆熙都在想着等会没人了该怎么好好教训她们一番。回头互相看了彼此一眼，竟然从对方的眼里看出来了点惺惺相惜的意味。

都是被自家老婆要得连妈都不认识的可怜男人，只能感叹一句天下女人一般黑。

之前总看对方不顺眼的两人竟然在这一刻，于无形之中达成了诡异的共识。

陈涵心身上的伤口确实不严重，都是些皮外伤，养一养就能养好，医生说也不会留疤。她拉着郑韵之的手，又看了看穆熙，低声问郑韵之："你和河豚这算是彻底握手言和了？"

郑韵之听罢，笑了一声："是，我高抬贵手，决定放他一马。"

陈涵心和翁雨都差点流下老母亲的眼泪——她们都是眼睁睁地看着她和穆熙死活折腾了整整五年之久，如今能看到他们俩这么和和美美地坐在一块儿，简直都忍不住老泪纵横。

郑韵之也简单地描述了一下穆安朋那段的事儿，陈涵心听完，不高兴地挥了挥小拳头："说你攀不上他们穆家，也不看看咱们之之是多么牛掰的人物。你一跺脚，整个S市都要震三震好吗？"

"就是！"翁雨也打抱不平，"你是我认识的女孩子里最出色最优秀的，能嫁进他们家可是他们无上的光荣和福气呢。"

郑韵之被这两个仗义的人儿逗笑了："只要在你们眼里我是最牛掰的那个，我心里就很知足了。"

陈涵心这时吸了吸鼻子，认认真真地看着她跟她说："之之，你一定要抓紧你的幸福噢！别再落跑也别再害怕了，好好跟河豚在一起，我觉得他对你很好很好的。"

"是，没有什么比你们两个人在一起更美好的事了。"翁雨也小小声地说，"我能看出来他真的很爱你。"

郑韵之原本还在笑，但是一听到这话，鼻尖就忍不住酸了。

她没再说什么，只是伸出手，把这两个姑娘一左一右地拉过来，三个人在病床上抱成了一团。

这一路风风雨雨，她都是和她们两个携手一起走过来的，她们保护着她所有的脆弱，也支持着她所有的梦想。

她知道，今后，无论她遇到了什么，无论她在哪里，她们一定依然会像现在这样，二话不说就拥住她，给她源源不断的温暖。

得友如此，再无他求。

脸上挂彩的柯印戚抱着手臂冷眼旁观到现在，实在是忍不住了，冲着穆熙抬了抬下巴："管管你家的八爪鱼。"

穆熙纹丝不动："你怎么不先把你家的病号拉走？"

柯印戚没办法，去看一旁的傅郁："先把你家的糯米团子带走吧。"

傅郁温文尔雅地笑了笑："姐妹情深不是挺好的吗？就你俩这气量，以后生女儿都是个愁。"

孟方言在旁边笑得连腰都直不起来了，柯印戚找到了可以发泄的对象，一脚就朝他踹过去，没好气地说："你等着，我看你以后追妻火葬场能多乐呵。"

孟方言这时直起了身，英俊的脸庞上带着抹好看的笑："行啊，我还挺期待我有一天能加入你们这个没出息男人俱乐部的，记得给我留个位儿啊！"

—

等郑韵之他们全都离开，柯印戚和孟方言商量完了潘昇事件的后续，赶走了孟方言，才重新回到了病房里。

陈涵心又在把玩手里的钻戒，见他进来，立刻高兴地冲他抬起了手："爸妈都说这个钻戒特别好看。"

"你喜欢就好。"他走到床边坐下来，抬手轻轻地抚了抚她额头上的绷带，目光沉甸甸的，"还疼不疼？"

"一点都不疼了。"她说，"别担心，你也听医生说了真没事儿，很快就能拆下来了。"

他点了下头，没再说什么，牵起了她的手，放到自己的唇边，温柔地亲了亲。

"你疼不疼啊？"陈涵心嘴上和郑韵之开玩笑，到底还是心疼的。此时看着他脸上被陈渊衫打出来的淤青，忍不住感叹道，"我爸下手也太狠了点吧，你就没让他别打脸吗？"

"没事，这一顿揍我挨得心甘情愿。"他语气淡淡的，"他这是把两个账都给我一起算了，一是我没有保护好你活该挨的揍，二是我马上要把你娶回家得挨的揍，二合一，今天都清了，还算挺划算的。"

她这时轻轻地眨了眨眼睛："他也不想想，万一打残了我不要你了该怎么办？"

他看着她："你会吗？"

她笑："你猜啊！"

他这时轻轻地亲了亲她手上的钻戒："劝你早日放弃幻想，低头看，你都被我套牢了。"

"心心。"又过了一会儿，他忽然无比认真又虔诚地叫她，"有个事儿想和你商量一下。"

他的语气着实有些郑重，听得她一愣："你说。"

"还有没几个月就要毕业了。"他说，"到时候咱们领个双证，好不好？"

她愣了一下，继而脸一下子红了："你是说……"

"没错。"他的目光里升腾起了一股直达心扉的暖，"毕业证和结婚证。"

"我们一起从学校毕业，也一起从恋爱毕业吧。"他握着她的手，一字一句地说，"我想你成为我法律意义上真正的柯太太。"

"接下来漫长的人生道路，我希望你以柯太太的生活，和我一起慢慢地走，一直走到尽头。"

"你愿意吗？"

安静的病房里，回荡着他低冷好听的声音。

她看着他，不免想起他们在一起的、这过去的二十年，想起他们一起走过的每一天。

她从穿着公主裙一摔倒就会哭的小女孩，变成了现在这样可以勇敢面对困难的大姑娘。

他也从一个冷然早熟的天才孩童，长成了现在这样高大英俊能够知人冷暖的男人。

而唯一没有变化的，就是他那双一直坚定地拉着她的手。

她知道他永远都不会松开她。

良久，她眼里闪烁着淡淡的泪光，笑着点了点头："好。"

他也笑了，伸出手，将她重重地拥进了怀里。

往后他们还有更多的二十年可以一起走，一起看遍这人世间所有的百转千回。

他们满怀期待。

—

那一晚之后，虽然穆安朋整天在公司里对郑韵之各种刁难，但她依旧在自己的岗位上做得风生水起，将穆老头的臭脸当空气看。

她在Live时尚秀一举打下的江山根本无法撼动，不仅在公司内部扬名，连在公司外面也是声名远播。不少大公司都求着喊着要挖她走，所以她完全不害怕穆老头会让她丢饭碗。

老头子精得很，就算看她再不顺眼，也知道她能为公司创造收益。

而每天晚上回到家，她都能看到穆熙坐在吧台边上喝红酒看书。他似乎真的变成了一个"不务正业"的浪子，对Live的事务半点儿都不关心，整天就安心地扮演着一个被她养着的小白脸。

有时候，他甚至下午就会到Live公司楼下的咖啡店里，喝着咖啡看着新闻等她下班。好几次她下楼的时候，都能看到咖啡店里有女孩子在对他搭讪、被他婉拒的画面。

过了两个月，果然如穆熙所料，穆安朋实在是撑不下去了，但又拉不下脸来找他，只能派了耿义上门来——意思里让他赶紧回Live去接管，他却淡定地让耿义带了一句"看我心情，我的休假还没结束"给穆老头子，差点没把老头气出心脏病来。

郑韵之觉得好笑，又觉得，他这是在替她对老头出气。

吃过晚饭，他不顾她的推辞，又把她压在瑜伽垫上来了一出精彩的饭后运动。结束后她实在是累得慌，连白眼都翻不动了，任由他把自己抱到浴室去。

"穆熙。"她看着这个专注地帮自己洗澡的男人，气若浮丝地说，"我怎么觉得你做小白脸做得这么熟练啊？"

穆熙意味深长地笑了笑："可能是因为我以前已经在心里模拟过这个场景一万次了吧，主人姐姐。"

郑韵之："……"

"之之。"

洗完澡，他把她从浴缸里捞出来，忽然冲她眨了眨眼睛，"要不要跟我来一场罗马假日？"

她愣了一下："假日？"

"嗯。"他专注地看着她，脸上神采奕奕，"手上的事儿都交给团队吧，我带你去流浪。"

—

郑韵之本来以为这人是在开玩笑，可谁知道，第二天一大早，他已经自说自话地用她的手机给她的团队发了休假的消息，顺便帮她打包好了所有行李，手里拎着她的护照本在玄关精神抖擞地等着她了。

她不知道他葫芦里究竟在卖什么药，不过也觉得饶有兴味。于是便配合着他的演出，把自己当作是一个傻子，一路跟着他来到了机场。

拿到登机牌的时候，她看了一眼上面的目的地，张了张嘴："我们现在是去法国？"

他意味深长地冲她笑了笑："没想到吧？"

郑韵之毕竟当初离开他后，最难熬的三年都是在那儿度过的，她虽然也在那里拿下了辉煌的职业战绩，但是到底还是经历了一段非常孤独压抑的时光，谈不上十分美好，这次回国后，她原以为自己短时间内再也不会去那儿了。

十二个小时的飞行过后，当她的脚切实地踏在法国的土地上，她还觉得有点儿不太真实。

令她感到十分讶异的是，她总觉得穆熙对巴黎这座城市的熟悉程度已经超出了他理应有的正常范围。因为据她了解，他之前也不怎么来法国出差，一开始她还有点心存疑惑，直到过了一个小时，他熟门熟路地带着她走到她在法国这三年租住的房子楼下后，她才真的被惊到了。

而这竟然还不算最厉害的。

下一秒，他把行李放在她的身边，走过去和这栋楼看门的老爷爷用流利的法语打了声招呼，寒暄了几句，老爷爷显然也是认识他的，还和他拥抱了一下。

穆熙这时对老爷爷说了几句话，老爷爷转过头来对上她的视线，立刻冲着她笑眯眯地招了招手。

她吞咽下了已经到嘴边的千言万语，走过去和老爷爷说了两句，老爷爷慈祥地对她说："你看上去比走的时候开心很多。"

郑韵之心中一暖，转过头去看身边的穆熙，却发现他也正笑吟吟地看着她。

接着，老爷爷悄悄地凑到她的耳边说道："我很高兴能看到你和你的爱人重归于好。"

她有些语塞，一时之间觉得自己往日的伶牙俐齿好像都失效了，老爷爷见状狡黠地冲她眨了眨眼睛。

穆熙这时提着箱子带着她上楼，一直到她原来租住的那栋屋子跟前，他轻轻地敲了敲门。

很快，郑韵之又见到了一个熟悉的人——她曾经的房东太太。

房东太太见到他们两个很高兴，特别郑重地拥抱了她，还拉着她的手问她过得好不好。她看着房东太太絮絮叨叨的模样，不免再次感叹起在法国的这三年，她很庆幸自己能在Louis的介绍下遇到了一个这么善良的房东太太，很多事都很照顾她体谅她，把她当自己的半个妹妹似的。

进了屋，房东太太把钥匙交给穆熙后，便把空间交给他们，识趣地离开了。郑韵之放下了包，双手叉腰地看向某人：“我觉得你应该有很多话要和我解释吧。”

他去厨房倒了杯水，温文尔雅地对她笑：“想听哪些？”

她动了动唇：“全部。”

他把另一个水杯递给她，拉着她的手带她走到窗边，指了指街对面的咖啡店。

“喏。”他低声说，“每一次来，我都会一个人坐在那里，就是那个放着花盆的位置，一坐就是一整天，直到他们关门为止。”

“我知道你每天早晨七点就会起床，然后早早就出门工作了。每天晚上你都很晚回家，手里会提着外卖袋，偶尔会自己去超市买点食材自己做菜。”

“你每天出门时穿的衣服都不一样，每一套都很漂亮。这栋楼的住户，尤其是男性，都跟你搭过讪，不过你都没理会过他们。”

“房东太太是个很好很和蔼的人，他们一家住的离这儿也不远，她经常会给你买些日用品，生怕你不好好照顾自己。”

“楼下看门的老爷爷老凯文养了一只猫，黄白色相间的。你每天路过时都不会忘记给它准备食物，还会逗它玩一会儿，老爷爷和你关系很好，你经常会送吃的给老爷爷。”

“你去工作的地方离这儿不远，坐地铁大概十五分钟就能到。你不会带同事回家，顶多和他们去酒吧聊天吃饭，你在这儿除了Louis之外没有其他贴心的朋友，你也不想和他们深交。”

“你睡得很晚，家里的灯有时候会亮到凌晨两点才灭。我有几次真的实在忍不住想上楼敲门，让你不要那么晚睡，真的很伤身体。”

……

他一句一句，说得很慢，像是个说书人一样，语气也很温柔。

郑韵之听着这些话，眼前仿佛立刻出现了当时的画面——他一个人站在街角对面，从白天站到黑夜，默默地注视着她生活的全貌。

这该是有多少耐心，多少温柔，多少爱，才会让他做出这样的举动。

过了好一会，她才终于开口，可嗓子已经完全哑了：“你来过这里几次？”

“数不清了。”他说，“你刚走后的两个星期，我就来了一次。后来大概一个月两次左右，有时候实在舍不得走，公司事情也不是很忙的时候，就会待上一阵，住在你家对面的那家酒店。”

她侧过头看着他："那你为什么不告诉我你来了？为什么不直接来找我？"

"我不敢。"

他轻轻地笑了："你都已经半夜离开我来到这里了，我总想着你应该是很恨我很讨厌我。我怎么敢再出现在你的面前，打扰到你好不容易才建立起来的新生活？"

她不知道该说什么，用力将眼底浮现起来的那丝泪意逼退回去，侧过了脸："你是什么时候学会的法语？"

"就是来这儿看你的时候。"他说，"感谢你，让我多学会了一门语言，虽然谈不上流利，但至少日常的听说都能过得去。"

她吸了吸鼻子，又问："你以前来这儿的时候，是不是跟楼下的老爷爷还有房东太太说过什么？"

他的目光轻轻闪烁了几秒："一开始因为我经常过来，被老爷爷发现了。老爷爷还以为我是跟踪狂要报警呢，我跟老爷爷解释说你是我的爱人，但是和我吵架闹分手了，我想来看看你过得好不好，不是有坏心的那种。老爷爷一开始还不肯相信，我解释了很久他才答应帮我保守秘密的；而至于房东太太，我私下里一直会联系她，多补贴了她一些钱，希望她能帮忙多照顾你一些。"

他说的这些话信息量实在是有点儿太大，郑韵之在努力地消化，一直沉默地站在窗边。

穆熙观察了她一会儿，抬手揉了揉她的发："生气了？"

"没有。"她轻轻地叹了口气，"我只是……突然很想让时光倒流。"

他们就这样错过了整整三年。

如果她当时能够对自己更自信一些，能够更相信他一点，能够更勇敢一些，能够早点跨出那一步……是不是他们就不会错过那么久了。

那样的话，他就不用这样无数次默默地来到她所在的城市，在她不知情的情况下，在离她最近的地方，看着她，关心她，却不敢上前来一步，哪怕说一句话。

他们曾经在同一片星空下度过了那么多日子，可是却都以为自己只能是对方生命中的一条平行线。

"穆熙。"良久，她抬手揉了揉自己的眼角，"我们真的绕了太久的路了。"

"没关系。"他抬手握住了她的手，揉在自己的手心里，"以后都再也不会绕了。"

"来。"他这时牵着她，转身往卧室里走，"让我们开始好好享受假期，我还没参观过你以前的卧室呢——"

一直到跟着他进了屋，她才发现哪里有些不太对劲。

是床头柜。

她熟悉的床头柜上，此刻竟然放着一个小小的锦盒，锦盒里正安静地躺着一枚华美的钻戒。

郑韵之觉得自己的心跳都快要停止了。

她站在门口，一动都不敢动，还生怕自己是不是看错了。

穆熙弯着嘴角，这时走到床头柜边，拿起了那个锦盒。

然后他走回到了她的面前，看着她，轻轻地单膝跪地。

"我其实有想过很多种求婚的方式。"他仰头望着她，"柯印戚的那种足够盛大绚烂，但我却觉得你可能会不太喜欢被那么多人注视着；在餐厅或者酒店里包场求婚，应该也很浪漫，但又总觉得少了点什么。"

"于是我想到了这里。"

"这里算是我们两个人的故事中的一个驿站，这曾经是你待了整整三年、当成家一样的地方，也是我却曾连涉足的机会和资格也未尝拥有的地方。我知道你在这个城市得到了很多光鲜和荣誉，获得了让你成为今天这样耀眼的资本。但我也知道，你在这个屋子里的每一分每一秒，都过得孤独又难熬。"

"所以，我想在这里，刷新你的记忆。"

"之之。"他温柔地看着她，仿佛在看着世界上最珍贵的宝物，"你有家，你的家不止在S市，不止在我给过你的二十把钥匙的屋子里，你的家甚至也可以是这里，可以是世界上的任何一个地方……因为有我在的地方，就是你的家。"

"我希望你今后走到任何一个地方，都会觉得快乐和自由。"

他没有选择浩大的排场，也没有选择浪漫的场所。

他选择了一个再普通不过的，只有他们两个人所在的平凡的屋子。

他选择在她曾经一个人度过三年的地方，刷新她人生的回忆，并建立起新的篇章。

从此以后，这里代表的不再只有孤独和寂寞，不再只有思念和哀伤。

这里有温暖、爱和家。

还有他。

他说到这里，眼角也闪现起了浅浅的碎光："郑韵之，我这一辈子只爱过你一个人，只爱着你一个人，也只会爱你一个人。对我来说，你就是我这一生唯一的归宿。"

"我们绕过的路，从今天开始清零，从此以后的每一步，我都会陪你一起走。"

"请你嫁给我，以后漫长的生命，我陪你流浪，陪你追梦，陪你回家。"

郑韵之泪如雨下。

她从来都没有看到过自己掉过这么大颗的眼泪，每一颗，都像珍珠一样，从她的眼角滚落下来。

她的前半生，在遇到他之前，从没有出现过温暖和梦想这两个词。

她也从未奢望过爱情这样的奇迹会降临到她的身上。

可是，原来命运终究还是善待了她。

原来她也可以找到自己命中注定的爱情，被人捧在手心里深爱，获得童话故事里的结局。

茨维塔耶娃曾写下过这么一段话——我想和你一起生活，在某个小镇，共享无尽的黄昏，和绵绵不绝的钟声。

他们今后的人生，也将是这样平凡、温暖而又光芒万丈。

这是你送给我的情书，我妥帖珍藏，以一辈子为期。

（正文完）

番外卷
Can You Feel My World?

番外一 ◎ 夫妻秘事采访

主持人桑：让我们掌声热烈欢迎我们的四位主角来到话痨桑的演播室，今天总共准备了十多个问题采访大家，希望大家都可以诚实诚信地作答。

Q1：对对方的第一印象是？

心心：这个小男孩好早熟！

印戚：我以后的老婆怎么长得那么可爱。

之之：这个男的还挺帅的。

穆熙：清纯可人让人心动，结果一带回家发现是我祖宗。

之之：哈哈哈哈哈哈哈好押韵。

Q2：如果要以动物比喻的话你觉得对方是？

心心：猎豹吧。

印戚：小马，勇敢往前跑，也很可爱。

之之：这个问题我怕我的答案有点太多了，河豚，斑鸠，泰迪……

穆熙：我怀疑你是在侮辱我。

之之：不用怀疑，是真的。

穆熙：她以前像只刺猬，现在感觉像只威风凛凛的老虎。

之之：你是在说我是母老虎的意思吗？

穆熙：没有。

Q3：由哪一方先告白的？

印戚：我。

穆熙：我。

（桑家男主统一的强势实锤）

Q4：你认为你的情敌是？

心心：目前感觉没有，不过以后可能是我们的孩子，如果是个女孩子的话。

印戚：对我来说，不可能存在情敌这种玩意儿。

心心：靠近我十米之外就会被他干掉。

之之：没有，他爱惨我了。

穆熙：你说得没错，我认为我也没有情敌……但是让Louis那个金毛鬼离你远一点！

之之：我偏不，略略略。

Q5：什么时候觉得自己被爱着呢？

心心：每时每刻，他从来没有让我失去过安全感。

印戚：她撒娇的时候，笑着看着我的时候，抱着我的时候。

之之：太多细节了，不得不承认，我很吃这一套，细节杀我。

穆熙：她从来不肯说，但是我能从她的言行里感觉出来。

Q6：能原谅对方的变心吗？

心心：不原谅，他也不会。

印戚：没有这种可能性。

之之：不能，要是他真的这么做了，我就把他给阉了。

穆熙：倒也不必，我不会，她也不会。

Q7：对方做什么事情会让你觉得没辙？

心心：（脸红）他靠在我耳朵边上压低声音温柔地叫我"宝贝儿"的时候，我真的完全没有抵抗力。

印戚：她红着脸缩在我身上的时候，或者娇娇嗳嗳地求我的时候。

之之：戴着金边眼镜斯文温和地对着我说那种不可言说的话的时候。

穆熙：她身子太软了，故意压在我身上各种勾我，根本没办法抵抗。

Q8：说说对方最大的优点？

心心：他有很多优点，反正就是很厉害，感觉这个世界上没有他无法做到的事。

印戚：（听到这话很欣慰，忍不住翘起了唇角）最大的优点是想法总是很积极向上，充满干劲和动力。平时总是像个小公主似的昂首挺胸往前走，让我感到活力满满。

之之：总是比较冷静理智地思考问题，处理人际关系也非常强，几乎到哪儿都很受欢迎，表面上的人畜无害很有欺骗性。

穆熙：我总觉得她话里有话，不过没关系，在我眼里她浑身上下哪里都是优点，她在工作上充满自信散发魅力的样子真的很迷人，甚至让我产生了一种不想让其他人看到她这样的心情。

之之：倒也不必。

Q9：说说对方最大的缺点？

心心：控制欲太强，做事风格太强硬，不过现在比以前好点儿了。

印戚：没什么缺点，我倒希望她像以前那样和我作。

之之：我可以抄我上一题的答案吗？表面上看上去人畜无害，实际上就是一条彻头彻尾的大尾巴狼。

穆熙：口嫌体正直算缺点吗？反正我觉得她实际上很喜欢我这样。

Q10：两人在一起时最让你感到心跳加速的细节是？

心心：有时候看着他工作或者学习时候认真的样子就会觉得心跳加速，他和战神站在一起讨论事情的时候，简直是视觉享受；还有他偶尔笑起来的时候吧，真的会特别小鹿乱撞。

印戚：她笑起来和撒娇的时候。

之之：穿着西装或者居家服戴着眼镜看书的时候，斯文败类本尊。

穆熙：很多，故意要诈勾人的时候，在T台上的时候，还有做瑜伽的时候，我基本是零自控力。

之之：最后那句不必。

Q11：最喜欢对方身上的哪部分？

心心：都喜欢，脸吧，脸上的每一部分都很完美。

印戚：都喜欢，特别喜欢她的嘴唇，很小很可爱。

之之：眼睛。

穆熙：我说腰和臀可以吗？她身材真的很好。

之之：滚。

穆熙：开玩笑，她的眼睛吧，哪怕她嘴再硬，眼睛永远不会骗人。

Q12：对方最性感的表情是？

心心：偶尔笑起来的时候，还有低低喘息的时候（捂脸）。

印戚：我喜欢她笑，但是也挺喜欢看她被弄哭的时候。

之之：不说话看着我的时候。

穆熙：她做什么在我眼里都很性感。

Q13：有什么想要对对方说的话吗？

心心：有机会可以带我去看看战神他们IShadow的总基地吗？听说是个好神秘的地方，某一种进入方法是要从公共洗手间最里面那间隔间的暗门里下去对吗？还有我想见见死神本人，听说他好帅的！

印戚：陈涵心，疯了吗？在我面前这么高兴地提别的男人？

心心：嘻嘻，爱你哟！

印戚：（无奈）行，我带你去，虽然我很不想看到孟方言，但是老婆的心愿不得不满足。

之之：我希望我以后做瑜伽的时候可以不被打扰，上班在办公室里工作的时候可以不被打扰，演出时在后台可以不被打扰……

穆熙：看来你对我意见很大？

之之：你怎么心里没有半点数？

穆熙：我知道你其实是喜欢我这样打扰你的，只是不好意思说，没关系，我能理解。

之之：……

番外二 ◎ 孕事

时间如梭，距离陈涵心和柯印戚一起从大学毕业很快就过去了一年，毕业当天他们去领了结婚证，然后去大溪地办了私人婚礼，成了真正意义上的夫妻。但一直秉承着要比所有人的进度条都快的、争强好胜的柯大少爷，在办完婚礼后却迟迟没有将要孩子的计划提上日程。

明明他的"宿敌"韦择易家的孩子都已经会跑了。

她心里自然是好奇的，所以有天晚上，她实在忍不住问了他："你不想要宝宝吗？"

柯印戚侧过头去亲了一下她的脸颊："我担心你会觉得影响到你的生活。"

"那倒也没有。"她歪着脑袋想了想，"虽然必然会对生活的节奏产生影响，但也会增加羁绊和快乐呀！我现在帮爸爸做事，工作弹性也比较大，应该可以有时间照顾宝宝的。"

即便她想当他捧在手心里永远长不大的小公主，整天不需要顾虑太多人事、无忧无虑地生活。可是婚后的生活已经让她逐渐明白，守护一个家庭的责任是多么地重大，现在这个家里有她和柯印戚。今后还会有他们的宝宝，她的职责也将不仅仅是做一个妻子，还会是一个母亲。

而这两年和他一起携手度过的幸福的婚姻生活，经历的事情，获得的成长，让她觉得她已经做好准备了。

拥有一个长得像他们两个的可爱的宝宝，在家里蹦蹦跳跳的，为他们增添更多的欢声笑语，那一定会是个令人感到充满温暖的场景。

柯印戚听完她的话，却一时没有吭声，在她逐渐感到奇怪的时候，他才别过了俊脸，冷冰冰地来了一句："可我不想宝宝霸占你。"

因为他说得很轻又很快，她一开始差点都没听明白，反应过来才忍俊不禁："柯印戚，你跟你孩子都吃醋这就有点说不过去了吧？"

柯大少爷表示一点都没有说不过去："要是有了宝宝，你所有的心思都投在他的身上，整天围着他转，没时间搭理我，我该怎么办？"

陈涵心这算是听明白了："原来你迟迟不要宝宝，不是担心我会接受不了宝宝打乱我的生活节奏，是你自己受不了孩子跟你争抢我的关注度。"

他的眼角轻轻抽搐了一下，神色淡定："我不是，我没有。"

陈涵心差点笑出声。

这个男人，虽然外表看着无所不能、总是一副运筹帷幄天下的样子。可当真每天和他生活在一块儿，会发现他在自己面前其实根本就是个长不大的大男孩。

"放心吧，你是你，宝宝是宝宝，我怎么会顾此失彼呢？"她早就已经习惯了他的脾气，这时自然地给他顺毛，"你永远都是我最爱的人。"

大少爷对这句情话极其受用，欣慰得眼睛都眯起来了。

她想了想，又说："再说了，要是生出来的是个女孩子，也就不存在争抢关注度这个问题了吧，指不定你比我还喜欢呢。"

柯印戚张口说出了今后他会狠狠真香的一句话："那怎么可能？"

陈涵心耸了耸肩："咱们走着瞧。"

"既然夫人求子心切。"

某人大概是想把自己丢失的面子和场子给找回来，这时不动声色地在被窝里开始动歪脑筋："那就择日不如撞日吧。"

她还没反应过来，就感觉到被窝下自己的睡裙已经被他褪了一半，她脸一红，他已经欺身压了过来。

在两人将这件事正式提上议程后，某人以此作为借口，以比之前更高强度的频率，每天没事儿就把她往床上拖。然后一拖，就是老半天都起不来。

陈涵心发现自己怀孕的时候，是在一个春天的下午。

那几天她总是感到很容易犯困，然后中午在公司里吃饭也吃不下太多，还偶尔会犯恶心。她以为是天气原因，没有太在意，而这天下午恰好柯印戚提早从柯氏过来接她，立刻就注意到了她的精神状态不太对劲。

他是个多么机敏的人，一看就知道可能有情况，直接把车就往医院开去。

等报告出来，医生拿着报告笑容可掬地对着他们俩说："恭喜柯先生和柯太太。"

陈涵心当下愣住了，而后很快反应过来："医生你是说，我俩要当爸爸妈妈了？"

"是的。"医生微微一笑，"您已经怀孕一个半月了。"

柯印戚听到这个消息后，脸上一开始并没有太多的表情，只是仔仔细细地询问了医生关于孕期的一系列注意事项，至少问了医生三遍，问得医生头皮都发麻了。不仅如此，他还认认真真地拿出手机一条一条全都记在了备忘录里，并"恐吓"医生说会经常给他打电话咨询，吓得医生脸都白了。

等出了医院，陈涵心挽着他的手臂，有些忐忑地说："我天，竟然就这么怀上了……"

原本准备怀孕的时候倒没觉得，当真的得知自己要当妈妈了，那就是完全另一种不同的感受。

怎么说呢？感觉很欣喜，又有点儿不知所措。

他转头看着她："不相信我的能力？孟方言不是说让我当个神射手吗？"

她笑了一声，又看着他："我怎么觉得你看起来并没有很高兴？"

柯印戚的俊脸看上去确实和平时如出一辙，还是冷冰冰的。

他认认真真地说："我很高兴，真的非常高兴。"

刚说完这句话，她就看到这位英明神武的柯家大少爷差点在原地绊一跤。

他在要摔下去前一秒站稳，然后不满地蹙了蹙眉："这台阶是怎么回事？"

陈涵心一低头。

这儿哪里有台阶，分明是块平地！这人怎么激动得大白天睁着眼睛瞎说话呢！

她忍俊不禁："这下我相信你很高兴了……柯印戚，恭喜你要当爸爸了。"

他也弯起了嘴角，这时靠在她的额头边，压低声音柔声道："也恭喜我伟大的夫人，接下来要辛苦你了。"

—

穆安朋那个老古董自从穆熙和郑韵之旅行结婚之后就一个人在家里自闭了很久，结果发现并没有一个人在意他的感受——因为连穆熙的母亲祝云也慢慢在深入交往中了解并喜欢上了郑韵之，时常拉着郑韵之出去逛街。郑韵之嘴甜、审美又好，还让祝云穿着漂亮的小裙子在太太团面前大出风头，把婆婆哄得高高兴兴的。

穆安朋发现自己是家里唯一被孤立的那个人之后，顿时变得更郁闷了，碰巧这天祝云回来高兴得眉飞色舞地对他说："你知道吗？之之怀孕了！我们要当爷爷奶奶了！天哪我真的太高兴了！我要赶紧去给之之和宝宝采购东西去了！"

他听完这话，思来想去，一跺脚，直接喊了辆车去穆熙家。

到了穆熙家，是丹姨来给他开的门，他示意丹姨先别出声，自己则悄悄摸摸地进去了。

穆熙和郑韵之正好人在卧室里，一大把年纪还玩偷听的穆安朋走到屋子外头，恰好可以从门缝里看到他们俩在说话的场景。

卧室里。

郑韵之靠在床上，看着在床边上给她捏腿的穆熙，翻了个白眼："大哥，我才刚怀孕两个月，不是八个月，我现在腿不酸好吗？你能不能别再捏了？都捏了多久了？我严重怀疑你只是想趁机摸我的腿而已。"

"你这人就是喜欢逞强。"穆熙动作不停，"真酸你也不会出口抱怨，哪有人怀孕的时候身上不酸痛的？"

她都无语了："行，捏腿就算了……今天在公司里别人送我咖啡喝，你当着人家的面把人家送我的咖啡扔进垃圾桶又算是怎么回事？"

穆熙眼也不抬："你有常识吗？怀孕的时候是不能喝咖啡的。"

说到这，他似乎还不解气，一口气给她罗列了十几项怀孕的时候不能吃的东西，听得她脸都白了："怀孕的时候有那么多不能吃的美食，我还活着干啥，我不怀了！"

"你敢？"他终于停下了手里的动作，故意凶她，"我的孩子，你想不怀就不怀了？"

她抱着手臂，气鼓鼓地说："穆熙，你是不是就把我当成生孩子的机器，想给你们穆家续香火？就是上次你偏要……才会这样的，明明我还不想那么早要孩子的，我还年轻，我还想多玩两年呢！"

他都给气笑了："续香火这个词儿你是从哪学来的？你难道就不明白，我想要个我最爱的人给我生的孩子吗？再说了，有了孩子我也照样能陪你玩，这并不耽误什么。"

她微微一笑："我不明白。"

他看着她，漂亮的眼眸轻轻闪烁了几秒："要不是你怀着孕，我真想掐死你。"

她对着他一顿做鬼脸："略略。"

"之之。"他这时抓着她的手，突然正了色，认认真真地告诉她，"你不知道我有多高兴你怀孕了。"

"即便你早就已经嫁给我，是我的合法妻子，不仅每天和我生活在一块儿，在公司也能看见你，我却时常还是会有一种不太真实的感觉——有时候我总是默默担心着我早上起来一睁开眼睛，你会不会又不见了。"

他说到这，弯着嘴角苦笑了一下："可能真的是那三年给我带来的心理阴影太重了吧，此刻的一切实在是太过于幸福，竟会让我产生无端的惶恐。"

她原本还在笑，可一听这话，顿时就有点笑不出来了。

怎么说呢，她感觉自己的整颗心都因为他的这些话软化了，像浸在蜜糖里一样。

"所以，我到现在才算是彻底心安了——因为你有了我的孩子，就不能想跑就跑了，我相信你也不舍得让咱们的孩子没有爸爸，你说是不是？"

他握着她的手，放到唇边亲了亲。

郑韵之本来就招架不住他来这一套，到了这儿已经被打得兵败如山倒。

她叹了口气，目光里虽然软得一塌糊涂，但嘴还是很硬："行了，你也真是太夸张了，能不能别再每天戏那么多？你当你是奥斯卡影帝吗？拜托，咱们证都领了，现在连娃都有了，我还能跑到哪儿去？而且我也不想跑，跑了还要被你抓回来，我不累吗？有这时间我还不如在家躺尸呢！"

他不吭声，却笑得眉眼弯弯。

她看着这个爱惨了她的男人，用手指轻轻地敲了敲他的额头："河豚，我发现你现在怎么比我这个女孩子还要细腻敏感？"

他耸了耸肩："郑韵之，我会变成现在这样，都是拜谁所赐？"

她一副"关我屁事"的表情："得了，反正你现在已经是坐实故意让我怀孕的罪名了。接下去的几个月你就等着好好把我当太后娘娘伺候吧，我再怎么作，那也都是你自找的。"

他笑得眉眼生花："全凭你的差遣。"

两个人靠在床头边，说着夫妻之间絮絮叨叨的碎语，甜蜜又温情。穆安朋在外面看到这一刻，终于没有再继续看下去。

他收回了目光，转过身轻手轻脚地走回到了客厅。

丹姨对他们一家人的脾气实在都太了解了，这时站在玄关，笑吟吟地看着穆安朋，压低声音道："穆先生，要我告诉他们你来过吗？"

穆安朋立刻斩钉截铁地摇了摇头，但他刚要出门，又转过头来，故作严肃、但又掩盖不住一脸别扭地说："就说我刚刚打电话给你，让他们有空回趟穆宅，讨论讨论要给他们添置点什么孕期要用的东西……还有，你多给之之烧点她爱吃也能吃的东西，把她养胖些，她实在是太瘦了。"

丹姨应了声，眼睁睁地看着穆安朋来去无声，忍不住掩着嘴偷笑："这家人可真是个个都拧巴极了……"

番外三◎产子

陈涵心和郑韵之这两位绝世好闺密也是真神了，怀孕的时间前后竟然只差两个星期，因此预产期也挨得很近。

对于这样的巧合，两位男当事人都充分表达了对于对方的不屑一顾。

柯印戚冷笑："河豚就是想争口气吧？痴心等了五年好不容易老婆才不落跑了，眼看着我拿到合法驾照可以当爸爸，他也不甘示弱。"

穆熙嗤之以鼻："追了二十年才把青梅竹马变成老婆的人，现在才让老婆怀上孕难道很值得骄傲吗？"

怀孕的前三个月，这两位男士都仿佛如临大敌，柯印戚几乎搬了把椅子待在陈涵心的身边，甚至不愿意让陈涵心去公司上班，每天二十四小时盯着她，连上厕所都要陪同，盯得陈涵心差点都要发飙了；而郑韵之那边也是苦不堪言，穆熙从早到晚都神经高度紧绷。以前那么冷静的人现在跟个易燃易爆的爆竹一样成天上蹿下跳，只要有人靠近她三米之内他的雷达就开始叫，老母鸡护崽子似的把她护到身后，把那人呵斥走。为此她单方面对他大打出手抗议过无数次，他还是置若罔闻。

好不容易度过了鸡飞狗跳的危险期，两位孕妇终于找到了合理的借口可以出来放放风。两人拖上了翁雨，一起找了个僻静人少的小公园坐坐聊聊天，顺便呼吸呼吸新鲜空气。

这次放风俨然变成了一个"吐槽丈夫"大会，主讲人为陈涵心和郑韵之，翁雨全程旁听，连插话的机会也没有。而最神奇的是，两位被吐槽的对象就在离她们三个一米都不到的地方坐着，虎视眈眈地盯着两位孕妇。

陈涵心叉着腰，挑眉道："你们敢相信吗？一个星期前，我在家里收快递，快递小哥哥态度很好地把快递递给我。结果旁边的柯印戚大概以为那个盒子很重我拿不了，直接过来一把抢过那个快递，小哥哥被他那一下撞得直接飞出去，还好前面是松软的花圃人没受伤。"

郑韵之做作地笑了一声："少爷这行为在我看来已经不算什么了，毕竟山外有山，人外有人。"

陈涵心："请说出你的故事。"

郑韵之扶着额头："两天前，公司里一个同事从家乡给我带了辛辣的特产。因为我人瘦，穿得宽松的话根本看不出来我怀孕，那个同事比较大大咧咧，估计没看出来。结果他当着人家的面把特产扔进垃圾桶，还要叫人事把那个同事直接开除，同事急得在茶水间大哭，还好被我拦了下来。"

"还有，连着两个星期，他每天在家里放有助于胎教的音乐，边对着我的肚子说三个小时的故事，我被他念睡着了一觉醒过来他还在念，连水都不喝一口。"

被吐槽的柯印戚蹙了蹙眉："那个盒子虽然不重但也不轻，万一你手一松砸到肚子怎么办？"

被吐槽的穆熙理所当然地耸了耸肩："我就差在公司里贴大字报说你怀孕了，那个同事难道村里没通网还是用的2G网络？还给你送辣的，疯了吗？还有，我讲的故事宝宝一定非常爱听，我愿意给他讲。"

被翁雨带来的傅郁托着下巴在旁边看着这两位准爸爸，笑得连下巴都快托不住了："我想问一句，到底是她们生孩子还是你们生？"

柯印戚和穆熙少见地异口同声："你以后也会这样的。"

一向淡定的傅郁摊了摊手，聪明地没有张口就否定，以免自己以后真香。

—

过了平稳期后，很快就到了怀孕的后期，郑韵之确实开始感觉到腰酸背痛，有时候也睡不好觉。穆熙本来这段时间就很容易惊醒，只要她一翻身，他就会睁开眼睛，然后不厌其烦地帮她敲背揉腿，陪她说话，一直哄到她再次睡着为止。

"你这样不累吗？"有一次，她实在忍不住，在他半夜起来陪她说话的时候问道，"第二天一大早你不是还有早会吗？"

"不累。"他低垂着眸，帮她细心地捏着腿，"这点小事，一点都不累。"

说句实话，虽然某人平时有点太过神经紧张，但她心里还是真的很感动他能在她最需要关心的时候把她照顾得那么好那么妥帖。

而陈涵心怀孕后期的脾气逐渐变得比她小公主时期的脾气更大，一有事情不顺心就皱着眉头哭，说风就是风，说雨就是雨。一会半夜三点想吃荔枝和菠萝，一会突然想去看星星，一会又突然要吃有二十种口味的马卡龙塔……简直是作到令人难以置信，连一向宠爱她的陈渊衫和严沁萱都忍不住指责她不要太过分。而这一切，柯印戚却全都照单全收——半夜三点让人送荔枝菠萝给她吃，二话不说就开车带她飙到海边去看星星，让厨师端着有三十种口味的马卡龙塔送到家里。

陈涵心觉得，这个时候，就算她说她要把天上的月亮摘下来，他可能都真的会努力去尝试。

有几次，她作完自己都觉得不好意思了，拉着他的手直叹气："老公，我老对你发脾气，老给你提各种刁钻的要求，真的很对不起……"

"不要道歉。"他这时抬起一根手指，抵在了她的唇前，"你为我十月怀胎承受的辛苦是我这一辈子都没有办法同等偿还的，所以我为你做再多都是应该的。"

一个女人愿意为自己最心爱的男人承受怀孕生产时的痛苦和辛苦，并不是会得到每一个男人的感激的，而值得庆幸的是，她们两个都得到了。

—

接近预产期的时候，陈涵心和郑韵之同时住进了医院。

柯印戚投资的那家私立医院，穆熙后来索性也参了股。她们两个人住进去之后，这两位准爸爸就把公司和家都搬到了医院里，整天跟在她们两个身边寸步不离。

那段时间医院里的人真的很少，反正她们俩但凡只要出去散步的时候几乎都见不到人。照顾她们的医护人员简直是寻常配比的二十倍都不止，每次都是呼啦啦一大帮人过来帮她们做各种检查。

郑韵之有一天实在忍不住冲着在帮她削苹果的穆熙说："你和柯印戚那个罗刹鬼到底对院长做了什么？那天他一看到我和陈涵心转身撒丫子就跑了，跟看到午夜凶铃里的女鬼似的。"

穆熙削苹果的手一顿，风轻云淡："没什么，就是和他单纯友好地聊了个天而已。"

"单纯友好"包括但不限于——柯印戚告诉院长，只要他一句话就可以把整个医院连同院长在内的人全部开除；穆熙笑吟吟地告诉院长，如果院长不好好照顾郑韵之，他从此以后就让院长女儿喜欢的那个明星永远都开不了演唱会。

他们俩走后院长一口气差点没回上来，险些被送进ICU。

经过了这段共同守护太太的岁月，柯印戚和穆熙两个人的关系从最初的两看相厌衍生到现在几乎是呈直线上升的革命友谊。陈涵心和郑韵之偶然还能看到他们两个无比和谐不拌嘴地站在一边交流如何让快要临盆的太太安稳入睡的心得。

一

陈涵心快要生宝宝的前一天晚上，她快要睡着时迷迷糊糊地拉着柯印戚的手问他："我生孩子的时候你会紧张吗？"

柯印戚温柔地低声回应："不会的，我会在旁边全程都陪着你，你不需要有一点害怕。"

结果，当陈涵心真的开始生的时候，在旁边陪同她的柯印戚看着她浑身满头大汗，哭得眼泪鼻涕一大把，痛得又是喊又是叫的，整个人都不好了。他忍了一会，实在忍不住了，回过头去面无表情地看着主治医生："你能不能不要让她那么痛苦？"

主治医生被吓得一个哆嗦，战战兢兢地说："柯先生，生孩子就是这样的……"

他蹙了蹙眉，焦心地抓着陈涵心的手，不断地低声安慰她，来来回回地亲吻她汗湿的额头，温柔地鼓励她……不知道过了多久，一声婴儿的啼哭声总算是响亮地回响在了产房里。

陈涵心终于松了口气，连带着柯印戚仿佛刚在鬼门关前来回了一趟。主治医生看到他实在是害怕得紧，只能对着陈涵心说："柯太太，恭喜你们，是个女孩子。"

"太好了。"顺产成功的陈涵心气若游丝地说，"女孩子长得像你，肯定非常可爱……"

柯印戚就回头看了一眼自己刚出生的皱巴巴的女儿，立刻又转过头来，抓着她的手紧紧地贴在了自己的唇边，他的嗓音儿不可见地有一些发颤："宝贝儿，辛苦你了，你真的真的很伟大，谢谢你。"

陈涵心看着他，嘴角刚刚轻轻咧开了一个笑，就看到她英明神武、让多少人闻风丧胆的先生大人，下一秒眼前一黑，就这么直接晕在了她的左手边。

惊呆了的陈涵心："……"

吓傻了的一整个产房的医生和护士："……"

—

在陈涵心生孩子前声称绝对不会紧张的柯家大少爷，在老婆生完孩子之后直接晕在产床旁边的英雄事迹瞬间传遍了整个圈子。

他的亲爹柯轻滕当年在尹碧玠生孩子的时候，起先也表现得淡定如常，可等尹碧玠从产房里被推出来之后，这位北美霸主就直接晕在了地上——而今他是青出于蓝而胜于蓝，竟然直接晕在了产床旁边。

关键问题是人家生孩子的都没晕啊！

郑韵之、穆熙、翁雨、傅郁、司空景、封夏、单叶、戴宗儒等所有人都笑出了猪叫，其他人碍于柯印戚的淫威，都还算笑得比较克制，唯有单叶的笑声大到连隔壁那栋楼都听到了。

被公开处刑的柯印戚在忍受了这样的处刑整整三天之后，实在是受不了了，在所有人来探望陈涵心的时候直接选择愤怒摔门离去。

而笑他笑得第二大声的穆熙在一个星期后也展现出了不输给柯印戚的风采英姿。

郑韵之起先是拒绝他陪产的，说是一不想让他看到自己很狰狞的模样，二也不想让他被生孩子时的惨烈情况吓到，却被他一口回绝："我虽然平时见血见得没柯印戚多，但是我的胆子一定比他大。"

她幽幽地来了一句："大到直接晕在产床旁边？"

穆熙斩钉截铁："大家笑他一个人就足够了，我是绝对不会给他们机会笑话我的。"

在郑韵之顺产的时候，穆熙一直表现得十分正常。他全程神色平淡，也没有像柯印戚那样言语威胁主治医生，只是一直牢牢地握着她的手，甚至被她抓出血来也一声不吭，极尽所能地鼓励她，安慰她，甚至还体贴地用毛巾帮她擦汗。

郑韵之生孩子的风格和她平时工作的风格简直如出一辙，也是雷厉风行，她生得比陈涵心快多了。几乎没过多久，医生就笑眯眯地抱着孩子恭喜他们俩，说是个大胖小子。

穆熙礼貌地感谢了医生和护士，并认认真真地看了一会儿自己的儿子，然后他转过头看着郑韵之："老婆，他长得太丑了。"

郑韵之眯了眯眼："你说我儿子什么？"

他看着自己老婆带有警告的眼神，转了个话头："我说，他长得不如你。"

"这才刚生出来，能看出来点什么？"郑韵之不满地道，"我儿子不可能不帅。"

他刚想回一句什么，却忽然感觉不太对劲。然后下一秒，他就猛地松开了郑韵之的手，在郑韵之和医生护士诧异的目光中捂着嘴一路狂奔出了产房。

过了一会，一个小护士怯生生地走了进来："穆太太，穆先生刚刚在走廊里呕吐了，他说他实在是太激动了……"

郑韵之："……"

番外四◎爸爸去哪儿

陈涵心和郑韵之成功卸货之后，在家里待了整整三个月，全都疯了。

每天的生活都充斥着宝宝的啼哭声——喂奶，换尿布，哄睡觉，逗宝宝玩……就算有柯印戚和穆熙，家里也有长辈和阿姨帮着一起照顾，但这两个从怀孕期间就被从头到脚都盯得死死的人还是觉得透不过气来。

人啊，心里积压着的东西累积到了一定程度，就会彻底爆发。

这天，郑韵之趁着穆熙在哄儿子睡觉，忍不住拿着手机假装去上洗手间，躲进浴室里给陈涵心发微信。

之之："一二三四五。"

她捏着手机等了一会，陈涵心的微信才回了过来："上山打老虎。"

郑韵之的眉梢一动："老虎名字是？"

陈涵心："厉鬼和河豚。"

郑韵之的脸上立刻浮现起了一丝狡黠的笑容，然后她在手机键盘上快速地打着字："厉鬼不在？"

陈涵心："去书房和美国那边打电话了，怎么说？"

郑韵之："咱们明天就出逃吧。"

陈涵心秒回："走。"

这么多年的闺密当下来，陈涵心对郑韵之的信任程度已经到了这种连问都不问去哪儿就可以直接闭眼答应跟着走的程度，就算郑韵之到时候真把她给卖了，她估计也都认命了。

郑韵之又说："走个两天差不多吧？我怕再多几天这两个男的都得发神经病进医院，少爷带着一帮黑衣人过来把我们团团围住抓走也不是没有可能，说不定那个战神掐指一算就能知道我们在哪儿。"

陈涵心："哈哈哈哈哈你当战神是算命的吗？两天可以，再多几天我估计他们撑不住，宝宝也撑不住。"

郑韵之："行，那咱们明天早上9点在T广场见。"

陈涵心："对了，我的两位母亲大人说她们也要跟着一起！上次我和我妈提过一嘴这个事儿，我妈当即表示要加入，然后我婆婆比我妈更起劲，估计都是不想整天看到我爸和我公公了。"

郑韵之一想到尹碧玠那位酷炫的女士，就忍不住想要笑。她每次看到尹碧玠都感到很亲切，有一种英雄之间惺惺相惜的感觉。

但是对于尹碧玠的儿子也就是柯印戚，她却每次看到都恨不得和他大打出手。为什么妈妈那么讨人喜欢，儿子就那么讨人厌呢？

郑韵之："成，让她们俩都保密啊。"

陈涵心："放心吧，她们俩还要帮我打掩护呢，不然你以为我明天能出得了我家的大门吗？"

收起手机，郑韵之心情愉悦地哼着歌出了浴室。儿子穆逸闻已经躺在床上呼呼大睡，穆熙则静悄悄地在靠在旁边看着儿子。

听到她从浴室出来的声音，他快步朝她走了过来，压低声音道："儿子一会就睡着了，睡得可香了。"

她弯了弯嘴角："他看到你就会困，看到我就兴奋得怎么都不肯睡。"

他挑了挑眉："我看到你也很兴奋，哪里都兴奋。"

他一边说着话，一边已经将她整个人往床上推，边推边朝她吻了过来："儿子睡了，爸爸也要睡了。"

郑韵之不得不被他所折服："你到底是怎么能做到一天比一天更不要脸的？"

他三下五除二就脱了她的睡裤："要脸干什么，脸有用吗？"

她想着明天这人心态肯定得彻底崩坏，今天就先便宜他一回得了："行，那你快点儿，儿子万一醒过来哭闹就不好了。"

他手上的动作一顿，眯了眯眼："我快不了你又不是不知道。"

她听罢红着脸踹了他一脚："那你就给我尽量快点儿！"

——

第二天一早，陈涵心在冰箱里准备好了冷冻奶，尽量让自己的语气听上去没有那么心虚地对靠在厨房门口看着她的柯印戚说："那我和妈妈还有之之她们出门逛一会儿，你和爸爸们照顾汐汐应该没问题吧？"

柯印戚抱着手臂在旁边看着她，镇定自若："没问题。"

她点了点头，走过去抱住他的脖颈，软软地亲了他一口："那我出门啦！"

"早点回来。"他给了她一个深吻，搂着她腰的手顺着她玲珑的身体曲线暧昧地往下，"昨晚被汐汐闹得都没尽兴。"

陈涵心一脸红晕："知道啦！"

严沁萱和尹碧玠都在门口等她，她走过去勾住两位妈妈的手，也没再回头看柯印戚一眼，快步就上了车。

尹碧玠戴着一副太阳眼镜，几乎把她那张巴掌脸遮去了三分之二。她在车上坐定，抬了抬尖尖的下巴："老娘终于可以不用一整天都对着柯轻藤那张臭脸了，我快要被他给烦死了。"

严沁萱掩着嘴笑："你这么说柯仔得多伤心啊！他曾经这么一个毫无感情可言的厌女症，

和你在一起之后却几十年如一日地每天都恨不得趴在我身上，多么令人可歌可泣啊！"

尹碧玠嫌弃地摇摇头："趴在你身上有什么好？我真佩服你们能这样整天黏在一块儿，都不觉得腻吗？"

说完，尹碧玠还不解气，去看在驾驶座上的陈涵心："心心，柯印戚这么管头管脚地缠着你，你不会觉得烦吗？"

陈涵心："妈，不觉得烦我今天就不会出门。"

车子很快就到了T广场的上车区域，以和陈涵心逛一会儿街为由出门的郑韵之也早早就到了指定地点等着她们。等她上了车，四个女人在车上叽叽喳喳地谈天说地，一路欢声笑语地把车开往了离S市不远的小镇，丝毫没有一点抛夫弃子的罪恶感。

一

且说两位妈妈离开前的半个小时，柯璟汐小朋友和穆逸闻小朋友都在安安心心地呼呼。可等两位小朋友醒过来之后，问题就开始接踵而至。

先是柯印戚那边，阿姨去帮汐汐小朋友热奶，让柯印戚帮忙换个尿布。柯印戚平时也和陈涵心一起换过，觉得这根本就不是什么问题。可是当他从女儿的身下抽掉了脏尿布，开始帮女儿擦屁屁的时候，原本还安安静静眨巴着大眼睛在吃手手的汐汐小朋友忽然就……开始变身为雨神。

是的，没错。

汐汐小朋友高高兴兴且觉得毫无问题地在爸爸的手上尿尿了。

柯印戚简直不敢相信自己的眼睛——他从来都没有想过有一天，这个世界上有人竟然敢在自己的手上尿尿，虽然这人是他的亲生女儿。

柯大少爷的心态当场就崩了。于是，等阿姨拿着奶瓶回来的时候，就看到柯印戚一脸杀气腾腾地看着床上的小朋友，然后小朋友在和自己煞神似的爸爸对视了五秒钟后，开始崩溃的号啕大哭。

阿姨的心态也崩了，她又不敢说柯印戚。只能走过去战战兢兢地接过柯印戚手上的尿布，赶紧帮柯璟汐换上，然后把小朋友抱起来低声地哄。

柯印戚沉默地看了一眼自己手上的不明液体，再看了一眼还在号啕大哭的女儿，先去浴室把手给洗了。

等他回来，小朋友还在哭，且哭得越来越委屈，越来越大声。

他面无表情地看向阿姨："她为什么哭个不停？不是尿布也换了？奶也喝了吗？"

阿姨哆嗦了一下，心里想着"你自己心里就没点数是因为被你吓得吗"，摇了摇头说："不知道，可能，可能是有点儿想妈妈了吧……"

柯印戚听到这话，看了一眼时间，发现都已经大中午了，陈涵心竟然还没有回来，而且杳无音讯，立刻给她拨了个电话过去。

那头的陈涵心听完他的话后，支支吾吾地道："啊，我们还在逛呢，很快就会回来的，你问问爸爸们有什么法子呗？"

柯印戚这时隐约觉得好像有哪里不太对劲，可刚想追问，陈涵心就已经把电话给挂了。

无奈之下，他只能下楼把在楼下边看新闻边聊天的陈渊衫和柯轻滕叫上来。

一进房间，柯轻滕看到在啼哭的柯璟汐，就自动往后退了一步，蹙了蹙眉。

柯印戚："爸？"

柯轻滕："别看我，当年你这么大的时候，我几乎连碰都不碰你，你哭起来还想把你从窗户扔出去。"

柯印戚："……"

陈渊衫在旁边忍着笑，走过去把柯璟汐抱了起来，低声哄了哄，小朋友看到他起先哭声小了一些，可没过一会，又开始大声哭了起来。

陈渊衫无奈地摊了摊手："我也没办法了，当年心心基本都是萱萱带的，我只是在旁边搭把手而已，当不了主力。"

婴儿一声比一声更响亮的啼哭声贯穿了柯印戚的整个脑部神经，他看到自己的脑门上此刻标着两个大字。

救命。

—

而另一边的穆熙这时候也开始手忙脚乱。

且说穆逸闻小朋友在妈妈走后醒过来乖乖地喝了奶，躺在自己的床上一会儿玩玩自己的手，一会儿再动动自己的脚，始终不吵不闹乖乖的。穆熙见状放下心来，安安心心地守在一边工作，想着等会他困了再继续哄他睡觉。

可谁知道，到了小朋友该睡觉的点，小朋友却不睡了。

他使出了浑身解数，一会儿唱摇篮曲，一会儿把儿子抱起来托在怀里哄……可小朋友也不知道今天是怎么了，往常一看到他就自动开始耷拉的眼皮子，这会儿比谁都有精神地吊着，和郑韵之如出一辙的大眼睛滴溜溜地转，贼拉精神。

穆熙无奈之下，只能叫丹姨进来帮忙，丹姨好不容易把小朋友哄得眼睛开始一闭一开的。穆熙想靠过去看看情况，小朋友一感觉到爸爸的靠近，却立刻又瞪大了眼睛。

丹姨表示十分无语："小熙，你要不去外面吧？你在这儿闻闻好像睡不太着……"

穆熙揉了揉太阳穴，只能出去。

没过一会，丹姨才轻手轻脚地走出来，然后对他说："睡着了。"

他放下了心来，这时扭开门把手想进去看看儿子的睡姿。

可谁知道，他一靠近婴儿床，原本还睡得好好的穆逸闻又像心电感应似的"刷拉"一下睁开了大眼睛，对着爸爸开始咯咯地笑，精神得仿佛可以立刻跳起来打五只老虎。

穆熙："……"

他彻底疯了。

一

四个女人还没离开S市的时候，郑韵之已经挂下了第十个来自穆熙催她回家的电话。

她苦大仇深地揉了揉眉心，看向了一旁同样焦头烂额的陈涵心。

陈涵心捏着手机："柯印戚说我要是再不回去，他就要把家里炸了，和汐汐同归于尽，我觉得他是认真的。"

郑韵之翻了个白眼："你爸和他爸不是都在吗？他们也靠不住吗？"

在后排嗑瓜子的严沁萱和尹碧玿异口同声："靠不住。"

陈涵心&郑韵之："……"

"怎么办？"陈涵心说，"我觉得听柯印戚的语气是真的快扛不住了，他说汐汐一直在哭，这么哭下去真的不行，这都哭了多久了。"

郑韵之企图再挣扎一下："应该没事的，等哭累了就睡着了吧……"

陈涵心："我刚刚都听见河豚说了，闻闻怎么都不肯睡觉，一看到他就眼睛瞪如铜铃大，这么睁着眼睛不睡觉小身体哪能撑得住啊……"

郑韵之叹了口气："那这样子我们出逃的意义到底是什么！？"

本来就是在家奶孩子奶得快疯了，想叛逆一回出去散散心，把老公和孩子都暂且撇在一边，做回快乐的女王们……可这才刚过去多久啊，后院就起火了，老公孩子全都嗷嗷待哺地等着她们回家灭火。

"可能这就是告诉我们一个血淋淋的事实——"

陈涵心这时打着方向盘调头回家，认命地道："我们都是彼此家里的顶梁柱。"

等她们各回各家后，几乎是她们到家后的十分钟之内，穆逸闻小朋友和柯璟汐小朋友就像是双双说好的一样，不哭不闹一秒集体陷入沉睡——尤其是穆逸闻小朋友，就算爸爸在旁边敲锣打鼓，都睡得贼香。

被吵得头痛欲裂的柯印戚："……"

被儿子盯得差点跪下叫爸爸的穆熙："……"

爸爸去哪儿第一回。

以失败告终。

妈妈叛逃第一回。

也以失败告终。

番外五◎家有儿女

当最开始柯璟汐小朋友还是个只会吐泡泡的小宝宝的时候，柯印戚对她其实并没有太大的感觉。甚至有时候还会觉得有点儿头疼，不知道该怎么对付这么个小玩意儿。

可是，随着后来宝宝渐渐长大了，事情就突然发生了巨大的变化。

柯璟汐小朋友开始变得会爬、会走，甚至开始开口说话，和人互动。并且最重要的是，五官也慢慢长开了，从一个皱巴巴的小婴儿变成了一个有着乌黑的大眼睛、漂亮的小鼻子和小嘴巴，皮肤白皙的超级无敌漂亮小宝贝的时候，最开始声称绝对不会父爱泛滥的柯大少爷的心态一下子就转变了。

陈涵心那天晚上洗完澡出来，看到柯印戚靠在床头，让女儿坐在他的身上，然后任凭女儿掰着他的手指头玩的时候，还怀疑过自己是不是看走眼了。

因为之前很长一段时间，他都只是抱一抱女儿就放下来了，根本不可能长时间抱着她，甚至也没有很多耐心整天陪着女儿玩，也不怎么擅长照顾女儿。

他的重心还是一如既往地放在自己的身上，她能看得出来，他虽然爱女儿，但是还远没有到父爱泛滥的程度。

而此时此刻。

他耐心地抱着穿着小睡衣裙子的女儿，一向没什么表情的脸庞上，甚至还挂着一抹淡淡的、带着宠溺地笑。

"爸爸。"

软软糯糯的柯璟汐掰着他的手指头，奶声奶气地说："为什么你的手指那么长呢？"

他面对这样的问题，还笑得十分和蔼耐心："因为爸爸是大人，汐汐还小呢，等汐汐长大了，手指也会长长的。"

柯璟汐圆溜溜的大眼睛转了转："爸爸的手指真好玩。"

他抬手摸了摸小姑娘乌黑柔软的头发："汐汐喜欢玩，爸爸就每天都给你玩。"

陈涵心这下又怀疑自己的耳朵是不是出问题了。

开玩笑，柯大少爷的手除了拥抱她以外，大多数时候就是在处理千万资金。这么一双价值无上的双手，现在竟然甘心堕落沦为了女儿的玩具？！

然而这还没有完。

完美继承了爸爸妈妈精致的五官、从现在就可以预见出长大以后该是一个多么惊天的大美人的柯璟汐小朋友把玩着爸爸的手指，然后突然绽开了一抹甜甜的笑，脸上挂着两个天生的印第安酒窝："汐汐爱爸爸。"

和陈涵心相处了那么多年，除了求婚的时候说过一句"我爱你"之外，平时都十分吝啬用这种露骨肉麻的言语表达自己爱意的柯大少爷，在陈涵心不可置信的目光下，毫不犹豫地就温柔回应了女儿："爸爸也爱汐汐。"

奶娃娃听得很高兴，身体往前倾了一些，一把抱住了爸爸的脖颈，"吧唧"在爸爸的脸庞上亲了一大口。

柯印戚笑了一下，顶着脸上被女儿亲出来的一大片口水，在女儿的额头上也回亲了一下。

旁观了全程的陈涵心不知道为什么，竟然觉得这个场景非常温馨唯美，甚至还觉得自己有点儿多余。

不是啊！这是她老公！她到底在酸个什么劲儿啊！

等柯璟汐在隔壁的小床上呼呼大睡之后，陈涵心看着给女儿念完睡前故事回来的柯印戚，幽幽地来了一句："柯印戚，你真的是打脸打得啪啪响。"

柯印戚秒懂她的意思，这时翻身上床，冲她勾了勾嘴角："跟女儿吃什么醋？"

她无语："那汐汐刚生出来那会儿我多陪着她照顾她的时候，你整天在跟我闹什么情绪呢？"

他摇了摇头："那时候是我目光短浅，不知道小婴儿长大了之后可以那么好玩。"

她眯了眯眼："柯印戚，我刚怀孕那会儿，你可是亲口在医院的大门口跟我说你不可能喜欢女儿比喜欢我多的。"

他故作惊讶："我有说过这种话？"

她气疯了，拿手使劲推他："你今天不许跟我睡！"

他低低地笑了起来，这时不由分说地摁住了她的手，把她往自己的身下拉："逗逗你就生气了？汐汐是我女儿，你是我老婆，哪能这样横向比较的。"

陈小公主挣扎了两下，幼稚地逼问道："那你到底更爱我还是汐汐？"

"当然是你。"他说，"不过，我也爱汐汐，她毕竟是你给我生的女儿。"

陈涵心还是听得不怎么高兴，虎着脸嘟着嘴不吭声，他见状，索性低头开始解她的纽扣："别烦恼了，要不你再给我生个儿子，让我也吃吃醋？我看河豚这会儿天天上蹿下跳地说他儿子要抢他老婆。"

—

现在让我们来看看河豚这边。

穆逸闻小朋友也就比柯璟汐小朋友晚出来一个星期，两个人的生长轨迹十分吻合，也不知道是不是两个小朋友心电感应提前约好了，柯璟汐和他几乎是同一天开始会爬会走路的，甚至连开口叫人也前后只相差了一天，这让陈涵心和郑韵之都感到十分惊奇。

且说郑韵之自从穆逸闻出生之后，原本又酷又飒的女王大人到了儿子面前，还是有了那么一点儿慈母的味道。不仅回家之后她会特意抽出一大段时间来陪儿子玩儿，还时常母子两个人坐在沙发那边的地毯上说悄悄话。

穆熙起初还觉得没什么，这毕竟是他的亲儿子。可越到后来，他却越感觉到不对劲了。

这天周末，郑韵之二话不说就指挥穆熙把车开出去带儿子去公园踏青。穆熙全程像只老母鸡一样，帮他们买水、背包、拍照、买风筝、买玩具、买吃的、买门票……而郑韵之全程就牵着儿子的手，陪着儿子一起嘻嘻哈哈地疯玩，连话都没和他说上过一句。

老母鸡幽怨地抱着一堆东西站在旁边看着老婆带着儿子奔奔跳跳地放风筝，心里的委屈儿几乎已经要满溢出来。

等好不容易穆逸闻玩累了，穆熙背着睡着了的儿子往停车场走，终于忍不住委委屈屈地开口道："老婆，你也实在是太偏心了吧！"

郑韵之瞥了他一眼："偏心什么？"

"儿子啊！"他说，"自从他出生之后，你就没有正眼瞧过我一眼，晚上回家也不陪我，只知道陪着他玩直到他睡着。"

郑韵之都服了这人睁眼说瞎话的能力了，昨天晚上他们俩睡觉前还亲切地"交流"了一番，他还说她没正眼瞧他。

之之女王毫不留情地回了他一个字："滚。"

他装模作样地摸了摸自己的胸膛："我心口疼。"

"疼就去医院看病。"面对儿子春风满面、面对老公就秋风扫落叶的郑韵之说，"找戴宗儒帮你安排医生，不然让豆丁帮你顺便看个泌尿科也不是不行。"

他继续装可怜："郑韵之，你变了，你不爱我了。"

郑韵之走到车边，冲着他娇媚一笑："你自我感觉真是太良好了，我哪里变了？我难道以前就爱过你？"

Live董事长的心态崩了。

而他没有想到更刺激的大招还在后头，等他们开车一路回到家，换成被郑韵之抱着的穆逸闻小朋友在睡梦中揉了揉自己的眼睛，用软糯糯的童音迷迷糊糊地靠在她的肩膀上说："我爱妈妈……"

郑女王的心都化了："妈妈也爱闻闻。"

穆逸闻半眯着眼睛，此时微微抬起头看了一眼在旁边黑着脸的爸爸，更紧地抱住了郑韵之的脖颈："我长大以后想娶妈妈当老婆……"

向来以镇定冷静著称的穆熙这时终于连人设都崩了，实在忍不住在旁边拍案而起道："谁教你说这种话的！谁允许你娶你妈妈了！你做梦！你妈妈是我的！"

郑韵之冲着他翻了个白眼："叫那么大声做什么？耳朵都快被你叫聋了，闻闻还想睡呢，别把他给吵醒了。"

穆熙只能憋屈地把声音放低了一个八度："他都说这种话了我还能忍吗？"

她面无表情地看着他，连珠炮地道："你几岁？小孩子的童言童语也这么记仇？这是不是你亲儿子？你至于和你儿子置气吗？"

被老婆轰得连半句话都不敢说的穆熙转过身以泪洗面："我到底为什么当初想要个儿子……"

其实原本在郑韵之生孩子之前，他是有想过到底是要儿子还是女儿的。虽然两个都好，但是他私心里却希望最后可以是个男孩儿。因为那样的话，就可以多一个人和他一起像宠爱公主一样宠爱郑韵之。

在遇见他之前，她从小缺失了那么多的爱，一个人孤独地度过了那么多年，余生他只想把最多的爱全部都给她——有爸爸和儿子一起宠妈妈，这会是多么幸福的一件事啊！

可是谁能想到，原来儿子不仅会宠妈妈，还会抢妈妈！

一

于是第二天一大早，穆熙一睁开眼睛就把电话拨给了柯印戚。

"柯印戚。"穆熙说，"你开个价，我现在就让我儿子八抬大轿去娶你女儿。"

柯印戚刚起床，一身的起床气还未完全消退下去，声音冷得像冰："大清早的，你脑子就进水了？"

穆熙不甘心："我们穆家的男孩儿，要颜有颜，要身材有身材，要钱有钱，智商又高，哪里配不上你家女儿了？"

柯印戚冷笑了一声："我女儿世界第一，哪个国家王室的王子要娶她我都不一定乐意，还配给你儿子？少往自己脸上贴金了。"

原本还在睡觉，这会儿被穆熙打电话的声音吵醒的郑韵之在睡梦中听到这话，直接闭着眼睛一把夺过了穆熙手里的手机："虽然汐汐是非常可爱漂亮，但这都是心心的功劳，和你这个杀千刀的罗刹鬼没有半毛钱关系！我不主张他们俩结娃娃亲是因为封建联姻要不得，要让小孩子自由恋爱！而不是因为我觉得咱们闹闹配不上汐汐，他配得上！我儿子以后就是天王巨星你能明白吗？哪个国家的王室王子能有我儿子优秀？"

柯印戚嗤之以鼻："就单凭有你这种婆婆，我都不会让汐汐嫁进你家大门。"

穆熙听到这话不乐意了，一把就将手机夺了回去："我老婆怎么了？汐汐以后要有我老婆这种婆婆那可是她上辈子修来的福分。"

柯印戚冷静地以一敌二："有个五年跑两次的婆婆汐汐以后还能学点好吗？更别提有个像河豚似的整天就知道爆炸的公公了。"

郑韵之掀开被子就从床上爬起来，对着手机一字一句地道："柯印戚我告诉你，我儿子娶谁都不会娶你家的女儿。不是因为汐汐不好，也不是因为心心不好，而是因为你这个岳父世界第一烂。"

穆熙斩钉截铁地跟上："就是！就算我儿子再招人烦再粘他妈妈，我也不送到你家去了！"

郑韵之转过头眯着眼睛看着他："原来你是想把我儿子送走？"

穆熙的声音几不可见地有些心虚："是柯印戚硬要我儿子娶他家女儿，我并不想送的。"

对面的柯印戚二话不说就把电话给挂了。

在柯印戚身边把电话从头听到尾的陈涵心忧虑地捂住了额头。

她觉得柯璟汐和穆逸闻估计都比这仨人成熟一点……

番外六◎婚礼大团圆

陈涵心和柯印戚的小型婚礼选址在了全球最浪漫的蜜月圣地大溪地。

大溪地是法属波利尼西亚向风群岛中最大的岛屿，地处南太平洋，到了这儿，才知道什么叫作Tiffany蓝的海水，还有静谧唯美如天堂一般的风景。

封夏为了他们俩的婚礼，把自己所有的行程都往后推了一周。她结束了在日本东京的世界巡回演唱会后，直接就和司空景一起从东京飞来了大溪地。

陈涵心是他们的挚友，又是他们俩的铁歌迷。在婚礼前，小公主强烈要求他们俩再次在自己的小型婚礼上合体一首《不曾》。

对此，柯印戚表示有些不解："我在Live时尚秀上向你求婚的时候，他们俩不是已经合体过了吗？"

陈涵心回答："你不懂，看他们俩合体我真的不嫌多，这是全世界人都梦寐以求的好不好？"

小公主其实说得也并没有错，自从司空景为了封夏隐居幕后之后，他们俩就再也没有合体在公众面前唱过歌。那次为了柯印戚的求婚，两个人合体算是给了他大面子，当晚微博热搜直接红字爆了，封夏和司空景的粉丝都激动得一晚上没睡觉，还有不少歌迷在时尚秀结束后坚持在台下等了一整晚纪念这别开生面的一天。

到了大溪地后，封夏去洗了个澡，出来后被司空景拖着手站在阳台边看风景。

"累不累？"司空景把她搂在怀里，低头轻轻地吻了吻她的额头，"累的话晚上我去跟少爷说，咱们就不唱了。"

她摇了摇头："那哪能行，再累也得唱，就是一首歌的时间而已，得让咱们的新娘子开心满意才行。"

"再说了。"她冲他眨了眨眼睛，"只要一想到能跟你两个人来这样的地方待上一个星期，之前巡演再多的疲惫也都一扫而空了，我要好好享受这美妙的一周。"

他沉默两秒："离他们两个婚礼开始还有多久？"

封夏低头看了眼手表："两个小时，怎么了？"

他这时将她轻轻地转了个身、正面面对着自己，低头用挺拔的鼻子摩挲了一下她挺翘的小鼻子："两个小时足够了，既然你精力充沛，那就先来个热身运动吧。"

—

傅郁和翁雨的房间。

他们两个是婚礼前一天下午就到的，吃过晚饭之后，原本翁雨在浴室里洗澡，先洗完的傅郁进来刷牙。因为这里浴室的设计是淋浴间完全透明的，所以他可以一览无遗她洗澡时的模样，他看似表情淡定地刷完牙，擦脸的时候还和她聊了几句，可在她以为他会出去等她的时候，他却直接在她害羞又惊讶的目光中，脱了自己衣服，拉开了淋浴间的门。

傅老师美其名曰"我帮你洗背"，洗着洗着，这个澡就完全变味了。

翁雨是空姐，身材自然是一等一的好。傅郁所有的冷静和自持力，在碰到她之后，分分秒秒就全部瓦解了。

等她好不容易头枕到枕头，都已经不知道是几点了。第二天她直接睡到了中午，傅郁提前叫了客房服务，和她待在屋子里吃了早午饭。

吃过饭之后，她原本想拉着他去整个度假村稍微逛一圈，准备晚上参加婚礼。结果，她就当着他的面换了一下衣服，傅某人的某个开关又被开启了，不由分说地把她摁在了衣柜边。

可怜的小白兔从昨天到了这儿之后，就没见到过这个绝美度假村的哪怕一丁点儿的风景，最后实在是受不了了，可怜兮兮地抱着自己的男朋友哭鼻子。

傅郁也知道自己是有些失了分寸，把浑身都冒着粉红的小人儿搂在怀里细密地亲，低声哄道："好了，宝宝不哭了。"

翁雨本来就像块小棉花糖一样，再委屈也凶不起来，只能抓着他的手臂呜咽着说："我等会要穿的那条伴娘裙是露肩的，我现在身上是不是全都是印子……"

作为帝国理工的高才生、为人师表的傅老师低头瞥了一眼她雪白的肌肤上那醒目的几片红，最后决定睁着眼睛说瞎话："没有，还好，不打紧。"

小白兔表示不太相信："真的吗？"

傅郁沉默了两秒："不过，宝宝，你如果有带别的裙子的话，最好还是换一条，毕竟你这么可爱，我怕你等会穿露肩小裙子会压了陈涵心的风头。"

翁雨愣了愣："啊？会吗？"

"会的。"大魔王一边帮她抹眼泪，一边循循善诱，"这毕竟是别人的婚礼，作为新娘子的心心肯定是希望自己才是最好看的那个。你皮肤这么白，还穿露肩小裙子，那其他人到底是看你还是看她呢？"

小白兔想了想觉得自己的男朋友说得好像很有道理的样子，决定把自己打扮得别那么出挑，老老实实地把风光都留给陈涵心："那好，还好我还备了一条同色系不同款的伴娘裙。我穿那条吧，那条稍微保守一些。"

大魔王心里的一块石头落了地，神色淡定地亲了亲她的额头："宝宝真乖。"

可怜的小白兔浑然不觉自己又中了圈套，还觉得自己特别懂事。

—

郑韵之和穆熙是婚礼当天早上才到的，他们本来想早点到，结果因为郑韵之要去巴黎担任一个非常重要的时尚秀评委，实在推不掉，所以整个行程都安排得很赶。

她连轴转了好几天，从早忙到晚，觉也没有睡饱，还在一个星期之内飞了两次远距离长途，本来就有点儿暴躁。偏偏身边这只河豚还竟要给她添乱，从飞机上下来之后，一路上都在说她在飞机上多看了一个为他们服务的男空乘好几眼。

"穆熙。"进了屋子，她指着他劈头盖脸地就开始骂，"我警告你，你再给我多唠叨一句，我立刻就让心心给我安排一间别的屋子，你自己睡。"

穆熙放下了行李箱，神色淡淡地抱着手臂看着她："那你先告诉我你为什么要看那个男空乘？"

她都无语了："你有病？我看他只是想麻烦他帮我倒水而已！"

Live董事长丝毫没有意识到自己此时此刻说出来的话是多么匪夷所思的小心眼："除了喊他帮忙倒水之外，你还多看了他三眼，我都给你记着了，你是不是觉得他和Louis长得很像才多看他几眼的？"

郑韵之不得不在心里说一句大哥你真是好眼力，她确实是觉得那个高大英俊的男空乘和Louis简直长得有七八分相似，尤其是笑起来，简直是一模一样，要不是碍于他在场，她绝对会拿出手机偷拍那个男空乘儿张发给Louis本人瞧瞧。

"没有。"她心里想着河豚了不得一语道破天机，嘴上还是很硬，"你真的是想多了，是不是你自己觉得人家长得帅，所以看人家很多眼，却非要赖在我头上？"

穆熙都给她气笑了，这时大步朝她走了过去，一把拽住了她的手臂就往浴室的方向拖。

"你要干吗？"郑韵之警惕地盯着他。

他侧头看了她一眼："洗澡。"

"你确定你只是想要洗澡而已？"

她被他扯进了浴室，眼睁睁地看着他开始脱衣服，边脱，他边对着她露出了那种马上要将她一口生吞进肚子里的表情。

"你说呢？"他脱下了自己的上衣，露出了自己精壮的上半身，"如果你想做点别的，我也可以奉陪的。"

郑韵之头都大了："大哥，我们才刚飞了十几个小时的长途。"

—

单叶和戴宗儒是最快准备好参加婚礼的那一组，这次来大溪地，单叶特意把两个胖小子都扔给了自己的爸妈，高高兴兴地脱离了两个拖油瓶，和戴宗儒过一下难得的二人世界。

他们俩整装待发之后，单叶提出要去叫封夏、郑韵之和翁雨一起去婚礼的场地，戴宗儒心里猜测人家那几对可能都还在忙活着，劝了她好几次，她都不听，执意要去，他也只能由着她。

一路上，单家豆丁都在嘀嘀咕咕的："都这个点了，他们还能忙什么呢？应该衣服都早就穿好在化妆准备出门了，等会夏夏要表演唱歌，小飞侠和之之还是伴娘呢。"

戴宗儒心里想着你可能是对你朋友们的男人都有一些误解，有这几个男的在，你的朋友们还能不被拖后腿吗？

　　离他们住的地方最近一些的是司空景和封夏，走到他们屋子的门口，单叶抬手按了下门铃，过了好一会儿，门才被打开来。

　　来开门的人是司空景。

　　他身上穿着一件白T，下面是一条宽松的牛仔裤，似乎是刚刚才匆匆忙忙套上去的。娱乐圈天王的脸上此刻透着一股子满满餍足的气息，戴宗儒和他对上一眼，就知道他刚刚在干什么了，忍着笑侧过了头去。

　　"夏夏呢？"单叶看着司空景，"你们还不去准备晚上的唱歌吗？"

　　司空景单手撑着门："她在洗澡，洗完澡还要化妆穿衣服，估计还得要一会儿。"

　　单叶望着他："哇，你们俩动作也太慢了吧。"

　　司空景淡定地回答："下去游了会泳，耽搁了。"

　　离开了他们这栋，单叶拉着戴宗儒继续前往翁雨和傅郁的别墅。

　　"戴宗儒。"单叶边走，边在琢磨，"夏夏和司空怎么一下飞机还有力气下海游泳呢？"

　　戴宗儒心想你真的是太天真了，嘴上含糊地应着："他们俩都是这么专业的艺人，身体素质都很好的。"

　　到了翁雨他们那栋，单叶敲了敲门，来开门的人是傅郁。

　　傅老师看到他们俩温文尔雅地笑了笑，然后做了个"嘘"的动作，把声音压得很低："小雨还在睡。"

　　单叶晕了："她是树懒嘛？咋还在睡。"

　　傅老师面不改色："昨天坐飞机累着了，你们先去吧。"

　　单叶到了这会儿，总算是品出哪里有些不对劲了，她拽着戴宗儒来到郑韵之那栋，敲了三次门，里面都毫无回应。

　　在她要敲第四次的时候，戴宗儒终于忍不住，拉着自己一脸蒙的老婆往回走："行了行了，别敲了，跟你说了人家都在忙呢。"

　　"忙什么？"

　　戴宗儒侧头看了她一眼："忙着你昨晚挠我的事儿。"

　　单叶："……"

　　这些男的都是魔鬼吗！！！

　　一

　　好不容易等到婚礼前，这些人都成双成对地出现在了小型婚礼的现场，单叶看到司空景他们几个男人的眼神充满了惊恐和嫌弃。

　　陈涵心已经在休息室里穿着昂贵又精致的婚纱等着开场了，看到郑韵之和翁雨进来，她脸上顿时露出了一副"我就知道"的表情："还好不需要你们俩帮什么忙，就只是陪我一起走上台而已，不然我等到天黑都等不来你俩。”

郑韵之暴躁地拉了拉自己的裙摆：“你说怪谁，我真想拿根针把那只河豚给直接戳破。”

“对不起啊心心！”翁雨抱歉地冲她噘了噘嘴，“来晚了。”

“没事儿。”陈涵心的眼珠子在翁雨的身上转了一圈，“你怎么把之前你给我看过的那条小裙子给换掉了？那条露肩的不是很好看吗？”

翁雨一怔，刚想说话，她身边的郑韵之直接就轻轻地拉了一下她的领口，往她脖子下面看了一眼，松了手“啧啧啧”地道：“傅老师是假衣冠真禽兽啊！”

陈涵心也秒懂：“原来如此。”

翁雨想说“不是这样的”，却被郑韵之直接打断了：“你别信傅老师的那套说辞，他说什么都是在坑你。”

翁雨：“……”

那边的新郎休息室里，柯印戚正在落地镜前打领结，回头看了一眼姗姗来迟的穆熙和傅郁，语带嫌弃：“你们俩干脆还是别来了。”

要不是因为司空景和戴宗儒都结婚了，他才不要叫这两个一肚子黑水的同类当他的伴郎。当然陈涵心也曾兴致勃勃地提议过要不要叫孟方言来当伴郎，被他一口回绝——开玩笑，那大家到底是看他还是看孟方言？那家伙一出来整个场子的臊气值都飙升了。

穆熙今晚为了装正经，还特意戴上了一副眼镜，看起来更是增添了几分斯文败类的气息。而傅郁本来就是那种极度俊秀温雅的美男子，就算不说话往那儿随便一站，就能让人立刻感觉到春风拂面。

柯印戚打完领结，回过头看着他们俩，冷冰冰地说：“等会我只需要你们当工具人，不需要你们散发身上的魅力。”

穆熙大方地说：“我今天不跟你计较。”

傅郁微微一笑：“新郎官最大。”

-

很快，婚礼仪式正式开始，这本就是一个极其私密的小型婚礼，场下的观众除了陈渊衫严沁萱夫妇、柯轻滕尹碧玠夫妇，就只有戴宗儒夫妇和孤家寡人前来的俞奕伦。

司空景和封夏作为新娘子钦点的开场表演嘉宾，两个人携手演唱了一首《不曾》。陈涵心在后面挽着柯印戚的手臂听着他们的歌声，差一点点都要被他们唱哭了。

这真的不能怪她太感性，实在是因为这两个人唱得太好听，人也太般配登对了啊！

郑韵之知道她可能会垮，在她身后拼命掐她的腰：“陈涵心，稳住，你马上就要上台了，别哭！男儿有泪不轻弹！”

她努力地把自己眼睛里的泪花逼退回去，吸了吸鼻子：“本公主才不是男儿！”

等司空景和封夏下台后，随着悠扬动人的背景音乐，柯印戚和陈涵心慢慢地从侧面上了台，郑韵之、翁雨还有穆熙、傅郁分别走在他们两个的身后，六个俊男美女简直就是整座岛上最靓丽的风景线。

坐在下面的俞奕伦这时忍不住拍了拍身边戴宗儒的肩膀："戴医生，你们这群发小闺密团男男女女个个都长得这么好看，找的对象也好看，给不给别人留活路了？其实我是想说，还有没有单身的温柔小姐姐能给我介绍一个的？记住，要温柔的，不要你家豆丁这样的火箭炮。"

戴宗儒压低了声音："据我所知，全部不是已婚就是有主了。"

俞奕伦表示很遗憾："好吧。"

虽然他也不缺女朋友，但是，他还是没能像这些人一样那么幸运，可以找到自己的真爱。

只希望属于他的那位真爱能够快点到来吧。

而和他同样落单的还有另外一位，这时神不知鬼不觉，压根不知道他是从哪儿冒出来的，突然就出现在了单叶左手边的空位置上。

单叶被他吓了一跳，差点叫出声来："战神？"

孟方言今天难得穿了一套正儿八经的黑色西装，但这家伙也没打领带和领结，领口就这么随意地敞开着，整个人没个正形似地斜靠在椅背上，肆无忌惮地散发着自己的荷尔蒙。

孟方言冲她笑了笑："豆丁小姐。"

饶是单叶这位有两个孩子的妈，看到这么一个惊天动地的大美男，都忍不住吞了口口水，拿手臂撞了撞戴宗儒的胸膛："战神真的好帅，难怪心心每次说到他都一脸花痴。"

戴宗儒摇了摇头："我也算是能理解柯印戚为啥每次听到心心提起他的名字就一脸不高兴了。"

孟方言，男性公敌是也。

台上的陈涵心也瞟到了此时突然出现在台下的孟方言，这厮留意到了她的目光，竟然勾着嘴角，冲着她眨了下眼睛。

陈涵心被煞得差点就在台上背过气去，连婚都不想结了。

柯印戚本来就全神贯注在她的身上，自然也知道下面那个不要脸的又在撬他墙角。柯大少爷这时直接一把过了旁边神父的话筒，面无表情地对着台下的孟方言道："你信不信我立刻就把你踹下海？"

孟方言耸了耸肩，一脸无辜："大喜的日子，少爷你火气别那么大嘛。"

大家都笑得不行，柯印戚臭着脸把话筒还给了可怜的一脸蒙的神父，低头看着自家的小公主，认认真真地盯着她的眼睛道："你不许再看他了。"

陈涵心忍俊不禁："好了，我不看他，只看你。"

大少爷这才高兴了一些。

慈祥的神父郑重地宣读了祝福的誓词，翁雨在神父说到一半的时候就已经哭得一塌糊涂，傅郁连拦都拦不住。而刚刚掐着陈涵心让她不要垮的郑韵之自己倒先垮了，豆大的眼泪直接大滴大滴地从眼角滚落了下来。

穆熙始终在旁边留意着她，这时细心地拿出了早就已经备好的纸巾，悄悄地塞进了她的手心里："就知道你会哭，所以提前给你备好了。"

她接过纸巾抹了抹自己的眼角："该死，我怎么现在变得这么感性？都是被你带坏的，我以前可不是这样的。"

当时柯印戚求婚的时候她已经泪崩过一次，也从心底里把陈涵心托付出去了，想着这次办婚礼她应该不会再哭了。可是没想到，只要一看到陈涵心穿着洁白的婚纱一脸幸福地站在那里，她的泪腺就发达到不行。

即便她自己也已经圆满了自己追求的梦想，不需要再羡慕别人，但是看到自己最要好的闺密这样幸福地嫁做人妻，她还是感到非常动容。

穆熙好脾气地笑了笑："行，我带的，怪我。"

很快，柯印戚和陈涵心在神父的引导下说完了彼此的誓词。陈涵心原本想着自己今天不能哭，一定要立一回坚强的人设，可到最后还是没能忍住，在柯印戚说"我愿意"的时候掉了眼泪。

从此以后，真的是一生一世一双人了。

无论会遇到多少艰难，多少困苦，多少风浪，她都将会和面前的这个男人携手与共。

她的人生，从最开始就是他——从牙牙学语的儿童，到渐渐出落成亭亭玉立的少女，他都从未离开过她半步。

而现在，依然是他——他又将陪伴她开始一段崭新的旅途，陪着她成长为一个好妻子、好妈妈。

而未来，也会是他——无论多少个日落黄昏，他都会陪着她，直到他们双双离开人世。

她曾经一度觉得，最美的爱情也不过是如此，就像他们的父母一样，相知相爱相守，从未有过一刻后悔选择过彼此。

而今天，她也拥有了这样的幸福，能够和她最爱的男人一起，谱写属于他们一生的情诗。

当神父在说你现在可以亲吻你的新娘的时候，台下的人都开始欢呼了起来，尤其是孟方言，口哨吹得比谁都响。

柯印戚搂着她，然后低头朝她吻了过来。他的吻头一次没有带上一贯的霸道和强硬，而是出奇地温柔和耐心，这种温柔里甚至还透露着一股子虔诚，反而让她更有想哭的冲动了。

在大家的欢呼声中，他微微退开来一些，用只有他们彼此才能听到的声音贴在她的唇边对她说："我终于可以名正言顺地当你的王子了。"

你小时候的梦想，我现在全都已经帮你实现了。

从此以后，你依然会是这个世界上最骄傲又幸福的小公主，昂首挺胸往前走，因为我会一直疼你。

她看到，他的眼睛里有温柔的笑，还有最浓郁的爱。

而此刻的台下。

陈渊衫搂着已经哭得快上气不接下气的严沁萱，不断地亲吻着她的额头："好了，老婆，你哭什么呢？女儿那么幸福，你难道不应该感到高兴吗？"

严沁萱抽抽噎噎的："高兴啊！就是因为太高兴了，才忍不住要哭的嘛。"

陈渊衫这时叹了口气，无奈地笑了："你这样让我的自尊心有点受挫啊，当年我在G镇给你准备的那套一顾倾人城，再顾倾人国的版子，你是不是都忘了？看到印戚这套你却那么激动？"

严沁萱看了一眼自己的丈夫，强烈的求生欲使得她立刻猛摇头："没有，没人能超越你！"

"是吗？"陈渊衫眯了眯眼，"那等会回房间，你再好好给我说说你当年有多么感动吧。"

"行。"她被偶尔流露出孩子气一面的丈夫逗得破涕为笑，"我慢慢给你描述。"

哪怕已经一起走过了那么多年，她都永远不会忘记那天，这个男人站在江南小镇的黄昏里，给了她风景如画的爱和倾心不怕晚的一生期许。

另一边，尹碧玠和柯轻滕的画风却和严沁萱这边截然不同。

两人以同样一个姿势抱着手臂看着台上的儿子和儿媳妇，脸上甚至都没什么表情。

尹碧玠："我刚刚看到你笑了，难得啊！你也不是对你儿子完全没有一点儿感情嘛？"

柯轻滕："我笑是因为可算是养大，可以把他扔出去别再碍眼了。"

尹碧玠："倒也不必。"

柯轻滕这时放下了手臂，将她的手握在了手心里，转过头看着她："等你在这儿待腻了，要不要再去一次特隆姆瑟？"

特隆姆瑟是挪威北部的城市，极寒，可是却有人络绎不绝地前往，因为那里是可以看到极光的地方。

曾经在那里，他用世界上最罕见的五块石头给她打造了一枚求婚戒指。这枚岩石戒指就像他们两个人之间的感情，不奢华也不浮夸，却是见证着他们走入彼此的世界、相交相容，再也无法脱离彼此的印证。

"好啊！"她扬起了唇角，"儿子都结婚了，我们也老了，是时候再去一次了。"

毕竟某人一直宣称儿子的求婚远不如他，她知道他就是想在她的面前再耀武扬威一下。

柯轻滕这时握着她的手，抵到自己的唇边亲了亲，嗓音都低柔了下来："你在我的心里，永远都不会变老。"

一如初见，一如当年。

你是黑暗中唯一的光亮，为我停留，引我前行。

我的世界，早已为你落幕。

番外七 ◎战神和死神

陈涵心在和柯印戚结婚四年之后，终于实现了自己心心念念的梦想。

柯璟汐小朋友已经两岁多了，小朋友活泼得不行，胆子又大又有自己的主见，也不用他们整天跟在屁股后面操心看着照顾了。于是，柯印戚趁着这次正好要去英国那边处理点事情，把女儿托付给了严沁萱他们照顾，带着陈涵心一起去了。

而更凑巧的是，柯印戚要处理的这件事，和孟方言搭上了点关系。孟方言知道陈涵心一直非常向往去一次Shadow的总部，所以特别提出这次他们来伦敦，他可以向上级请示，开VIP权限带他们去Shadow的总部里瞧一瞧看一眼。

也因此在上飞机之前，陈涵心就已经激动得不行，她一晚上都因为兴奋没睡好，就算不说话，她整个人看上去也是眉飞色舞的。

柯印戚看得心里不高兴极了，冷冰冰地对她说："你就那么高兴吗？"

她试图做一下表情管理："那倒也没有。"

他看了她几秒，故意道："刚刚孟方言跟我说……"

她的两只耳朵瞬间全都竖起来了："战神说什么了？"

柯大少爷整个人都快不好了："陈涵心，你是我的老婆，也是我们女儿的妈妈，能不能别一谈到别的男人就两眼放光？"

陈涵心忍俊不禁："你怎么还在吃战神的醋？人家都已经有静爷了啊！"

孟方言在参加完他们俩的大溪地婚礼后没过多久就遇上了自己生命中唯一的挚爱祝静，祝静是一位优秀的女医生，人长得又美又飒，性格又很酷。两个人因为孟方言的卧底任务相识并坠入爱河，后来纠葛了两年终成眷属，实在是人间绝配。

"我怎么能不吃他的醋？"他眼帘低垂，"每次你一提到他，就会让我觉得我不是这个世界上最厉害的人了。"

"在我心里，你就是最厉害的。"她立刻给自己的老公顺毛，"你才高八斗，身手敏捷，无所不能，天下无双。"

除了孟方言之外。

陈涵心在心里小声地补充了一句。

—

很快，他们落地伦敦后，孟方言亲自开了车过来接人。

孟方言成家之后，出外勤的次数以肉眼可见的频率减少了。据他说，原本有了家庭，他是想早点退役的，但是因为他的存在实在是对穷凶极恶的罪犯们构成了巨大的威胁，Shadow在短期之内还没有办法立刻培养出一个像他这样的人，所以L和他讨价还价最终达成了共识——他答应再在Shadow干五年，顺便培养他的后继，但是出外勤的频率得至少减少三分之一。

"我老婆今天特意向医院请了假，在家里下厨招待你们。"路上，孟方言在前座开着车，从后视镜里对他们笑，"她厨艺很好的。"

陈涵心立刻说："好的，真是辛苦静爷了！"

原来这么一个看上去很多情、实际上相当薄情的男人，也会露出这样真情实意的笑容啊！

她忍不住在心里感叹。

爱情真的是这个世界上最玄妙的化学方程式。

柯印戚倒是无感，直接冷冰冰地回了一句："她不是怀孕了吗？你怎么还让她下厨？"

孟方言八风不动："我老婆是女超人，压根没觉得怀孕是什么大事儿。我要是像你对小公主这样管头管脚地对她，她指不定该怎么胖揍我，她会觉得我看不起她的。"

陈涵心听完，转过头看向柯印戚："战神的意思是不是觉得你看不起我？"

柯印戚恨不得把孟方言那张该死的嘴给缝起来："你别听他胡扯，他自己没时间照顾老婆，所以他老婆只能自力更生，不像你有我宠，做我老婆才幸福。"

孟方言在前面哈哈大笑。

到了他们家，还没进门就已经闻到了从厨房里飘散出来的香味，孟方言带着他们进屋，听到动静的祝静连忙从厨房里走了出来。

"老婆。"孟方言立刻迎上前，当着他们的面，搂住祝静的肩膀，温柔地亲了她一下，"我们回来了。"

"心心，柯少爷，你们好。"

祝静现在怀孕五个月，因为她人瘦，穿着宽松的裙子，不仔细看还真看不出来她怀孕。

饶是陈涵心这样平时被诸多美女帅哥洗眼睛的人，也忍不住要感叹一句——祝静真的是太美了！黑发如瀑，肌肤赛雪，身材又好，难怪能把战神都给俘虏了啊！

"静爷，辛苦你啦！"陈涵心连忙上去拉住她的手，"我来帮你一起吧。"

柯印戚在后面立刻紧跟了一句："宝贝儿，你能帮得上她吗？"

据他所知，他们家小公主的家务能力几乎为零。

陈涵心不乐意了，冲着他不满地噘嘴："你别拆我台啊！"

祝静笑了，拉着陈涵心的手对柯印戚说："没事的，只是一些很简单的小事情，心心肯定可以帮上忙的。"

陈涵心："就是！"

柯印戚看着她们俩走进厨房，不放心地在后面跟了一句："有什么问题随时叫我。"

孟方言看不下去了："柯印戚，你到底是当老公还是当保姆呢？"

柯印戚："要你管。"

很快，祝静和陈涵心就端出来了一盘盘精致的菜，四个人围在桌子旁边大快朵颐。饶是柯印戚这样的冷颜小王子，也给了祝静一个大拇指表示她确实是好手艺。

孟方言身后的尾巴差点要翘到天上去了："怎么样，我老婆是不是世界第一？"

柯印戚瞥了他一眼："别蹬鼻子上脸。"

孟方言话痨模式全开，托着腮帮，笑得眼角生花："我老婆不仅貌美如花，还能行医救人，又能下厨做饭，而且还技艺了得……"

说完最后一句，他被自己老婆一个巴掌直接拍在了下巴上："你给我闭嘴，吃饭。"

令罪犯们闻风丧胆的战神同学立刻乖得像只小狗似的选择低头吃饭。

一

下午，柯印戚和孟方言出去办了一趟事，陈涵心在家里和祝静聊天。等他们办完回来，便接了陈涵心去参观Shadow总部。

陈涵心一路上差点连坐都快坐不住了，非得要柯印戚强搂着她才能不那么兴奋地动来动去，孟方言在驾驶座看得直笑："小公主，我看你结婚的时候都没那么激动啊！"

顶着旁边柯印戚冰冷的视线，她没有办法点头说是，只能假笑道："两件事都让我很兴奋。"

开玩笑，结婚固然快乐，但这一辈子能够去一次电影里才能看到的那种酷炫的特工总部参观，可不是每个人都能实现的梦想啊！

孟方言把车停在了一个露天停车场，然后带着陈涵心和柯印戚在街角小巷里七拐八绕。柯印戚以前也从没来过这儿，蹙了蹙眉道："孟方言，你别是要把我们俩卖了吧？"

孟方言头也不回："小公主还能卖个好价钱，谁会要你啊？买回去替换冰箱吗？"

柯印戚："……"

陈涵心："哈哈哈哈哈哈！"

难得能够遇上人可以把柯大少爷怼没了，长期被压迫的陈涵心可太高兴了。

等他们到了一个公共洗手间的门口，孟方言递给了陈涵心一张精致小巧的黑色卡片，然后低声对她说："这是Shadow总部的其中一个入口，等会你要去女洗手间最里面的那间隔间。如果有人，你就等着，一定要等到最里面的那间。进去之后，在你左手边的墙壁上，找到从左往右数、从下往上数的第六块瓷砖，然后用这张卡轻刷一下，墙壁上会出现一扇暗门。进去之后把暗门关上，顺着楼梯一直一直往下走，走到底，我和柯印戚会在那里等你。"

陈涵心认认真真地把孟方言的话记在了心里，点了下头："我记清楚了。"

柯印戚还是不放心，又仔仔细细地叮嘱了她三遍，才被已经听烦了的孟方言反手拽进了男洗手间。

陈涵心深吸了一口气，走进了女洗手间，庆幸的是这个时间段厕所里竟然没有人，她走到最里面的那间，按照孟方言说的，找到那块瓷砖后用黑卡刷了一下，三秒后，真的有一道小小的暗门从墙壁上弹了出来。

她激动疯了，立刻弯下腰钻了进去，然后关上门，顺着前面的楼梯往下。

原本还是狭小黑暗的空间，在她往下走了五分钟的楼梯后，一下子变得陡然敞亮起来，孟方言和柯印戚已经在楼梯口等着她，见到她过来，孟方言立刻冲她比了个大拇指。

她兴奋地拉着柯印戚的手，跟着孟方言一路向前，最开始从那扇暗门进来的时候，她压根没有想到过，原来地底下的空间可以这样广阔——整个Shadow的总部仿佛一个偌大的中央广场，数不清的巨大的像白色光柱一样的长灯从顶端垂落下来，每一个部门都分散在不同的区域，忙碌着各自的事情，四周都是穿着黑色制服的特工在走来走去。

"我的天哪……"

一路上，她最起码说了有不下二十次这句话，抓着柯印戚的手快把他给抓破皮了，"我的妈呀，这简直比电影里还要酷炫，我等会回去就要给之和小飞侠打电话，她们都得羡慕死我了。"

孟方言知道她好奇，特意耐心地在每一个地方都停留了一段时间，想让她看个过瘾，陈涵心连路都快走不动了……

所有一切的幻想，在这里，全都变成了现实。

到最后，她都快激动哭了："我真的好想在这里工作，就算让我在这儿扫厕所都行。"

柯印戚："只要我活着，那就不可能。"

孟方言大笑："小公主，在我们这儿的保洁阿姨和保安大叔，也至少会使用三种以上的武器，通过好几项考核，毕竟这个地方实在是太隐秘特殊了。"

小公主泪崩了，她竟然连在这儿扫厕所的资格都没有！

逛了不知道多久，甚至孟方言都特意让陈涵心去试了一下那个腾空滑板之后，她总算是有点儿逛累了。

"过瘾了吗？"孟方言笑眯眯地问她。

她拼命点头，目光里全是不舍："我以后……还能不能再来一次？"

这样的地方，来一万次，感觉都不嫌多。

孟方言看了一眼柯印戚，点了下头："在我在役期间，我可以再帮你争取一次。但是等我退役之后，可能你就得靠少爷和我的后继搞好关系了。"

"后继？"陈涵心愣了一下，"你已经找到后继了吗？"

"是的。"

说到这个，孟方言脸上的表情都轻松了起来："托他的福，我甚至可以提早两年退役，早点回去当家庭煮夫陪我的老婆孩子。"

陈涵心立刻提起了兴趣，当时孟方言说过是因为找不到后继所以才得继续在Shadow出生入死五年，可现在突然就找到了——这个世界上难道真的存在一个人可以当孟方言的后继，成为第二个战神吗？

孟方言这时低笑了一声："他今天正好没出外勤，想见见他吗？"

没等柯印戚发声，她立刻点头如捣蒜。

孟方言边带着他们往广场的深处走，边拍了拍柯印戚的肩膀："不好意思，又莫名给你增加了一个情敌。"

柯印戚恨不得当场把他给毙了："滚。"

到了广场深处的一间像实验室一样的地方，隔着偌大的落地玻璃，他们看到实验室里面坐着一个穿着灰色兜帽衫，身材瘦高的男孩子。

之所以说他是男孩子，是因为他的年纪看上去要比他们都小上好几岁。他的面容相当英俊，墨黑的头发下，是一双深邃漂亮的眼睛、挺直的鼻梁和薄薄的嘴唇。

光这么远看着他，他都给人一种很疏离的感觉。但是他的那种冷又和柯印戚的冷不太一样，是那种内敛的冷，这让他整个人都显得更加神秘了。

你会发现，即便你离他很近，你都很难触及他。

那个男孩子的面前此时摆着一台电脑，他前方的巨大荧幕上则不断地滚动着各种各样复杂的数据和代码，滚动的速度快得让人眼花缭乱。

"你说的后继，就是他吗？"因为这里很安静，陈涵心也特意压低了声音。

孟方言点了下头。

"他看上去年纪好小的样子。"

"是，他才刚满十八岁。"孟方言说，"他第一次跟我出外勤的年纪是十六岁。"

陈涵心看着这个英俊的男孩子："这么小……那他一定有过人之处吧。"

孟方言抱着手臂微笑了一下："他不仅外勤能力优秀，而且还是网络和技术领域的神话人物。"

柯印戚静静地看着里面的男孩子，过了一会儿，他说："孟方言，他会比你更出色。"

孟方言但笑不语。

陈涵心原本想说"战神哪有那么好超越的"，可是下一秒，她忽然听到自己已经根据孟方言的要求关闭的手机突然在口袋里震了两下。

她狐疑地将手机拿了出来，定睛一看，脸色陡然大变。

只见原本已经关机的手机这时竟然自己开机了，而更令人震惊的是，屏幕上却没有显示往常的桌面——纯黑色的背景之上，正轻轻闪烁着一行白色的字体。

"Hi, I'm Thanatos."

【你好，我是塔纳托斯（死神）。】

她大张着嘴，猛地抬起头朝实验室看去。

只见里面的男孩子不知道什么时候合上了电脑，正抱着手臂静静地看着他们。

他的目光里，闪动着浅浅的光泽。

滴答，滴答。

番外八 ◎ 钟声与终生

法国，巴黎。

郑韵之下楼的时候，天色才微微有些发白。

楼下看门的老爷爷老凯文正在喂猫，听到声音，转过头冲她笑了笑："又起那么早？"

"嗯。"她身穿运动装，长发扎了个蓬松柔软的马尾，"睡不太着不想勉强，干脆起来去晨跑。"

老凯文和她很相熟，知道她睡眠质量一向不怎么好，晚上她家的灯总是亮到很晚，早上很早的时候她又会第一个打开窗户。

这个中国姑娘性子坚强独立，隐忍又能吃苦，他总能在她身上看到自己年轻时的影子。

觉得欣赏，又觉得心疼。

她离开街区大约过了半个小时左右，一个年轻男人手里拎着一袋东西从对面街区的咖啡厅推门出来，朝老凯文的方向走去。

老凯文一边在看报纸，一边逗猫，直到感觉面前的光亮被阴影遮挡，才惊觉有人站在他的面前。

抬头一看来人，老凯文顿时又好气又好笑："你就不能缺席一天？"

"我们已经不算生人了吧。"

穆熙操着一口已经没有最初那么蹩脚的法语，在老凯文的面前半蹲下来。

本来围在老凯文脚边的黄白色相间的小猫儿，见到他，居然慢步走出来，用圆溜溜的脸颊蹭了蹭他的裤腿。

穆熙伸手揉了下小猫毛茸茸的头顶，又曲起两根手指，挠了一会儿小猫的下巴，弄得小猫舒服得眯起眼，喵呜叫了好几声。

老凯文认真地看了他一会儿，忽然说："你这样不累吗？"

他低垂着眼，用手逗着猫儿玩："不会有她累的。"

老凯文叹了口气："我真从没有见过你这样的人……"

"那你现在见到了。"穆熙这时微直起身，将手里提着的袋子交给老凯文，"谢谢你，凯文。"

老凯文连袋子都不用打开，就知道里面装着什么——郑韵之最爱喝的拿铁以及新鲜出炉的热气腾腾的面包。

只要他待在这里的日子，每天早上他都会送早餐过来，委托老凯文转交给郑韵之。

这个名叫穆熙的年轻人，老凯文其实对他并不了解。

起先，他总是来他们家楼下打转，老凯文还误以为他是什么心怀不轨的坏人，差点儿对他大打出手。还是穆熙在挨打之前，逼不得已坦白了自己过来的目的，老凯文才半信半疑地收了手。

自从那天之后，穆熙就开始和他搭话了。

有时候会给他的猫买猫粮和玩具，有时候会给他带点儿烟，甚至逐渐能用法语和他交流了。

他会趁郑韵之不在的时候过来，然后，在她回来之前离开。

他向老凯文打听关于郑韵之的一切，却连和她见上一面都不曾提起。

老凯文最开始以为这是什么最近很新潮的年轻人之间的恋爱方式，但后来常看穆熙的眼神，才逐渐品出了一丝滋味。

他不是不想见她。

是不能见，也不敢见。

"我明天就要回去了。"穆熙说，"国内有些事情需要处理，所以这次可能会有好几个月不能过来了。"

"回去得好。"老凯文和他开玩笑，"别整天来我跟前晃，我嫌烦。"

穆熙莞尔一笑："谢谢您一直帮我，您自己注意身体。"

"我得走了。"他这时抬手看了眼手表，"她晨跑该回来了。"

"……快两年了吧。"老凯文目光深深地望着他，"你这样，每隔几个月就过来待上一阵，持续了也快有两年了吧。"

"嗯。"他点了下头，"距离差点儿被您打断腿和您捡了芝士回来，也差不多是有两年了。"

芝士是老凯文收养的这只流浪猫。

老凯文："两年了，你还是不敢在这儿多留一分钟。"

穆熙敛了下眼眸。

老凯文："她有那么好吗？"

好到你如此珍视她，宁愿一直在她看不见的地方默默守着她，也不愿意上前惊扰她的生活哪怕一分一毫。

穆熙闭了闭眼。

"在我心里，不会有人比她更好。"

……

郑韵之在附近的街心公园跑了几圈，呼吸了新鲜空气，觉得失眠的难受稍微好转了那么一点儿。

她用毛巾擦着汗，穿过马路往家的方向走的时候，忽然远远看到，似乎有个人在楼下跟老凯文说话。

那人长得很高大，黑发白皮肤，好像是中国人。

因为距离有些远，晨光还不是特别亮，她有些看不真切。

但不知道为什么，她一看到那个背影，心跳就无端有些加快。

郑韵之总觉得这个背影，似乎是她所认识的那个人。

虽然她知道那个人是绝对不可能出现在这里的。

那是她小心翼翼地埋在心底最深处、不敢碰、不敢想，但却一直牢牢地占据着那个位置的人。

是她来了法国两年，将自己扔在忙到昏天暗地没有任何私人生活的节奏里，也怎么都忘不掉的人。

是她的所有恨。

也是她的所有爱。

她眼睛死死地盯着那个背影，不自觉加快了步伐。

距离街区还剩一个红绿灯的时候，有一辆大巴士从她的面前缓缓驶过。

等大巴士开走的时候，她却发现老凯文对面的那个人消失了。

她咬着牙，穿过马路，一路小跑到家楼下。

老凯文正坐在小矮凳上看报纸，见她回来，他熟练地伸手将放在旁边的那袋早餐递给她。

郑韵之接过早餐，站在原地往四处张望了下："还是房东太太送来的吗？"

老凯文似乎有些奇怪她会这么问："是啊，每天都是她，怎么了？"

她的目光落在四周经过的路人身上，却没有看到任何一个和他相似的人影。

"凯文。"她低垂下眼，"你刚刚有和人说过话吗？一个黑发白皮肤的男人……"

老凯文的眼神更奇怪了："没有啊！"

郑韵之垂在身边的手紧了紧。

她可能真的是太累了……已经累出幻觉了吧。

"快趁热吃早餐吧。"老凯文说，"房东太太过一阵会忙起来，不往这一片来，也就不能每天给你送早餐了。"

她点了下头："好。"

就在她转过身，慢慢准备往楼里走的时候，她忽然听到老凯文在她身后叫住了她。

回过头，巴黎的日光正在逐渐变得明亮耀眼起来。

在一地温暖的阳光里，她看到老凯文微微地冲她笑着。

"你要过得比谁都好，因为你被人深深地爱着。"

—

关于婚礼这件事，郑韵之和穆熙商量了很久，最终穆熙决定听从郑韵之的意见，不举办大型或者小型婚礼，而是去法国旅行结婚。

也就是说——不邀请任何长辈和挚友的加入，整个婚礼全程都只有他们两个人。

穆安朋和祝云虽然很想在国内为他们大办一场，但实在抵不过儿子的坚定；陈涵心和翁雨她们在得知郑韵之的想法后，也屡次表达过不满，但最终都被郑韵之给哄回去了。

回国后她和穆熙会分别请朋友和家人吃饭，但婚礼，她只想要他们彼此的参与。

郑韵之是个很特别的女孩子，所以总想做一些特别的事。

穆熙求婚后，俩人随意地找了个工作日的下午，跑去民政局领了证，然后买了第二天飞法国的机票。

这个国度虽然对他们彼此来说都已经万分熟悉，无论是当时纠葛时独自前来的岁月，还是后来穆熙带她来求婚的时候，他们都已经熟门熟路到极致。

但每一次来，都还是会有不一样的体验和感受。

落地后，两人直接驱车来到了以前郑韵之住的地方——后来穆熙找房东太太买下了那套房，所以这里也就成了他们在巴黎的家。

第二天一早，穆熙提前安排好的当地的妆发团队就过来敲门，开始给郑韵之化妆穿婚纱。

当郑韵之穿着她提前挑选好的洁白婚纱走到家楼下的时候，整条马路上的所有人几乎都在看她。

穆熙一身黑色定制西装，英俊得不似凡人。他原本正在和老凯文说话，但抬头看到她的那一刻，目光似乎都凝固住了。

原本就已经美到极致的婚纱在她的身上几乎发挥出了惊为天人的功效，毫不夸张地说，在星星点点的婚纱映衬下，她仿佛像一只纯白色的精灵公主。

就这么一动不动地盯着她看了好一会儿，他才抬步走到她的面前。

"新娘大人。"他的嗓音已然有些喑哑，"请问我可以牵你的手吗？"

郑韵之精致小巧的脸庞上布满了笑，她二话不说，便爽快地将手递给了他。

穆熙低下头，隔着她的白色纱手套，虔诚地亲了亲她的手背。

"郑韵之，谢谢你愿意成为我的新娘。"

穆熙安排好的摄影摄像团队都已就位，两人就这么穿着西装和婚纱在家楼下，和老凯文、房东太太以及郑韵之熟悉的一些街坊邻居其乐融融地拍了些照片和视频。

Louis和她在法国的其他朋友也都赶来了，合影时为他们送上了最美好的祝福。

虽然穆熙面对昔日情敌Louis，还是给不出好脸，直到被郑韵之拍了好几下背，才勉为其难地冲Louis说了声"谢谢"。

Louis笑眯眯地说："你是我在这世上最羡慕的人，因为你拥有她。"

穆–小心眼–河豚冷哼了一声："别羡慕了，自己赶紧去找一个吧。"

而后他们便带着团队上了车，一路往法国东北部一个名叫科尔马的小镇而去。

沿途看到好看的风景，他们就会下车，让影像团队给他们俩拍照和拍视频，所有一切都没有草稿和安排，全都随心而为。

或许是和一对遛着狗的老夫妻合照；或许是和路边的花草合照；或许是和一栋只是郑韵之

觉得很好看的花园洋房合照。

这是一场随意到极致的旅行婚礼。

没有观众，唯一的观众就只有他们彼此。

他们只要做原本的自己，只要做一对最快乐的新郎和新娘就好。

科尔马与德国隔着一条莱茵河，老城区内有许多保存完好的古式木构屋，很像那些我们耳熟能详的童话世界。

到了科尔马后，郑韵之和穆熙拍了些照和视频，便送走了影像团队，两人自己牵着手在小镇里漫无目的地闲逛。

"穆熙。"郑韵之轻轻晃了晃他的手，"我感觉，这里好像宫崎骏的《哈尔的移动城堡》里十九世纪末时，男主和女主邂逅的小镇。"

说完这话过了好几秒，都没听到他的回应。

她侧过头看他，发现某人一脸"你在说什么"。

她噗笑了一声："你都没看过那部动画片吗？！"

穆河豚一脸嗤之以鼻："动画片有什么好看的。"

顿了顿，他侧过脸，亲了下她的脸颊："有我的新娘好看吗？"

郑韵之搓了搓胳膊："你今天怎么那么恶心。"

这女人的嘴里就不能有一句好话，穆熙十分习以为常："大喜的日子，还不准我恶心一下？"

两人就这么一边磨着嘴皮子，一边又在小镇里走了很久，直到夕阳渐渐覆盖了整个城镇。

"穆熙。"

"嗯？"

"回去之后我们要继续好好赚钱，再来这儿买个房子。"

"为什么？"

"因为我喜欢啊！"

"好，你喜欢就买。"

走到河边时，穆熙忽然停下步子，将她轻轻地拥进怀中："新娘大人，能赏脸跟我跳支舞吗？"

郑韵之没有问为什么，直接笑吟吟地将手搭在了他的肩膀上。

他们就这么旁若无人地，慢慢地在河边跳起了舞来。

黄昏的余晖落在他们的肩头，给他们彼此都镀上了一层毛茸茸的金光。

很暖，很亮。

那是幸福的温度。

过了片刻，他忽然低下头，靠近她的耳边："郑韵之。"

她应了声。

"我很爱你，非常地爱你，从认识你的第一天到现在，从未停止过。"

郑韵之的眼尾瞬间有些发红，但她忍住了泪，微微翘起唇角："我知道。"

顿了顿，她叫他："穆熙。"

"嗯。"

"谢谢你，我现在过得很好很好，比谁都好，未来也会更好。"

因为从始至终，我都被你深深地爱着。

我想在这里买个房子，也是因为我想实现兹维塔耶娃写的情书——和你一起生活，在某个小镇，共享无尽的黄昏，和绵绵不绝的钟声。

我是那么爱你，所以我最大的心愿便是想和你共度终生。

余生很长，但我们一定会并肩走到终点。

番外九 ◎ 年少与少年

整个校园上下，几乎没有人不知道柯印戚和陈涵心。

这对长相、气质和成绩等各方面都远远出众的少男少女，从入学开始，便是落星的风云人物。

今年，两人还一举拿下了落星的男女形象大使，被大家戏称为落星金童玉女。

因为总被打包拿来谈论，其他同学也都会想当然地把他们俩凑在一块儿。

柯印戚性子冷，向来少言寡语，大家都不敢舞到他的面前，只敢在背地里默默地议论；陈涵心是班长，开朗外向，大家有时候跟她开玩笑，她始终都说他们俩就只是普通的发小关系而已。

她在心里也一直是这么认为的，直到大二下半学期的那天。

午休时，她刚好从教室出来，无意间往楼下一看，发现有一个其他班级的女生正在操场边和柯印戚说话。他好像难得心情还不错，听完那个女生说话后，竟然淡淡地笑了一下。

那一瞬间，她感觉自己的脑子里好像有根神经突然绷断了。

在她自己反应过来之前，她已经转向楼梯，飞奔下楼。

她一路跑到他的面前，连看都没看那个女生一眼，板着脸，一把拽着他的手臂就把他拉到了操场后面没有人的单杠区。

陈涵心跑得气喘吁吁的，站定后回过头，蹙着眉头问他："……那个女生，刚刚和你说了什么？"

柯印戚看了一眼她拽着自己的手，淡淡地说："在说他们今天和老师开的玩笑。"

她撇了撇嘴，语气禁不住变得凶巴巴的："有那么好笑吗？你冲着她笑得那么开心做什么？"

他似乎是感觉到了什么，沉默了几秒："你很不高兴我对她笑？"

她张了张嘴，刚刚因为跑得急而泛红的脸颊顿时变得更红了。

"为什么？"他这时朝她走近了一步，声音听起来又低又好听，"为什么不高兴？"

她刚刚满脑子的冲动，可真到了这个份上，她又有点儿想退缩了。

总觉得，她只要再多说一句话，他们之间所有的一切都会变得不一样了。

她始终放在心里犹豫的、彷徨的、不确定的、不敢细想推敲的……那些敏感的小心思，好像马上就要破土而出了。

是从什么时候开始，她只要看到他，就会觉得很高兴。

看到他对自己露出毫不掩饰的笑容，心跳就会变得很快。

当听到同学们对他们起哄的时候，她的第一反应不再是匆忙撇清关系解释清楚，而是一边观察着他的神色、一边半推半拒。

"嗯？"

少年的个头此时已经拔得很高，整个人的阴影完全将她笼罩在了里头，她闻到了他身上清冽的香味，觉得自己的心脏都快要跳出喉咙口了。

陈涵心有一瞬间，甚至想学会魔法——那样她就能凭空消失了。

"告诉我你为什么不高兴。"

柯印戚这时将自己的手臂一点一点从她的手掌中抽离，最后反手牵住了她的手。

"告诉我，我就只对你一个人笑。"

十指相扣的那一刻，她仿佛看到有绚烂的烟花在她的脑中轰然绽放。

她紧咬着唇，脸颊鲜红欲滴："我……"

"心心。"

见她一直欲言又止，他忽然低声唤她，"你知道吗？我从来没有一刻将你看作是我的发小。"

"我是那么地想要始终站在你身边的位置，我是那么地不想让你觉得我只是个年纪比你小的发小弟弟，我是那么地想要让你喜欢上我。"

"那么久了，你有看到我的努力吗？"

她张了张嘴，发现一向嘴硬的自己，竟然没有办法说出"不"字。

你我心知肚明，你所做的一切，都只是为了和我并肩。

不知道过了多久。

陈涵心低着头，从牙缝里小声地憋出来了几个字："……我看到了。"

因为从小都被当公主一样宠爱着，她的目光始终看着前方。

但不知道从什么时候起，她回过头，却发现她生活里的每一个角落，都已经被"柯印戚"这三个字填充得满满当当的。

从那一刻起，她就再也无法忽视内心汹涌的感情。

柯印戚冷峻的脸庞上，有一瞬间仿佛春风拂面。

下一秒，他伸出手，将她轻轻地拥进怀中。

安静的单杠区，只有温柔的风声悄然穿门而过。

"我也听到了。"他一字一句、温柔至极，"我也喜欢你。"

……

从单杠区出来后，两人一同去了趟老师办公室，拿期中考试的成绩单。

同往常那样，他们俩又毫无悬念地包揽了总成绩年级第一和第二。

从老师办公室出来回到教室，一进门，坐在陈涵心后桌的叶策就开始朝着他们吹口哨："真不愧是落星学神夫妇，又给我们班长脸了！"

其他同学也纷纷跟着起哄。

柯印戚照例一言不发，走进来默默地坐到自己的座位上，但不知道为什么，他的脸色看着却比平时显得稍微柔和了那么些许。

陈涵心走过来拍了拍叶策的桌子："大喇叭，你能不能闭嘴？整栋楼都听得见你说话。"

叶策一阵笑，笑完又说："心心，你俩到底啥时候官宣啊？我得提前准备好大红横幅！"

"我想好了，我在教室里贴一张，再在校门口贴一张！"

想到了刚才的事，陈涵心的脸颊微有些泛红："……蠢蛋，贴你个鬼。"

就在这时，一道低冷的声音突兀地响起在教室的后方："那你可以开始贴了。"

原本教室里还闹哄哄的，但当这句话落地后，整个教室一瞬间变得鸦雀无声。

比"老师来了"还好使。

所有人都猛地转过头朝坐在教室后排的柯印戚望去，只见柯大少爷扔完惊雷，从桌肚里拿了一样东西出来，淡定地从椅子上起了身。

在陈涵心面红耳赤的注视下，他信步走到她身边，将手里的酸奶递给她，而后自然地抬起手揉了下她的头发。

而后，他垂眸看向陈涵心后桌已然张着嘴呈石化状的叶策："择日不如撞日，就今天吧。"

"……"

三秒后，整个班级都沸腾了。

—

"……你知道吗？那天后来叶策回到家，发现他下巴脱臼了。"

从超市出来后，陈涵心挽着柯印戚的手臂，一边走，一边津津有味地在跟他说当年高中发生的事。

柯印戚也听得饶有兴味，难得脸上都挂着笑："真的？"

"千真万确！"

她每每想到这件事，就笑得前仰后合，"他晚上从医院给我打电话，一边哭一边笑，话也说不利索，还在那抱怨他迟早有一天得死在你手里。"

"跟我有什么关系？"

"谁让你平时一句话都不说，整天板着张脸唬人，然后突然就扔个重磅炸弹把他们吓到心梗，一点心理缓冲都不给他们。"

那天后来整个班级几乎都进入了狂欢的状态，老师进来的时候都吓了一大跳。等下午第一节课上完，整个落星都知道这件事了。

她记得很清楚，等放学的时候，她和柯印戚一起从教室里走出来，几乎每个人看到他们，都满脸堆笑地冲着他俩说"恭喜恭喜"。

简直是盛况空前。

陈涵心毕竟脸皮薄，从五楼走到四楼的时候，就已经扛不住了，直接躲在柯印戚的身后装死。

而柯印戚千年难得耐心爆棚，居然冲每个祝福他们的同学都说了声"谢谢"。

虽然在那天之后没过多久，她又开始患得患失想得太多，变回了别扭的陈涵心，直到上了大学也不肯给柯印戚一个公开的名分。

但幸好两个人这么吵吵闹闹，他最终还是让她勇敢地从自己的龟壳里钻了出来。

"啊！"

一路走到停车场，陈涵心忍不住转了个圈，感叹道，"年轻真好！"

一眨眼，他们俩都已经在一起、结婚了那么多年，连女儿柯璟汐都已经长这么大了。

最近，看到少女模样的柯璟汐，她总是会想起以前他们念书那会儿的事情，想起那个时候还带着稚嫩和青葱感的少年柯印戚，然后反反复复地拿出来和他说。

"现在不好吗？"柯印戚替她开了她那边的车门，"你现在也年轻。"

陈涵心坐上车，撇了撇嘴："我想重新回去念书。"

"既然这样。"

柯印戚将在超市买的东西放在车后座，上了驾驶座，侧目看向她，似笑非笑的，"晚上汐汐的功课，要不换你来帮她看？"

陈涵心立马装死："……我才不！"

她是想回到自己年少的时候，想再看看少年时候的他，又不是为了回去读书考试！

柯印戚抵着唇低笑了两声，替她系好安全带，发动了车。

超市离家不远，等快要到家的时候，正在开车的柯印戚眼睛一眯，忽然将车速放缓了下来。

"怎么了？"陈涵心本来在闭目养神，这时感觉到了车速在降，便睁开了眼。

柯印戚抿了下唇，冲左前方的方向抬了下下巴，语气不太好："你女儿在那。"

她顺着他锐利的视线看过去，发现柯璟汐正站在他们家小区外头的一家甜品店门口，她身边还有个瘦瘦高高的男孩子。

"哇！"陈涵心立刻挺直了背脊，满脸精神。

柯印戚干脆把车往旁边能停的地方一靠，熄了火，抱着手臂一动不动地看着那边。

只见柯璟汐漂亮的小脸皱成一团，似乎正在闹别扭，而她身边的男孩子则低着头，耐心地跟她说着什么。

"柯印戚。"她边看，边重重拍了拍他的手臂，"那小伙子长得好帅啊！"

你别说，那小伙子的眉眼，她越看，越觉得跟少年时候的柯印戚有点儿相似。

放在学校里，绝对是妥妥的校草牌。

"我已经看到过他好几次了。"她看着不远处的少男少女，一阵眉飞色舞，"之前他送汐汐回家，被我在门口撞见过。"

柯印戚没说话，脸却变得越来越黑。

与此同时，陈涵心亲耳听到身旁的柯印戚手指关节发出来的"咔咔"声响。

眼看她家护女心切的柯大少正准备下车揍人，她一把抱住了他的手臂，又好气又好笑地说："柯印戚！你能不能自由民主一点！"

柯印戚眯了眯眼："等我揍完那小子再来谈民主。"

她抬手捏了下他的耳朵："你怎么不说你也拼命拐骗我呢！"

柯印戚："那不一样。"

"哪里不一样了！"她看着他，"况且，你早就开始预谋长大以后要对我图谋不轨了！你岂不是更吓人！"

被戳中心事的柯大少顿时没了声儿。

"不过。"陈涵心这时忽然话锋一转，"被你拐骗的感觉，其实还挺不赖的。"

她脸皮薄，那么多年了都鲜少说几句情话，柯印戚刚开始听得一怔，过了几秒，眼底的温柔几乎要满溢出来。

"柯印戚。"

她望着他，目光中带着深深的笑意，"如果还有下辈子，我希望我依然能早点在你的身旁陪着你了。"

他眸色一动，忍不住低下头亲吻了一下她的眉眼。

"一定会的。"

年少的爱恋终成眷属。

我将永远是你的少年。

后记

我有不少读者都曾跟我说过，他们每回翻开我的实体书，除了新增番外以外，最想要看的就是我写的后记。

后记对于我而言，其实就像是一个故事真正的尾声，这里承载了我对这个故事最丰厚的情感，也是我对这个故事最认真的一场告白和告别。

《满眼星河》是一个对我而言非常重要的故事，因为早在2014年，我就写下过这个故事的雏形。

柯印戚和陈涵心来自《心心相印》，而穆熙和郑韵之则来自《天生一对》。这原本是两个独立的故事，而这两对主人公是互相认识的关联人物，但当时因为种种原因，我选择写下了其他故事，而对这两个故事停了笔。

从2014年到2020年，这六年之间，我收到过非常多的私信，大抵意思都是说，希望我能重拾这两个坑，希望我还能让大家看到面冷心热的柯少爷和傲娇又嘴硬的穆少董。

我记得，很长一段时间，我的回答都是——不了，我暂时不想写。

对于写作者来说，开启一个故事需要冲动和勇气，更需要叙说这个故事的欲望。虽然我知道，因为我的系列文，看过我早期那些故事的读者，都非常喜欢这两对主人公，但我确实一直没有想要重新开写的欲望。

直到2020年。

我写完了上一个故事，然后在想下一本写什么的时候，重开《心心相印》和《天生一对》又被大家提上了议程。

这一次，我却没有想要拒绝这个建议。

不知道为什么，或许是年纪渐长的缘故，我突然怀念起我在大学时写这两对主人公时的心境和记忆，突然想要再次同他们见面。

于是，我将这两对主人公都邀请进了新的故事，给了他们一个全新的文名《满眼星河》。

星河璀璨如你，我满目壮丽星河。

这四个各有不同个性的人儿，就如星河般闪耀，他们的一举一动、一颦一笑，都让我心生欢喜。

心心是个从小被父母宠大的小公主，是真正被大家称作在蜜罐里长大的那种女孩儿。她拥有着全天下人都羡慕的宠爱，还有个走到哪儿都让人移不开视线的"发小弟弟"。

但其实小公主也有她的烦恼和犹豫，因为她太喜欢、太在乎柯印戚，所以她才会屡屡选择缩在自己的龟壳里，一次次把想要靠近她的柯印戚推走。

因为害怕失去，所以不敢得到。

而对于柯印戚来说，陈涵心就是他这一生最炙热的色彩。他生长在一个环境严苛的家庭里，从小跟着父母看过了太多事，所以比同龄人都显得早熟太多。他的世界里只有黑白这两种颜色，但纯粹可爱的心心却让他的世界变得丰富多彩了起来。

他坚决、果断、强势，向来知道如何去抓他想要的，他的眼里自始至终都只有心心一个人，所以他一直苦苦地追着他挚爱的姑娘。

这两对的拉扯和争吵，不知道为什么，总让我写得又好笑又感动，最后看到柯少爷终于抱得美人归，我也替他好好地松了一口气儿。

喜欢的姑娘就是那么作，那该怎么办？

——那就让她在自己的宠爱里，作一辈子呗。

至于另一对穆熙和郑韵之，他们被非常非常多的读者喜爱着。

之之和心心有着截然不同的人生，她没有人宠爱、没有靠山、没有背景，她需要比谁都努力，才能过上她想要的生活。

她是朵浑身都带着刺的荆棘玫瑰，往往刺伤别人，也弄疼自己。

在她最无助的时候，她遇上了穆熙。

他们的开始并不是那么纯粹，所以她那么想要爱这个男人，但又一直很自卑，在心里觉得自己配不上他，觉得他不可能是真心爱自己，觉得他对自己的所有好都是有所图。

而骄傲又不善言辞的天之骄子穆熙，为了这个姑娘默默付出所有，想要让她获得安全感，最后却还是等到了她的不辞而别。

分别的这三年里，他们其实从未有一刻忘记过、放弃过彼此。

这世上有那么多形形色色的人从他们身边走过，但他们谁都看不到。

因为有的人，是没有办法替代的。

只一眼，这一生就只能爱这一个人。

三年后之之获得了自己曾梦寐以求的荣誉和地位霸气归来，最开始依然把穆熙气得够呛。但到后来，她也逐渐开始发现，这个被她不断刺伤那么多年的男人，有多么深地眷恋着她。

他包容了她的刺，他爱她的所有，他也愿意给她一个家。

她可以不用再流浪，不用再离开了。

因为她的爱人和家都在这里。

写穆熙和之之的片段时，我曾哭过好几次，我很心疼这个姑娘，所以我懂她看似坚强的盔甲下那份敏感和脆弱，也懂她想要爱穆熙时的害怕和退缩。

我觉得这个好姑娘值得这世上最珍视的疼爱。

万幸，穆熙最后给了她一封为期一辈子的情书。

当这个故事圆满结束，当他们都在幸福的钟声里共度余生时，我感到很欣慰——我终于圆了你们等待了六年的梦，也终于可以好好地给好久系列画上一个句号。

除了四位主角之外，翁雨、傅郁、司空景、封夏、单叶、戴宗儒、孟方言……他们每个人，都是我和你们之间独一无二的青春记忆。

以及柯印戚和陈涵心的父母：柯轻滕、尹碧玠、陈渊衫和严沁萱，他们是我最开始成为写作者时最炙热的情感和倾诉，也让很多人认识了一位笔名叫桑玠的我。

而今天，时隔近十年，我终于可以在这里，好好地写下对他们所有人的告别。

谢谢他们出现在我的笔下，谢谢他们让你们看见，也谢谢他们存在在我们共同的记忆里。

未来的他们，也会一直在这璀璨的星河里，闪闪发光。

每当我们抬起头，便能看到他们。

他们都会一直幸福下去。

另外，自从这篇故事连载完，我其实一直都很想把它出版成实体书，但一直都没有遇到好的缘分。完结后过了一年，我的心愿终于得以完成，所以我想在这里好好感谢我的编辑紫总和力潮公司，谢谢他们圆了我的心愿，也谢谢他们能够让这个故事最终以实体书的形式见到你们。

至此，我写作九年所有的长篇故事都有了实体，实现了桑家书屋的十七本长篇大满贯。

我深感荣幸，也深感幸福。

每一本实体书，都见证了我作为写作者的快乐，也见证了我们一同经历的时光。

最后，我亲爱的读者们，你们也要一直幸福下去。

希望你们都能有人爱，有所爱，希望你们都能遇到那个会将你的所有好与坏都一并拥入怀中的人。

在这条长长的星河里，他/她一定会坚定地朝你走来。

等你们看到这里的时候，我想，我可能已经写完了第十八个、第十九个故事了。

祝桑玠和你们的十周年快乐！

未来很长，我们继续一起走。

2021年10月27日晚6点，桑玠于上海